骸骨季節系列一

THE BONE SEASON

莎曼珊・夏儂
SAMANTHA SHANNON

獨家作者臺灣版序

親愛的讀者，

非常感謝您購買《靈魂收割（骸骨季節系列一）》，這是敝人所著七部曲系列中的第一部曲，講述在近未來的背景下，一名有著反烏托邦色彩的靈魂透視者的故事。本書能為臺灣市場翻譯成中文，我深感興奮，也非常感謝譯者甘鎮隴的努力。

在您踏進賽昂的世界前，請容我簡單自我介紹，告訴您我如何得到撰寫這套七部曲的靈感，以及本系列的出版之路。

大約十二歲起，我就一直把寫作當成嗜好。我從小就喜歡看書，滿腦子都是天馬行空的想像力和無數個小故事，但我當時還無法真正理解有人能以撰寫虛構故事為生；我很少注意書籍背面的照片和作者簡介，也從未親眼見過任何作者，彷彿故事就像樹上花朵那般驟然盛開。後來，在一九九七年，我的奶奶送了我一本《哈利波特：神祕的魔法石》，跟我訴說一位名叫J・K・羅琳的女士及她的作品是怎麼出版的。我在那一刻意識到：我也可以這麼做。任何人都可以靠說故事為生。從那天起，這就是我想做的事。

十五歲時，我開始撰寫第一本小說，也很努力地試著讓它出版卻沒能成功。也因為我把大把熱忱和歲月灌入第一本手稿，我在遭到拒絕後失去自信。我懷疑作家夢可能永遠不會成真，卻無論如何還是想和書本為伍，因此我認定最好的辦法就是獲得英語與文學的學位，也於二〇一〇年進入牛津大學就讀。在牛津大學的昏暗圖書館和夢幻般的尖塔中，我感覺無比渺小，不禁幻想某種超自然的生物統治這所大學，他們如君王般生活在宏偉的校舍中，並控制這裡的年輕人。這就是《骸骨季節》系列的第一片靈感火花。我總覺得這個想法有些潛力，但仍有不足之處。

第二片火花是在二〇一一年的夏季出現。當時，我剛結束大一，在邁入第二年之前先在倫敦一間文學經紀公司實習。那間公司位於名為「七晷區」的小區，當地有幾間店鋪販賣水晶球、塔羅牌和其他珍品古玩。我開始想像城中有個由算命師、占卜師和靈感師組成的祕密族群，他們被政府追殺，利用自身天賦辛苦謀生。我想像一名年輕女子跟我一樣在七晷區工作，而她湊巧是一名靈魂透視者，和我一樣十九歲，名叫佩姬。我寫下小說的第一行文字——「真希望我們這種人能更多一些」——用的是她的聲音。我得到了原本欠缺的環節：敘述者，推動劇情的引擎。

兩片火花相碰，我突然滿腦子靈感。我跑去最近的一家文具店買了本筆記簿，在午休時間寫下構想。我回到大學後繼續撰寫手稿——晚上、周末，擠得出時間就寫。

手稿完成後，我突然緊張不安。我害怕再次遭到拒絕，也不確定我這輩子還有沒有勇氣向任何人展示自己的作品。後來，在美好的巧合下，蘇格蘭裔作家艾莉・史密斯造訪我的大學，主動提議閱讀學生的作品並提供意見。我給了她《靈魂收割》的第一章，以為她會告訴我哪裡需要改進，她卻鼓勵我立刻帶它去找經紀人。經過一段如夢似幻的日子，我不但獲得一位經紀人，更與布魯姆斯伯里出版社簽了約；我說明希望把這套作品寫成七部曲時，他們十分開心。從當時到現在，《靈魂收割》已被翻譯成二十多種語言。

這部系列的主角是佩姬・馬亨尼，住在賽昂倫敦城塞的年輕愛爾蘭裔女子。在這個版本的英國，君權政府已於一八五九年被推翻，由賽昂共和國取代，這個政權追殺靈視者，把所有犯罪事件都怪在他們頭上。佩姬是一種被稱作「夢行者」的稀有靈魂透視者（簡稱「靈視者」），能把自身靈魂擲出體外、附在別人身上。為了保護自己的身分，她避人耳目地為倫敦黑社會工作，靈視者們在黑市上交易違禁品，進行激烈競爭，並拍賣城中遊魂。她原本把雙重人生拿捏得恰到好處，直到在二〇五九年的某個雨夜被捕——她才驚恐地發現賽昂共和國只是傀儡，背後還有一個更大的威脅。自此，她展開一場戰鬥，試圖推翻迫害了靈視者同胞兩百年的體制。

透過這個系列作，我不只想結合反烏托邦和奇幻兩種類別，更想展示對抗暴政的戰爭在世界舞台上將如何展開。反烏托邦小說通常只在單一地點，但我希望帶您前往不同的國家、城市和大陸。系列中的每一本書都不同，劇情也發生於不同場景。您永遠無法預料接下來將如何發展——但佩姬會與您步步同行。您將看到她如何從容易自滿的女孩成長為領袖、鬥士和革命家；您將看到她獲得勝利、犯下大錯、承受苦果並良心不安——最後崛起成為世人會記住的名字。您會看到她的革命背後的代價及其複雜的過程。我由衷希望您會享受這趟旅程。

歡迎來到賽昂。

無可媲美的安全國度。

莎曼珊·夏儂，二〇一八年三月

獻給逐夢者

除此塵世，除此人間，尚有一無形世界與靈魂國度，無所不在，常伴我等。

——《簡愛》作者夏綠蒂・勃朗特

靈魂透視力（簡稱「靈視能力」）之七階

——根據《反常能力的價值》之內容——

● I.占卜者：紫色氣場。需透過儀式道具（法器）連結乙太，多用於預測未來。

● II.占兆者：藍色氣場。透過有機物質或元素連結乙太，多用於預測未來。

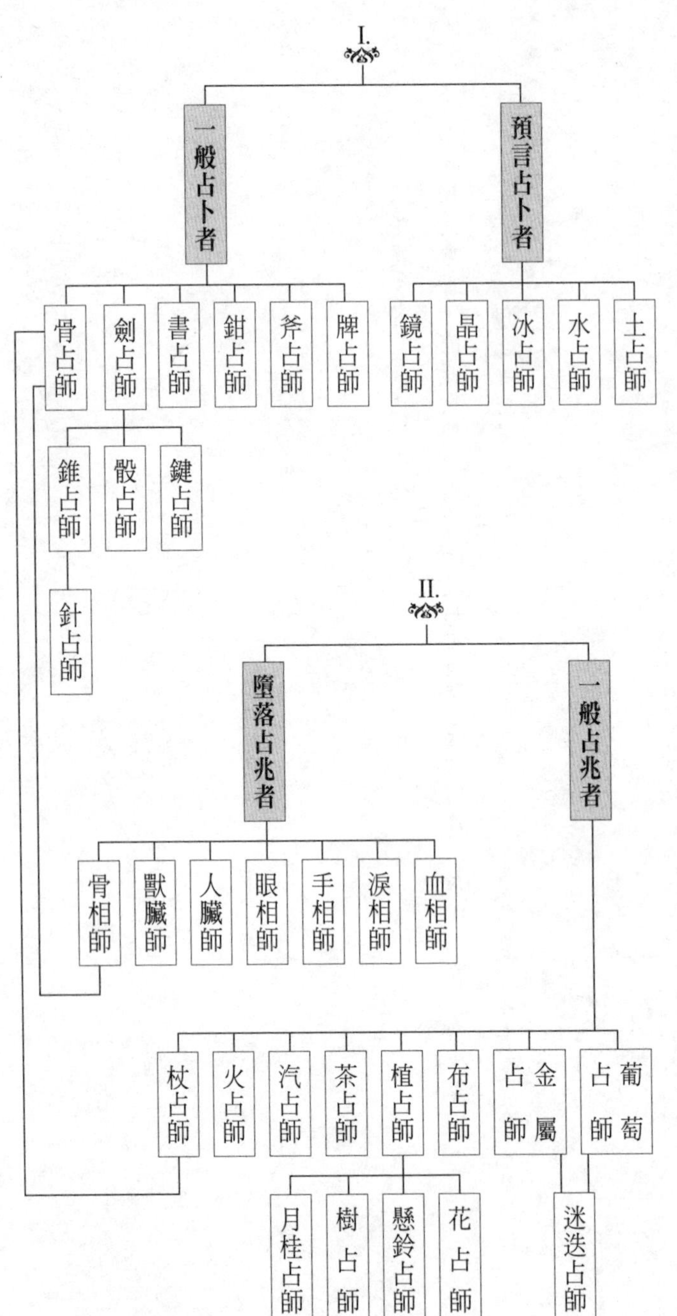

III. 靈感者：綠色氣場。透過被外靈附身的方式連結乙太，也因此受到外靈某種程度的控制。

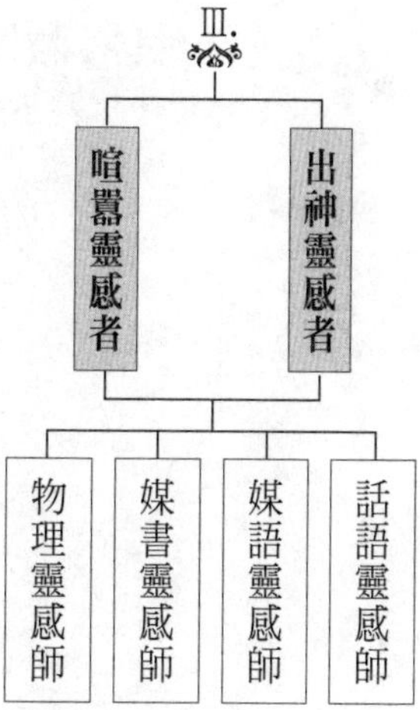

III.
- 出神靈感者
- 喧囂靈感者
  - 話語靈感師
  - 媒語靈感師
  - 媒書靈感師
  - 物理靈感師

IV. 察覺者：黃色氣場。在乙太的感知及語言方面更為敏銳，有時能引導乙太。

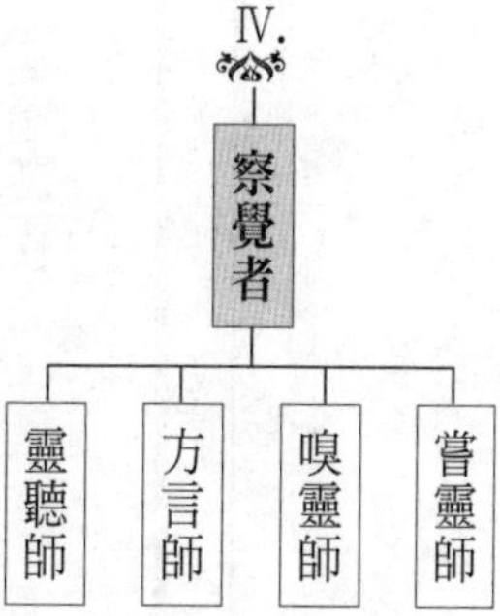

IV.
- 察覺者
  - 嘗靈師
  - 嗅靈師
  - 方言師
  - 靈聽師

V. 守護者：橘色氣場。對魂魄擁有更強大的控制力，能超越一般乙太空間之極限。

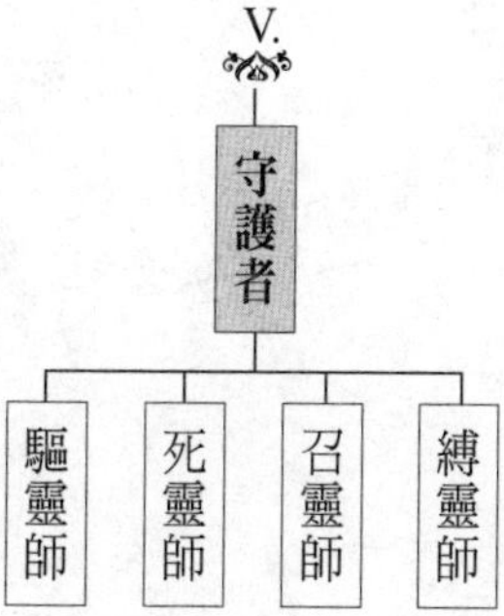

V.
- 守護者
  - 縛靈師
  - 召靈師
  - 死靈師
  - 驅靈師

VI. 復仇者：橘紅色氣場。連結乙太時內部將產生變化，夢境所受影響尤其劇烈。

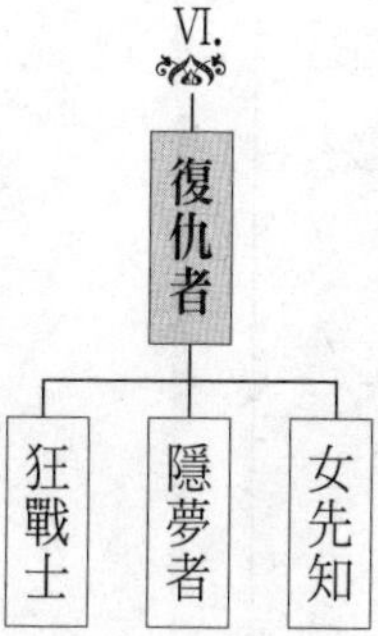

VI.
- 復仇者
  - 女先知
  - 隱夢者
  - 狂戰士

VII. 越空者：紅色氣場。能對自身範圍外的乙太造成影響，對乙太的敏感度高於一般靈魂透視者（簡稱「靈視者」）。

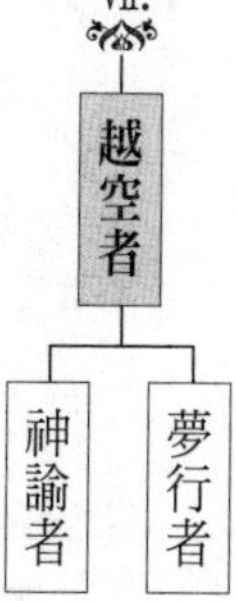

VII.
- 越空者
  - 夢行者
  - 神諭者

第一冥府贖罪殖民地
利菲特族長之領土
寬街
頓主宅邸
皇后宅邸
莫德林步道
莫德林宅邸
繼承者宅邸
歐瑞爾宅邸
墨頓宅邸
橋
聖體宅邸
無人地帶

往波特草原
靈盲者之家
聖三一宅邸
貝利奧爾
宅邸
霍克摩爾
貧民窟
老劇院
寬街
老圖書館
埃克塞特宅邸
大廳
老教
會館
拘留所
湯姆塔
大宅
監護者宅邸
特殊宅邸

第一章
詛咒

真希望我們這種人能更多一些。不用太多，但起碼能比現在多。

然而現實是：我們是被這個世界屏棄的少數族群，被看作與奇幻故事無異，但就連奇幻故事也被這個世界列入黑名單。我們的模樣與常人無異，有時候連行為也與常人無異，在許多方面來說，**就像**常人。我們無所不在，出現於各個街頭巷尾。看在外人眼中——只要別太仔細觀察——大概會覺得我們的生活方式沒有不尋常之處。

這個族群中並非人人都知道自己的身分，有些到死都一無所知；有些知道，而且畢生未曾被捕。但無論如何，我們確實存在。

相信我。

我從八歲起就住在倫敦某區，那裡以前被稱作伊斯林頓自治市。我在一間私立女校就學，十六歲時就出社會工作，那年是公元二〇五六年，也就是賽昂曆一二七年。按社會規矩，年輕男女應該盡量想辦法謀生，這也通常意味著在某個櫃檯工作，畢竟服務業向來不缺工作。父親原以為我會過著很普通的生活，我雖然聰明但心無大志、有什麼工作就做什麼工作。

他的看法也一向錯誤。

滿十六歲之後，我就進了賽昂倫敦的黑社會，在冷酷無情的眾多「靈魂透視者（靈視者）」所組成的各個幫派之間打滾。為了生存，這些幫派非常樂意將競爭對手屠殺殆盡；他們都隸屬由「闇帝／闇后」統領的「聯合集團」，規模龐大，滲透全城各角。既然被社會邊緣化，我們也只能靠犯罪維生，也因此更遭社會唾棄，是我們親手讓那些汙名化的故事成真。

在這團混亂之中，我擁有小小的一席之地。我是某個幫派的直屬門徒，幫主傑克森．霍爾專門負責第一之四區。連我在內，他有六名直屬手下，我們自稱「七封印」。我不能讓父親知道這些事。他以為我在一間氧吧當店員，工作雖然薪水微薄但合法。撒這種謊一點也不難；就算向他解釋我為什麼和犯罪分子混在一起，他也不會明白。他不知道的是：跟在他身邊相比，我在那些人之中更有歸屬感。

十九歲的某一天，我的人生發生重大改變，我開始在幫派之間聲名大噪。在黑市辛苦打拚一星期後，我打算跟父親共度週末。傑克森不明白我為何需要休息——對他來說，他沒有幫派外頭的生活——但這是因為他不像我一樣擁有家人，起碼他沒有依然健在的家人。雖然我和父親之間的關係一向不算親密，我還是覺得應該跟他保持聯絡，像是偶爾聚餐、通電話，或是在感恩節送個禮物。唯一麻煩的是他無止盡的提問：在做什麼工作？有哪些朋友？住哪？

我沒辦法回答他，真相只會帶來危險。如果他知道我究竟在做什麼，恐怕會親自送我去塔丘。（註1）或許我應該讓他知道真相，就算這會害死他。但無論如何，我不後悔加入聯合集團，我這份工作雖然並不正當，收入卻不少。正如傑克森常說的：當壞人總好過當死人。

發生變故那天，雨下個不停，那是我休假前最後一天工作。

我的生命徵象全依賴一臺機器——生命維持系統。我看起來像是死了，在某方面來說我也確實死了：我一部分的靈魂脫離軀體。我犯下的這種罪刑足以讓我走上絞刑臺。

我剛說到我在聯合集團裡工作，請容我補充說明：我是某種駭客。不算是讀心者，而是某種「心靈雷達」，能看見乙太的動態，察覺夢境和流魂的細微變化，觀察肉身外的景象、一般靈視者無法感覺到的存在。

傑克森把我當作某種監視器，我的職責就是追蹤他所屬區域中的靈界活動。他也

註1　塔丘位於倫敦塔外的某處，以前用來執行絞刑。

常要我觀察其他靈視者，看他們是否有任何隱瞞。一開始，我只能觀察處在同一空間的人——我能看見而接觸的人——但不久後，他發現我能飄去更遠的地方。我能遠距離觀察外頭發生的事情，像是一名靈視者走在某條街上，或是一批靈魂聚集於柯芬園。只要接上生命維持系統，我就能觀察七晷區方圓一哩內的乙太活動。（註2）所以，如果他要知道第一之四區有何動靜，就一定會傳喚我。他說我應該可以看得更遠，但尼克拒絕讓我嘗試，因為我們不知道這對我會有什麼影響。

當然，所有靈視活動都被政府禁止，能賺錢的那種更是於法不容。這種行為有個特殊名詞：「靈罪」——和靈界交流，尤其是藉此獲利的舉動，聯合集團就是建立在靈罪上。

「現金交易的靈視活動」在無法加入幫派的靈視者之中十分盛行，我們把這種交易稱作「賣藝」，賽昂政府則稱「謀反」。這種罪行的法定處決方式是氮氣窒息，還以「氮安樂」這個品牌宣傳。（註3）我還記得那則頭條新聞：無痛懲處——賽昂最新

註2　七晷區（Seven Dials）位於倫敦，此區的設計乃以一根日晷柱為中心，柱面其實是六晷而非七晷，因原本設計只有六條街以此柱為中心向六方向擴散，後來於東北方位追加一條街，因此名為「七晷」。柯芬園（Covent Garden）是著名市集，緊鄰七晷區。

註3　氮氣窒息法（nitrogen asphyxiation）是透過吸入氮氣（惰氣）的方式造成缺氧死亡，而不會產生因二氧化碳累積而有的痛楚。

奇蹟。聽說那種感覺就像入睡，就像吞顆安眠藥。但是公開絞刑，連同犯下叛國罪所換來的酷刑，依然可見。

我光是呼吸就犯下叛國罪。

再說說那一天的事吧。傑克森把我接上生命維持系統，派我去偵察本區。我靠近一名常常跑來我們第四小區的男子心靈，努力觀察他的記憶，但總有某種原因讓我無法成功，他的夢境跟我遇過的完全不同，就連傑克森也大感驚訝。從那顆心靈的防禦機制來判斷，我認為其主人的年紀應該已有幾千歲，那怎麼可能？這個人實在很怪。

傑克森這人向來多疑。按理來說，新來的靈視者在進入本區後，必須在四十八小時內主動向傑克森報到。傑克森說這很可能跟另一個幫派有關，但第一之四區那幫人並沒有抵擋過我的偵查，因為他們根本不知道我有這種能力，所以原因不是出自率領本區第二大幫派的蒂迪恩·韋特、不是經常跑來七晷區的那些窮困賣藝人，也不是專精於靈界竊盜的那些幫主。這件個案完全不同。

上百顆心靈在黑暗中閃爍銀光，從我身旁飄過，伴隨其主人匆忙沿街而行。我不認得這些人，我看不見他們的臉，只能勉強看到這些心靈的輪廓。

我飄出了七晷區，感知力往北方延伸，雖然我不確定到底是哪。我跟隨熟悉的危機感，那名陌生人的心靈十分接近。如手持綠燈籠、在路上為市民提供保護服務以換取金錢的「燈侍」一般，那顆心靈指引我穿過乙太、從其他心靈上方或下方經過。那名陌生人速度加快，似乎因為察覺到我的存在而試圖逃跑。

我不該跟隨這道光，我不知道它會引我去何方，我也已經遠離七晷區。

一個遙遠的思緒飄來：**傑克森跟妳說過，務必找出那傢伙，妳可別讓他失望**。我繼續前進，速度遠超過我肉身型態所擁有的能耐，我拉拉來自軀殼的牽引力。接著，我認出那顆流魂，它不像其他心靈那般是銀色，不，這顆又黑又冰，冰石般的心靈。我衝上前，他如此接近……我不能跟丟他……

我周遭的乙太出現震動，他突然消失。那名陌生人的心靈再次逃離我的掌握。

有人搖晃我的身體。

我的銀繩——肉身和靈魂之間的連結——非常敏感。多虧這條繩索，我才能讓靈魂出竅、觀察遠方的夢境，也能立刻把自己拉回軀殼。睜眼時，丹妮正拿著一支小手電筒對準我的眼睛。「瞳孔反應……」她自言自語：「良好。」

丹妮薩是本幫的天才，智力只略遜於傑克森。她比我大三歲，渾身充滿魅力與感性。她剛被聘來時，被尼克歸類為「具有反社會人格」，傑克森說那只是她的個性使然。

「該起床啦，夢行者。」她拍拍我的臉頰。「歡迎回到肉身空間。」

我的臉頰被拍得刺痛，這是好現象，雖然不太好受。我伸手摘下氧氣面罩，周遭的昏暗小房間逐漸變得清晰。傑克森的巢窩是放滿違禁品的祕密洞穴，被法律禁止的影片、音樂和書籍全塞在滿是塵土的架上。這裡堆滿廉價小說，就是在週末時能在柯芬園買到的那種，還有一疊以騎馬釘製作的小冊。只有在這裡，我才能隨心所欲地瀏覽閱讀、想做什麼就做什麼。

「妳不該用那種方式叫醒我。」我開口，她明明知道規則。「我在那裡待了多久？」

「哪裡？」

「妳以為還有哪裡？」

丹妮彈個響指。「噢，當然──乙太。抱歉，我剛剛沒在注意。」

不太可能，丹妮一向謹慎。

我一瞥機器上的藍色真空管時鐘。這臺機器由丹妮自行組裝，她把這機器稱作「死亡靈視者生命維持系統」，簡稱「死生系統」。當我觀察遠方乙太動態時，就是靠這臺機器監控我的生命功能。看到數字時，我的心一沉。

「五十七分鐘。」我揉揉太陽穴。「妳居然讓我在乙太漂流一小時？」

「或許吧。」

「一整個小時？」

「我也是聽命行事，傑克森說他希望妳能在黃昏前駭入那顆神祕心靈。妳成功了嗎？」

「我盡力了。」

「這表示妳失敗了，獎金泡湯。」她吞下濃縮咖啡。「我還是不敢相信，妳居然沒把安妮．奈勒弄到手。」

她老是提起那件事。幾天前，我被派去拍賣場，為了取回屬於傑克森的一個靈魂：安妮．奈勒，她死前遭凌虐數日，死後化為厲鬼至今仍未消失，是著名的法靈頓之鬼。結果別人的出價比我高。

「我們本來就不可能弄到奈勒。」我說：「經過上一次的事情，蒂迪恩絕不會輕易讓拍賣商敲下小木槌。」

「隨便妳怎麼說，反正咱們也不知道傑克森拿那種愛鬧事的騷靈想做啥。」丹妮看著我。「他說他願意讓妳這個週末休假。妳是怎麼說服他的？」

「心理方面的原因。」

「這話什麼意思？」

「意思就是妳和妳那些怪機器快把我逼瘋。」

她把空紙杯丟向我。「虧我這麼努力照顧妳，妳這小混蛋。我那些怪機器可不是全自動，我大可在午餐時間走出這裡，讓妳那顆破腦袋乾枯萎縮。」

「也真的差點乾枯萎縮。」

「那妳慢慢哭吧，最好淚流成河。妳也知道這裡的規定：傑克森怎麼說，我們就怎麼做，然後等著拿錢。如果妳不爽，大可去投靠漢克特。」

一針見血。

丹妮悶哼一聲，把我的舊皮靴遞來，我把靴子穿上。「其他人呢？」

「伊萊莎正在睡覺，她發生了小插曲。」

我們只有在碰上差點喪命的情況才會使用「小插曲」一詞，伊萊莎這次是被不速之客附身。我朝伊萊莎的繪畫室門口一瞥。「她還好嗎？」

「她睡一覺就沒事了。」

「我猜尼克已經幫她檢查過？」

「我打了電話給他，他和傑克森還在查特林餐廳，他說他會在五點半開車送妳去妳爸那裡。」

查特林餐廳是我們少數可以用餐的場所，位於七晷區的尼爾庭園，是個頗具格調的居酒屋。餐廳主人跟我們達成一個協議：只要我們小費給得大方，他就不讓那些「警戒者」知道我們的行蹤。雖然小費比餐飲本身還貴，但為了能在晚上去那裡好好享受一頓，這錢也花得值得。

「所以他遲到了。」我說。

「想必有事耽擱。」

丹妮拿出手機。「不用了。」我把頭髮塞進帽子。「我可不想打擾他們倆的相聚時刻。」

「妳不能搭列車去。」

「其實我可以。」

「後果自負。」

「我不會有事的，那條線已經好幾星期沒人檢查。」我站起身。「咱們星期一共進早餐？」

「再說吧，我可能要加班。」她一瞥時鐘。「妳最好趕快出發，快六點了。」

她說得沒錯，我必須在十分鐘內抵達車站。我抓起外套，衝向門口，匆匆朝角落的靈魂說聲「嗨，彼得」做為回應，它散發柔和黯淡的光芒。雖然我沒看見那道閃光，但能感覺到那個變化。彼得又處於低潮，他有時候會因為自己已化為一縷幽魂而悶悶不樂。

和鬼魂相處有一套規矩，至少在我們這一區是如此。以彼得為例，他是我們的靈魂助手之一，嚴格來說是專門提供靈感，而這一類的魂靈被稱為「繆思」。每天大概有三小時的時間，伊萊莎會讓他附身，在這段時間內畫出曠世傑作。等她畫完，我就把畫拿去柯芬園賣給那些不懂裝懂的藝術收藏家。彼得的脾氣陰晴不定，有時候我們好幾個月都生不出一幅畫。

倫理道德不適用於我們這種地方。當我們這種少數族群被逼進地底、當世界殘酷以對，這種事就會發生。我們別無選擇，只能繼續過日子，想辦法掙點錢，試著在西敏市執政廳的陰影下生存、繁榮興盛。

我的工作──我的生活──都在七晷區。按照賽昂政府的獨特都市規劃，七晷區位處第一地區的第四小區，簡稱第一之四區。七晷區是以一根柱子為交匯點而建，緊鄰柯芬園黑市，柱子上有六個日晷。

每個小區都由其幫主或女幫主控制，他們攜手建立「反常者議會」，雖宣稱共同管理這個集團，但其實都在各自的地盤各自為政。七晷區就在這個地區的中心，也就是集團勢力的核心地帶，這就是傑克森選擇這裡、我們待在這的理由。只有尼克擁有自己的住所，位於偏北的馬里波恩，我們只有在緊急情況才會使用那邊。替傑克森工作的三年中，只發生過一次緊急情況，那次是負責夜間警戒的警戒者──「守夜者」──突襲七晷區，查看是否有任何靈視活動。突襲前的兩小時，一名信差向我們通風報信，我們在半小時內成功撤退。

外頭又溼又冷，是典型的三月夜晚，我感覺到許多靈魂波動。在賽昂政權成立前，七晷區原本是個貧民窟，許多怨靈至今仍在晷柱周圍打轉、為自身的存在尋找新的意義。我把一群魂魄召來身邊──準備一些保護措施，總是比較方便。

在「保護靈盲者」方面，賽昂的能耐無庸置疑。「死後來生」是禁忌話題，萬萬不可提起。法蘭克．威弗認為我們這種人極為反常，而正如他之前的歷任大法官，他也教所有倫敦人務必對我們深惡痛絕。除非必要，否則我們只在安全的幾小時內外出，所謂的安全時間是指守夜者正在熟睡、維安工作由日間警戒部的「守日者」接管的白晝時間。夜間警戒部是由靈視者組成，但守日者是平凡人，不能使用守夜者所展現的那種殘酷手段──至少不能在公開場合。

守夜者則不同，他們是身披制服的靈視者。一旦自首、加入夜間警戒部，他們就要服役三十年，之後等著被安樂死。有些人認為這是與惡魔簽約，但這麼做確實能換來三十年舒適生活，大多數的靈視者沒這麼幸運。

倫敦的歷史血跡斑斑，幾乎哪裡都能碰到鬼，而鬼魂就形成了一道安全網。儘管如此，這也端看供你使喚的靈魂品質如何，如果鬼魂體質虛弱，就只能幫忙癱瘓對手幾秒。一生腥風血雨的靈魂是上上之選，因此有些靈魂在黑市賣得特別好──如果有誰能找到「開膛手傑克」的靈魂，鐵定能賣個好幾百萬。有些人還是堅信開膛手就是人稱墮落王子、血腥國王的愛德華七世。賽昂政府說他就是第一位靈視者，但我從不相信這種說法，我寧願相信我們這種人本來就存在。

外頭天色漸暗，夕陽金澄，月光皎潔，倫敦城塞聳立於這片天幕之下。名為「雙釀酒館」的氧吧就在對街，裡頭擠滿靈盲者——正常人（註4）。靈視者說正常人深受靈盲症所苦，正如正常人說我們深受靈視症所苦。**腐民**，他們有時候被如此稱呼。

我一向不喜歡這種說法，這讓他們聽起來渾身惡臭，而且有點虛偽，畢竟跟死者對話的是**我們**。

我扣好外套，拉低帽簷遮眼。我遵循的是「低下頭，睜大眼」這條規矩，而不是賽昂的法律。

「一鎊算命。只花您一鎊，夫人！我是全倫敦第一的神諭者，夫人，我向您保證。可憐可憐我這個賣藝人吧？」

說話的是一名身形單薄的男子，以同樣單薄的外套裹身。我已經有一陣子沒見到賣藝人，在本區中心尤其少見，畢竟大多數的靈視者都是集團成員。我觀察他的氣場，這傢伙根本不是神諭者，而是個占卜師，還是個很蠢的占卜師——幫主向來瞧不起乞丐。我走向他。「你知不知道自己在做什麼？」我揪住他的領口，「你瘋了？」

「拜託，小姐，我好餓。」他的嗓音因脫水而粗啞，臉部肌肉抽搐，是氧氣成癮者的症狀。「我已經渾身虛脫。別通報縛靈師，小姐，我只是想——」

「那就快離開這裡。」我把幾張鈔票塞進他手中。「我不在乎你去哪，反正別待

註4　雙釀酒館（The Two Brewers）確實存在，這間百年酒館就位於日晷南端的街道上。

在街上，去找個地方過夜。如果你明天還得賣藝，去第六地區，這裡不行。明白了嗎？」

「願神祝福妳，小姐。」

他收拾可悲的私人物品，其中之一是顆玻璃球，比水晶便宜。我看著他往蘇活區的方向跑去。

可憐的傢伙。如果他把那些錢浪費在氧吧，很快又得回到街上賣藝。很多人都這麼做：接上呼吸器，大啖調味空氣，一吸就是好幾小時，這是全城塞唯一合法的樂子。不管那個賣藝人以前做過什麼事，顯然已經走投無路。或許他被踢出集團，或是被趕出家門，我不打算問。

沒人問這種問題。

一之四區B站比平常忙碌。靈盲者不怕搭乘地鐵列車，因為他們身上沒有氣場，沒有身分曝光的憂慮。靈視者一般避免搭乘大眾運輸工具，不過有時候在列車上要比在街上安全。數量有限的守夜者要巡邏全城塞，早已人力不足，因此很少進行定點檢查。

六個地區各自分成六小區。如果想離開所屬小區，尤其是在晚上，就需要一張「入出境許可證」，還有好運——因為地鐵警衛在入夜後出勤。他們是夜間警戒部的一支分隊，這些擁有透視力的靈視者之所以加入警戒部，是為了能過上好日子；為國家效命，是為了活下去。

我絕不考慮替賽昂政府賣命。靈視者或許對彼此不留情——我對那些背叛同族的傢伙也沒有絲毫同理心——但我對同族總是會有些親切感，我絕對狠不下心逮捕同族。儘管如此，有些時候例外，像是我辛苦工作兩星期，傑克森卻忘記付我薪水的時候，我確實有點想教訓他。

我拿出證件接受掃描，還剩下兩分鐘，時間充裕。走過票閘後，我釋放魂眾。幽魂不喜歡被帶離出沒地點太遠；如果強行逼迫，它們就不會伸出援手。

我頭痛欲裂。不管丹妮往我的血管打進什麼藥物，藥效正在消失。在乙太泡了一**小時**……傑克森不斷讓我超越極限。

月臺上，一面綻放綠光的真空管螢幕顯示列車時刻表，除此之外沒有什麼光。絲嘉蕾·班尼許的預錄語音從擴音機傳來。

「本北上列車將停靠第一之四區中的所有車站。請備妥證件以便檢查。請注意螢幕播放的夜間新聞簡報。謝謝您的配合，祝您有個愉快的夜晚。」

我今晚一點也不愉快。我從天亮就沒吃飯，傑克森只有在心情特好的時候才准我吃午飯，這種機率微乎其微。

一項新消息出現在螢幕上：「感測術：感應力學偵測術。」其他通勤群眾沒注意到這個畫面，這則廣告一直播個不停。

「在倫敦這種人口稠密的城塞，您身旁很可能就是反常人士。」螢幕出現一幕啞劇：一堆黑色剪影，每一個都象徵一位居民，其中一個轉成紅色。「賽昂研科將於帕靈頓車站大樓以及執政廳測試感測防禦系統，我們計畫於二〇六一年在中央地區百分之八十的車站安裝此系統，以減少所需的地鐵警衛。如需其他相關資料，可參觀帕靈頓車站或洽詢守日者。」

螢幕換成其他廣告，但那項消息沒離開我的腦海。對城塞裡的靈視者來說，感測術就是最大的威脅。根據賽昂的說法，感測術最遠能在二十呎外偵測某人的氣場。如果這項計畫沒有重大拖延，我們到二〇六一年就會被迫永藏地底。幫主都一個樣，沒人能想出應變辦法，只會吵個不停，再為了檢討為何爭吵而繼續吵下去。

在我頭上，地面街道的氣場震顫；我彷彿一支音叉，與氣場的能量共鳴。我想轉移注意力，因此用拇指滑過身分證，上頭顯示我的照片、姓名、地址、指紋、出生地和職業。佩姬·E·馬亨尼小姐，一之五區的歸化公民。二〇四〇年生於愛爾蘭。出於特殊情況，於二〇四八年移居倫敦。於第一之四區某氧吧工作，因此發給入出境許可證。金髮。灰眼。五呎九吋。五官無特殊之處，除了嘴脣呈深色，可能因抽菸而造成。

我這輩子根本沒碰過菸。

一隻溼潤的手抓住我的手腕，我嚇一跳。

「妳還沒跟我道歉。」

我抬頭，對方是一名黑髮男子，戴圓頂高帽，脖子圍一條骯髒的白領巾。我早該從這身臭味認出他：「乾草」漢克特，我們的對手之一，不太注重個人衛生，聞起來總是像臭水溝。很不幸的，他就是「閻帝」，是我們這個集團的老大。他的地盤被稱作「惡魔領地」。

「我們贏了那場牌局，光明正大。」我掙脫他的手。「你沒有其他事情要忙嗎，漢克特？可以試試先從刷牙開始。」

「或許妳該學著別在打牌的時候作弊，妳這小老千，還有學學對妳的閻帝禮貌點。」

「我沒作弊。」

「噢，我不這麼認為。」他壓低嗓門。「不管妳那位幫主怎麼包裝，你們七人都是該死的騙子。親愛的夢行者，我聽說妳是黑市裡最狡猾的傢伙，不過妳遲早會消失。」他用一指拂過我的臉頰。「到最後，他們都會消失。」

「你也一樣。」

「我們等著瞧吧，答案很快就會揭曉。」他把接下來的幾個字吐在我的耳畔：「祝妳搭車回家一**路好走**，小賤貨。」然後他離開，消失於出口隧道。

碰到漢克特的時候，我得步步為營。他雖然身為閻帝，實權並沒有高過幫主——

他的唯一職責只是負責召集會議——但他確實擁有眾多追隨者。女鬼奈勒被拍賣的兩天前，我的幫派在塔羅牌遊戲中擊敗他的嘍囉，他就一直懷恨在心。漢克特的手下向來輸不起，而且傑克森激怒了他們，那對情況也沒幫助。我們幫派的人大多不想被盯上，也盡量不去惹他們，但我和傑克森就是天生反骨。皙夢者——白皙夢行者——我在街頭的稱號，似乎被列入他們的暗殺名單。如果被他們包圍，我就死定了。

列車晚了一分鐘才到。我在一個空座位坐下，車廂裡只有我和另外一名乘客，那名男子正在閱讀《後裔日報》。他也是靈視者，是個靈感者。我渾身緊繃。傑克森樹敵不少，而且許多靈視者知道我是他的門徒，也知道我賣出的畫作絕不可能出自彼得・克萊茲之手。（註5）

我掏出標準配備「資料板」，打開我最喜歡的合法小說。在沒有魂眾的保護下，我唯一能做的就是盡量表現得像個普通靈盲者。

翻閱小說時，我不忘暗中觀察那名男子。我知道自己在他的雷達中，但我們倆都沒開口。既然他還沒揪住我的脖子、把我狂毆一頓，我猜他並不是最近發現自己被騙的藝術收藏家。

註5 彼得・克萊茲（Pieter Claesz）是十七世紀荷蘭畫家，以繪畫靜物著稱。彼得的繆思就是這位畫家的亡魂。

我偷偷一瞥他的《後裔日報》，這是唯一仍印在紙上的寬頁報紙。紙張太容易被用作其他用途，而資料板就能確保我們只能下載經過政府許可的少量媒體。報紙上的新聞千篇一律：兩名年輕男子因叛國罪而被吊死；第三小區的一間商業中心因可疑活動而被關閉；一篇冗長文章駁斥「英國在政治方面呈孤立狀態」這種「反常」看法，撰寫此文的記者把賽昂稱作「胚胎中的帝國」。打從我有記憶以來，我常聽到這個說法。如果賽昂還在胚胎裡，那等它衝出子宮的時候，我一定會閃得老遠。

賽昂崛起已近兩世紀，原本是為了應付帝國面臨的威脅而設立的因應措施。「靈視能力」被他們稱作「大規模傳染病」。根據官方紀錄，那場傳染病是在一九〇一年爆發，那一年有五起恐怖命案被算在愛德華七世的頭上。賽昂宣稱那位血腥國王開啟一道永遠無法關閉的門，是他把靈視能力這種瘟疫帶來這個世界。他的追隨者遍布各地，忙於繁殖和殺戮，醉心於從某種強大邪惡勢力抽取力量。

賽昂這個為了毀滅那個疾病而建立的共和政體登場。接下來的五十五年間，賽昂成為專門獵殺靈視者的機器，每一項重要政策都是為了對付「反常分子」而生，謀殺案永遠是由反常分子犯下，暴力事件、竊盜、強姦、縱火皆因反常分子而起。隨著時間流逝，靈視者在城塞中發展出聯合集團，形成有系統的地下社會，為所有靈視者提供一個避風港。從那時起，賽昂就更忙於將我們徹底剷除。

一旦感測防禦系統啟用，賽昂將擁有全知之眼，我們的集團也將隨之瓦解。我們還剩兩年的時間可以採取應變行動，但既然闇帝是漢克特，我實在看不出我們能做些什麼，他的統治只帶來腐敗。

列車平安通過三站。我剛看完一章，這時車廂照明突然關閉，列車停下。我比另一名乘客早一秒意識到發生了什麼事。他挺直背脊。

「他們要搜查列車。」

我試圖開口確認他的恐懼，但舌頭彷彿打結。

我關閉資料板。隧道內壁開啟一道門，車廂內的真空管螢幕顯示「維安警報」。我知道接下來會發生什麼事：兩名地鐵警衛會來巡察，總是上司和部下的組合，而且上司通常是個靈感者。我從沒碰過這種定點檢查，但我知道沒幾個靈視者能逃離地鐵警衛。

我的心臟急促跳動。我看著另外那名乘客，試著觀察他的反應。他是靈感者，不過能力一般。

我也不知道為什麼我能看出別人的能力強弱，我的天線就是能辨別這一點。

「我們得下車。」他站起身。「女孩，妳是什麼身分？神諭者？」

我沒說話。

「我知道妳是靈視者。」他拉扯廂門手把。「快點，女孩，別呆坐在那，一定有方法能離開這裡。」他用袖子擦額頭。「哪天不做定點檢查，為什麼偏偏挑這一天——」

我沒動，因為根本逃不掉。窗戶是強化玻璃，廂門以安全鎖固定，而且我們沒剩多少時間。兩道手電筒的光束射進車廂。

我完全靜止不動。地鐵警衛。他們一定察覺到車廂裡有靈視者，否則不會關閉照明。我知道他們能看見我們的氣場，但他們會想查明我們到底有何能力。

他們進入車廂，這兩人是召靈師和靈感者的組合。列車開始繼續前進，但沒有恢復照明。他們先走向那名男子。

「姓名？」

他僵直身子。「林伍德。」

「旅行目的？」

「去看我女兒。」

「看你女兒。你確定你不是去參加降靈會，靈感者？」

這兩名警衛顯然想動手。

「我有醫院提供的相關證明。她病得很重。」林伍德解釋：「他們允許我每週去探望她。」

「你再廢話一個字，就永遠別想再見到她。」他轉身朝我咆哮：「妳。身分證？」

我從口袋掏出。

「還有入出境許可證？」

我遞出許可證，他查看一番。

「妳在第四小區工作？」

「是的。」

「誰提供這份許可證？」

「比爾・班伯利，我的主管。」

「瞭解。但我還得看看其他東西。」他把手電筒對準我的眼睛。「別動。」

我絲毫不動。

「妳沒有『視靈眼』，」他做出觀察。「妳一定是個神諭者。我很久沒聽說過**這種事**。」

「我打從四〇年代就沒見過長奶子的神諭者。」另一名地鐵警衛開口：「他們一定會喜歡這項發現。」

他的上司露出微笑，這人的兩顆眼球各有一個小洞，這是擁有「永久視靈眼」的痕跡。

「妳會讓我發大財，小女孩。」他對我說：「我再檢查一次妳的眼睛。」

「我不是神諭者。」我說。

「嗯，當然不是。給我閉嘴，睜開眼睛。」

大多數的靈視者都以為我是神諭者，這個誤會確實容易引起，因為兩者氣場相似——事實上，兩者顏色相同。

警衛用指頭硬掰開我的左眼。他用細隙燈查看我的瞳孔是否有小孔的時候，另外那名乘客衝向敞開的車門，同時朝另一名警衛拋出一縷靈魂——是他的守護天使。天使撞上警衛，對方尖叫，連忙繃緊神經。

但他的上司夥伴速度太快。其他人還來不及行動，他已經召來一群騷靈。

「別動，靈感者。」

林伍德回瞪。這名矮小男子四十多歲，身材削瘦但結實，棕色鬢髮有些灰白。我看不見那些騷靈或其他東西，因為車廂內除了細隙燈的微光外沒有其他照明——但它們開始讓我虛弱得動彈不得。我數了數，發現有三縷騷靈。我從沒見過任何人能操控一縷騷靈，更別說三縷。我的頸後冒出冷汗。

天使轉身準備追擊之際，騷靈在地鐵警衛身邊打轉起來。「乖乖跟我們走，靈感者，」他說：「我們就會請上司別對你施以酷刑。」

「放馬過來，兩位。」林伍德舉起一手。「有天使在旁，我毫無畏懼。」

「他們都說同樣的話，林伍德先生。不過呢，等他們見到倫敦塔的時候，通常都會忘了自己那麼說過。」

林伍德把天使拋向車廂底端。我看不見撞擊，但已經被嚇得連忙採取行動。我逼自己站起身，三縷騷靈不斷抽走我的能量。林伍德雖然嘴上逞強，但我知道他能感覺到魂眾的存在，他正在試圖強化他那位天使。召靈師控制騷靈的同時，另一名警衛朗誦超渡咒語，這能讓靈魂徹底死亡、被送往靈視者無法接觸的領域。天使因此顫抖。他們必須知道靈魂的全名才能加以放逐，然而只要其中一人不斷吟誦，天使將虛弱得無法保護其宿主。

我的耳內滿是心跳聲，我的咽喉緊繃，十指痲痺。

如果我袖手旁觀，我們倆都會被捕。我能看見自己被關在塔裡，被折磨，被送上絞刑臺……

我**不想死在這**。

騷靈往林伍德靠攏時，我的視線出現變化。我瞄準地鐵警衛，他們的心靈離我不遠，形如兩道脈動的能量環。我聽見自己的軀體倒地。

我只打算混亂他們，讓我有時間逃跑。我能攻他們個出其不意，因為他們沒把我當一回事。神諭者需要魂眾才能發揮作用。

我現在沒有魂眾在身。

恐懼如黑浪襲來。我的靈魂脫離軀體，飛向其中一名警衛。還沒弄懂自己在做什麼，我已經撞進他的夢境。不是碰撞——而是進入、穿透。我把他的靈魂撞進乙太，使他只剩空殼。他的朋友還來不及吸氣，也已遭遇同樣命運。

我的靈魂立刻返回肉身。痛楚在我體內爆發，我這輩子從沒這麼痛過，彷彿千把刀子插進頭顱，腦漿內部著火，燙得我無法視物、移動或思考。我勉強感覺到黏答答的車廂地板貼著我的臉頰。不管我剛剛做了什麼，我實在不想立刻再來一次。

列車搖晃，想必接近下一站。我用手肘撐起身子，肌肉因出力而顫抖。

「林伍德先生？」

無人回應。我爬到他所躺的位置。列車經過維修照明燈時，我看見他的臉。

他死了，騷靈已害他靈魂出竅而亡。他的身分證掉在地上：威廉・林伍德。四十三歲。兩名子女，其中一名患有囊腫纖維化。已婚。銀行家。**靈感者**。

他的妻小知不知道他的祕密生活？還是他們是靈盲者，對此一無所知？

我得唸出超渡咒語，否則他的魂魄將永遠在這車廂裡徘徊。「威廉・林伍德，」我說：「回歸乙太，恩恩怨怨已了，債務一筆勾消，汝已無需逗留人間。」

林伍德的魂魄就在一旁飄蕩。他和他的守護天使消失時，乙太颯颯作響。

照明恢復時，我無法呼吸。

地板有另外兩具屍體。

我抓住扶手站起身，手掌溼潤得差點滑脫。幾呎外是其中一名警衛的屍體，他仍一臉驚訝。

我殺了他，我殺了地鐵警衛。

他的同伴沒那麼幸運。他仰躺在地，兩眼凝視天花板，嘴角流涎。當我接近時，他身子抽搐。我感覺背脊發寒，膽汁令咽喉灼痛。他的靈魂沒被我撞得太遠，因此仍在心靈的黑暗處飄蕩，那是祕密而死寂、靈魂不該逗留的部分。他發了瘋，不，是我把他**逼瘋**。

我咬牙。我不能就這麼丟下他，即使是地鐵警衛也不該落得如此下場。我把冰涼的雙手放在他的肩上，逼自己給他個痛快。他呻吟低語：「殺了我。」

我必須下手，這是我欠他的。

但我做不到，我實在下不了手。

列車抵達一之五區C站時，我在車門邊等待。等下一批乘客發現屍體時，已經來不及抓我。我來到他們上頭的地面街道，拉低帽簷遮臉。

第二章 騙子

我溜進公寓，把外套掛起。這間名為「金弦月」的公寓大樓有個全職警衛維克，但我刷卡進大門時沒看到他，想必正在大樓周遭巡邏。也因此，他沒看到我的慘白臉龐，或是我以顫抖的雙手拿出門禁卡。

父親在客廳，我能看見他穿拖鞋的腳放在腳墊上。他正在看《賽昂之眼》，這個電視新聞網報導所有賽昂城塞的消息。畫面上的絲嘉蕾・班尼許宣布：第一地區的地鐵系統已被關閉。

每次聽到她的聲音，我總是不禁打冷顫。班尼許年僅二十五，是有史以來最年輕的官方發言人——大法官的助理，將喉舌和機智獻給賽昂。人們稱她為「威弗的情婦」，這種說法或許是出於嫉妒，因為她的肌膚白皙透亮，嘴唇豐厚飽滿，而且最喜歡塗上厚厚的紅眼線，十分搭配她挽成優雅髮髻的紅髮。她的高領裙裝總是讓我想到絞刑臺。

「國際新聞方面，法蘭西共和國大法官班華・梅納將於八個月後的十一月佳節訪

問威弗大法官，執政廳已經開始為這場令人期盼的探訪做準備。」

「佩姬？」

我拿下帽子。「嗨。」

「來這兒坐。」

「稍等一下。」

我直接走向浴室，一身汗水密得彷彿霰彈槍子彈裡的小鋼珠。

我殺了人，我居然**殺了人**。傑克森總是說我有那種能耐——我能殺人不見血——但我一直不相信這個說法。現在，我真的成了殺人犯，更糟的是，我留下證據：一名活口，連同我的資料板，上面沾滿我的指紋。他們不會用氮安樂伺候我，那可太便宜我，我一定會先被施虐再送上絞刑臺，這點無庸置疑。

一踏進浴室，我立刻往馬桶裡嘔吐。把內臟以外的體液殘渣都吐乾淨後，我顫抖得幾乎站不起來。我脫下衣服，蹣跚走進淋浴間，任憑滾燙熱水打在肌膚上。

這一次，我做得太過分了。這是我第一次「入侵」別人的夢境，而不只是「接觸」。

傑克森一定會因為這個消息而興奮得要死。

我閉上眼，車廂那一幕不斷在腦海重演。我不是有意殺他們，我只是想推他們一把，頂多讓他們頭痛欲裂，或許流點鼻血，總之只是轉移他們的注意力。

但當時有某種原因令我驚慌，我怕被抓，我怕成為另一個被賽昂殺害的無名受害者。

我想起林伍德。靈視者從不保護彼此，除非是同一幫派的夥伴，但他的死還是令我心情沉重。我把兩腿屈於胸前，把痛得要命的腦袋埋於掌心。如果我那時候反應再快一些……結果現在死了兩個人，外加一個發了瘋；如果我運氣不好，下一個就輪到我。

我縮在淋浴間的角落，雙膝緊貼於胸。我不能一輩子躲在這，他們遲早會找到我。

我得想想辦法。針對這種情況，賽昂有某種圍堵措施：清空車站、拘捕所有可能的目擊者後，他們就會找來「藥頭」——乙太藥物的專家——對死者施放藍翠菊的花煙，這能暫時恢復受害者的記憶，讓調查人員得以查看。等他們記錄下重要片段，就會將那名男子安樂死，把他的屍體送去二之六區的停屍間。他們會瀏覽他的記憶，尋找殺害凶手的臉龐，然後找到我。他們不一定只在晚上抓人，有時候也在白天動手，就等目標走上大街。他們會把手電筒對準你，再把針頭扎進你的脖子，你就從此人間蒸發，沒有人舉報你失蹤。

此刻，我無法考慮未來該怎麼辦。又一波痛楚貫穿我的頭顱，把我拉回當下。

我考慮剩下哪些選項。我可以回去七晷區，在巢窩避避風頭，但是警戒者很可能已經在找我——如果被他們跟蹤，我就會把他們引去傑克森那裡。更何況，第四小區的車站已全數關閉，我不可能回得去。現在也很難找到那些非法營業的野雞車，保全系統在晚上更是比白天嚴密十倍。

我可以去跟朋友住，但我在七晷區之外的朋友都是靈盲者，是我很少聯絡的女校同學。如果我跟她們說我用靈魂殺了人、正在被祕密警察追捕，她們一定會以為我發了瘋，也一定會檢舉我。

我裹上一件舊睡袍，赤腳走進廚房，用爐臺熱一小鍋牛奶。我在家的時候總是這麼做，今晚也不該例外。父親已經拿出我最喜歡的巨型咖啡杯，杯子上面寫著「暢飲咖啡，享受人生」。我一向不喜歡調味氧氣，也就是名為「芬氧®」的這個註冊商品，這是賽昂用來取代酒精飲料的替代品。咖啡勉強還算合法，雖然政府仍在研究咖啡因是否會引發靈視力，而且「暢吸芬氧，享受人生」聽起來就沒那麼生動。

在地鐵那般進行「魂鬥」——以靈魂為武器進行戰鬥，我的腦袋因此受到影響——我累得幾乎睜不開眼睛。倒牛奶的同時，我看向窗外。在室內設計這方面，父親的品味確實無懈可擊，而且他的經濟能力還不錯，能購買巴比肯屋村的這戶高級公寓。這間公寓新穎寬敞，光線充足，走廊散發乾燥花和亞麻的香氣，每個房間都有大型方窗。最大的窗戶在客廳，這面大天窗取代向西的牆壁，旁邊就是通往露臺的華麗玻璃門，我小時候常在這面窗前欣賞日落。

外頭的城塞尚未入眠。巴比肯屋村的三座「粗野主義」風格的高樓聳立於一旁，俯視我們這棟低矮建築，賽昂的白領階級就住在那些高樓中。其中一座名為羅德岱塔，其屋頂就是一之五區的公告螢幕；星期天晚上，這面螢幕負責現場轉播絞刑。此刻，螢幕上是一幅靜態畫面——象徵船錨的賽昂紅徽，搭配黑色字體的「賽昂」二字，背景則是一片潔白，還有那句令人作嘔的口號：「**無可媲美的安全國度**」。應該改成「無安全國度」，至少對我們這種人來說一點也不安全。

我啜飲牛奶，凝視那面紅徽片刻，祈求它趕快下地獄；我把杯子洗乾淨，倒了一杯水後走回臥室，我得打給傑克森。

父親在走廊攔住我。

「佩姬，等等。」

我停步。

父親是愛爾蘭裔，一頭耀眼紅髮。他在賽昂的科學研究部門工作，工作之餘喜歡在資料板上塗寫化學公式，或是興高采烈地解釋他兩個學位之一的「臨床生化學」。我跟他長得一點都不像。

「嗨。」我開口：「抱歉我這麼晚才到，我加了幾小時的班。」

「不用道歉。」他示意要我進客廳，「我幫妳弄些吃的吧，妳看來很憔悴。」

「我沒事，只是有點累。」

「妳知道，我剛剛在看氧氣管線的新聞，四之二區發生重大事故，被剝削的員工、髒汙氧氣、客戶出現癲癇症狀──很不幸的消息。」

「中區的氧吧沒問題，真的，那裡的客戶很要求品質。」我看著他把餐具放在餐桌上。「工作如何？」

「很好。」他抬頭看我。「佩姬，關於妳在氧吧的工作──」

「怎麼了？」我問。

對他這種地位的人來說，沒有比「女兒在城塞的最低階層工作」更令他難堪的事情。同事問起他的子女狀況，以為他的小孩不是醫生就是律師，這一定令他非常不自在；當他們意識到我不是律師而是酒保，一定會竊竊私語。所以我必須撒謊，這是小小的慈悲之舉。他永遠不可能接受真相：我是反常分子，我是個罪犯。

還是個殺人犯。想到這裡，我又噁心欲吐。

「我知道我沒立場說這種話，但我認為妳該考慮再向大學提出申請。妳那份工作是個死胡同，工資微薄，沒有未來可言，而大學──」

「不要。」我無意讓口氣如此強硬。「我喜歡我的工作，那是我的選擇。」

我還記得私立女校的校長把畢業成績單交給我的那一幕。「很遺憾妳決定不申請大學，佩姬，」她說：「但這或許也是最適合的決定，畢竟妳離開學校實在太久，這種行為對大家閨秀來說並不恰當。」她遞來一份印有校徽的薄皮文書夾。「這是妳的老師們提供的就業建議，他們注意到妳在體育、法文以及賽昂歷史方面表現得最優秀。」

我不在乎。我一向討厭學校、討厭制服，討厭教條。我在青春期所做出的最佳決定，就是出社會就業。

「我能做些安排。」父親實在想要一個受過高等教育的女兒。「妳可以重新申請。」

「在賽昂社會，靠關係是沒用的。」我說：「你應該很清楚。」

「我年輕的時候沒這種選擇，佩姬，」他的臉頰微微抽搐。「我沒有關係可以靠。」

我不想跟他談這個，不願想起我們拋下的過去。

「還跟妳男友住一塊兒？」他問。

我當初真不該撒「我有男朋友」這個謊。自從創建這個角色，父親就一直要求見他。「我跟他分手了。」我回答：「個性不合。不過沒關係，蘇瑟的公寓有空房。你還記得她嗎？」

「妳的女校同學蘇瑟？」

「沒錯。」

說話的同時，我感覺腦側一陣刺痛。我沒辦法等他做晚餐，我得打給傑克森，讓他知道發生什麼事，不能拖延。

「其實，我頭有點痛。」我說：「如果你不介意，我想早點休息。」

他來到我身旁，以一手抬起我的下巴。「妳常常頭痛，這是過度操勞。」他用拇指拂過我的臉和黑眼圈。「電視要放一部不錯的紀錄片，如果妳想一起看——我可以幫妳弄好沙發。」

「明天吧。」我輕輕推開他的手。「你有止痛藥嗎？」

幾秒後，他點個頭。「在浴室。我明早給咱們做一頓阿爾斯特早餐，好嗎？我想知道妳的所有消息，**小蜜蜂**。」（註6）

我凝視他。從我十二歲開始，他就沒再給我做過早餐，而從我們當年搬去愛爾蘭之後，他也沒再叫我那個綽號。十年了，恍如隔世。

「佩姬？」

「好，」我說：「明早見。」

我後退，走回臥室。

父親沒再多說什麼，只是把客廳門虛掩——我在家的時候，他都這麼做，他一向不知道該用什麼姿態和我互動。

註6 阿爾斯特早餐（Ulster fry）是一種愛爾蘭式早餐，內容通常包括煎得酥脆的培根、香腸、蛋和薯餅，因此有「fry」這個字。「小蜜蜂」則是蓋爾語的 seillean。

我以前的臥室現在成了客房，裡頭暖得要命。高中一畢業，我就搬去七晷區，但父親不曾出租這個房間，他也不缺那種錢。在相關文件上，我的地址還在這，畢竟更改戶籍很麻煩。我打開通往露臺的門，這道門延伸於我的房門和廚房之間，我的冰冷肌膚變得火燙——眼球殘留一種異樣的酸疼，彷彿凝視燈光幾小時。我只看得見被我殺害那人的臉，還有那名活口——魂飛魄散，**精神錯亂**。

我居然在那短短幾秒內造成那麼多傷害。我的靈魂不只能偵查，還能奪魂，傑克森一直在等候這一刻。

我找出手機，撥去傑克森在巢窩裡的臥室電話。響不到一聲，他已經接起。

「唉唷，妳不是這個週末丟下我了嗎？妳對我也太冷漠嘍，小蜜蜂。妳打算重新考慮這個週末的計畫？其實妳不是真的需要休假，是吧？我也這麼認為。我實在無法忍受兩天見不到我的夢行者。發發慈悲吧，親愛的。好極了，很高興妳同意。說起來，妳弄到珍・羅奇福德子爵夫人沒有？如果妳需要，我就再匯個幾千鎊給妳，只是拜託別告訴我那傲慢的蒂迪恩渾蛋搶走了安妮・奈勒之後又——」（註7）

註7　這裡的「小蜜蜂」原文是英文（honeybee）而非她父親所用的蓋爾語。珍・羅奇福德子爵夫人（Jane Rochford）是歷史上的珍・派克（Jane Parker），是羅奇福德子爵喬治・博林之妻，而喬治的妹妹就是安妮・博林——亨利八世的第二任妻子。珍・派克指控自己的丈夫與安妮・博林有亂倫關係，兄妹倆因此被處死。

「我殺了人。」

一片沉默。

「誰？」傑克森的聲音有些怪。

「地鐵警衛，他們想抓一名跟我同車的靈感者。」

「所以妳殺了地鐵警衛。」

「我殺了其中一人。」

他猛然吸氣。「另一個呢？」

「我把他放進他的超深淵地帶。」

「等等，妳是靠妳的——？」聽到我沒回應，他開始放聲大笑，我聽見他的手往桌上砸的聲音。「終於，終於啊！佩姬，妳這個小魔術師，妳做到了！之前讓妳處理降靈會那種小事，完全是浪費妳的才能。所以那傢伙——地鐵警衛——他真的成了植物人？」

「是的。」我停頓。「我被解雇了？」

「解雇？時代之魂在上，親愛的，當然沒有！我等了好幾年，就希望能看到妳發揮專長。妳這朵仙花終於綻放了，我迷人的天才少女。」我能想像他正在以慶祝的姿態抽雪茄。「哎呀呀，我的夢行者終於闖進別人的夢境，而這只花了妳三年。現在，告訴我——妳有沒有挽救同車那名靈視者？」

「沒有。」

「沒有？」

「那名警衛有三縷騷靈。」

「喂，別開玩笑了，沒有靈感者能操控三縷騷靈。」

「但是那名靈感者真的做到了，他還以為我是神諭者。」

他的笑聲輕柔。「那傢伙是外行人。」

我望向窗外高樓，樓頂螢幕出現新訊息：**地鐵列車可能臨時發生延誤，敬請多加留意**。「他們關閉了地鐵，」我說：「他們想逮到我。」

「無需驚慌，佩姬，妳不適合慌慌張張的模樣。」

「嗯，那你最好趕快想辦法。列車系統已經被徹底封鎖，我需要離開這裡。」

「噢，不用擔心這個問題。就算他們試著提取那名地鐵警衛的記憶，那顆腦子也早已成了一團漿糊。妳確定他已經被徹底推進超深淵地帶？」

「沒錯。」

「那他們至少得花十二小時才能提取他的記憶。真沒想到，那可憐的傢伙居然還活著。」

「你到底想說什麼？」

「我要說的是，妳在亂衝亂跑自投羅網之前，先坐下來靜觀其變。待在妳的賽昂爹地身邊，要比回來這裡安全。」

「他們有我這個地址，我不能坐以待斃。」

「妳不會被抓的，親愛的。相信我的建議，待在家，睡一覺，我明早派尼克開車過去，這個辦法聽來如何？」

「我不喜歡。」

「妳不需要喜歡，只需要睡個美容覺，雖然妳氣色好得不需要美容。」他補充。

「對了，能不能幫個忙？明天去一下葛拉布街，跟敏提拿一下鄧約翰的《哀歌集》，行嗎？我不敢相信他的靈魂回來了，這實在——」（註8）

我掛上電話。

傑克森這渾蛋。沒錯，他是個天才，但也是個滿嘴假話、吝嗇又冷血的渾蛋，就跟所有幫主一樣。但我又能找誰幫忙？擁有我這種天賦的人，一旦落單就很容易被襲擊。兩害相權取其輕，我只好選擇傑克森。

想到這點，我不禁苦笑。既然傑克森．霍爾是「取其輕」，你可以想像這個世界有多爛。

我睡不著，我得做準備。抽屜裡的一疊衣服下藏有一把小手槍和傑克森自行研究

註8 葛拉布街（Grub Street）是倫敦的一條舊街，原為窮作家的集居地。

而撰寫的一本初版小冊《反常能力的價值》，裡面列出靈視者的所有基本類型。我的這本裡面滿是他的註解——新觀點，還有靈視者的電話號碼。把手槍裝上子彈後，我從床底拉出一個背包，這是我的緊急行囊，已經存放了兩年，以備我必須跑路的一天。我把小冊塞進背包的前袋，我絕不能讓他們在父親這裡發現這本小冊。

我仰躺在床，已經換好衣服，手放在槍上，遙遠的黑暗某處傳來雷鳴。

我一定是睡著了。醒來時，我感覺有些不對勁，乙太的動態過於敞開。有靈視者在這棟建築物裡，就在樓梯間。那個動態不是來自樓上的赫倫老太太——她使用助行器，而且總是搭電梯。我感覺到的是逮捕隊的靴子踏過地板。

他們來找我。

該來的總是會來。

我立刻下床，顫抖著雙手穿上外套和鞋子，再戴上露指手套。尼克給我進行的訓練就是為了應付這種情況：拚命逃跑。只要拚命，我能逃去車站，但這將測驗我的耐力極限。想前往第四小區，我就得攔到一輛計程車。只要幾鎊的代價，野雞車司機就願意接客，不管是不是靈視者逃犯。

我把背包甩上肩，把手槍塞進外套口袋，打開原本敞開但後來被風吹上的露臺門，大雨落在我的衣服上。我走過露臺，爬上廚房窗臺，抓住屋簷，用力一拉，爬上屋頂。他們來到公寓時，我已經開始奔跑。

砰。門已敞開——沒敲門，毫無預警。幾秒後，一道槍聲劃破夜空。我逼自己繼續奔跑，我不能回去。他們從不濫殺靈盲者，對賽昂員工更是禮遇。那道槍聲應該只是朝父親發射的鎮靜劑，為了方便逮捕我。如果想讓我倒下，他們需要遠比鎮靜劑強大的武器。

屋村一片寂靜。我瞥向屋簷外圍，沒看到大樓警衛，想必他又在周遭巡邏。我立刻注意到停車場的囚車，那輛廂型車的車窗一片黑，頭燈綻放亮白光芒。如果再仔細看，就能看到尾門的賽昂標誌。

我越過一道空隙，爬上一面壁架，因為雨水而溼滑得恐怖。雖然鞋子和手套能提供不少摩擦力，但我還是必須步步謹慎。背脊貼牆，我慢慢挪向一道逃生梯，雨水使我的頭髮緊貼臉龐。我爬上另一層樓的鍛鐵露臺，用力打開一面小窗，快步穿過無人公寓，跑下三層樓梯，衝出一樓大門，我得躲進暗巷。

門外是紅色尾燈——守夜者的車輛就停在大門口，擋住我的去路。我彎下腰，用力關上大門，門上的保全鎖因此啟動。我用顫抖的雙手從消防箱取出一把斧頭，砸破一樓的一面窗，然後從窗戶爬進小型的中庭，雙臂因此被玻璃割傷。我又回到雨中，爬過排水管和窗臺攀爬，來到屋頂。

看到他們時，我的心跳停止，建築物外圍全是身穿紅襯衫和黑外套的男子。幾道手電筒光束移向我，直入我眼。我的心臟狂跳，這是我第一次在倫敦見到這種制服——他們是賽昂派來的？

「別動。」

最接近的一人走向我，戴手套的手中握著一把槍。我向後退，感覺到一道強烈氣場，這些士兵的首領是一名極為強大的靈感者。在光線的照射下，我看到那人的憔悴臉龐，銳利雙眼和薄唇闊嘴。

「別跑，佩姬，」他的聲音飄過屋頂。「妳何不乖乖配合？別站在那裡淋雨。」

我迅速掃視周遭，鄰近建築是一棟荒廢的辦公大樓，距離很遠，大概有二十呎，在那之後是一條繁忙街道。這比我以前跳過的距離都遠——但除非我打算把肉體丟在這、讓靈魂出竅去攻擊靈感者，否則我必須嘗試。

「免了。」我回應，再次拔腿。

士兵們咆哮著警告彼此。我跳下一面較低的屋頂，那名靈感者追來，我能聽見他的腳重重踏過屋頂，距離我只有幾秒。我以前為這種脫逃情況受過訓練，我絕不能停下，一秒都不行。我的身子輕盈苗條，足以從扶手和欄杆底下鑽過，但那名男子也辦得到。我朝身後開一槍，他彎腰閃過，未曾停步。他的笑聲被風捲上天，我無法判斷他到底離我多近。

我把手槍塞回外套口袋，開槍也只是浪費子彈，我根本打不中。我繃緊指頭，準備攀住屋簷的排水槽。我的肌肉灼熱，肺臟彷彿即將破裂。腳踝傳來一陣刺痛，表示可能已經受傷，但我必須繼續前進。戰或逃，不跑就等死。

靈感者跳過壁架，動作如流水般迅捷順暢。腎上腺素湧過我的血管，兩腿肌肉賁張，雨水朝眼睛鞭笞。我躍過屋頂的水管和通風管道，拚命向前衝，同時試圖把我的第六感瞄向靈感者。他的心靈十分強韌，敏捷度不輸肉身。我沒辦法看清楚那顆心靈的輪廓，也沒有任何方法能嚇阻他。

我加快速度的同時，腎上腺素令腳踝的灼痛感麻痺。十五層樓高的落差迎面而來，這條深淵彼岸是屋簷排水槽，在那之後是一道太平梯。只要能順梯而下，我就能消失在第五小區的複雜街道中。我能逃走，沒錯，我會成功。尼克的聲音在我腦海不斷催促：**膝蓋盡量貼近胸口，眼睛看著落地點**。機不可失，我用力往地板一踏，縱身躍過這道斷崖絕壁。

我的身軀撞上一面堅硬磚牆，衝擊力使我的嘴脣綻裂，但我沒失去意識。我的指頭緊抓屋簷，雙腳踢踏牆面，我用僅存的力氣把自己向上拉，雙手死抓排水槽。一枚錢幣從外套口袋滑出，掉進下方黑漆漆的街道。

我的勝利十分短暫。我用擦傷疼痛的兩掌試圖爬上屋簷時，一陣劇痛貫穿脊椎，這陣衝擊幾乎讓我鬆手，但我的一手仍緊抓屋頂。我轉頭查看身後，一支細長鏢針刺進下背。

混亂劑。

他們有混亂劑。

藥物流進血管。六秒內，我的循環系統已經徹底失常。我的腦中只有兩個念頭，其一：傑克森會宰了我。其二：其一並不重要，因為我快死了。我放開屋頂。

眼前一片黑。

第三章 拘禁

時間漫長得彷彿永恆。我不記得這種感覺從何時開始，也看不出何時會結束。我記得自己被搬動，聽見一道發自咽喉深處的咆哮，然後被綁在某個堅硬表面上。之後，一根針頭扎進我的身體，我立刻被痛楚包圍。

現實被扭曲，我身旁有支蠟燭，燭火卻如煉獄般熾烈，我彷彿被困於火爐，汗水如融蠟般從毛細孔滲出。我化為火焰，像在燃燒；我被燙得渾身起水泡，卻又突然感覺寒冷徹骨，即將凍死。我從一個極端跳進另一個極端，之間只有無盡痛楚。

「AUP混亂劑十四型」是由賽昂的醫學部門和軍事部門合作發展，這東西能產生一種被稱作「如夢似幻」的癱瘓效果，吃過這種虧的靈視者則暱稱它「腦瘟疫」：因為夢境被扭曲而產生一系列強烈幻覺。我被無數幻象包圍，因痛徹心扉而放聲尖叫。如果地獄能被描述，這種感覺就是答案，這就是「地獄」。

我讓自己催吐，徒勞地試圖將這個毒素排出體外，頭髮黏上眼窩和淚水。我只希望這一切趕快結束，不管這是睡夢、昏迷或死亡，我只希望能脫離這場夢魘。

「放輕鬆點，寶貝，我們可不希望妳現在就死，畢竟今天已經死了三人。」某人的冰涼指尖撫過我的額頭，我拱起背試圖掙脫。如果他們不想讓我死，又何必這樣對我？

朵朵枯花從我眼前掠過，房間扭曲成一道螺旋，不停旋轉，直到我分不清上下。為了壓抑叫聲，我咬住枕頭，嘗到了血味，看來我也咬到其他東西，但我不知道是嘴唇、舌頭還是口腔內側。

混亂劑不會輕易排出體外。無論如何拚命嘔吐或排尿，混亂劑只會不斷循環，透過血液帶往各處，由體內細胞不斷複製，直到解毒劑灌進血管。我試著哀求，卻吐不出一個字。痛楚不斷襲來，直到我確信自己會死。

某人的聲音傳來。

「夠了，我們需要留這活口。拿解毒劑來，否則我讓你加倍品嘗她被施打的劑量。」

解毒劑！或許我會活下去。我試著看清眼前的模糊景象，但只能認出蠟燭。他們動作真慢！解毒劑呢？無所謂了，我只想睡，永遠安眠。

「讓我走。」我說：「放我出去。」

「她在說話。拿水來。」

冰涼的玻璃杯碰觸牙齒，我貪婪狂飲。我抬起頭，看到救星的臉龐。

「救我。」我說。

一雙噴火眼眸回瞪我。

夢魘終於停止，我昏沉睡去。

醒來時，我靜躺不動。

我還保有一些知覺，大概知道自己所處環境：我趴在一面硬邦邦的床墊上。我的咽喉灼燒，痛得我必須逼自己立刻恢復感官，就算只是為了找水。發現自己居然一絲不掛時，我嚇一跳。

我翻身側躺，用手肘和髖部支撐體重，我能嚐到口腔裡已乾的嘔吐物。終於集中精神後，我立刻進入乙太，感覺到其他靈視者也在這間監獄某處。

一段時間後，眼睛才適應這個昏暗環境。我躺在一張小床上，連同幾條溼冷毛毯。右側開了一扇沒有玻璃的格柵窗，地板和牆壁皆以石頭砌成，一陣陰風令我渾身起雞皮疙瘩，吐息在冰冷空氣中化為小小白煙。我把毛毯拉到肩頭，是哪個渾蛋拿走我的衣服？

角落的一道門虛掩，我能看見光芒。我站起身，試試身子還剩多少力氣。確認不會跌倒後，我朝光源走去，發現那是一間簡陋廁所，光源來自一根蠟燭。廁所裡有個舊式馬桶，牆面高處裝有一個生鏽的出水口，腐蝕得彷彿一碰就碎。我轉動水龍頭，冰水立刻狂湧而出，我試著把水龍頭轉往另一個方向，水溫只提升半度。我雙手輪流放在出水口下清洗四肢，勉強當作沖涼。這裡沒有毛巾，所以我用床上的毛毯擦身，再用其中一條裹身。我拉扯房門，果然上了鎖。

我的汗毛豎起。我根本不知道這是哪、為何被關在這、這些人打算怎麼對付我。沒人知道囚犯有何下場，因為他們一去不回。

我坐在床上，深吸幾口氣。幾小時的「如夢似幻」讓我尚未完全恢復體力，不用照鏡子也知道我比平常更慘白。

低溫只是令我顫抖的其中一個原因。我赤身裸體，獨自一人待在這個開有格柵窗的昏暗房間，看不到任何逃脫路線。這裡一定就是倫敦塔，他們拿走了我的背包，連同那本小冊。我縮在床柱邊，盡量保存體溫，心跳沉重，咽喉灼痛得彷彿糾成一團。

他們會不會傷害父親？雖然他很有價值、是個商品，但他們會原諒他窩藏靈視者嗎？那種行為會被視為失職。但他很重要，他們必須饒他一命。

我半夢半醒，失去時間感，直到門終於被用力推開，我立刻驚醒。

「起來。」

一名女子用手中的煤油燈探進房門。她的栗色肌膚質感光滑，骨架優雅，身型比我高幾吋。一頭捲髮烏黑秀麗，高腰裙裝也是又黑又長，袖口遮住手套指尖。我完全猜不出她的年齡，可能是二十五，也可能是五十。我緊抓身上的毛毯，凝視她。

我注意到這名女子有三個古怪之處。其一，她的虹膜呈黃色，不是像某些燈光的那種琥珀色，而是真正的黃色，幾乎呈淡黃綠，而且綻放光芒。其二是她的氣場。她是靈視者，但我從沒遇過這種類型。我說不出到底哪裡怪，但就是讓我不自在。其三就是令我發抖的原因——她的夢境。跟在一之四區的那名陌生人一樣，我也無法看見這名女子的心靈。我的本能反應是對她出手，但我知道我無法入侵那種夢境，以我目前的狀況尤其不可能。

「這裡是倫敦塔？」我的嗓子沙啞。

女子無視我的疑問，只是把燈籠湊向我，仔細觀察我的眼睛。我懷疑起眼前這人是腦瘟疫產生的幻覺。

「吞下這個。」她說。

我看著她手中的兩顆藥丸。

「吞下去。」

「不要。」我回絕。

她動手揍我，我嘗到血味。我想還手、想揍回去，卻虛弱得連手都很難抬起來。嘴唇不久前才裂開，我勉強吞下藥丸。「把身體遮好，」她命令：「如果妳再反抗，我保證妳永遠走不出這個房間，至少在化為白骨之前。」

她把一堆衣服丟給我。

「撿起來。」

我不想再被揍。如果再被揍一次，我會站不起來。我咬緊牙根，撿起衣服。

「穿上。」

我低頭看這堆衣服，嘴脣的血落下，暈開在手中的長袖白袍。白袍的領口呈方形，搭配黑腰帶、長褲、襪子和靴子，素色內衣、黑色背心繡有一個小型的白色船錨——賽昂的標誌。我僵硬地穿上衣服，逼凍僵的四肢行動。更衣完畢後，她轉身面向房門。

「跟我來，別跟任何人說話。」

外頭冷得要死，破地毯也沒多少保溫作用。地毯原本應該是紅色，但早已褪色，而且沾染嘔吐物。嚮導帶我走過錯綜複雜的石牆走廊，經過格柵小窗和熊熊火炬。我早已習慣倫敦的冰藍街燈，這些火炬讓我覺得過於刺眼。

這是座城堡？倫敦方圓千哩之內應該沒有任何城堡，畢竟從維多利亞女王之後就不再有君主治國。或許這是列為D類別的其中一座監獄。除非……這裡就是倫敦塔。

我偷偷瞥向窗外，外頭是黑夜，但在幾盞燈籠照映下，我能看見一座中庭。不知道我被混亂劑影響了多久？這名女子是否看著我掙扎？她聽命於守夜者，還是守夜者聽命於她？或許她替執政廳賣命？可是他們不可能雇用靈視者。不管她是誰，她絕對是靈視者。

女子在一道門前停步，一名男孩被從中推出。他身型瘦弱，獐頭鼠目，蓬頭垢髮，而且表現出所有混亂劑症狀：目光模糊、臉色慘白、嘴脣發青。女子上下打量他。

「名字？」

「卡爾。」他的嗓音粗啞。

「我沒聽清楚。」

「**卡爾**。」他顯然深受折磨。

「總之，恭喜你熬過混亂劑十四型，卡爾。」她的口氣毫無祝賀之意。「你大概已經很久沒像剛剛那樣睡個好覺吧。」

我和卡爾對望一眼，我知道自己的氣色一定跟他一樣糟。

沿走廊緩慢而行的同時，她讓另外幾名靈視者囚犯加入我們的行列。他們的氣場強烈而鮮明，我大概猜得出他們的身分。一名預言占卜者、一名將短髮染成電藍色的手相師、一名茶占師、一名光頭神諭者，還有一名身纖脣薄的黑髮女孩，大概是個靈聽師，而且似乎有一手骨折。他們看來只有二十出頭，甚至可能不到十五，都因為混亂劑的關係而蒼白憔悴。到最後，我們這個隊伍一共有十名靈視者。

女子轉身面對這群怪胎。

「我名叫普萊歐妮・斯拉古尼，」她開口：「我是你們在第一冥府的嚮導。你們將參加今晚的迎新會，需要遵守幾項簡單規矩：不准直視利菲特族的眼睛，只能低頭看

地，除非有人邀請你們看別的地方。」（註9）

手相師舉起手，看著自己的腳。「利菲特族是什麼？」

「你們很快就會知道。」普萊歐妮停頓。「還有一條規矩：除非利菲特人跟你們說話，否則乖乖把嘴巴閉上。有哪裡聽不懂？」

「嗯，有。」開口的是茶占師，他的視線並不是瞄準地板。「這是哪？」

「你們很快就會知道。」

「妳他媽的有什麼權力對我們發號施令？老子根本沒賣藝、沒犯法，妳來證明老子有氣場啊！我這下就回城去，妳別想攔——」他閉上嘴，兩滴黑血從眼窩滲出。他輕輕呻吟一聲，隨即倒地。

手相師嚇得尖叫。

普萊歐妮打量茶占師，再抬頭看我們的時候，雙眼光芒宛如純青爐火。我連忙避開她的視線。

「還有沒有其他問題？」

手相師伸手摀嘴。

註9 斯拉古尼（Sualocin）是海豚座其中一顆恆星，源自義大利天文學家尼古拉斯（Nicolaus）之名，但故意將其顛倒拼寫。利菲特族（Rephaite）出自聖經，為天使和人類女子所生之「拿非利」巨人（Nephilim）的後代。

我們被帶進一個小房間，牆壁和地板潮溼，昏暗得宛如墓穴。普萊歐妮把我們鎖在裡面之後便離開。

有一段時間，沒人敢開口。手相師開始啜泣，近乎歇斯底里，其他人大多虛弱得無法說話。我在某個角落坐下，跟他們保持距離。袖子底下的肌膚爬滿雞皮疙瘩。

「這裡是倫敦塔嗎？」一名占兆者開口：「看起來像倫敦塔。」

「閉嘴，」某人罵道：「拜託閉嘴。」

出乎我的意料，有人開始向時代之魂祈禱，這麼做最好是有用。我把下巴擱在膝頭，我不想知道他們打算怎麼對待我們，不想知道自己在領教水刑時能有多堅強。我聽父親描述過，他們每次只讓你呼吸幾秒。他說那不是酷刑，而是治療。

光頭寬肩的預言占卜者在我身旁坐下。周遭昏暗，我看不清楚他的模樣，但能看見那雙格外烏黑的大眼。他伸出一手。

「朱利安。」

他並不顯得害怕，只是安靜。「佩姬。」我回應，最好別說出全名。我清清乾燥的喉嚨。「你來自哪一區？」

「四之六區。」

「我是一之四區。」

「那是白縛靈師的地盤。」我點頭表示正確。「住哪？」

「蘇活區。」我回答。如果我說我來自七晷區，他一定會知道我是傑克森的直屬手下。

「真羨慕妳，我很想住在中區。」

「為什麼？」

「聯合集團在那裡的勢力最強，我那個小區很平淡。」他壓低嗓門。「他們有沒有說為什麼抓妳？」

「殺害一名地鐵警衛。」我的咽喉疼痛。「你？」

「我和一名警戒者有些不愉快。總之，那名警戒者已經不在人世。」

「但你是預言占卜者。」靈視者大多瞧不起預言占卜者——占卜者的其中一類。跟所有占卜者一樣，預言占卜者也必須藉助道具才能跟靈魂交流，而所需道具是任何能反光的物體。傑克森最痛恨占卜者，他還對我說過：「親愛的，妳應該叫他們『沾糞屎』。」現在想想，他也連帶討厭占兆者。

朱利安似乎看出我這些思緒。「看來妳不認為預言占卜者能取人性命。」

「至少沒辦法用靈魂殺人，預言占卜者無法控制大規模魂眾。」

「妳的確很懂靈視者。」他揉搓雙臂。「妳說得沒錯，我是開槍殺了他，到頭來還是被抓。」

我沒回應。冰水從天花板滴下，落在我的頭髮上，沿鼻梁滑下。其他囚犯大多默不作聲，一名男孩踮起腳跟、搖晃身子。

「妳的氣場很怪。」朱利安看著我。「我看不出妳的身分。我猜是神諭者，不過——」

「不過？」

「我已經很久沒聽說過有女性神諭者，我也不認為妳是女先知。」

「我是針占師。」

「所以妳幹了什麼好事？拿針戳人？」

「類似。」

外頭傳來一陣匡啷巨響，接著是一道淒厲尖叫。大夥停止說話。

「那是狂戰士發出的聲音。」說話的是名男孩，口氣充滿恐懼。「他們不會把狂戰士送進這裡吧？」

「沒有所謂的狂戰士。」我說。

「妳沒看過《反常能力的價值》？」

「看過，但那只是假設出來的類型。」

他沒有比較安心。想到那本小冊，我感到更強烈的寒意。那東西可能在任何地方、在任何人手中——那是最具煽動性的文章，裡面寫滿重要筆記和聯絡資料，就在這座城塞某處。要不是認識那本冊子的作者，我不可能弄到那種東西。

「他們會再把我們虐待一番。」靈聽師撫摸斷手。「他們想要某個東西，不會輕易放我們離開。」

「離開哪裡？」我說。

「倫敦塔啊，笨蛋，我們這些人已經在這待了兩年。」

「兩年？」角落傳來某人有些歇斯底里的笑聲。

「是九年吧，九年。」某人咯咯笑。

九年？為什麼是九年？就我所知，囚犯只有兩個選擇：加入守夜者，或是被處死。他們根本不需要保存囚犯。「為什麼是九年？」我問。

角落那人沒回應。一分鐘後，朱利安開口。

「還有誰好奇為什麼我們還沒死嗎？」

「其他人都被殺了。」某人初次開口：「我在那待了好幾個月，我那一棟的靈視者都被吊死。」停頓幾秒。「我們是因為某種原因而被選上。」

「賽昂研科，」某人低語：「我們會被丟去實驗室當白老鼠，是不是？那些醫生想解剖我們。」

「幕後主使不是賽昂研科那幫人。」我說。

又是許久沉默，只聽見手相師的哭聲，她似乎就是停不下來。

卡爾對靈聽師說：「嘶語者，妳剛說他們想得到某種東西，會是啥？」

「什麼都有可能，例如我們的透視力。」

「他們奪不走我們的視力。」我說。

「算了吧，妳又沒那種視力，他們才不想要殘廢靈視者。」

我真想打斷她的另一隻手。

「那女人到底對茶占師做了什麼？」手相師不住顫抖。「他的眼窩——她連動都沒動一下！」

「嗯，我那時候以為我們死定了。」卡爾開口，彷彿無法想像我們這些人為何如此擔心害怕，他的聲音稍微沒那麼沙啞。「只要能不被送上絞刑臺，要我做啥都行，你們不也是？」

「我們終究還是可能被吊死。」我說。

他默不作聲。

另一名鼻子布滿雀斑的男孩開始換氣過度，臉色蒼白得像全身血液被混亂劑燒乾。我先前沒注意到他，他沒有氣場的跡象。「這是哪裡？」他喘得幾乎說不出話。「你們——你們是誰？」

朱利安瞥向他。「你是靈盲者，」他說：「他們為何抓你？」

「靈盲者？」

「大概是誤會一場。」神諭者顯得不耐煩。「但一樣會被宰掉。你還真倒楣啊，小鬼。」

男孩的神情似乎即將昏厥。他跳起身，拉扯窗戶的鐵條。

「我根本不應該在這。我想回家！我不是反常分子，我不是！」他幾乎哭出聲。「對不起，我為玻璃球的事情道歉！」

我伸手摀住他的嘴。「別鬧。」幾個人朝他咒罵：「你也想被那女人教訓？」

他渾身顫抖，我猜他年約十五，但身型格外瘦弱。我不禁回想起某個時期——那時的我獨自一人、滿心恐懼。

「你叫什麼名字？」我盡量讓口氣溫柔。

「賽柏。賽……賽柏．皮爾斯。」他交叉雙臂，試圖縮起身子。「妳——你們都是——反常分子？」

「沒錯，如果你不閉上那張臭嘴，我們就會對你的五臟六腑做出非常反常的事。」某人嘲諷，嚇得賽柏一愣。

「不會的，我們不會那麼做。」我說：「我叫佩姬，這位是朱利安。」

朱利安只是點個頭。看來我的職責就是跟這位靈盲者閒話家常。「你打哪來啊，賽柏？」我問。

「第三區。」

「環區，」朱利安說：「真不錯。」

賽柏把視線撇向一旁，嘴脣因寒意而打顫，顯然以為我們打算為了進行神祕儀式而將他大卸八塊、以血沐浴。

「環區」是我們給第三區的暱稱，我的女校就在那。「告訴我們，你發生了什麼事。」我問。

他一瞥其他人，我實在狠不下心罵他幹麼這麼怕我們，畢竟他從小就被教導「靈視者乃萬惡之源」，結果現在跟我們關在一起。「我的高中同學把違禁品偷藏在我的書包裡。」他開口。他先前提到玻璃球，看來是指水晶球，黑市最常見的法器。「老師看到我在班上試著把那東西還給同學，他以為我是從那些乞丐身上弄到的，就叫駐校警戒者搜我的身。」

他的父母絕對是賽昂人員。如果他的學校有專屬警戒者，一定出身富裕之家。

「我花了好幾小時試著讓他們相信我是被栽贓的。回家的時候，我抄捷徑。」賽柏嚥口水。「結果街角有兩名戴面具的紅衣人。我試著繞過他們，但他們聽到我的動靜。我也不知道為什麼，總之我拔腿就跑，我實在很害怕，接著聽到槍聲，然後——我猜我一定昏了過去。醒來後，我難受得要命。」

我很好奇混亂劑對靈盲者產生何種效果。我能理解他們會出現生理反應，例如嘔吐、口乾和莫名驚慌，但不該出現「如夢似幻」。「那真糟。」我說：「我相信那只是一場嚴重誤會。」我確實這麼認為，賽柏這種血統純正的靈盲者根本不該被關在這。

賽柏顯得受到鼓舞。「所以他們會讓我回家?」

「不會。」朱利安回答。

我豎起耳朵——腳步聲,普萊歐妮回來了。她拉開門,一手把最近的一名囚犯揪起身。「跟我來,別忘了我說過的規矩。」

我們穿過一道雙扇門,走出建築物,手相師由靈聽師攙扶,冰冷空氣襲擊我們每一吋裸露肌膚。看到絞刑臺時,我渾身僵住,看來這裡**真的就是**倫敦塔,但是普萊歐妮只是從旁走過。我根本不知道她到底對茶占師做了什麼,或是那道尖叫到底怎麼回事,但我不打算問。低下頭,睜大眼——在這裡,我也得遵奉這條鐵律。

她帶我們走過由煤氣燈照映的無人街道,路面因為一晚大雨而溼滑,朱利安走在我身旁。隨著我們持續前進,前方那排建築物也持續擴張,但那些並不是摩天大樓,完全不是那種規模,它們沒有金屬結構、沒有電燈,反而老舊陌生,建於美學品味完全不同的某個時代——石牆、木門,鉛玻璃窗塗以深紅和紫水晶色。拐過最後一個轉角後,我看到一幅畢生難忘的景象。

眼前這條街寬廣得詭異,不見任何車輛,只有長長一排混亂排列的破屋,三夾板牆撐起波狀鐵皮。這座小鎮的兩側是較大的建築物——沉重木門、高聳窗戶,頂端還有防禦垛口,就像維多利亞時代的城堡。那些建築物實在太像倫敦塔,我不禁難受得移開視線。

最近一間小屋的幾呎外，一群苗條身影站在一面露天舞臺上，周遭擺放蠟燭，燭光照映他們的面具，木板平臺下方傳來小提琴聲，是靈視者的音樂，只有靈聽師能演奏的那種。臺下是一大群身穿紅外袍和黑背心的觀眾，正在仰望臺上的表演者。

彷彿終於等到我們出現，表演者開始起舞，他們都是靈視者，事實上，在場每個人都是靈視者——跳舞的、看戲的，**無一例外**。我這輩子從沒看過這麼多靈視者齊聚一堂、和平共處，舞臺周遭的觀眾至少有一百人。

這不是在地下通道的祕密聚會，不是漢克特的凶殘集團，這不一樣。賽柏抓起我的手，我沒甩開。

表演持續了幾分鐘，並不是所有觀眾都在專心欣賞，有些彼此交談，有些嘲笑舞者，我清楚聽見有人說出「懦夫」二字。舞蹈結束後，一名穿黑色緊身衣的女孩踏上一面更高的平臺，她的黑髮挽成髻，臉戴金翼面具，她站在那裡片刻，如玻璃般靜止，然後從舞臺跳下，抓住垂於掛燈的兩條長布，揮舞四肢，向上爬二十呎擺個姿勢，贏得觀眾的零星掌聲。

我的腦子仍因藥效而一團亂。這是某種靈視教派？雖然我聽說過比這更怪異的事。我逼自己觀察這條街，有一點無庸置疑：這裡不是賽昂倫敦，完全不見賽昂的跡象。大型建築、公眾表演、煤氣街燈、鵝卵石街道——我們彷彿回到過去。

我知道這是哪裡。

大家都聽說過「失落的牛津城」，那是賽昂教育的必修課程。一八五九年秋季，牛津大學毀於一炬，剩下的廢墟被歸類為「一級限行區」。為了避免出現任何感染，廢墟一律禁止進入，那一區被賽昂從地圖抹去。我在傑克森的紀錄裡看過：在二〇三六年，一名《咆哮男孩》報社的無畏記者嘗試開車進入那一區，打算寫一篇爆料文，結果他的車被狙擊手逼離道路，人也從此沒了消息，廉價報紙《咆哮男孩》不久後也消失，就因為他們多次試圖揭露賽昂的祕密。

普萊歐妮轉身看我們。由於夜深，我看不清她的臉，但那雙眼睛依然綻放火光。

「瞪人很不禮貌。」她說：「走吧，迎新會別遲到。」

我們還是不禁凝視那些舞者。雖然跟著女子繼續前進，她卻無法阻止我們盯著舞臺。

我們跟在普萊歐妮身後，直到來到一道巨型鍛鐵門。兩名男子解開門鎖，他們的模樣和嚮導相似：一樣的眼睛，一樣的光滑肌膚，一樣的氣場。普萊歐妮以輕快步伐穿過門口。賽柏的臉色開始發青；走過建築物內部時，我一直牽著他的手。雖然這名靈盲者對我這種人來說應該毫無重要性，但我就是覺得不能丟下這脆弱的孩子。手相師哭得滿臉是淚，只有神諭者顯得毫無畏懼，只是摳著拳頭的皮膚。持續前進時，另外幾群白袍新人加入我們的行列，他們大多一臉驚恐，有幾人卻一臉興奮。跟這些新人會合時，我的小隊越緊靠彼此。

我們如牛羊般被驅趕。

我們進入一個挑高的長型房間，橄欖綠的書架從地板延伸到天花板，擺滿精美古書，其中一道牆上有十一扇彩繪玻璃窗。這裡裝潢典雅，特殊造型的石磚以對角方式嵌於地面。囚犯們推擠入列，我站在朱利安和賽柏中間，集中所有感官。朱利安也渾身緊繃，視線一一掃過所有白袍囚犯。這裡是真正的靈視者熔爐，占兆者、占卜者、靈感者、察覺者……應有盡有。

普萊歐妮已經離開我們身旁，此刻站在一面臺座上，她身旁那人應該是她的八名利菲特人之一。我的第六感出現波動。

囚犯集結完畢後，一陣死寂席捲全場。一名女子走到臺前，開始說話。

第四章　影子聽訓（註10）

「歡迎來到第一冥府。」

發言人身高約六呎半，五官完美對稱：直鼻粱、高顴骨、深眼窩，燭光灑上秀髮和光潔肌膚。和其他人一樣，她也是一身黑衣，但袖子和腰側鑲以金線。

「我是奈希拉．薩加斯，」她的嗓音冰冷低沉。「利菲特族的嫡系族長。」（註11）

「這是某種玩笑嗎？」有人低語。

「噓。」有人嘶聲警告。

「首先，我必須為你們初來乍到時所感到的不適表示歉意，尤其如果你們是先收留於倫敦塔，被帶來這裡的靈視者大多以為自己將遭到處決。我們之所以使用混亂劑十四型，是為了確保你們前來第一冥府的路上不會因為反抗而影響自身安全。接受過

註10　本章標題的原文是 *A Lecture upon the Shadow*，取自鄧約翰的同名詩作。

註11　薩加斯（Sargas）是天蠍座 θ 星，奈希拉（Nashira）是摩羯座的巨星，其俗名 Nashira 來自阿拉伯語，意為「捷報者」。

麻醉後，你們是由列車送去一座拘留所監視，你們的衣物和私人物品已被沒收。」

聆聽這番話的同時，我打量這名女子、觀察乙太動態，我從沒見過她這種氣場。可惜我無法入侵，彷彿她將幾種氣場熔成一片怪異力場。

不對勁之處不只如此。

大多數氣場發出的是柔和溫暖的訊號，讓我彷彿從暖氣機旁經過，但這名女子的氣場冰冷銳利，令我打顫。

「你們看到這座城的時候想必大為驚訝，你們大概知道這裡名為『牛津』。兩世紀前，遠在你們出生前，你們的政府屏棄了牛津，他們說牛津因為重大火災而被隔離，那是謊話。牛津之所以被封鎖，是為了讓我們利菲特人能以此為家。

「兩世紀前，一八五九年，我們來到此地，因為你們的世界達到我們稱為『靈界門檻』的臨界點。」她觀察我們的表情。「你們大多是靈視者，知道擁有自我意識的魂魄無所不在，它們因為懦弱或頑固而不願回歸乙太、接受真正的死亡。你們有辦法和它們交流，而做為回應，它們提供引導及保護。但那種連結有個代價：當人界擠滿太多遊魂，那些魂魄將在乙太造成重大裂痕。裂痕過深，靈界門檻就會破碎。

「門檻一旦破碎，人界就會接觸名為『冥界』的更高次元，也就是**我族之居所**。也因此，我們來到這裡。」奈希拉的視線移向我這一列。「你們人類犯下許多錯，你們將屍體埋於沃土，讓大地承受遊魂造成的負擔。現在，這片大地歸我族所有。」

我瞥向朱利安，他的眼眸反映我的恐懼。這女人鐵定是個瘋婆子。會場一片寂靜。

我們的注意力全在奈希拉・薩加斯身上。

「我們利菲特一族全是靈視者，無一靈盲者。自從人界和我們的世界之間產生裂痕，我們就被迫和一種名為『厄冥』的寄生種族共享冥界。牠們是無腦又殘忍的野獸，嗜食人類血肉。要不是我們阻止，牠們早跨過門檻——為你們而來。」（註12）

瘋子，她是個不折不扣的瘋子。

「你們是由聽命於我們的人類士兵拘捕，他們被稱作『紅衣人』。」奈希拉指向圖書館後方的一列紅衣男女。「我們來到人界後，將許多人類靈視者帶來此城加以保護；做為報答，你們將加入『贖罪軍團』，為了消滅厄冥族、保護『正常人類』而接受訓練。這座城市能發揮燈塔般的作用，吸引那幫怪物，讓牠們遠離其餘的人界。牠們入侵邊境時，全城將發布警報，紅衣人將立刻動員、迎擊來犯。如不加以阻止，牠們極可能造成大規模破壞。」

另一個極大可能，我暗忖，**是這一切都出自我的幻想**。

「如不選擇我們提供的這條路，你們就得接受賽昂的處置：絞刑或氮安樂。還有

註12　厄冥族（Emim）一詞出自聖經，是巨人的其中一支部族，原意為「可怕」。

第三個選擇，正如你們之中有些人親身體驗過的：在漆黑的倫敦塔牢房蹲一輩子。」

我身後的一名女孩開始嗚咽啜泣，她身旁的囚犯立刻叫她別出聲。

「其實我們原本無需與人界合作。」奈希拉在前排來回踱步。「來到這個世界時，我們發現這裡十分脆弱。人界只有少數是靈視者，而其中大多沒有什麼實用技能。我們大可讓厄冥族好好享用你們，這麼做也合情合理，畢竟你們讓這個世界飽受摧殘。」

賽柏捏緊我的手，我暈眩得耳中嗡嗡作響。

這太荒謬，實在是個讓人笑不出來的笑話——或是腦瘟疫。沒錯，這一定是腦瘟疫造成的幻覺。賽昂想讓我們以為自己已經發瘋，或許我們真的發了瘋。

「但我們悲天憫人、心懷慈悲。我們和人界眾多領袖商量，從這座小島國家開始，他們提供這座城市，我們將這裡命名為『第一冥府』，他們每十年會送來一定數量的靈視者，其主要來源一向是倫敦主城；過去七十年中，賽昂的保全系統都是在倫敦發展。賽昂大幅提升了效率，能輕易辨識和遷移靈視者並加以改造，讓他們能適應所屬的新社會、遠離所謂的靈盲者。做為賽昂這項服務的報答，我們已發誓不會毀滅你們的世界；相反的，我們打算加以掌控。」

我不太確定自己是否明白她在說什麼，但有一點可以確認：如果她所言屬實，那麼賽昂不過是個傀儡政府、只是個部屬，而且出賣了我們。

這點其實並不意外。

我身後那名女孩再也無法控制自己，她發出近乎窒息的尖叫，往門口衝去。

但在子彈面前，她毫無勝算。

尖叫聲在人群中噴發，正如鮮血從她的身軀噴發。賽柏的指甲掐進我的手。這場混亂中，一名利菲特人走上前。

「肅靜。」

喧囂立刻平息。

血泊在女孩的頭髮底下流動。她的雙眼大睜，仍一臉發狂驚恐。

開槍的是名身穿紅衣的人類，他將左輪手槍塞回槍套，雙手交叉於身後。他的兩名女性同伴抓住屍體的手臂拖去外頭。「總是有人想穿黃外套。」某人做出評論，大聲得讓全場都聽得見。

大理石地板沾染血汙，奈希拉面無表情地看著我們。

「如果還有誰想跑，現在正是時候。別擔心，我們會讓墓地騰出更多空間。」

沒人敢動。

在隨之而來的死寂中，我偷瞥那面臺座，多看了兩眼，其中一名利菲特人正在盯著我。

那人想必已經打量我一段時間。他的視線直入我眼，彷彿等我回視、看我是否表現出反抗之意。他的肌膚呈蜂蜜般的金色，一雙黃眸半閉。五名男利菲特人之中，他的身型最高大，一頭粗糙棕髮，身穿繡紋黑服。他散發怪異而柔和的氣場，被其他人的氣場掩蓋。我這輩子從沒見過這麼俊美又恐怖的傢伙。

感覺體內一陣抽搐，我立刻將視線移回地板。我會不會因為偷瞄就被槍斃？

奈希拉還沒說完，正在囚犯面前來回踱步。「隨著時日經過，靈視者發展出強大力量。你們早已習慣拚命生存，你們之所以站在這、到現在才被抓，這就證明你們擁有非凡適應力。在抵禦厄冥族方面，戰果已證明你們的天賦彌足珍貴。這就是為什麼在過去十年間，我們盡量收集你們這種人，把你們關在倫敦塔，等你們適應賽昂之外的社會。我們把這每十年的收穫季稱作『骸骨季節』，今年是第二十屆。

「你們會在適當時機收到識別號碼，你們之中的靈視者將分發給利菲特族的監護者。」她指向同伴。「你們的監護者是全方位的主人，他們將試探你們的能耐、評估你們的價值。如果有誰表現懦弱，就得穿上黃袍——懦夫的顏色。而你們之中的靈盲者——也就是根本聽不懂我到底在說什麼的少數人，」她補充道：「將在這裡的居所工作、伺候我們。」（註13）

註13 英文中「黃色」可用作形容某人膽小，前段的「總是有人想穿黃外套」，就是指「總是有人膽小得想逃跑」。

賽柏似乎停止呼吸。

「如果有誰無法通過第一項測驗，或有兩次黃袍加身，就會交由監督看管並訓練成表演者，負責為我們以及員工提供娛樂。」

我考慮該如何選擇：當個馬戲團怪胎，還是乖乖從軍。我的嘴唇發抖，另一手握成拳頭。我想像過靈視者被抓的種種原因，卻從沒料到是這個答案。

販賣人口。不，應該說販賣**靈視者**。賽昂送我們來當奴隸。

有些人開始痛哭，其他人因恐懼而發愣，奈希拉似乎毫不在乎。那名女孩被槍殺時，她連眼睛都沒眨一下——她從登場到現在未曾眨過眼。

「利菲特一族心無寬恕。誰能適應這個體系，就會予以獎勵；誰辦不到，就會被懲罰。我們都不願見到那種下場，但如果有誰敢以下犯上，必嘗苦果，這就是你們的人生。」

賽柏昏了過去。我和朱利安把他扶在中間，但他實在是個重擔。

九名利菲特人走下各自的臺座。我低著頭。

「這些利菲特人將擔任監護者，」奈希拉說明：「他們將自行選擇看管對象。」

其中七人來到行列之間，最後一人——我剛剛偷瞄的那人——待在奈希拉身旁。

我不敢看朱利安，但偷偷低語：「這不可能是真的。」

「看看他們。」他的嘴脣幾乎沒動。我能聽見他說什麼，完全是因為彼此之間只隔個賽柏。「他們不是人類，而是來自其他世界。」

「你是指所謂的『冥界』？」我閉上嘴，等一名利菲特人從旁走過，再繼續說道：「除了人界之外，只有『乙太』，**沒別的了**。」

「乙太是和肉身空間共存，就在我們周遭，並非獨立存在。今天聽說的冥界並不一樣。」

我只想狂笑。「賽昂瘋了。」

朱利安沒答話。會場另一端的一名利菲特人抓起卡爾的手肘。「XX-59-1，」她開口：「我宣布對你的所有權。」卡爾嚥口水，被利菲特人帶去一面臺座，維持勇敢的表情。他被放在那裡後，利菲特人回到群眾之中，如搶匪般評估該對誰下手。

不知道他們是以何種標準來選擇我們？卡爾這麼快就被選上，到底是禍是福？時間一分一秒過去，隊列人數持續減少。靈聽師是編號XX-59-2，加入卡爾的行列。神諭者被普萊歐妮帶走，對這個程序只是一臉不耐煩。一名神情猙獰的男利菲特人把手相師揪回臺座，她哭喊「救我」，但這只是徒勞。不久後，朱利安也被帶走，XX-59-26。他瞥我一眼，點個頭，跟著監護者走向臺座。

接下來有十二個名字變成編號，到XX-59-38為止。隊列最後只剩八人：六名靈盲者、一名方言師，還有我。

某位利菲特人非選我不可。幾名利菲特人打量過我，仔細觀察我的身軀和眼睛，但都沒選我。如果我沒被選上，會有什麼下場？

方言師——栗米頭造型的小男孩——被普萊歐妮帶走，新的身分是XX-59-39。現在只剩我這個靈視者。

利菲特人瞥向奈希拉，而奈希拉看著我們，我的脊椎如繩索般繃緊。

先前看著我的那名利菲特人走上前，沒說話，而是靠近奈希拉，朝我點個頭。奈希拉瞥我的臉龐一眼，伸出一手，彎起一根修長指頭。和普萊歐妮一樣，她也戴黑手套，所有利菲特人都戴黑手套。

賽柏還沒醒來，我試著任憑他滑到地上，但他緊抓我不放。一名男性靈盲者注意到我的窘境，將他從我身旁帶離。

在場所有人看著我走過大理石地板，在那兩人面前停步。近距離下，奈希拉更顯高大，而那名男利菲特人更是比我高一呎。

「姓名？」

「佩姬·馬亨尼。」

「戶籍？」

「第一地區。」

「我是指妳的老家。」

他們顯然看過我的資料。「愛爾蘭。」我說。會場一陣騷動。

「賽昂所屬貝爾法斯特城？」

「不，我來自愛爾蘭的自由區。」聽到我的答案，有人倒抽一口氣。

「瞭解，看來妳是個自由靈魂。」她的眼睛彷彿螢火蟲般能自行發光。「我們對妳的氣場頗感好奇。告訴我：妳是什麼身分？」

「我只是個無名小卒。」我說。

在她的瞪視下，我渾身發冷。

「我有個好消息，佩姬・馬亨尼。」奈希拉把手放在夥伴的臂上。「妳吸引到族長配偶的注意力：奧古雷斯，莫薩提姆之衛士，他決定擔任妳的監護者。」（註14）

兩名利菲特人凝視彼此，雖然沒開口說話，但氣場似乎出現變動。

「他很少對人類感興趣，」奈希拉的嗓音輕柔，彷彿說出某個重大祕密。「妳實在非常、非常幸運。」

我一點也不覺得幸運，只覺得渾身難受。

族長配偶的臉湊到我面前，彎腰幅度因身高差距而十分顯著。我沒避開視線。

「XX-59-40，」他的嗓音低沉柔和。「我宣布對妳的所有權。」

註14 這名利菲特人的名稱原文為Arcturus, Warden of the Mesarthim。奧古雷斯是牧夫座最明亮的恆星「大角星」，莫薩提姆則是牡羊座的別名。

看來這名男子將成為我的主人。我直視他的眼睛，雖然我不該這麼做，但我想看清敵人的臉龐。

最後一批靈視者被帶離會場。奈希拉向六名靈盲者提高嗓門。「你們六個待在這，等會兒有人送你們回兵營，剩下的人就跟監護者去新住所。祝各位好運，而且別忘了：在這裡，個人造業個人擔。希望你們都能做出正確選擇。」

語畢，她轉身離去，兩名紅衣士兵緊隨在後，留我跟監護者在一起，我感覺渾身麻痺。

奧古雷斯走向門口，朝我揮手、示意要我跟上。看到我沒立刻做出回應，他停步等候。

大夥盯著我瞧。我感覺暈眩，看到紅色，然後是白色。我跟著他走出會場。

黎明的第一抹光暈染上尖塔。靈視者跟隨各自的監護者走出會場，每個小隊大概有三、四人，只有我單獨由一名監護者看管。

奧古雷斯來到我身旁，近得令我繃緊背脊。

「跟妳說一聲，在這裡，我們都是白天睡覺。」

我不發一語。

「還有，其實我並不習慣有房客。」房客二字還真好聽，明明就是指**囚犯**。「如果妳通過測驗，就會和我長期共同生活。如果失敗，我必須將妳驅逐。這裡的街頭一點也不舒適。」

我依然保持沉默。我知道這裡的街頭不好住，但能比倫敦街頭爛到哪裡去？

「妳不是啞巴，」他說：「別默不作聲。」

「我不知道我未經許可還能開口說話。」

「我給妳這項特權。」

「我無話可說。」

奧古雷斯打量我，兩眼微微噴出怒火。

「我們住在莫德林宅邸。」（註15）他轉身背對晨光。「我猜妳還有體力走路，女孩？」

「我走得動。」我說。

「很好。」

我們走出建築物，來到街上，先前那場陰森表演已經結束。我看到一名舞者在舞臺旁，正忙著把綢布塞進袋子。她回視我，又立刻撇開頭。她身上滿是牌占師擁有的

註15　莫德林（Magdalen）是牛津大學眾多學院中的一座，源自聖經的「抹大拉的馬利亞」（Maria Magdalene）。後段的創立塔則是莫德林學院中僅次於「莫德林巨塔」的第二高塔。

纖細氣場，以及囚犯該有的青紫瘀傷。

莫德林這棟建築實在宏偉華麗，建於不同的時代、不同的世界。這裡有一座禮拜堂、幾座鐘樓，還有透出火炬光芒的玻璃高窗。我們走近時，某座大鐘敲擊五下，我們進入一道小門，穿過一道道迴廊，一名紅袍男孩朝我們鞠躬。我跟著奧古雷斯進入昏暗深處，他走上一道螺旋石階，在一道厚重門前停步，用一把小型的黃銅鑰匙開門。「這裡，」他告訴我：「就是妳的新家——創立塔。」

我凝視這間牢房。

門後是個寬敞的矩形房間，裝潢只能以奢華二字形容。牆面潔白，沒有雜物，只掛了一面黑白雙色的徽章，上半部是三朵白花，下半部則是某種格狀圖紋，看起來像歪斜的棋盤。厚重的紅色窗簾垂於窗戶兩側，窗外地面是中庭花園。兩張扶手椅面朝燒柴的壁爐，一張堆滿絲質靠墊的紅沙發床置於一角，旁邊是一座貼牆而立的老爺鐘。黑木辦公桌放有一臺留聲機，正在播放〈憂鬱星期天〉，華麗四柱床邊是一張造型優雅的床頭櫃，我腳下是花紋複雜的地毯。

奧古雷斯鎖上門，我看著他收好鑰匙。「我對人類所知不多，妳得說明妳有何需求。」他用指尖敲敲辦公桌。「抽屜裡有各種藥物，妳晚上必須每種各吞一顆。」

我沒開口，而是略查他的夢境——古老而詭異，經歲月千錘百鍊，是乙太中的一盞魔燈。

一之四區的那名陌生人顯然也是利菲特人。

我感覺他的視線穿透我的臉龐，觀察我的氣場，試著弄懂他給自己找上何種麻煩，或是挖掘出什麼樣的寶藏。這個念頭在我心中引發另一波恨意。

「看著我。」

這是命令。我抬起下巴，回應他的視線，我可不想讓他發現他在我心中引發的恐懼。

「妳沒有視靈眼。」他做出觀察。「在這裡會很吃虧，當然了，除非妳有辦法彌補，例如特別發達的第六感。」

我沒回答。我一直夢想能稍微擁有一些視靈能力，但我在這方面向來是個瞎子。我看不見乙太之中的小小光點，只能察覺其存在，倒是傑克森從不認為這是缺點。

「有沒有其他疑問？」他冷漠地打量我的臉龐。

「我睡哪？」

「我會幫妳準備一個房間，今天妳先睡在這。」他指向沙發床。「還有其他問題嗎？」

「沒有。」

「明天我會出門一趟，妳可以趁我不在的時候到處走走、熟悉這座城市。每一天，妳必須在天亮之前回來。如果聽見警報，必須迅速回來這個房間。如果妳亂碰亂摸亂偷東西，我一定會知道。」

「是的，長官。」

「長官」二字就這麼順口而出。

「吞下這個。」他遞來一顆膠囊。「明晚再吞一顆，還有其他藥丸。」

我沒拿。奧古雷斯沒看我，而是從玻璃瓶倒了一杯水，把杯子和膠囊遞給我。我舔舔嘴脣。

「如果我不吞？」

一陣沉默。

「這是命令，」他說：「不是請求。」

我的心臟狂跳。我讓膠囊在指間翻滾，這東西呈橄欖色，略帶灰色。我喝水吞下，味道很苦。

他拿走杯子。

「還有一件事。」奧古雷斯用另一手扣住我的後腦，逼我看他，我感覺一陣寒意沿背脊而下。「妳只能以我的榮譽頭銜『衛士』稱呼我，明白嗎？」

「明白。」

我逼自己說出口。他直視我的眼睛，將這項訊息烙印於我的顱內，然後鬆手。

「等我回來後，就給妳進行訓練。」他走向門口。「好好休息。」

我不禁輕聲苦笑。

他半轉過頭，我以無神雙眼看他。他走出房間，沒說什麼。我看著鎖頭扭轉固定。

第五章　冷漠以對

赤紅陽光從窗戶滲入，將我從熟睡中喚醒，我嘗到嘴裡殘留的苦味。有那麼一刻，我以為自己回到第一之五區的公寓臥室，遠離傑克森、遠離工作。

然後我想起：骸骨季節、利菲特人、槍聲、屍體。

這裡不是一之五區。

靠墊落在地上，想必是被我在睡夢中踢飛。我坐起身，評估環境，揉揉僵硬的脖子，感覺下背痠疼，腦袋也痛得要命，尼克把我這種狀況稱為「宿醉」。奧古雷斯——衛士——不見蹤影。

留聲機仍傳出悠揚樂聲，我立刻認出那是聖桑的〈骷髏之舞〉，也為之一愣——傑克森在心情格外惡劣時最喜歡聽這首曲子，通常搭配一杯陳年葡萄酒。這首曲子總是令我毛骨悚然，我關掉留聲機，拉開窗簾，俯視向東的中庭花園。一名利菲特族守衛站在一道巨型橡木雙扇門前。

我轉過頭，看到床上有一套新制服，枕頭上有一張紙條，以粗黑體書寫。

等候鐘聲。

我回想迎新會，沒人提到什麼「鐘聲」。我把紙條揉成一團，丟進壁爐，還有其他垃圾等著被焚燒。

我花幾分鐘搜查房間，沒放過任何角落。這些窗戶雖無格柵，卻也無法開啟。四面牆沒有暗門，房中有另外兩道門，其中一道藏於厚重紅簾後方，並且上了鎖。另一道門後是寬敞的浴室，我沒發現電燈開關，因此拎了一盞油燈進去。與圖書館地板相同，浴缸也是用黑色大理石製成，以透明浴簾包圍。浴室有面牆被一面大型金框鏡占據，我走向鏡子，想知道這兩天的悲慘人生是否在我臉龐留下痕跡。

答案倒是令我意外：除了嘴脣的裂痕，我看起來跟被逮前沒兩樣。我在昏暗處坐下，陷入沉思。

利菲特族在一八五九年和人界領袖達成協議，那恰好在兩世紀前。如果我沒記錯歷史課的內容，當時的首相是巴麥尊大臣。那是在皇室於一九〇一年失去實權之前，英格蘭共和政體崛起，向反常分子宣戰。後來的三十年間，透過宣傳洗腦，共和政體逐漸控制全國，之後於一九二九年改名「賽昂」，為「後裔」之意。同年，賽昂選出第一任大法官，倫敦也成為第一座賽昂城塞。對我來說，這段歷史暗示著「利菲特族的到來造就出賽昂」。至於「反常能力如何萌芽」的那些連篇鬼話，只是為了隱瞞這些來路不明的巨大怪物。

我深呼吸。

一定還有其他祕密，我能明白的祕密。我的最高優先事項是離開這裡，但在成功逃走之前，我會搜查這個地方、試圖找出答案，我不能就這麼一走了之，因為我現在知道靈視者囚犯都被送去哪裡，我無法遺忘在這裡的所見所聞。

首先，我得去找賽柏。靈盲症讓他對這裡的世界既無知又恐懼，但他畢竟只是個孩子，不該落得如此下場。找到他後，我就會去找朱利安，還有第二十屆骸骨季節的其他囚犯。我想多瞭解所謂的厄冥族，在我的監護者回來之前，那些囚犯是我唯一的情報來源。

外頭的某座鐘樓傳來鐘聲，緊接著是一陣更遙遠也更響亮的鐘聲。**等候鐘聲**。這座城一定有實施宵禁。

我把油燈放在浴缸邊緣。我用冷水潑臉，考慮該怎麼做。目前的最佳方案是配合利菲特人；只要能活下去，我就能試著聯絡傑克森，他會來救我，他從不丟下靈視者，至少不會丟下替他賣命的靈視者。我多次目睹他對賣藝人見死不救。

房裡越來越暗。我拉出辦公桌的中間抽屜，裡面是三個塑膠真空包裝的藥袋。我不想吃藥，但我總覺得他大概會數算藥丸數量、確認我有沒有乖乖照做。除非我把藥丸丟掉。

我從三個藥包各擠出一顆：紅、白、綠，都沒有標示藥名。

這座城到處都是非人類種族，還有我尚未明白的事物。這些藥丸或許是為了讓我避開某種威脅，例如賽昂警告過的毒素和輻射汙染，或許那不是謊話，或許我應該吃藥。等他回來之後，我終究得吃藥。

但他還沒回來、他看不到我在做什麼。我把三顆藥丸丟進洗手槽沖掉。他愛吞藥就自己去吞吧，最好噎死。

我扭轉門把，發現沒上鎖。

我走下石階，來到迴廊，這棟宅邸實在大得不像話。來到大門口的玄關，我沒看到先前那名紅袍男孩，而是一名骨瘦如柴、鼻頭粉紅、一頭骯髒金髮的女孩，她站在一面櫃檯後面。看到我走近，她抬起頭。

「妳好。」她開口：「妳一定是新來的。」

「是的。」

「嘿，至少妳的旅程是從這麼棒的地方開始。歡迎來到莫德林，第一冥府最高級的宅邸。我是XIX-49-33，夜間守門人。有什麼我可以效勞的嗎？」

「有，例如讓我出門。」

「妳有獲得許可嗎？」

「我不知道。」其實我也不在乎。

「好的，我幫妳查詢。」她的微笑開始僵硬。「能提供妳的編號嗎？」

「XX-59-40。」（註16）

女孩查看帳本，翻到所需一頁時，她瞪大眼睛抬頭看我。「妳是衛士接納的那個人。」

好吧，「接納」也算一種說法。

「他從沒接納過人類房客。」她補充道：「莫德林很少有利菲特人這麼做。一般來說，每一名利菲特人只收留幾名人類助手。妳知道嗎？能跟他住在一起，妳真的很幸運。」

「別人也這麼說。」我回應：「如果妳不介意，我對這個地方有些疑問。」

「儘管開口。」

「我去哪裡弄東西吃？」

「衛士有留紙條說明。」她把一些鈍針、錫環和縫紉用的頂針倒在我的掌上。「拿去，這些是法器，對這裡的表演者來說不可或缺，妳可以拿這些東西去外頭的攤販換取食物——其實城裡有個貧民聚落，但那些東西實在不甚美味，我建議妳還是等妳的監護者提供伙食比較好。」

註16　囚犯編號的開頭兩碼是以羅馬數字表示「居數」。夜間守門人的編號「XIX」是羅馬數字「十九」，表示她是在第十九屆骸骨季節送來此地。主角是第二十屆，因此以XX開頭。

「他有可能那麼做嗎？」

「大概。」

好吧，這個問題算是勉強獲得解答。「那個聚落在哪？」我問。

「在『寬街』上。走出莫德林宅邸後，在第一個路口右轉，然後在第一個路口左轉，很容易認。」她把帳本翻到另一頁。「別忘了，除非獲得許可，否則妳不能在公眾場所坐下，或進入其他宅邸。還有，出門只能穿制服。噢，還有**務必**在天亮之前回來。」

「為什麼？」

「這個嘛，因為利菲特人都在白天睡覺。妳大概也知道，靈魂在日落後更清晰可見。」

「所以夜晚比較適合訓練。」

「完全正確。」

我實在不喜歡這女孩。「妳有監護者嗎？」

「有啊。他目前外出，妳懂的。」

「去哪？」

「不曉得，但我相信一定是為了很重要的事。」

「瞭解，謝了。」

「別客氣，祝妳有個愉快的夜晚！還有別忘了，」她補充道：「別過橋。」

嗯哼，看來某人徹底被洗腦。我微笑表示感謝，轉身離開。

走出宅邸，我的吐息化為白煙，我開始思索自己到底惹上什麼麻煩。**衛士**。別人說起他的名諱時，彷彿把那當成祈禱文或希望般低語。這人有何特殊之處？「族長配偶」是什麼意思？我向自己保證，日後一定要查出答案，現在先填飽肚子再說，之後再去找賽柏。至少我還有個可以回去睡覺的地方，他或許沒那麼幸運。

薄霧降臨，城中似乎沒有電力，我的左手邊是一座石橋，其兩側豎立煤氣街燈，那想必就是禁止通行的橋，一排紅衣衛兵擋住這條聯繫城市和外頭世界的通路。看到我站在原地，那十名衛兵立刻以配槍對準我——賽昂武器，軍規等級。我轉身去找那座貧民小鎮，任憑那十支槍的準星對準我的背脊。

這條街是沿莫德林的土地邊緣鋪設，和路旁宅邸之間以高牆隔離。我經過三道厚重木門，每道門都由一名紅衣人看守，圍牆頂端裝設鐵刺。我低著頭，照三十三號提供的路線前進，下一條街跟先前那條一樣冷清，而且沒有煤氣街燈指路。脫離黑暗街道後，我的雙手因冷風而凍僵，我發現自己來到類似城中心的地方。兩棟大型建築豎立於左側，比較靠近我的那一棟以列柱構成，頂部是呈三角形的裝飾牆，與大英博物館的造型十分類似。我從旁走過，進入所謂的寬街，每道階梯和窗臺都擺有蠟燭燈，人類的喧囂聲迴響於夜空。

歪斜攤棚和小吃攤就搭在路中央，以骯髒的燈籠充當照明，簡陋而陰森。寬街的兩側是一排排破屋小棚，用鐵皮、三夾板和塑膠板搭建的帳篷——這座貧民窟就蓋在城中央。

還有警笛——舊式的機械警笛，喇叭造型宛如巨嘴，跟守夜者哨站那些用於大規模災變的蜂巢式電子警笛不同。只希望我永遠不會聽見藏於警笛葉片中的尖嘯，我最不需要的就是某種食肉怪物出現在我後頭。

烤肉的香味把我引向貧民窟，我的腸胃因飢餓而糾結。我隨嗅覺前進，走入一條狹窄暗道，一間間棚屋似乎是以三夾板通道串起，用廢鐵破布東貼西補。棚屋沒開幾扇窗，而是依賴蠟燭和煤油燈提供照明。這裡只有我一身白袍，旁人皆是衣衫襤褸，更襯托出他們灰黃的膚色和無神而充血的眼睛，沒有任何人是健康的。他們想必是表演者——這些人類沒有通過測驗，註定必須為利菲特族提供娛樂至死，或許死後還沒完。他們大多是占卜者和占兆者，是最常見的靈視者。幾個人瞥向我，但很快繼續各忙各的，彷彿不想看我看太久。

肉香源自一個大型的正方形房間，鐵皮屋頂開了一個洞，以利煙霧和蒸氣排出。我在陰暗一角坐下，盡量別引起注意。我發現盤上烤肉切得超薄，中間部位依然粉紅柔嫩。表演者們傳遞盛肉和蔬菜的盤子，從銀鍋舀出奶油。人們爭奪食物，拚命往嘴裡塞，舔掉指尖的熱汁。我還沒開口，一名靈視者已經把餐盤放在我的手上。他瘦骨嶙峋，身上的衣服與破布無異，臉上的厚眼鏡布滿刮痕。

「梅菲爾德還在位嗎？」

我挑起一眉。「梅菲爾德？」

「嗯，亞伯・梅菲爾德。」他放慢說話速度。「他還在執政廳嗎？還是大法官？」

「梅菲爾德幾年前死了。」

「現在是誰？」

「法蘭克・威弗。」

「噢，這樣。妳該不會湊巧有《後裔日報》吧？」

「東西全被他們沒收了。」我瞥向四周，想找個地方坐。「你怎麼會以為梅菲爾德還是大法官？」不可能有人不知道誰是現任大法官。除了絲嘉蕾・班尼許之外，威弗就是賽昂的化身。

「別那副瞧不起人的模樣，我哪知道外頭什麼狀況？我們每十年才能探聽一次消息。」他揪住我的胳臂，把我拉向一角。「《咆哮男孩》有重建嗎？」

「沒有。」我試圖掙脫，但他緊抓不放。

「辛納屈（Frank Sinatra）的歌曲還是被禁？」

「嗯。」

「真可惜。『跳蚤窩』呢？有沒有誰知道他們的下落？」

「席羅，人家才剛到這兒，先讓她吃些東西吧。」

某人注意到我的窘境。席羅轉身面對說話的年輕女子，交叉雙臂，下巴抬起。

「妳實在是個愛抱怨的討厭鬼，萊莫爾。妳今天又翻出『寶劍十』？」（註17）

「嗯哼，因為我翻牌的時候想著你。」

席羅板起臭臉，搶走餐盤，一溜煙離去。我伸手想抓他的衣服，但他跑得比搶匪還快，女孩搖搖頭。她的五官精緻，一頭黑長捲髮黯淡無光，嘴上紅唇膏格外顯眼，彷彿剛被劃出的傷口。

「妳昨晚參加了迎新會，小妹妹。」她說話帶有舌尖顫音。「現在就算餵妳東西吃，妳應該也沒胃口。」

「我昨天早上吃過東西。」我說。被她這個矮冬瓜叫「小妹妹」，我有些哭笑不得。

「相信我，罪魁禍首是混亂劑，妳的腦子被那玩意兒搞得一團亂。」她瞥向周遭。「快，跟我來。」

「去哪？」

註17　寶劍十（Ten of Swords）是塔羅牌的其中一張，牌面為男子趴倒在地，被十劍插滿全身，一般涵義是突來的噩運或悲慘結局，但也可能暗示黎明終將到來。

「我有個小窩，我們可以在裡頭談話。」

我不太喜歡跟陌生人亂走，但我必須找人說話，因此乖乖跟上。

這位嚮導似乎認識在場每個人。她和一些人握手，也不時回頭確認我還在身後。她的衣服狀況似乎比其他表演者好一些：喇叭袖造型的薄上衣，過短的長褲，她一定冷得要命。她撥開一面破簾。「快點，」她催促：「小心被他們看見。」

簾後空間昏暗，但是一臺煤油爐提供的光明足以驅逐黑暗，一疊髒床單和一塊靠墊就成了一張床。我找個地方坐下：「妳經常招待流浪漢？」

「偶爾。我知道剛到這裡時是什麼感受。」她在爐邊坐下。「歡迎來到『大家庭』。」

「我屬於某個家庭？」

「現在是了，妹妹，而且不是『邪教』那種大家庭，別想歪，只是守望相助那種。」她調整爐子。「我猜妳原本是聯合幫派的成員。」

「也許。」

「我不是。中區那些幫主不需要我這種人。」她的嘴角微微上揚。「我是在上一屆骸骨季節來到這裡。」

「多久以前？」

「十年前，我那時候十三歲。」她伸出布滿老繭的手。片刻後，我伸手回握。「莉絲．萊莫爾。」

「佩姬。」

「XX-59-40？」

「是的。」

莉絲注意到我的表情。「抱歉，」她說：「習慣使然，或許我已經被徹底洗腦。」

我聳個肩。「妳幾號？」

「XIX-49-1。」

「妳怎麼知道我幾號？」

她把少許甲基化酒精倒進暖爐。「在這種小地方，新聞傳得很快。我們無法得知任何外界消息，他們不想讓我們知道外頭的自由世界有何動靜……如果賽昂也算『自由』。」青焰從爐口竄出。「大家都在談論妳。」

「為什麼？」

「妳沒聽說？奧古雷斯．莫薩提姆從不讓人類住在他的宅邸，應該說他向來對人類絲毫不感興趣。說來可悲，這件事在這裡可是大消息，畢竟我們沒廉價報紙可看。」

「妳知不知道他為什麼選我？」

「我猜是因為妳引起奈希拉的注意。奧古雷斯是族長配偶，奈希拉的未婚夫，我們可不想惹他，雖然他也從不走出那座塔樓。」她把一個小鍋放在爐臺上。「我們先吃點東西再聊吧。抱歉，我們這些戲子已經好幾年沒在餐桌旁吃過飯。」

「戲子？」

「士兵叫表演者『戲子』，他們不太喜歡我們。」

她把一些湯加熱後倒在碗裡。我想給她幾個法器，但她搖搖頭。「我請客。」

我啜飲一口清湯，雖然一接觸舌尖就嘗到怪味，但確實溫熱。莉絲看著我把整碗湯舔乾淨。

「拿去。」她遞來一大塊受潮麵包。「稀粥和乾麵包，妳遲早會習慣。大多數的監護者似乎就是不記得我們需要一日三餐。」

「可是我有看到肉。」我指向門外那處飯廳。

「那只是為了慶祝第二十屆骸骨季節。我用烤肉剩下的肉汁煮出這鍋稀粥。」她給自己倒一碗。「多虧腐民提供的物資，我們才沒餓死。這堆垃圾全來自他們的廚房。」她朝爐子和小鍋點個頭。「腐民負責替紅衣人煮飯，但會盡量暗中給我們糧食。話雖如此，自從一名腐民女孩被抓，他們就不太願意繼續幫忙。」

「那女孩什麼下場？」

「她被毒打一頓，她幫助的那名靈視者受到的懲罰是四日無眠，他被放出來的時候整個人瘋瘋癲癲。」

無眠——強制剝奪睡眠，這是新奇的懲罰方式。靈視者的心靈是在「生」與「死」這兩個層面運作，非常耗費精神，四天不睡會把靈視者逼瘋。「是誰把食物送來城裡？」

「不知道，反正應該是靠地鐵吧，從倫敦直通第一冥府，但顯然沒人知道地鐵隧道的入口在哪。」她把腳向爐邊挪近。「妳猜腦瘟疫的效果持續多久？」

「一輩子。」

「其實是五天。他們讓新兵受五天折磨，之後才提供解毒劑。」

「為什麼？」

「為了讓他們盡快學會乖乖聽話。除非能穿上那種外套，否則我們在這裡就只是個編號。」莉絲再給自己倒一碗湯。「所以妳住在莫德林。」

「是的。」

「妳大概已經聽膩這句話，但妳真的很幸運。對人類來說，莫德林是最安全的宅邸之一。」

「有多少？」

「人類？」

「宅邸。」

「噢，嗯，每一戶宅邸都自成一區，讓人類居住的一共有七區：貝利奧爾、聖體、埃克塞特、墨頓、歐瑞爾、皇后，還有聖三一。奈希拉住的是『領主宅邸』，也就是舉辦迎新會的地方。還有南方不遠處的『大宅』，當作拘留所的『城堡』，再來就是我們這個貧民窟。前面這條街叫做『寬街』，以南的平行道路是『莫德林步道』。」（註18）

「再往南呢？」

「一片荒野，被稱作『無人地帶』，到處都是地雷和陷阱坑。」

「有人試圖橫越嗎？」

「有。」

她繃起肩膀，我啜飲一口稀粥。

「倫敦塔的環境如何？」

我抬頭看她。「我沒去倫敦塔。」

「妳這人是天生好運？」看到我納悶得皺眉，莉絲搖搖頭。「他們為每十年一次的骸骨季節不斷收集靈視者，有些人運氣不好，被捕之後送去倫敦塔，一關就是十年，等季節到來才被送來這裡。」

註18　人類居住的七區皆為牛津大學之中的學院名稱；寬街（Broad Street）則是牛津大學中區著名的觀光街，莫德林步道（Magdalen Walk）實為牛津區的「主街」，其東通往的聯外橋梁即主角被警告不可通過之橋，而莫德林宅邸就位於近橋處。

「妳在開玩笑吧。」難怪有個可憐的傢伙說他蹲了九年。

「沒開玩笑，他們精通於馴服我們，熟悉我們所有弱點。在倫敦塔蹲十年，任何人都會屈服。」

「他們到底是誰？」

「不知道，只知道他們不是人類。」她拿麵包沾稀粥。「他們表現得如天神一般，也想被我們當成天神伺候。」

「而我們就是他們的崇拜者。」

「不只是崇拜者，我們的生命由他們掌控。他們總是提醒我們，是他們讓我們免受巴吱怪的威脅，還有奴役贖罪是『為我們好』。他們還說我們當奴隸總好過當死人，好過在外頭任憑大法官凌虐。」

「巴吱怪？」

「厄冥族，我們都這樣叫牠們。」

「為什麼？」

「反正就是這樣叫啊。應該是紅衣人發明的名詞，就是他們負責打跑那些巴吱怪。」

「多常發生？」

「看什麼季節，牠們最常在冬天出動。妳得注意警報，只響一聲，表示他們叫紅衣人集合。如果警笛出現變化，表示怪物來了，妳得趕快躲進室內。」

「我還是搞不懂那個種族到底是啥。」我撕開一塊麵包。「牠們跟利菲特族有沒有相似之處？」

「我聽說過一些傳聞，紅衣人最喜歡嚇唬我們。」火光舞過她的臉龐。「他們說厄冥族有不同型態，光是接近牠們就可能喪命，有人說牠們能直接將靈魂扯離肉體。有人叫牠們『墮落巨人』，天知道那是什麼意思。還有人說牠們其實只剩一身骸骨，需要皮肉遮身。我不知道這些傳聞可信度多高，但牠們確實吃人肉，根本對人肉上癮。如果妳在這裡看到殘肢斷臂啥的，別太大驚小怪。」

我應該感覺作嘔，卻只覺得渾身麻痺，這一切都沒有真實感。莉絲伸手調整門簾，避免被外頭的人窺視。我注意到一疊染色絲布。

「妳就是昨天那位柔體舞者。」我說。

「妳覺得我的本領如何？」

「棒透了。」

「在這兒，我就是靠這個本領混飯吃。還好我學得快——我以前是在那個小劇場旁邊賣藝。」她舔淨嘴脣。「我昨晚看到妳跟普萊歐妮在一起，妳的氣場很引人矚目。」

我不發一語。討論我的氣場，這可能會帶來危險，況且我和這女孩根本不熟。

莉絲打量我。「妳有視靈眼？」

「沒有。」實話。

「妳為什麼被抓？」

「我殺了人，地鐵警衛。」實話。

「怎麼殺的？」

「刀子，」我說：「一時衝動。」謊話。

莉絲凝視我許久。和一般占卜者相同，她擁有完整視靈眼，而在她眼中，我的赤紅氣場就和我的臉龐一樣清晰。如果她仔細觀察，就會知道我是哪一類的靈視者。

「妳說謊。」她的指尖敲敲地板。「妳這輩子未曾流人之血。」就占卜者而言，她很厲害。

「妳不是神諭者。」她像在自言自語。「我見過神諭者。妳的氣場很平靜，所以不是『復仇者』，妳也絕對不是靈感者，所以妳一定是——」她因為發現答案而兩眼發光，「夢行者。」她的視線回到我身上。「是嗎？」

我回視她。莉絲跪坐，身子向後傾。

「嗯，答案揭曉。」

「啥？」我問。

「這就能解釋奧古雷斯為什麼接納妳。奈希拉還沒找到夢行者，但她非常想要，難怪她會想確認妳被妥善保護。既然妳成了奧古雷斯看管的人類，就不會有人敢對妳出手。如果奈希拉認為妳**稍微有可能**是夢行者，就會立刻宰了妳。」

「為什麼？」

「妳不會喜歡這個答案。」

我懷疑現在還有什麼事情能讓我吃驚。

「奈希拉有個天賦。」莉絲解釋：「妳有沒有注意到她散發的怪異氣場？」我點頭。「她擁有不只一項能力，她和乙太之間有好幾種聯繫途徑。」

「不可能，我們每個人只有一項天賦。」

「忘了原本那個世界的邏輯吧，第一冥府有自己的規矩。現在就接受這點，妳會適應得比較快。」她抱起腿，把傷痕累累的膝蓋貼到下巴。「奈希拉有五位守護天使，她有辦法讓它們待在身邊。」

「她是縛靈師？」

「沒人知道答案，她顯然曾經是個縛靈師，但那種氣場被扭曲。」

「被誰？」

「那些天使。」看到我又納悶得皺眉，她嘆氣。「這只是猜測，不過我們認為她能使用那些靈魂生前的天賦。」

「就連縛靈師也辦不到那種事。」

「沒錯。」她瞥我一眼。「所以我建議妳：務必保持低調，千萬別表現出妳的能力。如果被她發現妳是夢行者，妳就死定了。」

我保持表情不變。在組織待了三年，我早已習慣危險，但這個地方不一樣，我得學會避開新的威脅。「我要怎麼樣避免被她發現？」

「那會很不容易。他們會測試妳、讓妳展露天賦，外袍的顏色就是用來標明這方面的進度：接受過初次測驗者穿粉色，接受過第二次測驗者穿紅色。」

「可是妳沒通過測驗。」

「還好沒通過。現在我聽命於監督。」

「妳以前的監護者是誰？」

莉絲的視線移回爐臺。「戈魅札·薩加斯。」

「他是誰？」

「另一位嫡系族長。嫡系族長永遠有兩位，一男一女。」

「可是奧古雷斯——」

「和奈希拉有婚約，沒錯，但他並非『嫡系』。」她的口氣帶有一絲厭惡。「只有薩加斯家族的直系血親才能繼承王權，但是兩位嫡系族長不能是夫妻關係——那可成了亂倫，所以找來出身其他家族的奧古雷斯。」

「所以他是駙馬爺。」

「族長配偶，意思一樣。要不要再來點稀粥？」

「不用了，謝謝。」我看著她把碗放進一缸浮油的水。「妳是用什麼方法避免通過測驗？」

「保持人性。」她微微一笑。「利菲特族不是人類。無論模樣多麼相似，他們還是跟我們不同，他們這裡是空的。」她用指尖敲敲心口。「如果要讓我們為他們工作，他們就必須除掉我們的靈魂。」

「怎麼做？」

她還來不及回答，門簾突然被掀開，一名精瘦的男利菲特人站在門口。

「妳，」他朝莉絲咆哮，她連忙用雙手抱頭。「起來，換衣服，妳這懶散的垃圾。妳居然在招待賓客？妳以為妳是王后啊？」

莉絲站起身，顯得瘦小脆弱，她的左手顫抖。「對不起，蘇赫，」她開口：「四十號是新來的，我只是想讓她知道第一冥府的規矩。」

「四十號應該早就知道第一冥府的規矩。」

「原諒我。」

他舉起戴手套的手，彷彿要揍她。「去準備絲布。」

「我以為我今晚不用演出。」她退到角落。「你跟監督談過了嗎？」

我仔細觀察這名審問者。和其他利菲特人一樣，他也是身形高大、膚色金黃，但不像其他人那般視線冷漠，而是每一條臉部肌肉都充滿恨意。

「我不需要跟監督談，妳這小傀儡。十五號還在生病，紅衣人等著看他們最喜歡的小丑代替他演出。」他亮出牙齒。「除非妳想去拘留所陪他，否則給我在十分鐘內上場。」

莉絲的臉龐抽搐，肩膀垮下，撇過頭。「明白。」她說。

「好奴隸。」

他走出房間時扯掉門簾。我幫莉絲收拾東西，她在打顫，渾身抖個不停。

「那是誰？」

「蘇赫・柯爾丹。監督外表雖然冷靜，其實也很緊繃——如果我們做了什麼錯事，蘇赫會找他算帳。」她用袖口輕拭眼角。「十五號就是遭到無眠刑罰的那名男孩，名叫喬丹，這裡只有我跟他是柔體舞者。」

我拿起她手中的簾布，發現她的袖子因沾染血跡而變黑。「妳割傷了？」

「這沒什麼。」

「這才不是沒什麼。」流血永遠不是小事。

「沒關係的。」她擦臉，眼睛下方殘留一些血汙。「他只是奪走了我的一點氣場。」

「妳說什麼？」

「他吃了我一口。」

我一定聽錯。「他吃了妳一口。」我重複她的說法。

莉絲微笑。「他們忘記提起『利菲特族以氣場為食』？他們總是忽略這點。」她的臉沾染血跡，我的腸胃糾結。「不可能，氣場不能維持生命。」我說：「氣場是用來維持靈視能力，而不是——」

「氣場能維持『他們的』生命。」

「但這就意味著他們不只是靈視者，還是乙太的化身。」

「或許正是如此。」莉絲把一塊破毛毯披在肩上。「留我們這些戲子，就是為了這個目的：我們只是氣場製造機、他們的飼料。但你們這些有外套地位的人——不會被吃掉，這就是特權。」她凝視爐臺。「除非你們沒通過測驗。」

我沉默許久。「利菲特人以氣場為食」這個概念實在不合理。氣場是我們與乙太之間的聯繫途徑，每一名靈視者的氣場都不同，我無法想像利菲特人如何以氣場維生。

但是這個消息似乎更讓我瞭解第一冥府，這就是他們把靈視者帶進地盤的原因，是表演者不會因為無力對抗厄冥族而遭銷毀的理由。利菲特族不只想看表演者跳舞——也完全沒必要把目標設定得這麼小。這些只是蠢樂子，讓他們不會對自身強大的力量感到無聊。我們不只是他們的奴隸，還是食物來源。這就是我們——而非靈盲者——為歷代人類犯下的錯誤付出代價的緣由。

想不到我幾天前還在倫敦的七晷區過日子，根本不知道這片殖民地的存在。

「得有誰來阻止他們，」我說：「這真的很荒唐。」

「他們在這待了兩百年，能阻止也早該阻止了吧？」

我撇過頭，感覺頭痛欲裂。

「抱歉。」莉絲瞥向我。「我不是故意嚇妳，但我已經在這待了十年。我看過有人為了回去原本的人生而奮力抵抗，結果死得一個不剩。**到最後，再也沒人想嘗試**。」

「妳是預言占卜者嗎？」我知道她不是，但我想知道她會不會說謊。

「牌傅。」這是十年前對牌占師的暱稱。「我這輩子第一次讀牌的時候，就被他們發現。」

「妳那時候看到什麼？」

有那麼幾秒，我以為她沒聽見我說話。她走過房間，在一個小木箱前屈膝，從中拿出一疊用紅絲帶綑綁的塔羅牌，抽出一張給我，是「愚者」。

「我早就知道我註定要過著卑微人生，」她說。「果然沒錯。」

「能幫我算一次嗎？」

「改天吧，妳得先回去了。」莉絲從箱子取出一塊松香。「盡早再來看看我，小妹妹。雖然我無法保護妳，但我好歹在這待了十年，或許知道該怎麼避免讓妳害死自己。」她露出疲憊的微笑。「歡迎來到第一冥府。」

莉絲告訴我如何前往靈盲者之家，賽柏就是被那名灰袍監護者帶去那裡，那名利菲特人是葛菲雅斯・夏洛丹，負責看管數量稀少的靈盲者工人。她給了我一些麵包和烤肉，要我偷偷交給賽柏。「別讓葛菲雅斯看到妳。」她說。

交談短短四十分鐘，我對此地已有許多瞭解。最令我不安的消息是奈希拉對我密切關注，我也真的不想成為她的永恆魂奴。我向來擔心自己死後是否無法直返乙太、讓魂魄回歸虛無。我一點也不想變成遊魂，不想成為一塊彈匣、任憑靈視者濫用或交易。儘管如此，這種恐懼未曾阻止我召喚魂眾以求自保，或試著為傑克森出價買下年輕時慘遭謀殺的安妮・奈勒怨靈。

莉絲的警告令我緊張不安。**到最後，再也沒人想嘗試**。

她錯了。

靈盲者之家在宅邸主區的一段距離外，我走過幾條荒廢街道才來到這裡。我以前在一份舊的《咆哮男孩》看過這座城市的地圖（傑克森從蒂迪恩・韋特那裡騙來的懷舊物品之一），因此知道主要地標的大略位置。我沿路北向，幾名紅袍士兵在建築物外頭站崗，只在我路過時瞥我幾眼。除了無人地帶的地雷，一定還有某種屏障防止我們脫逃。多少靈視者因試圖逃走而喪命？

我在幾分鐘內找到那棟造型低調而嚴肅的建築，大門頂端是一面小型的鐵製半月形窗飾，原本的招牌被「靈盲者之家」這塊看板取代，其底端以拉丁文寫著 DOMUS

STULTORUM，我不想知道這兩個字是什麼意思。（註19）我窺視鐵條之間——和一名利菲特族守衛對上眼。他的一頭黑捲髮披肩，飽滿下脣顯得不悅，想必這位就是葛菲雅斯。

「希望妳有接近靈盲者之家的充分理由。」他的低沉嗓音帶刺。所有思考能力從我腦中消失。接近這怪物，我已經感覺冷意入骨。

「沒有，」我說：「但我有這些。」

我拿出法器——鈍針、錫環和頂針。葛菲雅斯的眼神透出強烈恨意與鄙視，我不禁一顫，我寧可被他們冷眼以對。「我不接受『賄賂』。不透過你們人類的垃圾道具，我也能進入乙太。」

我把人類的垃圾道具塞回口袋。我真笨，他們當然不需要這種東西，法器是乞丐用的貨幣。

「抱歉。」我說。

「回去妳的宅邸，白衣人，否則我會命令妳的監護者對妳做出懲戒。」

他召喚魂眾。我轉身走離大門，避開他的視線，不敢回頭。就在我準備逃回莫德林的時候，上方某處傳來某人的輕喚。

註19　這兩字的意思是「愚者之家」（House of Fools）。

「佩姬，等等！」

二樓鐵窗伸出一手，我因為安心而肩膀放鬆。是賽柏。

「你還好嗎？」

「一點也不好。」他聽來似乎窒息。「拜託，佩姬——救我出去，我必須離開這裡。我——我向妳道歉，我那時候不該叫妳反常分子，真的對不起——」

我查看身後，沒人朝我的方向瞥一眼。我爬上建築物的側牆，從外袍口袋掏出食物給賽柏。「我原諒你。」我從鐵條之間捏捏他的冰冷小手。「我會盡量想辦法把你弄出去，但你得給我一點時間。」

「他們會殺了我。」他用顫抖指頭打開包裝。「我撐不到被妳救出去的那一天。」

「他們做了什麼？」

「他們逼我刷地板，直到我雙手流血，然後我得整理破玻璃，為他們要做的裝飾品找出乾淨的碎片。」我注意到他的雙手滿是割傷，又深又髒。「他們說我明天開始要在那些宅邸工作。」

「什麼樣的工作？」

「我還不知道，也不想知道。他們是不是以為我——我跟你們一樣？」他的嗓子沙啞。「他們為什麼要留我在這？」

「我不知道。」他的右眼腫脹充血。「裡頭發生了什麼事？」

「他們揍了我。我根本沒做什麼，佩姬，真的。他說我是人渣，還說——」

他垂下頭，嘴脣顫抖。他來這裡才待了一天，就已經被當成人肉沙包，又怎麼可能熬過一星期？一個月？甚至像莉絲那樣熬十年？

「把那東西吃掉。」我抓住他捧著食物的雙手。「你試試明天來莫德林。」

「那是妳住的地方？」

「沒錯，我的監護者明天大概不會在家。你可以洗個澡，或許吃點東西，好嗎？」

賽柏點點頭。他有些精神錯亂，顯然遭受腦震盪，需要進醫院讓像樣的醫生照料。可是這裡沒有醫生，根本沒人在乎賽柏的死活。

今晚我只能為他做這麼多。我輕輕捏一下他的手臂，然後跳下窗戶，雙腳著地，隨即往城中心走去。

第六章
社群

我在天亮前回到宅邸。身穿紅袍的日間守門人拿出衛士房間的備用鑰匙。「把鑰匙留在他的桌上。」他說：「別想私藏。」

我沒回應。我走上昏暗階梯，避開走廊的兩名守衛。他們的眼睛透出光芒，如探照燈搜索暗處，這令我不寒而慄。聽說這棟宅邸很安全，那我還真無法想像其他宅邸是什麼情況。

外頭傳來鐘聲，呼喚所有人類返回監獄。我進入房間後立刻鎖上門，把鑰匙放在桌上，不見衛士的蹤影。我在抽屜裡發現一盒火柴，用火柴點燃幾支蠟燭。同一個抽屜裡放了三雙同樣款式的黑皮手套，還有一只鑲有真寶石的銀質寬邊戒指。

一面以黑檀木製成的古玩櫃靠著牆，打開玻璃櫃門時，我的第六感出現劇痛。櫃裡有些器具，我在黑市看過其中一些，有些是法器，大多數只是小擺設：一塊乩板、一些粉筆、一塊通靈板，總之就是一些毫無用處的降靈道具，可笑的靈盲者以為這些東西跟靈視能力有關。櫃中其他物品，例如水晶球，倒確實是預言占卜者用來卜算吉凶的工具。我不是占卜者，用不上這些東西。和葛菲雅斯一樣，我不用道具也能進入乙太。

我需要的是生命維持系統。除非我能弄到某種氧氣呼吸器，否則我最好別太常讓自己靈魂出竅。我就是透過這種方法增強我的乙太感知力：我能進入自身魂魄的棲息處，將它推向我的夢境所能延伸的邊緣極限。唯一的問題是：如果脫離太久，我的呼吸本能就會停止。

某個東西引起我的注意：是個長方形小盒，樹芯盒蓋刻有精美雕花——八片花瓣。我撥動金屬釦，掀起盒蓋，裡頭是四支鋁蓋藥瓶，每支都裝有某種黏稠液體，色澤深紅、近乎烏黑。我蓋上盒蓋，我不想知道那是什麼液體。

我的一眼隱隱作痛。我在房中沒看到任何睡衣，我也不知道為什麼我以為這裡會有睡衣。他不在乎我穿什麼、睡得好不好，只在乎我是否還在呼吸。

我踢掉靴子，在沙發床躺下。壁爐無火，房間冰涼如石，但我不敢拿他床上的被單。我把臉頰貼在天鵝絨靠枕上。

混亂劑的藥效令我疲憊虛脫，在半夢半醒間，我的魂魄也隨之漫步於乙太。我飄過其他人的夢境，看到一道道回憶，皆含鮮血與痛苦。這棟宅邸還有其他利菲特人，但他們的心靈如銅牆鐵壁無法入侵。人類的比較開放，心靈防禦因恐懼而弱化，夢境散發一種刺眼而受汙的光芒——表示心靈陷於憂傷。最後，我終於入睡。

我被地板嘎吱聲吵醒。我睜開眼，看到衛士走進房間。除了房中仍在燃燒的兩支蠟燭，只見他的雙眼綻放光芒。他朝我走來，我裝睡、動也不動，感覺彷彿過了千萬年後，他終於走離。這次他比較沒放輕腳步，我能聽出他走路一瘸一拐。他進入浴室，關上門。

利菲特人居然也會受傷？

他在裡頭的幾分鐘，我緊張得感覺到自己的每一下心跳。門鎖轉動時，我連忙把頭埋回臂窩。衛士走出浴室，渾身赤裸。我閉上眼。

我繼續演戲的同時，他走向四柱床，把一顆玻璃球推到地上，乙太起伏如浪。他拉起床簾，遮住他的身影。等他的心靈動態平息時，我才敢睜眼坐起身，他沒動靜。

我赤腳走向床邊，指尖伸入簾隙，稍微拉開一條縫，窺視其中：他側身躺著，用被單遮身，皮膚在昏暗光線下閃爍，粗糙棕髮貼在臉上糾成一團。我凝視著他，一道微光穿透被單，似乎發自他的右臂。

我掠過他的夢境，察覺到某種變化。雖然無法做出充分觀察，但我知道他的夢境跟平常不同；每個夢境都有一種隱形光芒，那是靈盲者無法感知的內部氣場。此刻，他的生命之光正在外洩。

他靜止得彷彿死屍。我低頭查看被單，發現上頭沾染某種微微發光、帶有一絲金屬味的黃綠液體。我的第六感像在被拉扯，彷彿正在吸進乙太。我把厚重被單捲向一旁。

他的手臂內側有個咬痕，正在滲出液體。我嚥下口水，看到殘留的齒痕，皮膚被狠狠扯裂，傷口不斷滲出一滴滴光球。是血。

他的血。

想必他有讓同族夥伴知道他要出門一趟。如果他要去辦什麼危險差事，他們一定會知道。如果他就這麼死去，那幫利菲特人不可能找到什麼證據、能把這件事算在我頭上。

但我想起莉絲說過的話：**利菲特族不是人類。無論模樣多麼相似，他們還是跟我們不同**。

利菲特人哪會在乎有沒有證據？他們可以捏造證據，反正他們說了算。如果這傢伙死在這，他們大可說是我讓他窒息而亡，這就給了奈希拉提早處決我的藉口。

或許我該下手，現在是除掉他的大好機會。我殺過人，再殺何妨？

我有三個選項：坐在這看著他死、殺了他，或是出手相助。我寧可看著他死，但出手相助應該是更好的選擇。我在莫德林這裡還算安全，在這種節骨眼上，我最不想被逼著搬家。

他還沒傷害過我，但不表示他絕不會出手。若想徹底控制我，他就必須讓我屈服、折磨我、盡一切手段令我服從。如果現在殺了他，我或許就能救自己一命。我的手伸向一塊枕頭。我做得到，我能讓他窒息。**沒錯，別想太多，殺了他**。我繃緊指頭，抓住棉料。**殺了他！**

我做不到。他會醒來扭斷我的頸子，就算他沒醒，我也逃不掉，外頭的衛兵會因為我犯下謀殺而把我吊死。

我必須救他。

本能警告我：別碰被單。這種發光液體讓我提高警覺，看來簡直就像核廢料，我也忘不掉賽昂警告過的輻射汙染。我來到抽屜前，取出他的一副手套戴上。手套大得誇張，畢竟是利菲特族尺寸，害我的指頭變得笨拙。我撕開一條乾淨的被單——這塊布薄得要命，根本不保暖。撕成幾條長帶後，我把布條拿進浴室，浸入熱水。這麼做或許沒用，但也許能讓他的狀況舒緩幾小時，等他醒來再讓其他利菲特人處理傷口——如果他能醒來。

我走出浴室，鼓起勇氣。衛士的模樣和體溫與死屍無異，寒意穿透我的手套。他的膚色微微呈灰色，我把布條擰乾，開始處理傷口。一開始我放輕動作，但他徹底靜止，顯然不會醒來。

窗外陽光隨著時間經過而變化。我把水擰在傷口上，洗掉血汙，被撕裂的皮肉也因此吐出砂礫。像過了數個小時，我的努力終於產生一些效果，他的胸膛和咽喉因呼吸而起伏。我用另一塊布壓在傷口上，用我的黑腰帶綁住這塊敷料，再用被單蓋住他的手臂。現在他得靠自己的力量活下去。

幾小時後，我醒來。

從房中寂靜程度判斷，我知道我是獨自一人。他的床鋪已經整理完畢，被單換新，床簾用繡花布條綁起，房間浸潤在月光之中。

衛士不見蹤影。

窗戶布滿露水。我起身，在壁爐旁坐下。剛剛那番遭遇不可能只是出自我的想像，除非我還受到混亂劑的影響——但我已經被施打過解毒劑，血中無毒，所以這表示衛士出於某種原因再度外出。

一套乾淨制服放在床上，連同第二張紙條，以同樣的粗字體書寫，紙上只有兩個字：

明天。

所以他沒死於睡夢中，而我的訓練又被延後一天。

我沒看到那副手套，想必被他拿走。我進入浴室，用熱水搓洗雙手，然後換上制服，從藥包擠出三顆藥丸，一樣丟進洗手槽沖掉。今天我會查出更多情報，我不在乎莉絲怎麼說——我們不能就這麼放棄。我不在乎利菲特族在這裡待了兩百年還是兩百萬年，我絕不讓他們利用我的靈視能力。我不是他們的士兵，莉絲也不是他們的便當。

夜間守門人把我的名字記在帳本後，我走出宅邸。我來到貧民窟，買了一碗粥，嘗起來就跟看起來一樣糟，與水泥無異，但我逼自己吞下。看店的表演者偷偷告訴我，蘇赫正在附近巡邏，所以我不能坐下來用餐。我問她是否知道朱利安的下落，我盡量描述他的模樣，她要我去查查城中央的宅邸，說明那些宅邸的名稱和位置之後就回去顧她的煤油爐。

我站在昏暗角落，邊吃邊觀察周遭客人，他們的眼神都一樣茫然，身上的七彩戲服如切身侮辱，就像在墓碑上噴漆塗鴉。

「讓人作嘔，不是嗎？」

我抬頭，對方是第一晚和我關在一起的靈聽師，一臂纏以骯髒繃帶。她沒看我，直接在我身旁坐下。

「蒂達。」

「佩姬。」我回答。

「我知道妳叫什麼名字，我聽說妳被送去莫德林。」她的指間是條紙捲，末端冒煙，聞起來像香料和香水，是紫翠菊的味道。「來一口。」

「不用了，謝謝。」

「幹麼這麼緊張？不過就是紫煙，總好過鴉片酊。」

在膽敢使用迷幻藥的靈盲者之中，鴉片酊向來是首選，畢竟不是人人都喜歡芬氧。也因此，偶爾會有靈盲者因為表現「反常」而被守夜者逮捕，結果發現只是受到鴉片酊的影響。這玩意兒對靈視者沒什麼作用，藥效不足以影響我們的夢境，蒂達想必只是為了解悶而吸食。

「從哪弄來的？」我問。我無法想像他們會允許我們使用乙太藥物。

「這裡有個藥頭拿這東西論坨販賣，聽說他在第十六屆骸骨季節就被帶來這兒。」

「他在這待了四十年？」

「他當年才二十一歲。我剛才跟他談過，他這人似乎不壞。」她遞出捲菸。「妳真的不想來一口？」

「免了。」我看著她抽菸，她擁有紫翠菊成癮者的獨特巧手。或許我該叫他們「朝臣」，因為紫翠菊是於二十一世紀初在蘇活區一條名為「聖安妮庭院」的巷子開始販賣，所以這些人自稱「朝廷大臣」，也只有他們把「一磅」稱作「一坨」。或許她能幫我。「妳怎麼還沒開始訓練？」她開口。

「我的監護者不知道跑哪去了。妳呢？」

「同樣原因。妳的監護者是誰？」我問。

「蒂拉貝爾．夏洛丹，她看起來好像有點賤，但還沒對我動過手。」

「瞭解。」我看著她吞雲吐霧。「妳知不知道他們提供的藥丸是什麼東西？」

蒂達點頭。「小白藥丸是一般避孕藥，想不到妳以前沒見過那東西。」

「避孕藥？為什麼？」

「讓我們生不出小孩啊，很明顯吧，讓我們免於母難日。說真的，妳會想在這種地方生個小鬼出來嗎？」

言之有理。「紅色那顆呢？」

「鐵質補充錠。」

「還有綠色那顆？」

「哪個？」

「第三顆。」

「哪來的第三顆？」

「是顆膠囊，」我追問：「算是橄欖綠，味道很苦。」

蒂達搖搖頭。「不知道，抱歉。改天拿來給我看看吧。」

我的五臟六腑糾結。「瞭解。」她正要再吸一大口時，我插嘴：「妳跟卡爾一起被帶走，是不是？迎新會的時候。」

「我跟那叛徒沒往來。」聽到這話，我納悶得揚起一眉，蒂達吐出紫煙。「妳沒聽說？他變節了。他發現那個手相師，那個一頭藍髮的艾薇，從某個腐民那裡接受食物，結果他通報她的監護者。妳該看看他們怎麼對待她。」

「她被毒打，頭髮還被剃光。我不想再談起那件事。」她的一手微微顫抖。「如果想在這裡活下去就是犧牲別人，那還不如送我回乙太，我會走得心甘情願。」

我們倆一陣沉默，蒂達丟掉翠菊捲菸。

「妳知道朱利安在哪棟宅邸嗎？」過了一會兒，我問道：「二十六號那位。」

「光頭男？聖三一吧，大概。妳可以從後門偷看幾眼，新兵都在那裡的草地受訓，但千萬別被他們看到妳。」

她點起第二根捲菸。

翠菊是個毒藥，大概是街頭最被濫用的植物，雅各島那種地方到處都是翠菊朝臣。翠菊有四種花色：白、藍、粉紅和紫色，對夢境有不同影響。幫會裡的伊萊莎曾對我坦承：她對白翠菊上癮多年。跟能幫助恢復記憶的藍翠菊相比，白翠菊產生的效果被稱作「洗白」——造成部分記憶喪失。有那麼一段日子，她連自己姓啥都記不得。後來她對紫翠菊上癮，說那東西對她的繪畫有幫助。她曾要我發誓絕不碰任何乙太藥物，我也沒理由違反這個承諾。

現在發現我比別人多出一顆藥丸，這嚇得我渾身發涼——除非是蒂達比大家都少一顆。我得問問別人。

「繼續說。」

聖三一宅邸的路邊有人站崗。我沿貧民窟邊緣而行，利用我對這座城的有限所知來判斷那棟宅邸的後門應該在哪，結果來到這片寬廣土地的柵欄外頭。蒂達說得沒錯，一群白衣人聚集於草地，朱利安就在其中，由一名女利菲特人指揮。在煤氣街燈的綠光照映下，他們用一端呈凸緣的指揮棒在半空中推擠靈魂。我原以為那是法器——乙太能透過這個道具流動，占卜者能藉助這個道具抽取力量，但我從沒見過有道具能「控制」靈魂。

我啟動第六感。那些人類的夢境都聚於乙太，利菲特人則發揮類似繫帶的作用，他們如飛蛾撲火般被她吸引。

利菲特人這時選上朱利安。她甩動指揮棒，將一縷厲鬼拋向他。他被撞得癱瘓，仰躺倒下。

「起來，二十六號。」

朱利安沒動。

「起來。」

他做不到。他當然做不到——他被厲鬼迎頭撞上，沒有靈視者受到如此重創還能「站起來」。

他的監護者朝他的側臉狠踹一下。其他白衣人蹣跚退後，彷彿深怕下一個就輪到自己。她冷冷瞪他們一眼，接著轉身走向宅邸，黑裙飄於身後。人們面面相覷，然後跟上，沒人停下來幫助朱利安。他躺在草地，以胎兒的姿勢蜷縮。我試著推開柵門，但門被一條沉重鐵鍊鎖上。

「朱利安。」我呼喚。

他抽搐幾下，抬起頭。看到我，他撐起身子站起，朝柵門走來。他的臉龐因汗水而閃閃發光，身後那些燈籠熄滅。

「她其實很喜歡我，」他露出苦笑。「我是她的得意門生。」

「剛剛那是什麼樣的靈魂？」

「只是個老鬼。」他揉揉眼睛。「抱歉，我眼裡還有幻象。」

「你看到什麼？」

「馬、書、火。」

那縷怨魂把死時景象留在朱利安眼中，這是魂鬥最讓人難受的一面。

「那名利菲特人是誰？」我問。

「亞露卓・柯爾丹，我不知道她為什麼自願擔任監護者，她非常討厭人類。」

「哪個利菲特人不討厭人類？」我凝視草地，亞露卓沒回來。「你能出來嗎？」

「我試試。」他伸手扶頭，臉龐皺起。「妳的監護者有沒有吃妳的氣場？」

「我很少看到他。」我總覺得最好別提起昨晚發生的事情。

「亞露卓昨天吃了菲立斯一口，他清醒之後不斷顫抖，但還是被她逼著受訓。」

「他還好嗎？」

「他嚇傻了，兩小時之後才恢復對乙太的感知。」

「他們居然那樣對待靈視者，真是荒謬。」我向後瞥，確認沒有衛兵。「我絕不讓他們咬我。」

「妳恐怕沒得選。」他從柵門鉤子取下一盞燈籠。「妳的監護者頗有名氣。妳說妳很少見到他？」

「他總是外出。」

「為什麼？」

「天知道。」

朱利安凝視我許久。如此近距離下，我看出他跟莉絲一樣擁有完整視靈眼。擁有「部分視靈眼」的人可以選擇開啟或關閉這項能力，但是朱利安這種人卻沒選擇，眼前永遠是一縷縷能量。

「我先出來再說，」他說：「我從昨天早上就沒吃東西，應該說晚上，哎呀隨便啦。」

「你能弄到外出許可嗎？」

「我去問問。」

我目送他進入宅邸。我突然意識到：他可能根本出不來。

我在貧民窟附近等他。正準備放棄的時候，一抹白袍引起我的注意——朱利安從一道小門出現，一手掩面。我向他招手。

「發生什麼事？」

「無可避免之事。」他的聲音像是鼻塞了。「她說我可以去吃東西，但我將聞不到也嘗不到食物。」

他移開手，我倒抽一口氣。深色濃稠血液沿他的下巴滑落，眼睛底下浮現瘀傷；鼻子紅腫，因內出血而塞住。「你得冰敷。」我把他拉到一塊三夾板牆後方。「跟我來，那些表演者一定有醫療用品。」

「我沒事，我的鼻梁應該沒斷。」他摸摸鼻子。「我們需要談談。」

「我們邊吃邊談。」

我帶朱利安穿過貧民窟，同時尋找可以當武器的東西，任何粗劣物品都行，像是尖銳髮簪、玻璃或金屬碎片，一路上沒人襲擊我。如果表演者真的沒有武裝，在厄冥族攻城時又要如何自保？他們只能依賴利菲特人和紅衣人的保護。

在用餐小屋裡，我逼朱利安吃下一碗稀粥和一些乾麵包，接著把剩下的法器交給一名占卜者，換來一包偷來的止痛藥。占卜者不願透露是以何種手法從何處偷來，他拿到鈍針後就立刻消失於人群，想必他是真正的針占師。我把朱利安帶去一個陰暗角落。

「吞下去，」我說：「別讓任何人看見。」

朱利安不發一語，只是乖乖擠出兩顆膠囊，喝水吞下。我在一間無人小棚裡找到一塊布和一些水，他用布擦掉血汙。

「所以，」他的聲音有些沙啞，「妳對厄冥族瞭解多少？」

「我查不到任何情報。」

「我最近獲得一些關於這個地方的情報，如果妳有興趣。」

「當然有。」

「白衣人要接受幾天基本訓練，大多是魂鬥技巧——證明自己能召喚魂眾之類的。再來是第一項測驗，我們必須證明自己的天賦。」

「證明？」

「證明自己的天賦有實用性。占卜者必須做出預言，靈感者必須激某個魂魄來附身，妳懂的。」

「怎樣才算有實用性？」

「我們要做些事情來證明自己的忠誠度。我跟聖三一的守門人討論過這件事，他雖然不願多談，但他透露他做出的預言害其他人被抓來第一冥府。我們得讓那幫利菲特人看到他們想看到的事情，就算會因此出賣人類同胞。」

我的咽喉緊縮。「第二項測驗呢？」

「和厄冥族有關。我猜，如果妳活下去，遲早會成為紅衣人。」

我的視線掃過小棚，表演者之中有一、兩名黃袍人。「妳看，」朱利安壓低嗓門。「角落那人，她的指頭。」

我順著他的視線看去，年輕的女子舀著稀粥，邊和一名憔悴男子說話，她有三根指頭只剩短短一截。我再觀察四周，注意到其他人的傷口：斷腕、咬痕、肢體上的爪痕。

「看來那些怪物確實喜歡人肉。」我做出評論。莉絲沒騙我。

「看來如此。」朱利安把碗遞給我。「妳要不要？」

「不，謝了。」

我們靜坐許久。我沒再看周遭，但我無法停止思索這些人受到的創傷，他們如雞骨頭般被啃咬，如廚餘般被丟棄。在這悲慘又簡陋的貧民窟，他們毫無保障。

我不想讓利菲特人知道我的能力，可是要通過第一項測驗卻不能不表現。我**想**通過這些測驗嗎？我抓抓頭髮，陷入沉思。我得先等待，等衛士回來後看他期望我怎麼做，我的命運完全操控在他手中。

凝視表演者幾分鐘後，我發現一張熟悉的面孔出現：卡爾。現場一陣沉默，表演者們低下頭讓路給他。我的視線越過他們的腦袋，明白他們在看什麼：他的粉色外袍。他來貧民窟做什麼？

「蒂達說卡爾通過了第一項測驗，」我告訴朱利安。「他為了通過測驗採取什麼樣的手段？只是把艾薇的事抖出去？」

「他是占卜者，八成只需要在茶杯裡找到他死去的姨媽。」他說。

「那是占兆者。而且你不是占卜者嗎？」

「我從沒說過我是占卜者。」他微微一笑。「不是只有妳的氣場令人誤會。」

這話令我思索片刻。占卜者被看作是最低階的靈視者，也絕對是最常見的類型——他大概覺得這種標籤令他受辱。另一個可能是：我其實不如傑克森宣稱的那般精通於辨別靈視者身分。

傑克森。不知道他現在在做什麼？他是否擔心我？他當然擔心我——我可是他的夢行者、他的門徒。我不知道他要如何找到我，或許丹妮和尼克會想出辦法，他們擁有賽昂職業，執政廳一定藏有某種囚犯資料庫。

「他們正在試著賄賂。」朱利安瞥向那兩名表演者，他們把法器遞向卡爾、對他說話。「他們一定以為他站在利菲特人那邊。」

看來也像是那麼一回事。卡爾揮手趕他們走，他們乖乖退下。

「朱利安，」我說：「你每天要吞幾顆藥丸？」

「一顆。」

「什麼模樣？」

「圓形，紅色，應該是鐵質補品。」他吞下稀粥。「為什麼問？妳要吞幾顆？」

果然。賽昂雖然有讓男性避孕的某種針劑，但讓男女皆絕育又有何意義？卡爾走來，接下來發生的事讓我不用回答朱利安的疑問。

「所以呢，我透視球體，」他在和一名白衣人說話，幾名戲子正在看著他們，「然後我決定查出她的慾望，結果我發現她很想找到那名所謂的『白縛靈師』，當然了，我一看到他的臉，就清楚知道他是誰，他是一之四區的幫主。」

我被恐怖的寒意席捲。他是指傑克森。

「佩姬？」朱利安問。

「我沒事，你稍等我一下。」

我不禁走向卡爾，揪住他的外袍，把他拖進一個角落，他瞪大眼。

「你看到什麼？」

我嘶聲問道。卡爾瞪著我，彷彿我長出第二顆腦袋。「什麼？」

「你讓她知道關於白縛靈師的什麼事情？」

「叫我XX-59-1。」

「少廢話。告訴我，你那時候看到什麼。」

「我看不出這與妳何關。」他一瞥我的白袍。「妳似乎沒像大家期望的那般迅速晉級，妳讓妳那位地位特殊的監護者失望了？」

我的臉湊向他，只離兩吋。這種距離下，他看起來更像老鼠。

「我沒在玩遊戲，卡爾，」我的聲音低沉。「我也不喜歡叛徒。告訴我，你那時候看到什麼。」

似乎沒人注意到旁邊一盞燈籠閃爍——表演者們已經把注意力移向其他事情——但敏銳的卡爾露出恐懼的眼神。「我沒清楚看到他在哪，」他坦承，「但我的確看到一面日晷。」

「從水晶球裡看到的？」

「嗯。」

「她對那名縛靈師有什麼企圖？」我揪緊他的外袍。

「我不知道，我只是照她說的做。」他掙脫我。「妳問這個做什麼？」

我的耳中嗡嗡作響。「沒理由。」我鬆開他的外袍。「抱歉，我只是被測驗搞得很緊張。」

卡爾的表情變得柔和而得意。「我能體會。我相信妳很快就會進入下一個色階。」

「晉級之後會發生什麼事？」

「得到粉色外袍之後？當然是加入軍隊啊！我等不及親手宰了那些噁心的巴吱怪，我很快就會獲得紅袍。」

他已經被他們洗腦。他成了士兵、培育中的殺手。我逼自己微笑，隨即轉身走離。

卡爾確實有理由自豪，他是優秀的預言占卜者。他利用奈希拉喚來一名靈視對象，在偏愛的法器的閃亮表面做出觀察，這就是占卜者的天賦，和某些類型的占兆者相同。他們能將自己的天賦和「求卜者」的期望接合並透視未來。牌占師和手相師就是這麼做，而不管傑克森如何瞧不起他們，這種能力確實便利。乙太和賽昂網路其實有些相似之處：賽昂網路由伺服器串起，而乙太是由眾多夢境串起，每道夢境都擁有按個按鈕就能取得的情報。求卜者所提供的就像搜尋引擎——能看透遊魂的一種方式。

卡爾找到最完美的求卜者——奈希拉。他不但因此看到傑克森，也看到傑克森所在之處的線索——柱面六晷的其中一面。

我必須警告他，要盡快。我不知道她對傑克森有何目的，但我不打算讓她把他帶來這裡。

朱利安跟我走到外頭。「佩姬？」他抓住我的袖子。「他對妳說了什麼？」

「沒什麼。」

「妳面無血色。」

「我沒事。」看到他手中的乾麵包，我這才想起賽柏。「你要吃嗎？」

「不。妳要嗎？」

「我要給賽柏。」

「妳在哪裡找到他？」

「靈盲者之家。」

「原來如此，所以他們把靈視者關在倫敦塔，卻把靈盲者關在這？」

「或許他們覺得這麼做很合理。」我把乾麵包塞進口袋。「明天見。黃昏時分？」

「黃昏時分。」他停頓。「如果我出得來。」

來到靈盲者之家時，屋內漆黑，就連外頭的街燈也熄滅。我知道葛菲雅斯絕不可能讓我進去，所以我沿排水管往上爬。

「賽柏？」

室內沒有燈火，我能聞到裡面潮溼而冰涼的空氣，賽柏沒回應。

我抓住鐵條，蹲在窗臺上。「賽柏，」我嘶聲道：「你在嗎？」

他不在。這個房間裡沒有夢境；就連靈盲者也有夢境，雖然沒有顏色、沒有情緒變化、沒有靈魂活動。賽柏消失了。

或許他被帶去宅邸工作。或許他會回來。

或許這是陷阱。

我從袖子掏出乾麵包、塞進鐵條之間，然後沿排水管爬下。回到堅實大地，我才覺得安全。

安全感很短暫。我轉身面向城中央時，感覺胳臂彷彿被鉗子夾住。一雙熾熱而嚴肅的眼睛瞪著我。

第七章 誘餌

他身穿高領金邊的黑襯衫，袖子遮蔽我在白天時纏上繃帶的手臂。

他一動也不動地站著，面無表情地俯視我。我舔舔嘴唇，考慮該掰什麼藉口。

「所以，」他開口，把我拉近，「妳幫忙包紮傷口，而且餵養靈盲奴隸。有意思。」

我因為強烈反感而扯回手臂，他並沒有緊抓不放。要不是因為被逼至角落，我能對付這傢伙——但我看到其他利菲特人出現：兩男兩女，夢境皆如銅牆鐵壁。看到我擺出防禦架式，他們哈哈大笑。

「別傻了，四十號。」

「我們只是想跟妳談談。」

「那就有話快說。」我罵道。

我的嗓音彷彿不屬於自己。

衛士一直盯著我。在一旁的煤氣街燈照映下，他的眼睛沾染新的色彩。他沒像其他利菲特人那般發笑。

我像被追捕的獵物無處可逃。如果試圖逃脫，不但愚蠢，更與自殺無異。

「我跟你們走。」我說。

衛士點個頭。

「蒂拉貝爾，」他開口：「去找嫡系族長，讓她知道 XX-59-40 已被拘捕。」

拘捕？我一瞥女利菲特人，想必她就是蒂拉貝爾．夏洛丹——蒂達和卡爾的監護者。她以淡定黃眸回視，一頭捲髮烏黑閃耀，如兜帽般貼住臉龐。「遵命，族長配偶。」她回答。

她離開這支押解小隊。我低頭看腳。「走吧，」衛士開口：「嫡系族長正在等候。」

我們朝城中區走去。路邊衛兵們紛紛退後，和衛士保持該有的距離。他的眼睛確實呈現不同色澤——現在帶有橘色。

「如果妳有疑問，」他注意到我的窺視，「儘管提出。」

「我們要去哪？」

「帶妳去接受第一項測驗。還有其他疑問嗎？」

「什麼東西咬了你？」

他凝視前方，然後開口，「我取消妳的發問權。」

我差點咬到舌頭。這渾蛋，我花了好幾小時清理他的傷口。我原可殺了他，我應該殺了他。

衛士很熟悉這座城。他帶我們走過幾條街，直到我們來到某棟宅邸的後方，也就是迎新會的會場，門外牌匾寫著「領主宅邸」。他穿過入口時，衛兵們鞠躬，拳頭貼於胸口，但他絲毫不予理會。

柵門在我們身後關上。聽到金屬鎖頭的敲擊聲，我渾身緊繃。我掃視周遭、查看所有角落，外牆有些攀緣植物，包括氣味芬芳的忍冬、常春藤和紫藤，但只爬到離地幾呎處，再上去就是窗戶。我們沿一條圍繞圓形草地的沙色小徑前進，一支燈柱立於草地，燈光穿透紅玻璃窗。

小徑盡頭是一道門。衛士沒看我，但停下腳步。

「別提起我的傷口，」他的聲音輕得幾乎讓我聽不見，「否則妳會後悔救我一命。」他朝護衛們做個手勢，其中兩人走向門的兩側站崗，一名眼神懾人的捲髮男子則來到我身旁。在衛兵包圍下，我被推進門口，進入陰涼室內。

這個房間狹長而華麗，牆壁以象牙般的石塊砌成。左牆沾染溫暖色彩，花窗玻璃引進的折射光線使房中彷彿浸於月光。我看出這裡有五塊紀念牌匾，但我沒時間停步閱讀，而是被帶去一道透光拱門。衛士帶我踏上三道黑色大理石階，然後單膝跪下、低頭行禮。衛兵們瞪我時，我照做。

「奧古雷斯。」

一隻戴手套的手抬起他的下巴。我偷偷一瞥。

那人是奈希拉，身穿將頸部以下完全遮蔽的黑裙，布料在燭光下波動如水。她的嘴唇印上衛士的額頭，他將一手貼上她的腹部。

「你把我們的小神童帶來了。」奈希拉凝視我。「晚安，XX-40。」

她上下打量我。感覺她正在試圖觀察我的氣場，因此我豎立一些屏障，以防萬一。衛士沒動，我看不到他的臉。

一排利菲特人站在他們後面，皆包覆在兜帽披風中。他們的氣場似乎充斥這間禮拜堂，與我的氣場推擠。現場只有我是人類。「我猜，妳知道妳為何被帶來這兒。」奈希拉說。

我把嘴巴緊閉。我知道我因為拿食物給賽柏而惹上麻煩，但也可能是因為其他原因：幫衛士包紮、到處亂跑，或單純因為我是人類。最可能的原因是：卡爾讓奈希拉知道我在用餐小屋對他有何質問。

又或許是因為他們知道我的真實身分。

「我們在靈盲者之家外頭發現她。」衛兵宣布，這傢伙活脫脫是男版普萊歐妮，連眼睛都完全一樣。「她像隻下水道老鼠在陰影亂竄。」

「謝謝你，阿薩菲。」奈希拉低頭看我，沒叫我平身。「四十號，聽說妳私自向一名靈盲者提供食物，這麼做的理由是？」

「因為他像牲畜般被禁食毆打，他得進醫院讓醫生照料。」

我這番話在昏暗禮拜堂中迴響，兜帽利菲特人們靜默不語。「很遺憾妳這麼認為，」奈希拉說：「但在我們眼中——我們的眼睛也正在監控你們的國家——人類與野獸無異，我們不為牲畜提供醫生。」

我因憤怒而臉色蒼白，仍強忍即將出口的話。如果控制不住情緒，只會害死賽柏。

奈希拉轉身。衛士站起，我也照做。

「四十號，妳應該還記得我們在迎新會說過，我們要測試在骸骨季節收集的人類。我們派紅衣人去逮捕擁有氣場的人類，但未必總能辨識每個氣場到底是何能力。我承認我們犯過不少錯，例如抓來一個充滿吸引力的氣場，發現對方只是個流浪牌占師。但妳顯然比那種人更有趣，妳的氣場非常強烈。」她招手。「來吧，來看看妳有何本領。」

衛士和阿薩菲從我身邊走離。此刻，我和奈希拉正面對面。

我的肌肉繃緊。難道他們要我跟她打？我輸定了，她和她那些守護天使會打碎我的夢境。我能感覺到它們在她身旁打轉，隨時準備護主。

這時我想起莉絲說過的：奈希拉想要夢行者。我飛快思索，或許我能做些什麼、殺她個措手不及，或許我占有某種優勢。

我想起列車事件。如果沒有夢行者或神諭者供奈希拉使喚，她就無法操控乙太。

除非她已經吸收某個無法被窺視之人的靈魂，否則我能將自己的靈魂灌進她的心靈。我能殺了她。

阿薩菲回來時，這項計畫也隨之破滅。他扛著一個纖弱身軀，其頭部套以黑袋。他將這名囚犯放在一張椅子上，把雙手反綁於椅背。我的指尖開始發麻，那人是我的夥伴之一？他們找到七晷區、找到我的幫派？

但我察覺不到那人的氣場，顯然是個靈盲者。想到父親，我不禁緊張得作嘔——不過那人遠比父親矮小瘦削。

「我相信你們彼此認識。」奈希拉說。

他們拿掉頭套，我渾身血液失溫。

賽柏。他落在他們手上，眼睛腫得跟梅子一樣大，髮絲因浸血而貼臉，嘴脣破裂滲血，臉龐其餘部位都是凝結的血液。我曾目睹人被毒打是何模樣，漢克特的受害者逃來七晷區向尼克求助時看過，但我從沒見過這種慘狀，從沒見過這麼年幼的受害者。

衛兵又往賽柏臉上揮一拳，他幾乎沒有意識，仍勉強抬頭看我。

「佩姬。」

聽到他奄奄一息的嗓音，我眼中血液燃燒。我轉身面對奈希拉。「妳對他做了什麼？」

「我們什麼都沒做，」她說：「而是由妳出手。」

「什麼？」

「妳該贏得下一件外袍了，XX-40。」

「妳他媽的到底在胡說些什麼？」

阿薩菲朝我腦袋揮來重拳，我差點直接倒地。他揪起我的頭髮，逼我看他。「嫡系族長在場，不許出言不遜。管好妳的嘴，否則我會拿針線幫妳縫上。」

「耐心點，阿薩菲。儘管讓她生氣，」奈希拉伸出一手。「她在那班列車上的時候可是氣得要命呢。」

我的耳朵嗡嗡作響，兩張臉孔突然在我腦海浮現：躺在車廂地板的兩人，一死一瘋，我的手下敗將、我的獵物。

這就是我的測驗：想晉升下一個色階，我必須殺掉靈盲者。

我必須殺掉賽柏。

奈希拉顯然猜到我的身分，她知道我的靈魂能脫離軀殼，能殺人迅捷而不見血。她想目睹我的本領、看我跳舞，她想知道這項天賦是否值得竊取。

「不。」我說。

奈希拉動也不動。

「不？」看我沉默不語，她說道：「妳不能拒絕，只能服從，否則我們只好將妳驅逐出境，想必大法官會很樂意矯正妳的傲慢無禮。」

「那就殺了我，」我說：「何必多等？」

十三名裁判不發一語，包括奈希拉，她只是凝視我，試圖看透我，想知道我是否在虛張聲勢。

阿薩菲沒浪費時間，直接揪住我的手腕把我拉向椅子。我不斷掙扎，他肌肉發達的手臂鎖住我的咽喉。「出手，」他在我耳邊咆哮：「否則就壓碎妳的肋骨，讓妳溺死於自身血泊。」他用力搖晃我，我的視線因此顫抖。「殺了這男孩，快動手。」

「不要。」我說。

「給我照做。」

「**不要**。」

阿薩菲加強手勁，我的指甲深陷他的袖子，指頭刮過他的腰側——發現他腰帶上的小刀。雖然只是把拆信刀，但這也能湊合。我只刺了一下，他就被迫放手。我蹣跚退向一張長椅，依然緊抓小刀。

「別過來。」我警告。

奈希拉哈哈大笑，裁判們也笑出聲，畢竟對他們來說，我只是另一種街頭藝人、滿腦子都是糖果和煙火的脆弱人類。

但是衛士沒笑，而是將視線鎖定我的臉，我把刀尖對準他。

奈希拉走向我。「令人讚賞，」她評論：「我喜歡妳，XX-40，妳的精神可嘉。」

我的手打顫。

阿薩菲一瞥臂上刀傷，發光液體從皮膚滲出。我低下頭，發現刀子沾滿那種液體。

賽柏開始哭泣。我更用力握緊刀子，雙手卻因冒汗而溼潤。我不可能用拆信刀對付這些高大人種，我連手槍都不太會用，更別說精準丟出飛刀。

除了奈希拉身旁的五名天使，這裡沒有其他靈魂能讓我聚集魂眾。要想救賽柏，我得更接近對手。在那之後，我必須思索如何讓我們倆逃出這裡。

「奧古雷斯、亞露卓——讓她繳械，」奈希拉命令：「別用靈魂。」

一名裁判摘下兜帽。「樂意之至。」

我打量對方，她是朱利安的監護者。這女人模樣狡猾，一頭柔順金髮和貓般眼眸。衛士待在她後方。我測量他們的氣場。

亞露卓內心狂野。她或許表現得有教養，但我感覺她開心得幾乎滴下口水。她蠢蠢欲動，因為賽柏的虛弱而興奮，而且渴望吃掉我的氣場，現在就想。衛士的氣場更黑暗而冰冷，意圖模糊不清——這只讓他更顯危險。如果我無法觀察他的氣場，就無法預測他可能怎麼做。

我突然有個念頭。先前接觸衛士的血液時，我感覺自己更接近乙太，或許這麼做能再次發揮作用。我吸口氣，把小刀湊近臉前，冰冷的氣味使我的感官大幅提升，乙太如冰水般襲來、將我淹沒。我瞄準亞露卓的眉心，一甩手腕拋出小刀，她只是彎個腰便閃過，但我的準確度已進步不少。

亞露卓抓起一支沉重的大型燭臺，朝我揮來。「來吧，孩子。」她說：「咱們來玩玩。」

我後退。如果我的顱骨被打碎，又怎麼能救賽柏？

亞露卓衝來，決心將我摺倒吃掉。要不是因為我的感官強化，她原本可能成功。我翻滾閃過，燭臺因此沒擊中我，而是打爛一尊雕像的腦袋。我立刻站起，跳過祭壇，衝向禮拜堂另一端，從長椅上的兜帽利菲特人身旁跑過。

亞露卓再次舉起武器，將燭臺拋過禮拜堂，我聽到風切聲。燭臺從賽柏頭上飛過，他嚇得大喊我的名字。

我原本打算衝向敞開的房門，但這項逃脫路線被切斷，因為一名衛兵從外頭將門砸上，把我和觀眾鎖在禮拜堂。我來不及放慢腳步，直接撞上門，撞得我肺中空氣悉數竄出。我失去平衡，腦袋撞上堅硬的大理石地；半秒後，燭臺擊中門板，我差點來不及逃離，燭臺已經落下，砸在我兩腿原本的位置，巨響如鐘聲般在禮拜堂內迴繞。

我的後腦悶痛，但我沒時間休息。亞露卓已經追來，她以皮手套覆蓋的十指鉗住我的脖子，拇指壓迫我的咽喉。我無法呼吸，眼睛充血無法視物。她正在奪取我的氣場，她的眼眸光芒增強，化為熾熱赤紅。

「亞露卓，住手。」

她似乎沒聽見。我嘗到金屬味。

拆信刀躺在一旁，我的指尖慢慢移向刀子，但是亞露卓壓住我的手腕。「輪到我了。」

想活命，我只有一個機會。她把小刀對準我的臉頰時，我將自己的靈魂推進乙太。

在靈魂狀態下，我以靈眼視物，進入新的次元；在這裡，我能看見靈魂。乙太形如一片寂靜虛無，以星光般的球體綴飾，每一顆光球就是一道夢境。因為亞露卓的身子就在我面前，她的「光球」也因此離我不遠。如果試圖闖入她的心靈將無異於自殺——她的心靈極為古老而強韌，但她的防禦因為對氣場的貪念而減弱。機不可失，我飛進她的心靈。

她沒準備好，而我動作迅速。她還來不及做出反應，我已經來到她的「午夜地帶」；但當她做出反應時，我立刻以子彈般的勁道被拋出。還沒意識到怎麼回事，我已經返回軀殼，凝視禮拜堂的天花板。亞露卓跪倒在地，緊抱腦袋。

「趕她出去，趕她出去，」她尖叫：「她是夢行者！」我連忙站起，迫切需要氧氣，結果撞上衛士。他抓住我的雙肩，指頭陷進我的肌膚，他不是想傷害我——只是想抓住我、架住我——但我的靈魂如捕蠅草般對威脅做出反應。我嘗試同樣招式，雖然這麼做幾乎違反我的意志。

這一次，我根本接觸不到乙太，而是動彈不得。

衛士，是他的緣故。現在是他在抽取我的能量、搾取我的氣場。我只能震驚地看著自己被他吸引，彷彿我是逐日的向日葵。

然後他停手，彷彿我們之間有條繩索斷裂，他的雙眼赤紅如血。

我凝視他的眼睛。他後退，看著奈希拉。

一片死寂。片刻後，著兜帽的利菲特人起身鼓掌。我坐在地上，大感震驚。

奈希拉跪在我身旁，一手貼在我的頭上。「完美極了，我的小小夢行者。」

我嘗到血味。她知道我是誰。

奈希拉站起身，走向賽柏。他剛剛驚恐地目睹一切，現在把因虛弱而半睜的眼睛移向她，她走到椅子後方。

「謝謝你的服務，我們很感激。」她把雙手放在他的頭部兩側。「再見。」

「不要，拜託，饒我一命——求求妳！我不想死。佩姬——！」

她把他的腦袋用力一扭，他瞪大眼睛，唾液從嘴角汩汩流下。

她殺了他。

「不！」這個字從我的咽喉飛出，我無法將視線從她身上移開。「妳——妳居然——」

「太遲了。」奈希拉放手，他的腦袋無力下垂。「妳原本可以親自出手，四十號，讓他走得毫無痛楚，可惜妳就是不聽話。」

令我失控的，是她的微笑，她居然在笑。我衝向她，我的體內滿是灼熱怒火。衛士和阿薩菲揪住我的手臂把我往後拉。我踢打掙扎，直到頭髮因汗水而凌亂。「妳這賤貨，」我尖叫：「妳這賤貨，妳這賤女人！他根本不是靈視者！」

「沒錯，他不是。」奈希拉在椅子後方來回踱步。「但靈盲者的魂魄是最聽話的僕人，妳不這麼認為？」

阿薩菲打算讓我的肩膀脫臼。我用指甲抓住衛士的手臂，受傷的那隻、我包紮的那隻，他僵直身子，我不在乎。「我要殺了你們，」我咆哮，這話是針對他們每一位。我幾乎無法呼吸，但我拚命說出口。「我發誓我要把你們全宰了。」

「無需發誓，四十號，讓我們為妳發誓。」

阿薩菲把我甩在地上，我的腦袋撞上堅硬大理石地，視線因此閃爍。我試著移動，卻被某種東西壓制，是某人用膝蓋壓住我的背脊。我的指頭刮過大理石地板，接著，我的肩膀傳來令人盲目的痛楚，我這輩子從沒這麼痛過。好燙，燙得要命。我聞到肉焦味，不禁放聲尖叫。

「吾等發誓：汝將永生效忠利菲特人。」奈希拉的眼睛沒離開我。「吾等以火痕發誓，XX-59-40，汝將永遠綁定於莫薩提姆之衛士。汝活著的每一日，將拋棄本名，汝之生命歸於吾等。」

火焰烙於我的肌膚，我的腦中除了痛楚之外一片空白。結束了，他們殺了賽柏，現在要殺了我。一根針反映燭光。

第八章 吾名

我的血中含有太多混亂劑。

我在夢境裡原地打轉。混亂劑使我的夢境扭曲變形，輪廓和色彩爆裂。我聽見自己的急促心跳，喉中空氣燃燒穿鼻。

他們要我的命。思索這點的同時，我不斷對抗心靈，看著它如爐中木柴般崩塌。結束了，奈希拉知道我是什麼身分，所以給我下毒，我即將斷氣。這個過程不會拖太久，畢竟夢境無法維持於屍體中。接著，這個念頭分解消散，我被困在腦袋的黑暗處隨意漫步。

然後我找到了——我的陽光地帶，絕美之地，安全溫暖。我跑上前，卻彷彿踩過溼沙。陰影緊抓我不放，試圖將我拉回一團黑雲。我拚命對抗混亂劑，試圖掙脫它的控制，我如種子般滾進陽光，滾進花田。

世上人人皆有夢境——心靈中的美麗幻象。在夢境中，就連靈盲者都能看見自己的陽光地帶，只是不夠清晰。靈視者則能透視自己的心靈，居住其中，直到死於飢餓。我的陽光地帶是一片紅花原野，隨心情而起伏變動。我看見身體外界的浮光掠影，吐掉胃袋裡的食物殘渣時，感覺到地面翻滾。但在這片陽光地帶，我很平靜，我看著混亂劑在我周遭肆虐。我在紅花中躺下，等待結局。

我回到莫德林的房間，一旁的留聲機嗚囀啼唱，又是一首傑克森喜歡的遭禁歌曲——〈你是否見過行走之夢？（Did You Ever See a Dream Walking?）〉。我趴在沙發床上，腰部以上裸露，頭髮糾結成團。

我的一手貼臉，感覺到冰涼潮溼的肌膚，我還活著。雖然渾身劇痛，但我還活著，他們沒殺我。

我痛得沒辦法繼續躺下去，我試圖坐起身，腦袋卻沉重得讓我只能挪動幾吋。我的右肩後方傳來強烈灼痛。鼠蹊處一陣悶痛，看來他們挑了這個部位打針——但這次的傷害更深。

有些藥劑必須透過動脈注射而非靜脈才能發揮更佳效用，混亂劑是其中之一。我的大腿灼熱腫脹，胸膛起伏，我渾身發燙。不管是誰給我打針，不但動作笨拙，而且非常粗暴。我依稀記得在昏過去之前看到蘇赫斜眼瞪我。

或許他們確實打算殺我，或許我確實即將死去。

我把頭轉向側面，壁爐燃燒火焰，而且房中有別人存在：監護者。

他坐在椅子上，壁爐熊熊燃燒。我以恨意瞪他，我還能感覺到他抓住我、不讓我去救賽柏。他對那種無意義殺人是否感到內疚？他是否在乎靈盲者之家那些無助奴隸？還是他對什麼都不在乎？就連他跟奈希拉的互動也顯得呆板。到底有什麼事情能影響他的情緒？

他站起身，想必是注意到我的視線。我嚇得不敢動，我渾身太多痛楚。衛士在沙發床旁跪下，舉起手，我不禁退縮。他用指背輕撫我的灼熱臉頰，眼眸已變回原本的金蘋果色。

我的咽喉灼痛火燙。「他的魂魄，」我勉強開口，一說話就痛。「離開了嗎？」

「沒有。」

我動用渾身力氣來隱藏痛楚。如果沒人朗誦超渡咒語，賽柏的魂魄將會徘徊不去。他依然心懷恐懼、獨自一人，更糟糕的是，他仍是囚犯。

「她為什麼不殺我？」我因為說話而喉嚨疼痛。「她為什麼不殺了我，一了百了？」

衛士無視我的疑問，而是查看我的肩膀，再從床頭櫃拿起一支高腳杯，裡頭盛有深黑液體。我看著他，他把高腳杯湊到我嘴邊，一手將我的頭向後仰，但我反抗。他不悅地輕聲低吼。「這能減緩妳的腿部腫脹，」他說：「喝下去。」

我扭頭，衛士拿走杯子。

「妳不想復原？」

我瞪他。

我能活下來，想必是意外。他們沒理由留我一命。

「妳被下了烙印，」他說：「如果不讓我在接下來的幾天處理這道燙傷，很可能會感染。」

我扭頭查看肩膀，用被單遮胸。「下烙印——什麼烙印？」摸到起伏的肌膚表面時，我的指頭顫抖。XX-59-40。**不，不！**「媽的——你這渾蛋，你這死變態王八蛋——我要宰了你。你給我等著——等你睡著——」

我的咽喉痛得說不出話，只能收口，不住喘氣。衛士打量我的臉，彷彿試圖看懂外文。

他不笨，為什麼要像這樣看我？他們把我當牲畜般打下烙印，我甚至不如牲畜，只是個編號。

寂靜被我的倒抽氣聲打破。衛士把戴手套的手放在我的膝上，我抽腿掙脫，一陣痛楚因此貫穿整條腿。「別碰我。」

「烙痕的痛楚遲早會消失，」他說：「但妳的股動脈沒這麼好運。」

他的手往下滑，掀起被單。看到裸露的大腿，我差點又吐出來——大腿嚴重腫脹，瘀傷幾乎延伸到膝蓋，鼠蹊部發黑充血。衛士按壓我的腿，雖然力道極輕，卻已令我痛得窒息。

「這一處的傷不會自行痊癒。混亂劑造成的傷勢必須靠第二劑更強效的解毒劑才能復原。」

如果他壓得再用力些，我大概會死於劇痛。

「你下地獄去吧。」我喘道。

「沒有所謂的地獄，只有乙太。」

我咬牙，因強忍淚水而顫抖。衛士把手從我的腿移開，轉過身。

我不知道自己這樣虛弱而精神錯亂地躺了多久，只知道他一定很享受這一幕、看著我們展露人性。這次換他占上風，目睹我受苦冒汗；這一次，解藥在他手上。

黎明到來，時鐘滴答作響，衛士只是坐在椅子上翻動柴火。我真不知道他在等什麼，如果他想等我改變心意、接受解藥，那他有得等。或許他只是奉命看守我，確保我不會自殺。我確實有可能試圖自我了結，畢竟這種痛楚實在難耐。我的一條腿僵硬得無法動彈，只有微微抽搐。腫脹的肌膚緊繃而光亮，彷彿即將破裂的水泡。

時間一分一秒經過，衛士也不斷換位置：窗邊、扶手椅、浴室、辦公桌，然後又回到扶手椅，彷彿我不在場。他一度離開房間，拿了一些熱麵包回來，但我推開拒絕。我想讓他認為我在絕食抗議，我想取回優勢，想讓他跟我一樣感到渺小。

大腿痛楚拒絕平息，反倒惡化。我按壓發黑的肌膚，不斷加強勁道，直到眼冒金星。我原希望會痛得昏厥，至少能解脫幾小時，反而只是更想嘔吐。衛士冷眼看著我把酸臭膽汁吐進臉盆，他正在等我投降乞求。

我以模糊視線看著臉盆，開始吐出濃稠血液，接著我無力地把腦袋貼在靠墊上。

我一定昏了過去，醒來時，外頭天色漸暗，朱利安一定好奇我在哪，假定他成功離開宅邸，雖然他大概出不來。我的腦子只能專注在這些事上，因為不知道為什麼，我的痛楚已全數消失。

我的腿也失去知覺。

我的脊椎因恐懼而打冷顫。我試著扭動腳趾和腳踝，卻毫無反應。

衛士在我身旁。

「我該提醒妳，」他說：「如果放任傷口感染，妳很可能保不住這條腿，或是妳的命。」

我原想朝他吐口水，卻早已因劇烈嘔吐而脫水。我搖搖頭，視線持續消散。

「別做傻事，」他揪住我的腦袋，逼我看他。「妳需要妳的兩條腿。」

我不禁一愣。他說得沒錯，我必須保住雙腿，否則如何逃跑？這一次，當他用手仰起我的頭，我乖乖張嘴，喝下杯中物。味道很臭，彷彿塵土混雜金屬。衛士點個頭。「很好。」

我擺出臭臉，但因為大腿稍微恢復知覺而令我安心，這副表情的效果打了折扣。

我喝光杯中殘渣，以穩健的手擦嘴。

衛士掀起被單，我的大腿已經開始恢復成正常大小。

「我們扯平了，」我輕聲道，咽喉灼痛。「互不相欠。我治好你，你治好我。」

「妳從沒治療過我。」

我一愣。「什麼？」

「我從沒受過傷。」

「你不記得？」

「根本沒發生過。」

我一點也不相信那天的遭遇是出自我的想像。他的手臂以長袖遮蔽，所以我無法指出證據，但那件事確實發生，他否認到底也不會改變事實。

「那我一定弄錯了。」我說。

衛士凝視我，眼神顯得感興趣，冰冷又客觀的好奇。

「對，」他說：「妳錯了。」

這是他給我的警告。

鐘樓傳來鐘聲，衛士瞥向窗外。

「妳可以出門了。雖然妳的狀況還不適合今晚就開始訓練，但妳應該去弄些東西吃。」他指向壁爐架上的甕。「裡頭還有些法器，想拿多少就拿多少。」

「我沒衣服穿。」

「這是因為妳要換上新制服。」他遞來一件粉色外袍。「恭喜妳，佩姬，妳晉級了。」

這是他第一次直呼我的名字。

第九章 變化

踏進外頭寒風時，我的第一個念頭是「我必須離開這裡」。第一冥府的模樣就跟先前一樣，彷彿賽柏未曾踏足此地——但我的模樣和之前不同。我現在穿的不是白袍，而是淡粉色外袍，新背心上的船錨圖案也是以粉色線條繡成。我渾身被這個顏色玷汙。

我不能再接受測驗，我真的辦不到。如果他們在第一項測驗就能下手殺掉一個孩子，在第二項測驗會叫我做什麼？我成為紅衣人之前要流多少人的血？我得離開這裡，一定有辦法。就算我得去踩地雷，也好過待在這場夢魘。

找到一條穿過貧民窟的路時，我的右腿無力又沉重，一股陌生寒意在我體內擴散。表演者看著我，露出和先前不同的反應，不是面無表情，就是低頭避開視線。我的外袍是個警告：我是個叛徒，保持距離，我是殺人兇手。

我不是殺人兇手。殺害賽柏的是奈希拉，不是我——但是表演者不知道這點，他們一定瞧不起白衣人以外的人類。我今晚應該待在莫德林，可如果那麼做，我就得跟衛士共處一室，我無法忍受他的存在。我跛腳走過狹窄通道，我得找到莉絲，她能幫我脫離這場惡夢，一定有辦法。

「佩姬？」

我停步，大腿顫抖，光是走路就讓我虛脫。莉絲從她的小屋往外窺視，看到我的粉色外袍，她渾身僵硬。「莉絲。」我開口。

「妳通過測驗。」她的表情陰沉。

「是的，」我說：「可是——」

「妳害誰被抓？」

「我沒那麼做。」看她一臉懷疑，我知道自己必須說出真相。「他們試圖逼我殺——賽柏，那個靈盲者。」我低下頭。「他死了。」

她的臉龐抽搐。

「瞭解，」她說：「那麼，再聯絡。」

「莉絲，」我連忙道：「請聽我說，妳不——」

她拉上門簾，打斷我的話。我以背貼牆，身子無力滑下。我遭到排擠。

賽柏。我默唸他的名字，試圖召來他的魂魄——無論被利菲特人藏於何處，但乙太沒出現任何動靜。就算說出他的姓氏，我還是沒看到任何反應，看來我記錯他的全名。那麼依賴我的孩子、以為我一定會救他，死後卻依然與我陌生。

門簾似乎在瞪我，莉絲一定認為我是人渣。我閉上眼，盡量無視大腿的悶痛。或許我該去找個粉袍士兵來交換情報，但我不想這麼做，我無法信任他們。他們大多確實是殺人凶手，大多確實背叛同族。如果我想找個「非叛徒」談話，就必須讓莉絲知道她能相信我。我勉強站起身，累得滿身汗，走向用餐小屋。也許朱利安在裡頭，他大概也不想跟我說話，不過可能會給我個機會。

我注意到一道火光，是個爐臺，一群表演者在一間小棚裡，側躺在地，吞雲吐霧，又是翠菊菸。蒂達也在場，頭靠一塊坐墊，一身外袍骯髒發皺，簡直像用過的衛生紙。我抓緊背心口袋裡的綠膠囊，還好有帶在身上。我小心翼翼在她身旁跪下，避免讓右腿發疼。

「蒂達？」

她微微睜眼。「怎麼了？」

「我帶來那顆藥丸。」

「稍等，我還在哈草呢。給我一分鐘，親愛的，兩分鐘，也可能五分鐘。」她翻身趴下，微微發笑。「我的夢境徹底發紫，妳是不是我的幻覺呀？」

我等翠菊的影響消失。蒂達笑了整整一分鐘，笑得花枝亂顫、頭皮泛紅。我能感覺到她的氣場有些狂野、因藥效而翻滾攪動。其他靈視者似乎都不想醒來。蒂達顫抖著雙手揉揉臉，點點頭。

「好了，我醒了。妳那顆藥丸呢？」

我遞出藥丸，她從各個角度觀察，用指頭撫摸，觸查質感，然後剝成兩半，把其中半顆壓碎，嗅聞殘留物，再放進嘴裡品嘗。

「妳的監護者又不在？」我說。

「她常常不在。」她把剩下的藥丸還給我。「這是草藥，但我不確定是哪一種。」

「妳知道有誰能告訴我答案？」

「這裡有間當鋪，賣我翠菊的那傢伙或許能幫妳。暗語是**鏡子**。」（註20）

「我去找他。」我站起身。「不打擾妳享受翠菊了。」

「謝了，回頭見。」

她倒回靠墊。如果蘇赫發現這些人在做什麼，不知會有何後果。

我花了一些時間才找到當鋪。貧民窟有許多小屋，每一間都由兩、三人共享。他們白天躲在擁擠的小屋裡，依偎在煤油爐邊，睡在散發霉味和尿味的被單上，能找到什麼就吃什麼，如果什麼都找不到，就只能挨餓。他們住在一起，是出於兩個原因：他們沒其他地方可去，而且這裡寒冷刺骨，群居比較能保持溫暖。這裡沒有衛生設備，沒有醫療用品，能偷到什麼就得湊合著用。這裡是等死的地方。

註20 這裡的「鏡子」是義大利文的specchio，而非英文的mirror。

當鋪藏於一串厚門簾之後。除非知道它的確切位置，否則根本不得其門而入。我質問一名戲子後才知道答案，她一開始似乎不願告知，也警告我那間當鋪根本就是黑店，但還是指出正確位置。

看店的是我在迎新會見過的那名方言師。他坐在墊子上，正在玩骰子。他身上不是白外袍，看來他沒通過測驗。方言師對利菲特族來說有何用途？

「哈嘍。」我開口。

「嗨。」純淨又甜美的音符，果然是方言師的獨特嗓音。

「我能不能見見當鋪老闆？」

「暗語？」

「**鏡子**。」

男孩站起身，他的右眼塗上厚厚一層藥膏，看來是受到感染。他拉開門簾，我往裡頭走進。

倫敦當鋪大多隱藏於中央地區的非法小店，二之六區的教堂街市場就有一堆，這間也沒分別，老闆用類似帳篷的布料搭起這間店，質料類似莉絲表演時用的簾布。一盞煤油燈提供照明，半個空間被布置得像馬戲團的千鏡屋。老闆坐在一張破舊扶手椅上，凝視沾染汙垢的鏡子，鏡子透露出他有何能力：鏡占術。

他是個灰髮男子，肚子凸得不適合當表演者。我走進時，他把單片眼鏡貼上一眼，觀察我的鏡中倒影。他的眼眸滄桑，顯然是個目睹過太多景象的預言占卜者。

「我以前沒見過妳，不管是在我的鏡子還是在我的店裡。」

「我是第二十屆骸骨季節的新人。」我說。

「原來如此，妳的主人是誰？」

「奧古雷斯・莫薩提姆。」

我真是受夠這個名字，不想再聽也不願再提。

「唉呀呀。」他拍拍肚皮。「原來他的房客就是妳。」

「你怎麼稱呼？」

「XVI-19-16。」

「我是說你的真名。」

「我不記得了，但是表演者都叫我杜凱，如果妳偏好真名。」

「沒錯。」

我彎腰查看他的貨物，大多是法器：破裂小鏡、玻璃水瓶、碗盤杯子、珍珠、袋裝獸骨、卡片、水晶球，還有植物：翠菊、石南草、鼠尾草、百里香及其他用來燃燒生煙的草藥。這裡也有比較實用的物品——生存工具：被單、破坐墊、火柴、鑷子、酒精棉布、阿斯匹靈、四環黴素、酒精膏、眼藥、繃帶，以及消毒劑。我拿起一個老舊的火絨小盒。「你從哪裡弄到這些東西？」

「四處。」

「我猜利菲特人不知道你有這些東西。」聽到這話，他微微一笑。「所以，這間非法店鋪是什麼規矩？」

「嗯，假設妳是骨占師，妳就需要骨頭來維持靈視能力。如果骨頭被沒收，妳就得再弄一些。」他指向一個標明「普通老鼠」的袋子。「那麼，我會給妳一項任務，或許是叫妳多弄一些物資來，或是幫我送個口信——妳需要的道具越值錢，任務就越危險，達成任務後就給妳骨頭。如果妳只是暫時借用骨頭，就得給我一定數量的法器，我會在妳交回骨頭時把那些法器還給妳。規矩簡單但有效。」

這聽來不像當物借款的那種普通當鋪。「情報需要多少費用？」

「看妳想要哪種情報。」

我把剩下的半顆綠藥丸拿到他眼前。「這是什麼？」

他瞧了瞧，放下單片眼鏡，拿起藥丸，粗手指開始顫抖。「如果給我這東西，」他說：「妳在店裡想拿什麼都行，免費。」

我皺眉。「你想留下這東西？」

「噢，沒錯，這東西非常珍貴。」他把藥丸放在掌上。「妳從哪裡弄到的？」

「情報可不能免費提供，杜凱先生。」

「如果妳帶來更多這種東西，我永遠不會跟妳收取任何費用，妳想拿什麼都行，一顆藥丸換一個商品。」

「告訴我這藥丸到底是什麼，否則沒得商量。」

「一顆藥丸換兩個商品。」

「不行。」

「這項情報具有危險性，不能以價格衡量。」他把藥丸湊在煤油燈前。「我能告訴妳的是，這是草藥膠囊，而且無害。這樣還滿意嗎？」

一顆藥丸換兩個商品，這些工具很可能讓貧民窟的居民活下去。

「換三個，」我說：「就成交。」

「好極了，妳真是個精明的生意人。」他的兩手指尖互搭。「妳還有其他身分嗎？」

「針占師。」

這是我的標準說詞。在某方面來說，這也是自我測驗，我想知道對方會不會相信。杜凱咯咯發笑：「妳不是占卜者。如果我有視靈眼，我猜妳應該擁有非常強大的能力。妳的氣場灼熱，宛如餘燼。」他敲敲一面鏡子。「看來今年又會是個有趣的一季。」

我渾身緊繃。「你說什麼？」

「沒什麼，沒什麼，我只是自言自語，這是讓自己四十年來還沒發瘋的最佳方法。」他的嘴角勾起一抹微笑。「告訴我——妳對衛士有何看法？」

我把火絨盒放回桌上。

「我以為答案很明顯。」我說。

「一點也不。這裡的人對他的看法不一。」杜凱用拇指抹過單片眼鏡。「許多人認為族長配偶是最具吸引力的利菲特人。」

「或許你這麼認為，但我只覺得他令人反感。」我瞪他。「我要拿走我想要的商品。」

他靠回椅背。我拿起一罐酒精膏、幾顆阿斯匹靈和眼藥。

「很高興跟妳做生意，」他說：「小姐怎麼稱呼？」

「馬亨尼。佩姬·馬亨尼。」我轉身背對他。「如果你偏好真名。」

我走出這個房間，他盯著我的背脊。

他那串疑問彷彿審問，我相當確定自己沒說錯話，我清楚說出我對衛士的感想，我不知道為什麼杜凱希望我提供其他說詞。

走出當鋪的同時，我把眼藥丟給方言師，他歪頭看我。

「用來治療你的眼睛。」我說。

他眨眨眼，我繼續前進。

來到該來的小屋時，我敲敲外牆。「莉絲？」無人回應，我再敲幾下。「莉絲，是我，佩姬。」

門簾拉開，莉絲拎著一盞小燈籠。「離我遠點，」她的嗓子粗啞苦悶。「拜託。我不跟粉衣人或紅衣人說話。抱歉，我就是不這麼做。妳得去找其他色階的人，行嗎？」

「我沒殺賽柏。」我遞出酒精膏和阿斯匹靈。「妳看，我從杜凱那裡弄到的。我能跟妳談談嗎？」

她的視線從這些東西移向我的臉，她皺起額頭，噘起嘴脣。「好吧，」她說：「妳最好進來。」

向她描述測驗事件時，我沒哭，我不能哭，傑克森最討厭眼淚。（「**妳是個冷血的街頭惡棍，親愛的，所以務必表裡如一，我的好寶貝。**」）就算在這、他根本碰不到我的地方，我還是覺得他在盯著我的一舉一動。儘管如此，想到賽柏被扭斷脖子的畫面，我還是感覺作嘔。我無法忘記他眼中的震驚、他吶喊我的名字。說完之後，我默默坐著，伸展僵硬的右腿。

莉絲遞來一杯熱飲。

「喝下去。如果妳想避開奈希拉，就得維持體力。」她靠回椅背。「她現在知道妳是什麼身分。」

我啜飲一口，嘗起來像薄荷。

我的眼睛灼熱，咽喉依然疼痛，但我不會為賽柏落淚。有莉絲坐在一旁，如果我哭出來，這會是種侮辱。她的臉龐腫脹，脖子布滿指頭造成的瘀傷，外加肩膀脫臼，她仍把我的狀況看得比她自己還重要。「妳是我們這個家庭的一分子，妹妹。」她用單手把一種溫熱糊藥敷在我的烙痕上。雖然燙傷部位的痛楚持續減輕，可是她說這一定會留疤。當然，不留疤怎麼留下烙印？這是為了天天提醒我，我的主人是誰。

朱利安裹在一條褪色薄毯入睡。他的監護者出門和家人會面——柯爾丹家族。我給了他幾顆阿斯匹靈，他吞藥後睡去，他的鼻子狀況看來有些改善。我天亮沒依約出現時，他去找我，之後來莉絲這裡休息。他們已經盡量補起小屋的缺口，這裡還是冷得像冰箱。儘管如此，莉絲依然邀我在這過夜，我也非常想這麼做，我需要離開莫德林。

莉絲用一個舊開罐器打開酒精膏罐頭。

「謝謝妳提供的這玩意兒，我已經很久沒見過罐裝火焰。」她取出一根火柴，點燃膠狀酒精，一抹清澈藍焰升起。「這是杜凱給妳的？」

「換來的。」

「妳給了他什麼？」

「我的一顆藥丸。」

莉絲揚起一眉。「他怎麼會想要那種東西？」

「因為我有一顆其他人都沒有的藥丸，我真搞不懂那是什麼東西。」

「如果能用來賄賂杜凱，鐵定很值錢。他的任務都很危險，他叫人去宅邸幫他偷東西，那些人大多被抓。」

她皺眉，手伸向肩膀。我從她手中接過酒精膏，放在彼此中間。「是戈魅札下的手？」我開口。

「他對卡牌沒太多耐性，翻出來的牌未必總是令他滿意。」她躺下，把枕頭墊在頸下。「無所謂，我也不常見到他，我認為他似乎常常不在城裡。」

「妳是他唯一看管的人類？」

「嗯，所以他討厭我。我當時的情況跟妳現在一樣，被一名初次接納人類的利菲特人看管。他以為我有潛力，以為我能成為第一冥府最優秀的啃骨族之一。」

「啃骨族？」

「我們都是這樣稱呼紅衣人。他以為我會贏得那個色階，但我令他失望。」

「發生什麼事？」

「他叫我替一個戲子占卜，他們認為他是個叛徒，他會試圖逃跑。我知道那人確實想逃，如果占卜，就會證明他有罪，所以我拒絕配合。」

「我也拒絕配合，但她還是發現我的身分。」我揉揉太陽穴。「賽柏還是死了。」

「這裡的靈盲者本來就活不久，不管妳採取什麼行動，他終究會死。」她坐起身。

「來吧，吃點東西。」

她的手伸進木箱，我凝視箱中物品：一包咖啡粉、幾罐豆子，還有四顆蛋。「妳怎麼弄到這些東西？」

「撿到的。」

「哪裡？」

「一名靈盲者把這些東西藏在他住的宅邸附近，這是骸骨季節補給品的剩餘物資。」莉絲取出一只鐵鍋，再拿瓶子往裡面倒些水。「來享受享受皇家盛筵。」她把鍋子放在酒精膏上。「你還好嗎，朱利安？」

想必他被我們的說話聲吵醒，他推開毯子，盤腿而坐。「好一點。」他壓壓鼻子。「謝謝妳給的藥，佩姬。」

我點點頭。「你什麼時候接受測驗？」

「不知道。亞露卓原本應該教我們昇華術，卻把大部分的時間拿來虐待我們。」

「昇華術？」

「把一般物品變成法器。妳來找我的那晚，我們用的指揮棒就是經過昇華處理，任何人都可以使用，不限於占卜者。」

「有什麼功用？」

「能稍微控制最靠近的靈魂，雖然還是無法用來觀察乙太。」

「所以那不算真正的法器。」

「還是具有危險性，」莉絲說：「畢竟腐民能用那種道具，我們可不想看到賽昂擁有大家都能用的乙太武器。」

朱利安搖搖頭。「賽昂絕不接受法器，他們最討厭靈視能力。」

「利菲特人可不討厭。」

「而且我猜賽昂也討厭利菲特人，」我說：「利菲特人都是靈視者。既然厄冥族已經兵臨城下，賽昂別無選擇，也只能服從他們。」

鍋中水滾，冒出蒸氣。莉絲把滾水倒進三個紙杯，再倒入咖啡粉。我已經好幾天——應該說好幾星期沒聞過咖啡香。我在這裡到底待了多久？

「來。」她把紙杯遞給我和朱利安。「朱利安，亞露卓讓你睡哪？」

「一個漆黑無光的房間，我猜那以前是酒窖。我們睡在地板上，菲立斯患有幽閉恐懼症，艾拉很想家，他們大半的時間都在哭，所以我沒得睡。」

「你該想個辦法讓自己被驅逐。這裡雖然環境惡劣，總好過被監護者盯著。我們只有在錯誤的時間出現在錯誤的地點才會被咬。」莉絲啜飲咖啡。「有些人是無法忍耐啦。我原本有個朋友跟我一起住在這，但她懇求監護者再給她一次機會，她後來成了啃骨族。」

大夥默默喝咖啡。莉絲用滾水煮蛋，我們剝殼吃下。

「我在想，」朱利安開口：「利菲特族能不能回去他們的老家？」

莉絲聳肩。「應該可以吧。」

「我只是不懂，他們為何留在這？我的意思是，他們並非源自我們這個世界，在發現我們這些人之前，他們去哪裡吃氣場？」

「說不定跟那些巴吱怪有關，」我說：「奈希拉不是說過那些怪物是『寄生種族』？」

朱利安點頭。「或許巴吱怪從他們身上奪走什麼？」

「例如奪走他們的理智？」

他嗤之以鼻。「是啊，或許他們原本親切大方，結果被巴吱怪吞掉那種好脾氣。」

莉絲沒笑。「可能跟靈界門檻有關。」我說：「奈希拉說過，巴吱怪是在靈界門檻崩潰時出現。」

「我們大概永遠不會知道真相。」莉絲的口氣緊繃。「他們又不可能宣布答案。」

「為什麼不會？如果他們無比強大、我們不堪一擊，他們又何必事事保密？」

「知識就是力量，」朱利安說：「被掌握在他們手上，我們什麼都沒有。」

「你錯了，兄弟，知識具有危險性。」莉絲抱膝坐著。杜凱也說過類似的話。「我們一旦得知某件事，就再也忘不掉，只能扛在身上，一輩子。」

我和朱利安對望一眼。莉絲是這裡的老前輩，或許我們該聽她的忠告。又或許我們不該聽，或許她的忠告會害死我們。

「莉絲，」我說：「妳有沒有想過反抗？」

「每天都想。」

「但妳沒付諸行動。」

「我想親手挖出蘇赫的眼珠，」她咬牙道：「我想拿槍把奈希拉轟成蜂窩，想拿刀插穿戈魅札的咽喉，但我知道他們會在我動手前早早宰了我，所以我沒付諸行動。」

「但如果妳這麼想，就會一輩子被困在這，」朱利安溫柔道：「這是妳想要的嗎？」

「當然不是。我想回家，雖然家也有不同定義。」莉絲撇過頭。「我知道你們一定把我當膽小鬼。」

「莉絲，」我開口：「我們不是那個意——」

「別否認了，我也不怪你們。但既然你們這麼想要情報，我就說件事給你們聽。二〇三九年，第十八屆骸骨季節，發生了大暴動，第一冥府的所有人類群起反抗利菲特人。」她眼中的痛楚讓她一下子蒼老幾十歲。「他們全死了——靈盲者、靈視者，無一倖免。少了礙事的紅衣人，厄冥族大舉入侵，把人類殺得一乾二淨，而利菲特族只是在一旁袖手旁觀。」

我瞥向朱利安，他的視線沒從莉絲身上移開。

「利菲特人說那是人類咎由自取、誰教他們不聽話。我被帶來這裡的時候，利菲特人向我們說明的第一件事就是那場暴動。」她把卡牌在指間翻轉。「我知道你們倆都很強悍，但我不想看到你們死在這，尤其那種死法。」

她這番話令我沉默不語。朱利安抓抓頭，凝視爐臺。

我們沒繼續討論那場暴動。我們吃掉豆子，沒放過罐頭裡的渣。莉絲把卡牌放在膝上。過了一會兒，朱利安清清喉嚨。

「妳原本住哪，莉絲？被帶來這裡之前。」

「搖籃鎮，靠近因弗尼斯。」（註21）

「北方的賽昂城市是什麼模樣？」

「其實跟南方差不多。大城市都是以相同制度管理，只是保全規模比倫敦的小，也跟城塞一樣受『大法官立法制』約束。」

「妳為什麼搬來南方？」我說：「對靈視者來說，蘇格蘭高地一定更安全吧。」

「怎麼會有人想搬去賽昂倫敦？還不是為了工作、為了錢。我們跟靈盲者一樣需要吃飯。」莉絲把一塊毯子披在肩上。「我的父母不敢住在因弗尼斯中區，那裡的靈視者不像倫敦的聯合集團彼此合作。我父親認為我們該去城塞試試才搬去倫敦，也因

註21　因弗尼斯（Inverness）是蘇格蘭北部的一座主要城市，此名源自以水怪聞名的尼斯湖（Loch Ness）；搖籃鎮（Cradlehall）位於因弗尼斯東郊。

此幾乎耗盡積蓄。我們向一些幫主求職，但他們都不需要占卜者。錢花光後，我們只好趁入夜上街賣藝，只為了付房租。」

「結果被抓。」

「我父親當時臥病在床，他已經六十好幾，在街頭染上各種疾病，所以我繼承父職、出門討生活，結果有一名女子來找我占卜。」她以拇指撫過牌面。「我當時才九歲，根本不知道她是守夜者。」

朱利安搖搖頭。「妳在倫敦塔蹲了多久？」

「四年。他們用水刑伺候我幾次，要我說出父母的藏身處，我說我不知道。」

這種話題不可能讓她有好心情。「你呢，朱利安？」我問。

「莫爾登，四之六區。」

「那是最小的一區，對吧？」

「嗯，所以聯合集團對那裡毫無興趣。我有個小團體，但我們沒碰靈罪，只有舉行一些降靈會。」

我突然感到一陣惆悵，我想念我的團體。

朱利安很快又因疲倦而睡去。酒精膏的燃料越來越少，莉絲看著青焰熄滅。我假裝入睡，但滿腦子都是第十八屆骸骨季節。死了那麼多人，他們的家人卻未被告知，沒有審判為他們平反，這種不公不義令我作嘔，難怪莉絲怕得不敢反抗。

就在這時，警報響起。

朱利安驚醒。警笛葉片轉動，從低鳴化為尖嘯。我的身體立刻做出反應：兩腿刺痛，心跳加速。

腳步聲如雷鳴般貫穿走道。朱利安拉開門簾，三名紅衣人跑過，其中一人拿著強光手電筒。莉絲睜眼，動也不動。

「他們有小刀。」朱利安說。

莉絲退至小屋一角，拿起卡牌，以一手抱膝，低下頭。「你們得走了，」她說：「快點。」

「跟我們走，」我說：「我們會帶妳躲進宅邸，妳在這裡不安全——」

「妳想被亞露卓懲罰？還是衛士？」她抬頭瞪我們。「我已經像這樣躲了十年，早習慣了，你們快走吧。」

我和朱利安面面相覷，我們已經遲到，我不知道衛士會如何處置我，但我們都知道亞露卓．柯爾丹的脾氣有多糟，她這次恐怕真的會宰了朱利安。我們溜出小屋，拚命狂奔。

第十章 訊息

我回到宅邸時，警報仍在響個不停。我拚命敲門、喊出自己的編號，XIX-49-33這女人才打開門。

她確認我是人類後，把我拉進屋、砸上門，罵道如果我以後連基本規矩都無法及時遵守，她絕對不會再讓我進來。她緊張不安、雙手顫抖地將門上鎖。

我進入迴廊時，警報停止。厄冥族這次沒攻進城。我把頭髮往後撥，試著放慢呼吸。一分鐘後，我逼自己看向那道螺旋石階，我不能逃避，我再花幾秒讓自己恢復冷靜，然後踏上石階，前往塔樓——他的塔樓。想到必須跟他同睡一室，必須共享他的空間、暖意和空氣，我渾身起雞皮疙瘩。

我來到房門前，看到鑰匙插在鎖孔中。我轉動鑰匙，輕輕踩上石板。還不夠輕。我一穿過門框，監護者就站起身，以熾熱雙眼瞪我。

「妳跑哪去了？」

我建立起脆弱無力的心理防禦。「外面。」

「妳明明知道妳必須在響起警報時立刻回來這裡。」

「我以為你是指回來莫德林，不一定要進來這個房間，你當初應該說清楚。」

我能聽見自己口氣中的傲慢無禮。他的臉一沉，嘴唇繃緊。

「和我說話時，妳必須表現出應有的尊重，」他說：「否則我不會再准妳離開這個房間。」

「你做了哪件事贏得我的尊重？」我瞪他，他也回瞪。看我沒挪動，也沒避開他的視線，他從我身旁走過，用力砸上門，但我毫無畏懼。

「如果聽到警報，」他說：「妳就必須立刻放下手邊的事、回來這個房間，聽懂了嗎？」

我只是瞪他。他彎下腰，視線和我齊平。

「我需要重複一次？」

「我不想再聽你囉唆。」我回嘴。

我確信他會揍我，沒有任何人可以像這樣對利菲特人說話，但他只是挺直身子。

「我明天開始訓練妳，」他說：「夜鐘響起時，妳必須做好準備。」

「訓練什麼？」

「為了晉升下一個色階。」

「我不稀罕。」我說。

「那妳就等著成為表演者，在紅衣人的冷嘲熱諷度過餘生。」他打量我。「妳想成為替他們解悶的小丑？」

「不。」

「那妳最好照我說的做。」

我感覺咽喉一緊。雖然我討厭這傢伙，但我也有充分理由害怕他。我想起在陰暗禮拜堂的畫面，他聳立於我身旁，表情冷血，吞噬我的氣場。對靈視者來說，氣場就跟血液或水分一樣重要；如果氣場不足，我就會進入「靈魂休克」的狀態，下場非死即瘋，魂魄四遊、無法和乙太聯結。

他走向簾布，將其拉開，後面是一道半開小門。「靈盲者幫妳清理了樓上房間，非經我許可不得擅自離開。」他停頓。「妳必須知道，我和妳不能有直接的身體接觸，就算戴上手套，只有訓練時例外。」

「所以如果你滿身是傷地進來這個房間，」我說：「我也只能讓你等死？」

「沒錯。」

聽你在放屁。我來不及收回已經吐出的話：「我非常樂意遵守這項命令。」

衛士只是看著我，似乎沒把我的無禮當一回事，這實在讓我火大，他一定有某種踩不得的地雷。他唯一的反應是從抽屜取出我的藥丸。

「吃藥。」

我知道跟他吵也只是浪費時間，我接過藥丸。

「喝下。」他遞來杯子。「回妳的房間，妳必須為明天的訓練充分休息。」

我的右手握拳，我受夠了他的命令。早知如此，那天就該讓他失血而死。我他媽的幹麼幫他包紮傷口？我居然救敵人一命，我算什麼冷血幫派分子？如果被傑克森看到我這副遜樣，他一定會笑到昏倒。**小蜜蜂**，他一定會這麼說，**原來妳根本不帶刺兒**。或許我確實不帶刺，以後可不一定。

經過衛士身旁時，我盡量避免任何接觸。我踏入昏暗走道之前，注意到他的視線。他在我身後鎖上門。

我沿一條螺旋階梯來到上層塔樓，我凝視我的新居：幾乎沒有任何陳設的大房間，這讓我想起地板潮溼、鐵條遮窗的拘留所。窗臺一盞煤油燈綻放微弱光明和暖意，旁邊是一張床，有欄杆和破床墊的那種；和衛士那張四柱床的滑順天鵝絨床罩相比，我這張床的被單款式堪稱古板。事實上，這整個房間都表達出「卑微人類」的氣氛，但總好過跟他共睡一間。

和住在樓下時一樣，我查看這個房間的每個角落縫隙，還是沒發現暗門，不過這裡倒是有浴室，裡面有馬桶、洗手槽及一些衛生用品。

我想到睡在陰暗酒窖的朱利安，還有在小屋冷得打哆嗦的莉絲，她一無所有，連床都沒得睡。這裡不算舒適，但跟貧民窟相比已經乾淨溫暖太多，而且更安全。我有石牆擋在我和厄冥族之間，她只有一簾破布。

既然沒人提供睡衣，我只好穿內衣睡覺。這裡沒有鏡子，但我能看出自己消瘦不少。壓力、混亂劑毒害，加上營養不良，這一切已經產生影響。我把燈籠轉暗，鑽進被窩。

我原本並不覺得累，卻發現自己開始沉沉睡去，而且思緒萬千，我想起過去，想起那些引導我來到這裡的詭異時日。我想起尼克，當初就是他安排我和傑克森認識，和尼克初次邂逅那一日，是他救了我的命。

我九歲時，剛搬來英格蘭不久，父親說要「出差」而把我帶離倫敦、前往南方。他為了帶我離開城塞而把我倆的名字登記在某個名單上，等了幾個月後，我們終於獲得許可，能去探望父親的老友吉賽爾。她住在一間裝有高窗的淡粉色房子，坐落在一片歪斜的鵝卵石山丘上，周圍土地讓我想到愛爾蘭：開放、鮮豔、狂野、原始而自然，被賽昂毀掉的一切。日落時，趁父親不注意，我就爬上屋頂，貼在高聳的磚砌煙囪旁，遙望綿延山丘和天幕下的群樹，我想起芬恩堂哥，還有其他愛爾蘭亡魂，我因為思念爺爺奶奶而心痛，我還是不明白他們為什麼不跟我們走。

但我最想要的是開放水域——大海，不可思議的大海、通往自由陸地的閃耀水路。大海彼端的愛爾蘭正在等我回家，回去那片灰白草原，回到反抗軍鎮魂曲中那棵裂樹。父親保證會帶我去看那棵樹，但他和吉賽爾有事要忙，他們總是聊到深夜。

我那時太年幼，不明白那座村子到底是什麼狀態。城塞中的靈視者或許身處險境，但他們不能逃來郊區這片田園風光。在這座遠離執政廳管轄的小鎮中，彼此認識的靈盲者們愈加不安，瀰漫一股「到底誰是反常分子」的懷疑風氣。村民開始互相監視，查看誰有水晶球之類的不法物品，等著通報最近的賽昂哨站——或自行執法。在這種地方，真正的靈視者將活不過一天；就算來到這種村子，靈視者也找不到工作。沒錯，農田需要照料，但不用太多人手，畢竟有機器代勞。只有在城塞，靈視者才能賺取像樣的收入。

我不喜歡離吉賽爾的房子太遠，尤其沒有父親在身旁。村民太多嘴、太愛亂瞄，但吉賽爾一點也不怕他們，而是直接回瞪反嗆。她是個嚴肅的女子，身材瘦削，表情嚴酷，十指各戴一戒，雙臂和頸部泛起青筋，我不喜歡她。有一天，我在屋頂瞭望，發現一個避風港：一片罌粟田，鐵幕天空下的一灘紅。

每一天，父親以為我在樓上玩的時候，其實我跑去那片田，拿我的新型資料板看幾小時的書，看著周遭的罌粟花朝我點頭。在那片花田中，我第一次真正接觸靈界——乙太。當時我根本不知道自己是靈視者，對九歲的孩子來說，「反常分子」只是個故事、面貌模糊的虎姑婆。我還不明白這個地方，只知道芬恩對我說過什麼：大海彼岸的那些壞人不喜歡我這種小女孩，我不再安全。

那一天，我明白他那番話是什麼意思。我走進花田時，感覺到那名憤怒女子的存在。我看不見她，但我感覺到她的存在，在紅花、天風、大地和空氣中。我伸出手，試圖判斷對方的身分。

我隨即倒地，傷口滲血。那是我第一次遭遇騷靈、能入侵人界的厲鬼。

我的救星很快到來，是一名年輕男子，高大強壯、髮色淡金、表情溫柔，他問我叫什麼名字，我結巴說出。看到我鮮血淋漓的左手，他用他的大衣裹住我的身子，把我帶進他的車。他的上衣縫有「賽昂救援」的字樣。他取出一支針筒時，我滿心恐懼。「我叫尼克，」他說：「妳現在很安全，佩姬。」

針頭扎進我的皮肉。雖然疼痛，但我沒哭，眼前世界漸漸黯淡。

在黑暗中，我作了夢，我夢見罌粟對抗飛塵。我以前從沒作過彩色的夢，此刻卻目睹紅花和夕陽。罌粟庇護我，以凋落花瓣覆蓋我的滾燙身軀。醒來時，我發現自己躺在一張白床上，我的傷臂纏上繃帶，痛楚消失。

金髮男子就在一旁。我記得他的微笑，雖然只是淺淺一笑，已足以讓我微笑以對。他看起來像個王子。

「妳好啊，佩姬。」他開口。

我問他這是哪。

「這是醫院，我是妳的主治醫生。」

「你這麼年輕，怎麼會是醫生？」我說，他也不像其他醫生那般凶巴巴。「你幾歲？」

「十八，我還在唸書。」

「你沒把我的手縫得亂七八糟吧？」

他笑出聲。「這個嘛，我盡力了，請讓我知道妳對成果是否滿意。」

他說他已經通知父親，父親正在趕來。我說我覺得很難受，他說這是正常反應，我必須好好休息才能讓狀況好轉。我還不能進食，但他會讓我在晚餐時間享受一些好東西。接下來一整天的時間，他就坐在我身旁，唯一丟下我的時候是去醫院餐廳弄些三明治和蘋果汁。雖然父親叫我千萬別跟陌生人說話，我卻一點也不怕這個講話輕聲細語的溫柔男孩。

來自賽昂所屬斯德哥爾摩城塞的尼克拉斯・尼加德醫師讓我熬過那晚。後來，他協助我徹底成為靈視者；要不是因為他，那個過程將痛苦得令我無法承受。

幾天後，父親開車帶我回城塞，他先前是在一場醫學會議認識尼克。在接受賽昂研科的永久職位之前，尼克在那個小鎮受訓，他未曾說明他當時在那片罌粟田做什麼。父親在車上等我的時候，尼克在我面前屈膝，拉起我的雙手，我還記得我那時想著他有多帥、他的眉毛以完美角度拱於那雙美麗的冬青色眼眸之上。

「佩姬，」他的聲音極輕，「聽好，這件事很重要，我跟妳父親說妳是被野狗攻擊。」

「攻擊我的明明是個女人。」

「沒錯——但那女人是隱形的，**小可愛**。有些大人對看不見的東西一無所知。」

「可是你很清楚。」我相信他的睿智。

「沒錯，但我不想被其他大人嘲笑，所以我不把這種事說給他們聽。」他摸摸我的臉頰。「妳絕對、千萬不能把那女人的事情說出去，佩姬，她是我和妳之間的祕密。保證？」

我點點頭，他要我做什麼承諾都行，因為他救了我一命。父親啟動車子，我從車窗看著尼克。他朝我揮手，我不斷看著他，直到車子拐彎。

那次留下的傷痕未曾淡去，而是在我左掌心形成一團疤。之後的日子，眾多魂魄在我手上造成其他傷口，延伸至手肘——但只有左掌心的傷口留疤。

我未曾打破對他的承諾。七年來，我未曾吐露一字。我把他的祕密藏在我內心深處，彷彿只在夜間綻放的花朵，只在獨處時才回想那件事。尼克知道真相、掌握關鍵。在那之後，我常好奇他在過什麼樣的生活、是否偶爾想起從罌粟田抱起的愛爾蘭小女孩。漫長七年後，我得到獎勵：他再次找到我。

真希望他現在也能找到我。

樓下沒傳出任何聲響。接下來的幾小時，我豎耳偵查是否有腳步聲，或是留聲機的悠揚旋律，卻只能聽見相同的寂靜。

之後的白晝時間，我都在淺眠中度過。我渾身發燙，這是混亂劑殘留物造成的最後一波影響。我常常驚醒，眼前只見往日景象。我到底有沒有穿過這些外袍和靴子以外的衣物？我是否曾經擁有一個不知靈體遊魂的人生？沒有厄冥族、沒有利菲特人？

我被敲門聲吵醒。還來不及抓起被單遮身，衛士已經走進。

「鐘聲即將響起。」他把一套新制服放在床尾。「換衣服。」

我看著他，沉默不語。他的視線逗留片刻後轉身離去，把門在身後關上。我別無選擇，只能起身下床，將捲髮打個結，再用冰水梳洗。我穿上制服，把背心拉鍊拉到領口，感覺腿傷似乎已經痊癒。

來到樓下房間時，衛士正在翻閱一本覆上灰塵的小說──《科學怪人》。賽昂禁止那種奇幻文學，禁止怪物或鬼魂，禁止反常。我的指頭抽動，實在很想伸手翻頁。我在傑克森的書櫃看過那本書，卻一直沒時間看。衛士把書放在一旁，站起身。

「準備好了嗎？」

「是的。」我說。

「很好。」他停頓，接著問道：「告訴我，佩姬──妳的夢境是什麼模樣？」

這種單刀直入的提問令我措手不及。對靈視者來說，這種發問很無禮。「一片紅花。」

「什麼樣的花？」

「罌粟。」

他沒接話，而是拿起手套戴上，帶我走出房間。晨鐘尚未傳來，但是守門人並沒多問便直接放我們出去。誰敢對奧古雷斯・莫薩提姆多問？

陽光。我已經有一陣子沒見到太陽。太陽剛開始西沉，建築物的輪廓因此變得柔和。在漸弱薄霧中，第一冥府燈火齊綻。我以為我們是在室內訓練，但衛士帶我往北走，經過靈盲者之家，進入一片陌生領土。

邊界這些建築早已荒廢，破舊不堪，窗戶破碎，有些牆壁和屋頂似乎曾遭焚燒，或許這裡確實發生過火災。我們經過一條房屋彼此緊鄰的街道，這是個不折不扣的「鬼鎮」，沒有任何活人。我能感覺到附近的靈魂，這些怨魂想奪回失落的家園，有些是虛弱的騷靈。我有些緊張，但衛士一臉無懼，沒有任何魂魄敢接近他。

來到城市邊緣，我的吐息化為白煙，眼前是一片寬廣草原，草葉枯萎多時，地面因結霜而閃閃發光。就初春來說，這幅畫面實在詭異。草原以柵欄圍起，欄高至少三十呎，頂端是捲起的鐵絲網。柵欄後方有片樹林，樹冠堆積冰霜。群樹沿草原邊緣而生，使我看不到樹後的世界。一塊生鏽的告示牌寫著：波特草原，此場地僅限訓練用途，擅闖者恐遭致命武力制裁。站在柵門旁邊的就是致命武力的化身：一名男利菲特人。

他的一頭金髮緊緊綁成馬尾，站在他身後的是一名瘦弱又骯髒的光頭身影：手相師艾薇。她身穿象徵逃兵的黃袍，領口被扯裂，骨感肩頭因此暴露於冰涼空氣。我瞥見她的烙印：XX-59-24。衛士往前走，我跟上。看到我們，艾薇的監護者彎腰鞠躬。

「原來是皇妾駕到，」他說：「是什麼風把你吹來波特草原啊？」

我一開始以為他在針對我，我從沒聽過利菲特人用這麼賤的口氣對同族夥伴說話。接著，我意識到他正在瞪我的監護者。

「為了訓練我看管的人類。」衛士望向草原。「開門，蘇班。」

「有耐心點，皇妾。這東西有沒有武裝？」

他是指我這個人類。「不，」衛士回答：「她沒武器。」

「編號？」

「XX-59-40。」

「年齡？」

衛士瞥我一眼。「十九。」我回答。

「有沒有視靈眼？」

「這些疑問根本無關緊要，蘇班。我不喜歡被當成孩子——尤其被孩子當成孩子。」

蘇班只是瞪著他。就我看來，蘇班不超過三十歲，顯然不是孩子。這兩位臉上沒任何不愉快，但言語充滿火藥味。

「你有三小時的時間，之後普萊歐妮會帶她那群牲畜過來。」他推開柵門。「如果四十號試圖逃跑，將被當場射殺。」

「如果你再用那種口氣侮辱長輩，將被當場隔離。」

「嫡系族長不會允許那種事。」

「她不需要知道，這種意外事故不難隱藏。」衛士俯視較為矮小的蘇班。「你的姓氏是『薩加斯』又如何？我是族長配偶，我會善用我擁有的權力。聽明白了嗎，蘇班？」

蘇班抬頭，以熾藍眼眸回視。「是的，」他輕聲道：「族長配偶。」

衛士從他身旁走過。我真不知道對他們這番互動該有何看法，但能看到薩加斯成員被罵得狗血淋頭確實令我暗爽。和衛士穿過柵門時，蘇班賞艾薇一記耳光，她被打得脖子扭轉。她雖然沒哭，但臉龐腫脹蒼白，整個人比以前更瘦。她的兩臂沾染血跡和汙垢，渾身都沾滿自身髒汙。我想起賽柏曾以同樣眼神看我，彷彿所有希望被徹底輾碎。

為了賽柏，為了艾薇，為了之後要踏進這片草原的人，我要在這次訓練中好好表現。

波特草原遼闊寬廣。衛士大步前進，步伐寬得讓我很難跟上，我在他身後費力追趕，試著判斷這片草原到底有多大。因為天色依然昏暗，難以看清周遭，我仍能看到兩側的醜陋柵欄把這片凹凸大地分成幾塊大型競技場，場上豎起柱子，串起的條條電線因天寒而凝結冰柱。這些柱子的頂端呈弧形，有些裝上吊著燈籠的沉重托架。一座瞭望塔聳立於西側，我只看到裡面有一名人類——或利菲特人。

我們走過一灘淺水，結霜水面平滑如鏡，非常適合用來透視占卜。想到這點，我意識到其實這片草原每一處都適合進行魂鬥。地面堅實，空氣清新——而且魂量充沛。我感覺靈魂無所不在、圍繞四周。不知道草原柵欄是用什麼材質製成？難道他們找到某種方法捕捉靈魂？

不可能。靈魂或許偶爾能入侵肉身空間，卻不受物理限制約束，只有縛靈師能捕捉靈魂。縛靈師這個階級——第五階——能扭曲肉身空間和乙太空間之間的限制。

「柵欄通的不是電流，」衛士注意到我在看哪裡，「而是乙太能量。」

「怎麼可能？」

「乙太電池，我族與人類尖端科技的結晶，於二〇四五年首度問世。你們的科學家從二十世紀初就開始研究混合動力，我們只是把電池裡的化學能量換成能和人界互動的騷靈，透過它的排斥作用產生能量。」

「可是騷靈能逃離束縛，」我說：「你怎麼抓得到？」

「當然是利用自願的騷靈。」

我回瞪他。「自願」與「騷靈」正如「戰爭」與「和平」般對立。

「透過我們的技術指導，人類也造就出混亂劑十四型和感應力學偵測術，」他說：「雖然後者尚在實驗階段，不過根據最近的報告，賽昂即將完成這項技術。」

我握起一拳。我早該猜到利菲特人是感測術的幕後創始，丹妮一向懷疑賽昂怎麼有那種技術。

過了一會兒，衛士停下腳步，我們來到一片直徑約十呎的橢圓形水泥地。旁邊一座煤氣街燈閃爍幾下，開始綻放光明。

「我們開始吧。」他說。

我等待。

他突然朝我的臉揮來一記空拳，我低頭閃避。他用另一手擊出刺拳，我用單臂擋下。

「再一次。」

他加快速度，逼我對全方位的進擊迅速做出反應。我攤開雙手，接下每一拳。

「妳是在街頭學會格鬥。」

「大概吧。」我說。

「再一次，試著阻止我。」

這次他把雙手放在我的領口處，作勢想揪住我的脖子。某個搶匪以前對我用過這招。我的身子向左轉，右臂順勢甩動，將他的雙手從我的咽喉處劈開。我能感覺他的雙手強健有力，但他依然放手，我再用手肘揮上他的臉頰，當初就是用這招把那名搶匪打得摔進水溝。衛士故意讓我贏。

「非常好。」衛士後退。「來這裡的人類很少為加入贖罪軍團做好準備，妳已經領先大多數人。不過，和厄冥族的戰鬥可不是這種小打小鬧，妳最重要的武器是操控乙太的能力。」

我注意到一道銀光，他手裡有一把刀，我繃緊渾身肌肉。「就我所見，妳是在危急情況下才會發揮能力。」他把刀尖對準我的胸口。「讓我見識見識。」

在他的刀尖下，我的心臟狂跳。「我不知道怎麼做。」

「原來如此。」

他一甩手腕，把刀刃貼上我的咽喉，我渾身灌滿腎上腺素，他的臉湊到我面前。

「這把刀子流過不少人類之血，」他的口氣極為輕柔。「例如妳的好友賽柏斯欽。」

我打顫。

「刀子還沒滿足，」利刃沿我的頸項滑下。「它還沒嘗過夢行者的血。」

「我不怕你。」我顫抖的嗓音證明我說謊。「別碰我。」

但他沒照做。刀刃滑過我的咽喉，移至我的下巴，接觸嘴唇。我向上揮拳，把他的手捶開。他丟下刀子，單手揪住我的雙腕，把我壓在水泥地上。他實在力大無窮，我動彈不得。

「我很好奇。」他用刀尖抬起我的下巴。「如果我割開妳的咽喉，妳要過多久才死？」

「你沒那個種。」我挑戰他。

「噢，那妳可錯了。」

我試圖以膝蓋踹擊他的鼠蹊部，但他揪住我的大腿、往下壓。誰教我這條腿還沒完全復原，活該被抓。他害我顯得笨拙軟弱。我終於抽回一手，但被他抓住、反轉到背後，雖然沒出力讓我覺得痛，卻足以制伏我。

「用這種方式，妳絕不可能獲勝，」他在我耳畔說：「善用妳的優勢。」

這怪物沒有任何弱點？我思索人體所有要害：眼球、腎臟、太陽神經叢、鼻梁、鼠蹊——全在我的攻擊範圍外，我必須打游擊戰。我把重心向後挪，身子移到他兩腿之間，一氣呵成地翻滾起身。他花了半秒站起，我已經拔腿奔向草原另一方。來抓我啊，笨蛋。

但我無處可逃，他持續追上。想起跟尼克進行過的特訓，我改變方向，朝陰暗處狂奔，遠離瞭望塔。這種柵欄一定有某處較為鬆懈、讓我能從電線之間鑽過，之後我得對付蘇班，但我鬥志高昂。我做得到，**我做得到**。

雖然我視力敏銳，此刻卻彷彿近視半盲。不到一分鐘，我已經迷路。遠離了水泥地和街燈，我在昏暗草原蹣跚摸索，而且衛士就在某處、正在找我。我跑向一座煤氣街燈，接近柵欄時，我的第六感顫抖。距離六呎時，我感覺噁心作嘔，四肢癱軟沉重。

但我必須嘗試，我抓住結凍電線。

我無法清楚形容令我身體癱瘓的感覺。我的視線一黑，然後轉白，再化為一片紅。我渾身起雞皮疙瘩，眼前閃過眾多回憶，在罌粟田的一聲尖叫，還有陌生的回憶——騷靈的回憶，它生前死於謀殺，一道震耳槍響令我渾身骨顫，我的腸胃用力一糾，倒地嘔吐。

我大概躺了一分鐘，眼前閃過血染白毯的畫面，那人是被霰彈槍擊斃，他的顱骨被打爆，腦漿碎骨漫天飛灑，我的雙耳嗡嗡作響。恢復意識時，我的身體失去協調。我爬過地面，眨眼想甩掉那些血腥畫面。一道銀白灼痛劃過我的手掌，是騷靈留下的傷痕。

某個東西從我耳旁飛過。我抬頭看到另一座瞭望塔，還有裡頭的衛兵。

混亂劑鏢針。

第二支鏢針朝我射來。我連忙站起，朝東方奔跑——但這裡也有一座瞭望塔，又一支槍逼我往南方逃。看到那片水泥地，我才意識到自己被逼回衛士所在之處。

一支鏢針擊中我的肩膀，我立刻感到劇痛，連忙伸手拔下鏢針。血從傷口湧出，我暈眩得失去方向感。還好我動作夠快，沒讓藥劑入侵——鏢針擊中目標大約五秒後才會灌入藥劑——但我已經清楚收到訊息：不回擂臺就挨針。衛士正在等我。

「歡迎回來。」

我擦掉額上的汗。「所以我不能跑。」

「沒錯，除非妳想獲得逃兵專用的黃袍。」

我衝向他，因憤怒而盲目，用肩膀頂他的腹部，但他身材魁梧，我這麼做根本沒用。他只是揪住我的外袍，把我拋到一旁，我用來撞他的肩膀撞到地上。

「妳無法用赤手空拳對付我，」他沿擂臺邊緣踱步。「妳也無法逃離厄冥。妳是**夢行者**，女孩，妳能隨意決定自己的生死。摧毀我的夢境吧，讓我發瘋！」

一部分的我從體內抽離，我的靈魂飛上前，如利刃劃過絲帶般切開他的心靈外環。我侵入他的夢境最黑暗處，對抗無比強大的屏障，瞄準深處的一道光——他的陽光地帶，但這次不如列車之戰那般容易，他的夢境核心實在太遠，而我的靈魂已開始被驅逐。宛如拉扯過度的橡皮筋，我的靈魂彈回我的軀殼，被靈魂的重量撞得失去平衡，一頭砸在水泥地上。

煤氣街燈立刻回到我的視野。我用手肘撐起身，太陽穴悸痛。衛士屹立不搖。我沒像撂倒亞露卓那般讓他倒下，但確實影響了他的感知。他伸手摸臉，搖搖頭。

「很好，」他說：「非常好。」

我站起身。兩腿搖晃。

「你故意惹火我，」我說：「為什麼？」

「因為似乎有效。」他用刀子對準我。「再一次。」

我抬頭看他，試著喘口氣。「再一次？」

「妳可以做得更好，妳剛剛只是勉強接觸到我的防禦，我希望妳能造成重創。」

「我沒辦法再來一次。」我虛脫得視線發黑。「不是這麼簡單。」

「為什麼？」

「因為那麼做會令我停止呼吸。」

「妳沒游過泳？」

「呃？」

「一般人類至少能閉氣三十秒而不對身體造成永久損傷，這段時間足以讓妳攻擊敵方心靈再返回軀體。」

我倒是沒想過這點。我在乙太進行遠程偵查的時候，尼克總是確保我的身體接上生命維持系統。

「把妳的靈魂想像成一條肌肉，從它的棲息處往外拉，」衛士說：「妳越常用，它就越敏捷強壯，妳的身體也越能應付靈魂出竅造成的不適。妳遲早能在多重夢境之間迅速跳躍——在妳的身子倒地之前。」

「你根本啥都不知道。」我說。

「妳也一樣。我懷疑妳那天在列車上是第一次漫步於他人夢境。」他沒移開刀子。

「進入我的夢境吧，我挑戰妳。」

我打量他的臉。他居然邀請我進入他的心靈、傷害他的理智。

「你並不在乎我做不做得到，你只是奉命訓練我。」我們彼此徘徊對峙。「奈希拉叫你選我，我知道她在打什麼算盤。」

「不，我是自願選了妳、提出對妳的訓練權。我最不願見到的——」他走向我，「是妳表現無能而令我丟臉。」他的眼神如石頭般嚴肅。「再來一次，這次出全力。」

「不要。」聽他在胡扯。就讓他丟臉吧，讓他像父親那般因為我的關係而窘迫不堪。「為了讓你受到奈希拉的讚賞而害死我自己？我才不幹。」

「我知道妳想傷害我，」他的語氣放輕。「我令妳反感、令妳怨恨。」他舉起刀子。「毀了我。」

我一開始沒反應，然後我想起我花好幾小時清理他的傷臂卻換來他的威脅，想起他袖手旁觀、看著賽柏被殺。我把自身靈魂甩向他。

在草原共處的這段時間裡，我幾乎沒對他的夢境造成任何破壞。就算他盡量放下戒備，我還是無法越過他的超深淵地帶——他的心靈實在太強韌。他不斷刺激我，說我軟弱又可悲，根本是靈視者之恥，難怪人類只能拿來當奴隸。我想如牲畜般死在牢籠裡？他會很樂意配合。這種激將法一開始有效，但隨著時間經過，我對他的侮辱越來越沒反應。到後來，他那堆廢話只是讓我不耐煩，不足以逼出我的靈魂。

就在這時，他丟出飛刀，雖然瞄得離我相當遠，但看到刀子就足以讓我靈魂出竅。每次靈魂脫體，我的身子也隨之倒下。只要我的腳稍微滑出水泥地，一支混亂劑鏢針就會朝我的方向飛來。我很快學會預測那種箭羽破空聲，在鏢針逼近之前連忙閃開。

六次嘗試中，我成功脫體五次，每次都感覺腦袋被扯開。最後我實在受不了，我看見重疊影像，左眼上方傳來偏頭痛。我累得彎下腰，嚴重缺氧。**別示弱，別示弱**，我的膝蓋即將癱軟。

衛士在我面前屈膝，一手攬住我的腰。我試圖推開他，但雙臂軟弱如絲。

「夠了，」他說：「別反抗。」

他把我抱起。我以前從沒經歷過這種迅速又連續的靈魂出竅，我不知道我的腦子是否能承受。我的眼窩悸痛，燈籠刺眼得令我無法直視。

「妳做得很好。」衛士低頭看我。「但還可以更好。」

我累得無法接話。

「佩姬？」

「我沒事。」我說話含糊不清。

他似乎接受我這個說法，抱著我往柵門的方向走去。

過了一會兒，衛士把我放下。我們默默走向柵門，蘇班已經離開那個崗位，艾薇坐在柵欄邊，臉埋在雙手中，肩膀顫抖。看到我們朝這處隘口走來，她站起身，解開鎖。我們走過時，衛士瞥她一眼。「謝了，艾薇。」

她抬頭，眼中帶淚。她已經多久沒聽到別人叫她的本名？

我們走過鬼鎮，衛士保持沉默，我累得幾乎睡著。如果是跟尼克在一起，他一定會逼我好好睡覺，還會為我過度疲憊而責備我。

「關你屁事。」我說。

我們走過靈盲者之家時，衛士才開口：「妳常觀察遠方的乙太動態？」

「妳的眼中帶有死亡，死亡和寒冰。」他轉頭看我。「很怪，這兩者在妳的怒火中熾烈燃燒。」

我回視他。「你的眼睛也常變色。」

「妳認為那是為什麼？」

「不知道，我對你一無所知。」

「這倒是。」衛士打量我。「讓我看看妳的手。」

片刻後，我伸出右手，騷靈留下的燙傷形成一道帶有虹彩的醜陋痕跡。他從口袋掏出一支小藥瓶，朝覆以手套的指腹傾倒，把液體抹在這道傷痕上。就在我眼前，傷痕淡化消失，不留痕跡。我抽回手。

「你怎麼做到的？」

「這種藥水叫做『不凋花』。」他把藥瓶放回口袋後看著我。「告訴我，佩姬——妳是否害怕乙太？」

「不。」我的手掌發麻。

「為什麼不怕？」

我說謊，我確實害怕乙太。當我把第六感推得太遠，我有可能因此喪生，或是造成腦部損傷。傑克森打從一開始就警告過：如果替他工作，我的壽命很可能會減少三十年，甚至更多。一切都看運氣。

「因為乙太風平浪靜，」我說：「那裡沒有戰爭，沒有死亡——反正那裡的一切早就死了。那裡也沒有聲音，只有寂靜，還有安全。」

「乙太之中沒有一處安全，就連乙太本身也無法避開戰爭和死亡。」

他望向黑天，我觀察他的側臉。和我不同，他的吐息沒有化為白煙。但有那麼一刻——就算只有幾秒——他臉上出現人類的神情，某種憂鬱的情緒，近乎苦悶。他又轉頭看我，那種情緒已經消失。

貧民窟外頭有些不對勁。一群戲子彼此交頭接耳、看著蹲在鵝卵石地的一群紅衣人。我抬頭看衛士是否在意，但他的神情沒任何變化。他走向那群人，這舉動嚇得戲子幾乎全逃回各自的小屋。

「發生什麼事？」

一名紅衣人抬頭，看到發問者是誰，連忙低下頭，他的外袍沾染泥濘。「我們剛剛在樹林，」他的聲音沙啞。「結果迷了路，厄冥族——牠們——」

衛士不禁一摸先前被咬傷的前臂。

紅衣士兵圍在一名年約十六的男孩身旁，他整隻右手不見蹤影，紅外袍以外的部分也沾染紅色。我不禁繃緊嘴角，他的手從腕部被撕裂扯斷，彷彿被夾在機器裡。衛士分析這個情況，臉上沒有一絲情緒。

「你說你們迷路，」他說：「當時是哪個監護者跟你們在一起？」

「嫡系繼承人。」

衛士將視線移向街道。「我早該猜到。」

我緊盯他的背脊，他居然只是杵在那。那名紅衣人劇烈顫抖，滿臉是汗。如果沒人幫忙包紮斷肢，或至少拿條毛毯蓋在他身上，他很快會送命。

「帶他去歐瑞爾宅邸。」衛士轉身背對這群士兵。「蒂拉貝爾會處理他。至於其他人，回各自的宅邸，讓靈盲者處理傷口。」

我凝視他的強悍五官，尋找暖意，但一無所獲。他不在乎，我不知道自己為何繼續尋找。

紅衣士兵們抬起傷兵，蹣跚走向一條小巷，所經之處血跡斑斑。「他需要進醫院。」我逼自己說出口。「你們根本不知道如何——」

「會有人處理他。」

他閉上嘴，眼神變得嚴肅。我猜這表示我越了界。

但我開始懷疑那條界線到底在哪？衛士從沒揍過我，他讓我睡覺，和我獨處的時候還叫我的名字，甚至讓我攻擊他的心靈，接受我的靈魂入侵——理智很可能因此被破壞，我不懂他為何冒這種險。就連尼克也對我的天賦提高警覺，他曾說過：「就當作是保持應有的尊重吧，小可愛。」

我們走向宅邸時，我鬆開髮結。某人的雙手從後方伸來，把我的汗溼捲髮撥到肩後，我嚇得差點再次靈魂出竅。

「啊，XX-40，真高興再見到妳。」這個嗓音帶有笑意，而且尖得不像男人該有的聲音。「我必須恭喜你，衛士，她穿外袍的模樣更顯迷人呢。」

我轉身面對身後這名男子。看到他是誰，我逼自己別退縮。

他是跟我在一之五區的屋頂進行追逐戰的那名靈感者——不過今晚沒帶槍。他身穿賽昂色系的怪異制服，就連臉上也是相同色系：紅脣、黑眉，還灑上氧化鋅粉末。

（註22）他看來年近四十，攜帶一條厚皮鞭，我確定看到鞭上沾血。這位想必就是監督，負責看管戲子。他身旁是我在第一晚見過的那名神諭者，他看著我，眼神讓我有些不知所措：其中一眼烏黑而銳利，另一眼是清澈的淡褐色。他的袍色與我相同。

衛士低頭看他們倆。「有什麼事嗎，監督？」

「抱歉打擾了，我只是想再見這位夢行者一面，我一直好奇地看著她成長。」

「嗯，你現在看到她了，她沒成為表演者，她的成長也不是讓你欣賞的好戲。」

「確實如此，但她真迷人。」他朝我一笑。「容我親自歡迎妳來到第一冥府。我是貝爾特朗監督，希望我那支鏢針沒讓妳的背脊留疤。」

我做出反應，實在無法控制自己。「如果你傷害我父親——」

「我沒給妳發言權，XX-40。」

衛士以眼神叫我閉嘴，監督哈哈大笑，拍拍我的臉頰，我立刻扭頭掙脫。「唉呀，別這樣。妳父親平安無恙。」他在胸前畫個符號。「如有謊言，願遭天譴。」

雖然我應該感到放心，卻因為他這種厚顏無恥而滿腔怒火。衛士看著較為年輕的男子。「這位是？」

「他是XX-59-12，」監督把一手放在他肩上。「對普萊歐妮非常忠心的僕人。他在

註22　氧化鋅是一種紫外線吸收劑，有防晒效果。

過去幾星期的學習中表現極為優異。」

「原來如此。」衛士瞥向年輕人，打量他的氣場。「你是神諭者，孩子？」

「是的，衛士。」十二號鞠躬。

「嫡系族長想必對你的成長很滿意，我們從第十六屆之後就沒再得到神諭者。」

「我希望很快能替她效命，衛士。」他說話帶有一絲北方口音。

「你一定會如願以償，十二號，我認為你在對付厄冥族的時候絕對會大放異彩。十二號即將進行第二項測驗。」監督說：「我們正要回去墨頓宅邸和他的隊伍會合，他們將由普萊歐妮和阿薩菲率領。」

「斯拉古尼家族知道那名紅衣傷兵的事？」衛士問。

「是的，他們正在追捕咬傷他的那隻厄冥。」

衛士的表情微微變動。

「祝你出征順利，十二號。」衛士說。

十二號再次鞠躬。

「但在我們離開之前，我的確有一事相求，」監督補充道：「我來這裡，是想向夢行者提出邀請，如果可以。」

衛士轉身看他，他把衛士的沉默當作默許。

「為了紀念本屆骸骨季節，我們要舉行一場很特別的慶祝會，XX-40，第二十屆有年輕男女的歌舞慶典。」

骸骨季節。」他一手指向貧民窟。「我們最頂尖的表演者、感官的饗宴、展現我們所有年輕男女的歌舞慶典。」

「你是指兩百週年紀念會。」衛士說。

我這輩子第一次聽到這種單字。（註23）

「沒錯。」監督微笑。「『領土憲章』也將在這場紀念會上簽署。」

這似乎不是好消息。還來不及繼續聽下去，一道景象傳至我眼中。

身為神諭者，尼克能透過乙太傳遞無聲景象，他用希臘文將這種景象稱作「神諭之聲」。我一直學不會那個字的發音，所以我乾脆把這種訊息稱作他的「快照」，而這位十二號也擁有相同能力。景象中，我看到一面鐘，時針和分針都指向十二，然後我看到四根柱子和一道階梯。幾秒後，我眨眨眼，景象也隨即消失。我睜眼，發現他正在看我。

那一切互動其實只經過一秒。「我知道憲章那回事。」衛士正在說話，「說重點吧，監督，四十號很累了。」

監督沒因為衛士的口氣而畏怯，想必早已習慣被鄙視，只是朝我露出柔滑如油的微笑。

註23　兩百週年紀念會的原文是Bicentenary，較不常見的單字。

「我想邀請四十號在兩百週年紀念會上和我們一起表演。我逮捕她的那晚，對她的力量和敏捷非常欣賞。如果能邀請她擔任我的首席表演者，連同 XIX-49-1 和 XIX-49-8，這將是我的極大榮幸。」

我正打算拒絕，就算無禮態度會讓我受到嚴厲懲罰，衛士搶先一步開口。

「身為她的監護者，」他說：「我禁止。」

我抬頭看他。

「她不是表演者，除非她在紀念會之前沒通過測驗，她依然由我看管。」衛士瞪監督。「四十號是夢行者——應該由你帶來這座殖民地的夢行者，我不允許她在賽昂特使面前像個普通預言者那般遊行。表演是你們這些人類的任務，與我無關。」

監督收起笑容。

「沒問題。」他鞠躬，沒看我。「來吧，十二號，你的挑戰正在等候。」

十二號瞥我一眼，納悶地揚起一眉，我點個頭。他轉身跟監督走回貧民窟，步伐輕鬆，似乎不害怕即將面對的難關。

衛士瞪我。「你認識那名神諭者？」

「不認識。」

「他一直盯著妳看。」

「抱歉，主人，」我說：「難道我不許跟其他人類說話？」

這傢伙一直盯著我看，我懷疑利菲特族可能聽不懂反諷。

「嗯，」他說：「妳可以跟人類說話。」

他從我身旁走過，沒再說一個字。

第十一章 痛哭

我沒睡好。我頭痛欲裂，左太陽穴陣陣悸痛。我躺在被窩裡，看著蠟燭燒盡。先前返回宅邸時，衛士沒立刻讓我回房，而是給了我一點食物和飲水，我因為渾身脫水而接受。他坐在壁爐邊，凝視熊熊火焰，我花了十分鐘才斗膽問我能不能去睡覺，他只是簡短點頭。

樓上冷得要命，窗薄如紙，而且漏風。我用被單裹身，直打哆嗦。過了一會兒，我開始沉沉睡去，衛士那番話仍在我耳中打轉，說我的眼中帶有死亡和寒冰。XX-12的那些景象仍深印於我的夢境，每隔幾分鐘就閃現一次。我以前見過幾次神諭景象，尼克曾讓我看過一串快照：我從一面低矮屋頂摔落，腳踝骨折；結果這起意外在接下來那星期真的發生，我從此再也沒懷疑過他的天氣預報。

XX-12在無聲訊息中約我午夜跟他見面，我沒理由拒絕。

醒來時，時鐘敲了十一下。我梳洗更衣，來到樓下的衛士房間。這裡寂靜無聲，窗簾敞開，引入月光，我又看到他留了張紙條在桌上。

盡量查出關於厄冥族的情報。

我體內泛起一陣寒意。如果要研究巴吱怪，我就註定要面對牠們。不過這也表示我可以去見十二號，就某方面來說，這算是奉命行事。十二號才剛結束第二項測驗，不知道他在今晚看到什麼景象。我終於能獲得一些關於厄冥族的確切情報——當然了，假定十二號還沒被牠們吃掉。

還不到午夜，我已經下樓，把門在身後關上，該做作業了。

我從夜間守門人面前走過，她沒理我。我要求取得更多法器，她雖然遞來，但一直鼻頭朝天，看來她在警報事件生的氣還沒消。

外頭涼爽，空氣帶有雨霧。我來到貧民窟，吃了些早餐——紙杯裝的稀粥，費用是幾根針和金屬環。逼自己喝下一、兩口後，我走向戲子稱為「霍克摩爾」的建築，就在圖書館和中庭旁邊。（註24）

十二號正在柱後等待，他身穿一件乾淨的紅外袍，臉上有一道割傷。注意到我的杯子，他揚起一眉。

「妳吃那種東西？」

我啜飲一口。「幹麼這麼問？那你吃什麼？」

註24 霍克摩爾（Hawksmoor）實為牛津大學的克萊倫登樓（Clarendon Building），於一七一五年完工。

「監護者給啥我就吃啥。」

「並非人人都是啃骨族。說起來，恭喜你。」

他伸出一手，我伸手回握。「大衛。」

「佩姬。」

「佩姬。」他的黑眸凝視我的臉，棕眸則略顯模糊。「如果妳沒其他事情可做，我想帶妳去散散步。」

「像溜狗那樣？」

他哼笑出聲。

「往這裡走，」他說：「如果有誰問起，就說我因為某個事件必須帶妳回去問話。」

我們並肩沿一條窄街而行，朝領主宅邸的方向前進。大衛比我高兩吋左右，手臂修長，身軀厚實，他顯然沒像戲子那般挨餓。

「這麼做不是有點危險？」我說。

「什麼？」

「跟我說話。你現在是紅衣人了。」

他微笑。「我沒料到妳這麼容易被騙。妳已經掉進他們的陷阱了，是吧？」

「這話什麼意思？」

「隔離制度，四十號。看我是紅衣人，妳就認為我不應該跟妳說話。妳的監護者是這樣告訴妳的？」

「沒有，我以為這裡就是這種規矩。」

「這就是答案，這種制度就是這個目的：給我們洗腦，讓我們自卑。不然妳以為他們為什麼把囚犯丟去倫敦塔，一關就是好幾年？」看我沒答話，他搖搖頭。「不難猜啊，四十號。水刑、關禁閉、禁食數日——相較之下，這裡簡直是天堂。」他說得有理。「妳該聽聽監督怎麼說，他認為利菲特人應該領導人類、應該成為我們的新君主。」

「他怎麼會這麼想？」

「因為他被洗腦。」

「他在這裡待了多久？」

「不算久，我聽說他是在第十九屆來到這，卻已經忠心如狗。他一直想辦法逮捕聯合集團裡的優秀靈視者。」

「所以他很像採購員。」

「但他能力不佳，奈希拉很想把他換掉，弄個乙太感知力更強大的手下。」

還想繼續發問時，我不禁停步。透過灰暗薄霧，我看到領主宅邸對面是一棟龐然笨重的圓頂建築，坐落於一片空曠廣場，窗戶透出黯淡的琥珀燈火。

「那是什麼？」我抬頭觀看。

「戲子把它稱作『大廳堂』，我一直想查清楚它是何用途，但似乎沒人談起，我只知道人類禁止進入。」

他繼續往前走，根本沒瞥大廳堂一眼，我小跑跟上。「你說監督想弄到聯合集團的靈視者，」我追問：「為什麼？」

「別問太多問題，四十號。」

「我以為這次見面就是為了讓我發問。」

「或許吧，也或許是因為我喜歡看到妳。到了。」

目的地是一座古老教堂，原先想必十分雄偉，但現在殘破不堪。窗戶沒了玻璃，尖塔只剩骨架，南面入口釘上木板。我揚起一眉。

「你確定這是好主意？」

「我不是第一次來，更何況，」他從一塊木板底下鑽過，「按照監督對我說過的來判斷，妳很習慣在危險環境亂跑。」他查看我身後。「快點，灰袍監護者來了。」

我鑽過兩塊木板之間，真是千鈞一髮：葛菲雅斯從門口走過，身後是三名營養不良的靈盲者。我跟著大衛進入教堂，地上有一大塊崩塌的天花板，木梁和水泥塊壓爛長椅，碎玻璃散落一地。我小心翼翼踩過這片瓦礫。「這裡發生了什麼事？」

大衛沒回答。「想去頂端，得爬一百二十四階，」他說：「來不來？」

我還沒回話，他已經先跑一步。我跟在他身後，踩上階梯。

我已經習慣爬樓梯。在第一地區的時候，我爬過幾百棟大樓的樓梯。這條階梯大致完整，我感覺一下子就爬到最上頭。一陣天風將我的頭髮吹向身後，還傳來強烈又濃厚的火焰氣味。大衛把兩條胳臂擱在石欄上。

「我喜歡這裡，」他從袖子掏出一根白色紙捲，用火柴點燃。「高處。」

我們所處的露臺就在崩塌尖塔的正下方。石欄缺了一部分，一旁的標示牌警告這裡是危樓。我仰望天上繁星。「你通過了第二項測驗，」我說：「如果你想聊天，那就跟我說說厄冥族吧。」

他閉著眼，吐口菸，指尖沾有菸垢。「妳想知道什麼？」

「牠們是什麼東西。」

「毫無頭緒。」

「你一定見過一隻。」

「很少，畢竟樹林很暗。我知道的是，我見過的那隻厄冥看起來很像人類——也是一頭兩臂兩腿，動作卻像野獸，聞起來像糞坑，發出的聲音也像糞坑。」

「糞坑哪有聲音？」

「蒼蠅啊，四十號。**巴吱巴吱**。」

難怪叫巴吱怪。

「牠的氣場呢？」我追問：「牠有氣場嗎？」

「我沒看到牠有氣場，但牠似乎讓乙太崩潰，」他說：「彷彿牠的夢境周圍有個黑洞。」

按照這種描述，我真不想面對這種怪物。我俯視城市。「你殺了牠嗎？」

「我試過。」看到我是何表情，他彈彈藍翠菊的菸灰。「上級派我們一大批人去那裡，都是粉衣人，有兩組，還有兩名紅衣人同行，三十號和二十五號。上級給我們每人一把小刀，叫我們盡量找線索追蹤巴吱怪。三十號說出實話：刀子只是讓我們稍微有些安全感；追蹤那些怪物的最佳方式，是透過乙太。

「其中一名粉衣士兵是個杖占師，所以我們用樹枝做了一些籤條。三十號給我們一瓶血，來自一名手被咬斷的士兵——如此一來，那名士兵就能充當求卜者。我們把血抹在籤條上，讓杖占師丟在地上，籤條指向西方。就這樣，我們不斷丟籤條、改變路線。當然了，那隻巴吱怪也在不斷移動，所以我們沒什麼進展。二十一號提議把那怪物引來，所以我們生起一團火，進行降靈，召喚林中魂魄。」

「來了很多？」

「沒錯。聽紅衣人說，那些亡魂生前是試圖從地雷區逃跑的傻子。」

我強忍顫意。

「我們在火邊坐了幾分鐘，那些靈魂消失，我們聽到某種聲響，蒼蠅飛出樹林，爬上我的手臂，然後那怪物突然出現——巨大又腫脹的東西。兩秒後，牠咬住十九號的頭髮，還差點扯掉她的頭皮，」他補充道：「她叫個不停，那怪物似乎有點混亂，扯下她的一些頭髮後衝向一號。」

「卡爾？」

「我不知道他們叫什麼名字，總之呢，他像隻小豬般尖叫，試著拿刀戳怪物，根本沒用。」他一瞥捲菸的菸頭。「篝火即將熄滅，但我還是能看到牠。我試著向牠傳送景象，我在腦海中構成白光，試圖把這幅景象塞進巴吱怪的夢境、讓牠盲目，結果我只知道我腦袋像被輾過，一切變得黑暗死寂，彷彿一灘油潑在乙太中。現場所有魂魄都試圖逃離那場混亂。二十號和十四號拔腿逃跑，三十號罵他們是黃袍逃兵，但那兩人嚇得根本不敢回來。十號丟出刀子，結果擊中五號，五號倒地，兩秒內被巴吱怪撲到身上。篝火熄滅，現場一片漆黑，五號尖叫求救。

「大夥伸手不見五指。我透過乙太判斷那怪物的位置，看到五號正在被吃，他已經死了。我揪住怪物的脖子，想把牠從五號身上扯離，結果只抓下一團溼潤死皮。怪物轉身面對我，我能在黑暗中看到牠的白眼，牠只是瞪著我。接著，我被拋到半空中，像被屠宰的豬隻般血流不止。」

他拉下外袍領口，掀起一塊繃帶，我看到四條深深抓痕，傷痕周遭的皮膚呈現混濁而充血的灰色。「看起來像騷靈造成的傷痕。」我說。

「這我就不知道了。」他把繃帶蓋回傷口。「我那時候動彈不得，怪物朝我衝來，嘴裡的血滴在我身上。剛剛一直試著救五號的十號站起身，他有個守護天使，只剩這縷靈魂沒逃，他把守護天使丟向巴哎怪，我在同一秒內把另一道景象丟進牠的夢境。牠吶喊，徹底放聲尖叫，立刻開始爬離，發出很恐怖的聲響，還拖著五號的屍塊。這時候，二十一號點燃一根樹枝丟向巴哎怪，我聞到焦肉味。然後，我昏了過去，醒來發現自己在歐瑞爾宅邸，渾身纏上繃帶。」

「然後你們全拿到紅外袍。」

「二十號和十四號例外，他們拿到黃袍，還得去撿五號的屍骨。」

我們沉默幾分鐘，我只能想著五號在林中被生吃的畫面。我不知道他的本名，但我希望有人為他朗誦超渡咒語，那種死法真悽慘。

我把視線移向更遠方，看到一道光芒，因為距離太遠而渺如燭光。

「那是什麼？」

「篝火。」

「做什麼用？」

「火化巴哎怪的屍體，或是人類屍體，端看誰輸誰贏。」他丟掉捲菸。「我猜他們是用骨頭來進行某種占兆術。」

他說這話的同時，一抹灰燼從我眼前飄過，我用指尖攔住一小片。占兆者透過自然世界的徵兆來接觸乙太，例如身體、野生動物，還有自然元素。在傑克森眼中，占兆者是最低階級之一。「或許火焰會吸引那些怪物，」我說：「畢竟他們說過，這座城市像個燈塔。」

「那是指乙太燈塔，四十號。一堆靈視者、魂魄和利菲特人聚在一塊兒，妳回想一下乙太如何運作。」

「你怎麼會這麼瞭解？」我轉身看他。「你不是聯合集團的人，那你到底是誰？」

「無名小卒，跟妳一樣。」

我默不作聲，暗自磨牙。

「妳還有更多疑問，」片刻沉默後，他開口。「妳確定想問？」

「少來那一套。」

「哪一套？」

「說你認為我該知道哪些事、不該知道哪些事。我想要的是『答案』。」這番話來得又快又猛。「既然我必須在這裡度過餘生，那我想徹底瞭解這個地方，你懂不懂這個道理？」

我們把上半身越過石欄，俯視大廳堂。我擔心石欄被壓垮，所以盡量不把太多重心貼在石面上。

我開口：「我能問我想問的嗎？」

「我帶妳來這裡，四十號，不是為了玩猜謎遊戲，而是想知道妳到底是不是夢行者。」

「如果我沒停止呼吸。」我說。

「聽妳這麼說，妳還沒徹底掌握這項能力。夢行者有時候必須脫離肉體。」他上下打量我。「他們去中區的集團地盤抓妳，想必妳大意了。」

「不是大意，而是倒楣。」我瞪他。「他們為什麼這麼在乎聯合集團？」

「因為所有優秀靈視者都是集團成員。集團藏匿所有縛靈師、夢行者和神諭者——都是奈希拉想帶來這座殖民地的高階靈視者。因此他們在乎集團，四十號，並且要簽署新憲章。」

「憲章是什麼內容？」

「奈希拉一直想弄到強大靈視者，但他們都受到幫派保護。除非利菲特人能想辦法讓倫敦所有幫主解散，否則只能試圖擴張版圖，以便取得更優秀的人才。憲章保證在兩年內建造『第二冥府』，靈視者來源將是賽昂巴黎城塞。」他撫摸胸口的傷痕。「誰能阻止他們？就算我們試圖出手，別忘了還有厄冥族想要我們的命。」

一種詭異而冰冷的感覺襲來。

奈希拉把聯合集團看作威脅，這我倒是初次聽說。在我眼中，幫主就是一幫彼此暗算的利己主義者——至少中區那些幫主就是這副德行。反常者議會已經好幾年沒聚會，幫主有權在各自地盤為所欲為，畢竟漢克特忙著吃喝嫖賭、根本沒空管他們。想不到在這座遙遠的第一冥府，利菲特嫡系族長居然害怕那些逍遙法外的烏合之眾。

「你現在成了她的忠心手下，」我一瞥他的紅外袍。「還打算幫那些幫主嗎？」

「我一點也不忠心，四十號，我只是在他們面前演戲。」他看著我。「妳有沒有見過利菲特族流血？」

我不知道該如何答覆。

「他們的血液叫做『靈質』，是杜凱夢寐以求的東西。利菲特族可說是『乙太化為肉身』，他們的血液是液化乙太。如果妳看到靈質，其實那就是乙太；如果妳喝下去，妳就成為乙太，變得像他們。」

「這豈不表示靈盲者也能使用乙太？只需要接觸一些靈質。」

「沒錯。就理論上來說，對腐民而言，靈質能替代氣場。當然了，效果只是暫時，大約只能持續十五分鐘。儘管如此，如果我們做些研究、解決細節問題，我敢打賭我們能在幾年內開始販賣『速效靈視能力藥丸』。」他俯視這座城。「遲早會有那麼一天，四十號，到時候將是我們在那幫渾蛋利菲特人身上做實驗，而不是現在這樣。」

利菲特人居然蠢得讓這人成為紅衣士兵。他顯然鄙視他們。

「妳可以再問一個問題。」大衛說。

「好吧。」我停頓，然後想起莉絲。「你對第十八屆骸骨季節有多少瞭解？」

「我還在猜妳會不會提出這個問題。」他移開一塊木板，露出一面破窗。「來吧，我帶妳去看。」我跟他鑽過破窗。

這個房間裡有魂魄存在，可惜我看不到有多少數量，我猜大概有八、九縷。空氣瀰漫霉味，還夾雜花朵即將枯死所散發的臭味。一座神龕豎立於角落：一塊切口粗糙的橢圓形金屬，周遭是卑微的祭品——蠟燭殘渣、斷裂的香枝、一株乾枯的百里香，還有寫上名字的眾多標籤，祭品中央是小小一束金鳳花和百合花，臭味就是由百合花發出，花看來還算新鮮。大衛從口袋掏出一支手電筒。

「看看這團希望的廢墟。」

我湊近觀察，一些文字刻在金屬面上。

紀念犧牲者

二〇三九年，十一月二十八日

「二〇三九，」我說：「第十八屆骸骨季節。」

我出生前一年。

「十一月佳節那天發生了暴動。」大衛把手電筒對準神龕。「一群利菲特人起身對抗薩加斯，而且贏得大多數人類的支持。他們想殺掉奈希拉、把人類送去倫敦。」

「哪些利菲特人？」

「沒人知道。」

「結果呢?」

「某個人類背叛了他們,XVIII-39-7。一環斷裂,結果層層瓦解,最後兵敗如山倒。奈希拉將那些利菲特人處以酷刑,讓他們傷痕累累,人類則被厄冥族屠殺殆盡。聽說除了杜凱之外,那次事件只有兩名生還者:某個叛徒和一個孩子。」

「孩子?」

「杜凱向我說明一切,他被放過是因為他膽小得根本不敢造反,他向他們下跪求饒。他還說那年有個孩子被帶來這裡——大概四、五歲,XVIII-39-0。」

「他們幹麼帶兒童來這裡?」我感覺胃中結冰。「小鬼怎麼打巴吱怪?」

「誰知道。杜凱猜他們八成想看看那小女孩能不能活下來。」

「她怎麼可能活下來?四歲孩童不可能在這裡的貧民窟生存。」

「沒錯。」

我的內臟開始糾結。「她死了。」

「杜凱發誓沒人發現她的屍體。當時他負責清理所有屍體,」大衛說:「算是苟活下去的代價。他說他一直沒找到那名小女孩,但這東西提出反證。」

他把手電筒對準某個祭品,是個骯髒的泰迪熊,以鈕釦當作眼睛,頸邊有張紙條。我拿起小熊,把紙條湊在手電筒的光前。

XVIII-39-0

只要活過，必不消失

我們一陣沉默，直到遠方傳來鐘聲。我把小熊放回花圃。

「這些是誰弄的？」我的口氣有些難過。「是誰搭起這座神龕？」

「戲子，還有那些『負疤者』，試圖推翻奈希拉的那些神祕利菲特人。」

「他們還活著嗎？」

「沒人知道，但我猜他們早就死了。既然奈希拉知道他們是叛徒，又怎麼可能放任他們四處走動？」

我把顫抖的指頭藏進袖子。

「我看夠了。」我說。

大衛送我回莫德林。雖然再過幾小時才天亮，但我不想再見到其他人，尤其今晚。

看到塔樓時，我轉頭看大衛。「我不知道你為什麼找我聊，」我說：「但我要謝謝你。」

「謝我什麼？」

「讓我看那座神龕。」

「別客氣。」他的臉色被陰影籠罩。「我可以讓妳再問一個問題，是我能在一分鐘內回答的那種。」

我多加考慮。我還有很多疑問，但有個問題已經讓我煩惱多日。

「骸骨季節為什麼叫做骸骨季節？」

他微笑。

「不曉得妳是否已經知道，但是**骸骨**原本是『美好』或『繁榮』的意思，源自法文bonne，妳在街頭或許偶爾還能聽到這種用法。所以他們如此命名，意為『美好季節』或『繁榮之季』，他們把十年一季看成領獎日——和賽昂訂定的契約中的有利條件。當然了，人類的看法不同，骸骨的意思就是骸骨，就是挨餓和死亡，所以其他人類稱我們作『啃骨族』，因為我們幫利菲特人殘害人類。」

聽到這裡，我渾身發涼。我原本有一點點想待在這裡，現在只想趕快逃。

「你怎麼知道這些事情？」我說：「利菲特人不可能告訴你。」

「抱歉，發問到此為止，我已經洩漏太多祕密。」

「你很可能從頭到尾都在說謊。」

「我沒騙妳。」

「你不怕我讓利菲特人知道你的事？」我毫不退縮。「小心我讓他們知道你查到這些祕密。」

「如此一來，他們也知道妳聽到這些祕密。」他朝我微笑，我知道我輸了。「妳聽了這麼多情報，就當欠我一次，除非妳現在就想還這個人情。」

「怎麼還？」

他撫摸我的臉，我立刻知道答案。他的一手按壓我的嘴唇，我渾身緊繃。

「不行。」我說。

「有什麼關係？」他的手沿我腰部上下撫摸，臉湊向我。「難道妳把那種藥丸吐掉了？」

「怎麼？你希望我以身報答？」我用力推開他。「下地獄吧，紅衣人渣。」

大衛一直盯著我。

「幫個忙，」他說：「我在墨頓發現這東西，妳看看能不能調查一下。妳比我原本預料的更聰明。」他把某個東西塞進我手裡，是個信封。「祝妳夢行愉快，四十號。」

他走離。我站在原地片刻，渾身僵硬冰冷，然後靠在一旁的牆上。我剛剛不該跟他去那裡。我怎麼笨到跟陌生人去黑街暗巷？我的警戒心呢？

今晚我聽到太多情報。莉絲從沒說過利菲特人——**利菲特人**——是第十八屆骸骨季節叛亂的原因之一，或許她根本不知道這點。

負疤者。我應該去找他們，那些幫過人類的利菲特人。又或許，我應該保持低調、好好過新生活，這樣比較安全又輕鬆。

我想要尼克、想要傑克森，想要以前的生活。沒錯，我原本是個罪犯，但我是被朋友包圍的罪犯。我當時選擇跟他們在一起，我的門徒地位保護了我、讓我不會碰到大衛那種人。在我的地盤，沒人敢動我。

但這裡不是我的地盤，我在這裡無權無勢。這是我頭一次亟需莫德林的石牆提供的保護、衛士的存在所提供的保護，就算我討厭看到他。我把紙條塞進口袋，走向門口。

返回創立塔，我以為裡頭應該空無一人，結果我看到血。

利菲特人之血。

第十二章
高燒

房間一團亂，玻璃破碎、器具損壞，一片窗簾從滑桿處扯裂，地面石板沾有淡黃綠光點，滲進地毯纖維。我跨過地上玻璃，桌上蠟燭已被吹熄，煤油燈也是。這裡冷得要命，我能感覺乙太瀰漫四處。我提高警覺，準備將自己的靈魂拋向隨時可能出現的襲擊者。

床鋪周圍的簾布拉起，後方有某個夢境。**利菲特人**，我心想。

我走向床，來到能接觸簾布的距離時，我試著冷靜判斷該怎麼做。我知道衛士在簾布後面，但我完全不知道他處於什麼狀態。他可能負傷，在睡覺，或已經斷氣。我不確定自己想知道答案。

我鼓起勇氣，繃緊指頭抓住厚重的布料，拉向一旁。

他倒在床上，如死屍般靜止。我爬上床，搖晃他。「衛士？」

他沒反應。

我在床面坐下。他明言警告過我不能碰他、就算發生這種情況也不能救他，但他這次的傷勢看來非常惡劣。他的上衣溼透，我試著將他翻身，但他太沉重。檢查他的呼吸時，他突然揪住我的手腕。

「妳。」他的嗓門低沉沙啞。「妳在這做什麼？」

「我正在──」

「誰看見妳進來？」

我完全靜止。「夜間守門人。」

「沒別人？」

「沒有。」

衛士用一肘撐起身子，另一手──依然戴著手套──壓往肩部。「既然來了，」他說：「就乾脆待在這、看著我死，妳會很享受這一刻。」

他渾身打顫。我試著想些惡言惡語，說出口的卻是：「你出了什麼事？」

他沒回答。我慢慢把手伸向他的上衣，他更用力握住我的手腕。「你得讓傷口透氣。」我說。

「我知道。」

「那就照做。」

「別告訴我該怎麼做。我是快死了，但我不聽命於妳，而是妳聽命於我。」

「那你有何命令？」

「讓我平靜死去。」

但這項命令缺乏威嚴。我把他的手從肩部推開，看到一塊被咀嚼過的皮肉。

巴吱怪。

他的雙眼噴火，彷彿眼球裡有某種可燃液體出現化學反應。有那麼一刻，我以為他會宰了我，我的心靈拚命拉住準備出擊的靈魂。

他鬆開我的手腕，我打量他的臉。「給我水。」他的聲音幾乎輕不可聞。「還有——還有鹽，去櫃子裡找。」

我沒什麼選擇，只能照做。他盯著我的背脊，我解開古玩櫃的鎖，拉開櫃門，拿出一只木紋鹽瓶、一只金碗、一壺水和一疊亞麻布。衛士扯掉上衣領口的繫帶，胸膛因冒汗而溼黏。

「抽屜裡有副手套，」他朝辦公桌點個頭。「戴上。」

「為什麼？」

「少廢話。」

我咬牙，但乖乖照做。

抽屜裡的手套旁是他的黑柄小刀，收於鞘內、乾淨無瑕。看到這東西，我不禁停頓。我背向他，戴上手套，這樣就不會留下指紋。我用拇指將刀子推出刀鞘。

「我不建議妳這麼做。」

他的聲音使我住手。

「利菲特人的命很硬。」他輕聲道：「就算妳拿那把刀插進我的心臟，心臟也不會停止跳動。」

靜寂氣氛愈加濃厚。「我不相信。」我說：「我能拿刀挖掉你的內臟，你虛弱得無法反抗。」

「如果妳想冒這種險，那就請便。但妳有沒有想過，為什麼我們允許紅衣人攜帶武器？如果你們的武器殺得死我們，我們為什麼會笨到讓囚犯擁有武裝？」他瞪著我的背脊。「很多人試過，沒一個活下來。」

一陣冰冷刺麻爬過我的手臂，我把刀子放回抽屜。「我沒理由幫你，」我說：「你上一次並沒表示感激。」

「我會忘了妳剛剛打算殺我。」

老爺鐘的滴答作響和我的脈搏同步。最後，我回頭一瞥，他也回視，兩眼放光。我緩緩走上前，把所需物品放在床頭櫃上。「這是什麼怪物下的手？」我說。

「妳知道答案，」衛士背靠床頭板，咬緊牙。「妳探聽過情報。」

「厄冥族。」

「沒錯。」

答案確認，我的血液隨之失溫。我默默把鹽和水在碗中攪拌，衛士看著我，我把一塊亞麻布浸於鹽水，取出擰乾後俯身湊向他的右肩，傷口的模樣和惡臭令我退縮。

「傷口已經壞死。」我說。

傷口發黑得腐爛滲水，皮膚滾燙如煤炭，我猜他的體溫大概比人類高一倍，就算戴手套還是能感覺到，咬痕周遭的皮肉也在逐漸壞死，我需要解熱鎮痛劑。可惜我沒有奎寧；尼克需要幫我們退燒的時候，通常都是利用這種藥。那種東西很容易在氧吧取得，因為它本身的螢光特性用於螢光照明，但我很懷疑能在這種地方取得，我只能依賴鹽水和運氣。

我把一些水擠在傷口上，他的手臂肌肉繃緊，手掌用力攤開。

「抱歉。」我說完就感到後悔。那天看著我被燙下烙印，或是目睹賽柏喪命，他並不感到抱歉，他對一切都毫無悔意。

「說話。」他說。

我看著他。「什麼？」

「我身受痛楚，如果能轉移注意力，會有些幫助。」

「你哪會對我說的事情感興趣？」還來不及阻止自己，這番話已經出口。

「妳錯了，」他說。他雖然狀況悽慘，態度倒是一派輕鬆。「我想更瞭解我的房客。我知道妳是殺人犯，」聽到這話，我繃緊身子，「但妳一定還有其他面貌。如果不是，那我選妳就真的選錯人。」

「我又沒叫你選我。」

「但我還是選了妳。」

我不斷按壓清洗傷口，手勁有點過猛。我幹麼對他溫柔？

「我在愛爾蘭出生，」我說：「在一座名為克朗梅爾的城鎮。我母親是英格蘭裔，她逃出賽昂管轄區。」

他微微點個頭，我繼續說道：「我和父親還有爺爺、奶奶住在南端的酪農區『黃金溪谷』，那裡很美，跟賽昂城塞不一樣。」我擰乾亞麻布，再浸於鹽水。「但後來，貪得無厭的亞伯·梅菲爾德想把都柏林據為己有，當時發生了『茉莉之亂』，再來就是『梅菲爾德的大屠殺』。」（註25）

「梅菲爾德，」衛士開口，望向窗戶。「嗯，我記得他，討人厭的傢伙。」

「你見過他？」

「我見過一八五九年以來的每一位賽昂領袖。」

「這豈不表示你至少有兩百歲？」

「沒錯。」

註25 黃金溪谷（Golden Vale）是一片寬廣牧場草原，位於克朗梅爾西北方約二十公里處，原本的名稱是「黃金脈絡」（Golden Vein），因一名英國官員將此肥沃土地稱作愛爾蘭的重要脈絡之一。都柏林（Dublin）則是愛爾蘭首都。

我試著別讓自己顯得驚訝。

「當時，我們以為自己很安全，」我說：「但到最後，戰亂向南擴散，我們非走不可。」

「妳母親呢？」衛士凝視我。「她被丟下？」

「她死了，死於胎盤早剝。」我挺直身子。「另一道咬痕在哪？」

他拉開上衣，傷口沿胸膛掃過。我看不出這是由牙齒、爪子還是其他物體造成。

我用溼布點拭被撕裂的皮膚，他繃緊肌肉。「說下去。」他要求。

看來我這個人類還不算無趣。「我八歲的時候，我們搬去倫敦。」我說。

「自願的？」

「不，我父親那一年被賽昂研科徵召。」看他默不作聲，我猜他聽不懂這個簡稱。

「賽昂研發與科學特殊組織。」

「我知道那是什麼意思，他為什麼被選上？」

「他是法醫病理學家，以前常常替愛爾蘭警方辦事，賽昂要他查出人類成為靈視者的科學解釋，以及靈魂為何在肉體死後依然徘徊不去。」我清楚感受到自己的口氣有多苦悶。「他認為那是一種疾病，可以被治好。」

「看來他感受不到妳的靈視能力。」

「他是靈盲者，怎麼可能感受得到？」

他沒表示意見。「妳生下來就擁有天賦？」

「不完全是。我很小的時候能察覺到氣場和魂魄，後來，我被某個騷靈接觸。」我挺起身，擦掉額頭的汗。「你還能撐多久？」

「我不確定。鹽分能拖延一些時間，但不會很久。」他對自己的狀況顯得漠不關心。「妳什麼時候發展出靈魂出竅的能力？」

談話讓我保持冷靜。我決定說實話，就算只是因為他大概早就對我瞭若指掌。奈希拉知道我來自愛爾蘭，他們一定早就取得各項資料。他或許在試探我，看我會不會對他說謊。

「我被騷靈碰過之後，開始作同樣的夢——至少我以為那是夢。」我把一些水倒在他肩上。「我夢見一片花田。我越是進入花田深處，周遭就更為黑暗。每天晚上，我都比前一晚更深入花田內部，直到有一天，我來到花田邊緣，然後往下跳，不斷墜落。」我繼續處理傷口。「我掉進乙太，脫離自己的肉身。醒來時，我發現自己在救護車上。我父親說我夢遊走進客廳，然後停止呼吸，他們說我一定是陷入昏迷。」

「但妳活了下來。」

「沒錯，而且我沒腦死。腦部缺氧是我使用這項能力的……風險。」我不想把自己的事說給他聽，但讓他知道或許比較好——如果他逼我在沒有生命維持系統的情況下在乙太待太久，我的腦子可能會受到嚴重的永久損傷。「我很幸運。」

衛士看著我清理他的肩傷。「照妳這麼說，我猜妳為了安全起見，應該會避免經常進入乙太，」他說：「但妳在使用能力的時候卻很熟練。」

「本能。」我避開他的視線。「如果沒有藥物，你的高燒就無法消退。」

就某方面來說，這不是謊話。我的天賦確實是一項本能，但我不確定是否該讓他知道我是依賴一名幫主提供的照料、訓練以及生命維持系統。

「那縷騷靈，」他說：「有沒有留下疤痕？」

我摘下左手套，伸出手，他低頭看掌心疤痕。年幼靈視者以如此激烈的方式暴露於乙太，這並不尋常。

「我猜我那時候出現某種裂痕，讓乙太得以進入，」我說：「那縷騷靈就那麼……把我剝開。」

「妳是這麼認為？」他說：「妳被乙太侵入？」

「你怎麼看？」

「我不發表個人意見，但許多靈視者認為是自己侵入乙太，而不是被乙太侵入，他們把侵入乙太的行為看作『打擾亡魂』。」他沒等我回應。「我以前見過這種事，孩童的靈視能力最容易突然發生變化，他們如果在氣場成熟之前就接觸乙太，可能因此欠缺穩定性。」

我抽回手。「我哪有不穩定？」

「妳的能力。」

我無法辯駁，我曾用自己的靈魂殺過人，如果那不算「不穩定」，我不知道怎樣才算穩定。

「我的傷口裡有某種壞疽，」衛士說明：「但那只會影響利菲特人，人類身體有辦法對抗。」我等他說明重點。「人類的血液能破壞這種利菲特人壞疽，只要血液循環不受影響便不會死於這種咬傷。」他指向我的手腕。「只要妳提供一品脫的血，就能救我的命。」（註26）

我的咽喉緊繃。「你想喝我的血。」

「沒錯。」

「你是什麼？吸血鬼？」

「我沒想到賽昂居民聽說過吸血鬼。」

我一愣。我這大嘴巴，只有聯合集團的高階成員才能接觸關於吸血鬼或其他超自然生物的書籍。我是在《沃克斯豪的吸血鬼》這本廉價小說裡讀過，這本書是由葛拉布街的一位無名靈感者所著。因為賽昂提供的文學選擇向來乏味，那位作者就利用外界的民間故事寫出一堆作品，包括《與茶占師的飲茶時光》以及《精靈的大慘敗》，

註26　一品脫約為五百六十八毫升。

另外還有幾本不算太糟的二流小說，是以靈視者為題材，例如《雅各島的謎團》。早知道就別看那些書。

衛士似乎認為我的沉默不語是出自焦急不安。「我不是吸血鬼，也不是妳可能在書上看過的其他生物，」他說：「我不吃人肉，也不喝人血，我也不願意提出這種要求，但我生命垂危，而湊巧妳的血——在這個情況下，考慮到我的傷勢——能治好我。」

「你看起來和聽起來都不像生命垂危。」

「相信我，我沒剩多少時間。」

我不想知道他們怎麼發現人血能對付這種感染，我甚至不想知道這是不是事實。

「我為什麼要相信你？」我說。

「因為我讓妳免於被監督帶去蠢戲團裡丟臉，如果妳很需要理由。」

「如果我想知道其他理由？」

「妳救我一命，我就欠妳一個人情。」

「我要你怎麼回報都行？」

「除了要求釋放妳之外，什麼都行。」

我啞口無言，他早猜到我想提出什麼要求。我早該知道我不可能重獲自由，但他提供的回報可能會無比珍貴。

我從地板拿起一塊藥瓶碎玻璃，劃過手腕。我伸手時，他瞇起眼睛。

衛士凝視我許久一刻，打量我的臉，然後把我的手腕拉向他的嘴。

「喝吧，」我說：「趁我還沒改變心意。」

他的舌頭舔過傷口，嘴唇壓上，接著我感到微微一陣壓力——他為了逼出血而擠壓我的手臂。

他的咽喉因吞嚥而抽動，他以一種穩定的節奏喝血，沒表現出突來的嗜血慾或狂熱。他把這當作醫療措施：科學而客觀。

他放開我的手腕，我癱坐在床上，倒下的動作太快。衛士把我扶上枕頭。「慢慢來。」

他走向浴室，已經恢復體力。他回來時，手拿一杯冷水，他將一臂伸到我背後，扶起我的上半身，讓我躺在他的手肘窩裡。我喝下冷水，嘗起來有甜味。

「奈希拉知道這件事嗎？」我說。

他的臉一沉。

「她可能會因為我的外出和傷勢而詢問妳。」他說。

「所以她不知道。」

他沒回應，只是把我放在厚實的天鵝絨靠枕上，確保我的頭部受到支撐。雖然不適感持續消退，但我的手腕還在滴血。看到這一幕，衛士從床頭櫃拿來一捲紗布——

我的紗布，我認出我用來綁紗布的橡皮筋，他一定是從我的背包取出。想到背包曾經在他手中，我感覺渾身發涼。我想到那本下落不明的小冊。在他手上？他讀過內容？

他抓起我的手腕，戴上手套的大手動作輕柔，用乾淨白布覆蓋傷口，我猜這是他道謝的方式。紗布不再滲血後，他用別針固定敷料，把我的手臂放回我胸前。我一直看著他的臉。

「看來我們陷入一場僵局，」他說：「妳很有本事，總是在我碰上危險的時候發現我。我原以為妳會袖手旁觀，但妳清理我的傷口，還提供血液，妳到底有何動機？」

「我或許需要你幫忙，而且我跟你不一樣，我不喜歡看到生命死去。」

「妳太快下定論。」

「那女人殺了他的時候，你在一旁看戲。」我原本應該沒膽說出這些話，但我不在乎。「你**看著那一幕**，你當時明明知道她打算做什麼。」

衛士毫無反應，我轉開視線。

「或許我只是一座被粉飾的墳墓。」他開口。

「啥？」

「偽君子的意思。我還滿喜歡這個比喻。」他說：「或許妳認為我很邪惡，但我向來一言九鼎，妳呢？」

「你到底想說什麼？」

「今晚這件事絕不能洩漏出去，我想知道妳能不能保密。」

「我為什麼要配合？」

「因為如果妳說出去，對妳自己也沒好處。」

「起碼能讓我擺脫你。」

他的眼神似乎有些變化。

「沒錯，是能擺脫我，」他說：「但這不會改善妳的生活。就算妳沒被踢去街上，也可能由其他監護者接手，他們並非都跟我一樣寬宏大量。按照我擁有的權力，我是該為妳這幾天的出言不遜將妳活活打死。但我明白妳的價值觀，別以為其他人也跟我一樣。」

我開口想反駁，但欲言又止。我確實不能說他有虐待我，他連碰都沒碰我一下。

「所以你要我幫你保密。」我揉揉手腕。「我有什麼好處？」

「我會盡量維護妳的安全。在這種地方，妳可能有成千上百種原因喪命，妳也無法靠自己的力量避開那些威脅。」

「我遲早得死，我知道奈希拉對我有何目的，你保不了我。」

「或許遲早有那麼一天，但我猜妳至少想在測驗中活下來。」

「活下來又如何？」

「活下來就能證明妳有多強悍、妳不是黃袍懦夫、妳能學會如何戰鬥。」

「我不想戰鬥。」

「口是心非，妳骨子裡就是個戰士。」

角落的時鐘敲起。

與利菲特人結盟真的很不正常，但這也將大幅提升我的生存率。他能幫我弄到物資、協助我活下去，或許能讓我撐到逃離此地。

「好吧。」我說：「我不會洩漏你的祕密，但你還欠我一個人情。」我舉起手腕。

「因為我提供的血。」

我剛說完，門突然被推開，一名女利菲特人衝來，是普萊歐妮・斯拉古尼。

她先觀察環境，然後看我，再看衛士。

她不發一語，直接丟來一支真空抽血針，衛士單手接住，我一瞥針筒，裡面是血，人類的血，上面有個灰色三角形小標籤，還有個數字：AXIV，意思是「靈盲者十四」。

賽柏。

我瞥向衛士，他點個頭，彷彿我們分享一個小祕密。我強烈作嘔，站起身，因為失血而虛弱，蹣跚走回樓上的牢房。

第十三章

來自他的景象

第一次見到尼克拉斯·尼加德的時候，我九歲。第二次見到他時，我十六歲。

那是在二〇五六年夏天，我正在三之五區的「優質女子私立學校」上暑期課程，我們這些十一年級生剛進入人生最重要的階段。在剩下的兩年學校生涯中，我們可以選擇為申請大學做準備或離校就業。為了說服尚未做出決定的學生，女校長安排一系列勵志座談會，演講者包括日間警戒部的探員、媒體發言人，甚至一名執政廳政客——移民部部長。那天的演講題目是醫療科學，我們這兩百名十一年級生被趕進演講廳，一身白衣黑裙、搭配紅緞帶蝴蝶結。負責教化學的布里斯欽女士走上講臺。

「早安，各位同學，」她開口：「很高興看到妳們一早朝氣蓬勃的模樣。許多同學表示對科學研究的生涯很感興趣，」我例外。「所以今天的演講應該會相當令各位深思。」零星掌聲。「今天的演說者擁有非常精采的職場生涯，」聽妳在放屁。「他在二〇四六年離開賽昂斯德哥爾摩大學，轉學去倫敦完成剩下的學業，現在替賽昂研科工作，也就是中區最大的研究機構。今天能請到他，我們備感榮幸。」前排不知道在興奮什麼。「請大家鼓掌歡迎今天的演說者——尼克拉斯・尼加德醫師。」

我猛然抬頭，居然是他。

尼克。

他絲毫沒變，跟我印象中完全一樣：高大、表情柔和，而且英俊。他依然年輕，雖然眼眸因為忙碌的成人生活而略帶滄桑。跟所有賽昂官員一樣，他也是黑西裝、紅領帶的打扮，頭髮用髮油往後梳，這種髮型在斯德哥爾摩很流行。他微笑的時候，級長們坐得更直挺。（註27）

「早安啊，各位小姐。」

「早安，尼加德醫師。」

「謝謝大家今天邀我來這兒。」他拿著一疊文件，就是那雙手在我九歲時幫我縫合傷口。他直視我，綻放微笑，我的心臟躲在肋骨後面亂跳。「希望這次演說能有些啟發效果，但如果各位打瞌睡，我不會介意。」

大夥哈哈笑，大多數的官員可沒這麼幽默，我完全無法把視線從他身上移開。七年來，我一直在想他可能在哪，此刻他直接走進我的學校，這是我記憶中的一幅景象。他描述對反常能力之起因的研究，還有在兩座賽昂城塞就學的不同體驗。他不時

註27 英國學校中的級長（prefect）由高年級生擔任，負責監督低年級生。

說些笑話並鼓勵同學參與；他向我們提問，也回答我們的提問，還逗得女校長笑呵呵。鐘聲響起時，我第一個離開演講廳，衝向演講廳後方的走廊。

我必須見他。七年來，我一直想弄懂那天在罌粟田到底是怎麼回事，我明明不是被狗咬。只有他能說明是誰在我的手心留下那團疤痕，只有他能給我答案。

我沿走廊奔跑，從吱喳聊天的八年級生身旁衝過。我看到了他，就在教職員辦公室外頭，他正在和女校長握手。看到我的時候，他的眼睛為之一亮。

「妳好。」他說。

「尼加德醫師——」我幾乎說不出話。「您的演說實在——激勵人心。」

「謝謝。」他再次微笑，視線直穿我的眼眸。他知道、他記得。「妳叫什麼名字？」

沒錯，他知道。我的掌心發麻。

「這位是佩姬・馬亨尼。」女校長強調我的姓氏，讓人一聽就知道我是愛爾蘭裔。她上下打量我，注意到我的鬆垮蝴蝶結和沒扣好的外套。「妳該進教室了，佩姬，安維爾女士對妳最近的遲到紀錄大為不悅。」

我因為丟臉而臉頰泛紅。

「我相信安維爾女士願意多給佩姬幾分鐘。」尼克朝她露出迷人微笑。「我很樂意跟這位同學多相處幾分鐘。」

「你真親切，尼加德醫師，但佩姬最近實在太常跑保健室，她不能老是缺席。」她轉身看他，壓低嗓音。「她是愛爾蘭裔，這些北方佬就是喜歡偷懶。」

我氣得視線模糊，某種壓力推擠我的顱內，彷彿即將爆發。一串血從女校長的鼻孔悄悄滲出。

「妳在流血，校長。」我說。

「什麼？」她低頭查看，血因此滴在襯衫上。「唉呀，老天——看看我這副德行。」她摀住鼻子。「別站在那裡發呆啊，佩姬，快給我手帕。」

我的腦袋一陣悸痛，眼前浮現一道灰網，使我的視線恢復清晰。尼克凝視我，同時把一包面紙遞給校長。「您最好先坐下，校長。」他一手扶住她的背。「我等一會兒就過去找您。」

女校長一離開，尼克就轉身看我。

「妳身邊的人常常流鼻血？」

他壓低嗓門。片刻後，我點個頭。

「他們注意到了？」

「還沒人叫我反常分子。」我凝視他的眼睛。「你知道這種怪事為什麼會發生？」

他查看身後。「或許知道。」他回答。

「告訴我，拜託。」

「尼加德醫師？」布里斯欽女士從辦公室門口探出頭。「董事們想跟你談談。」

「馬上來。」她一消失，尼克立刻在我耳畔低語：「我過幾天會再來一趟，不要申請大學，佩姬，暫時不要。相信我。」

他捏捏我的手，隨即匆匆離去，正如先前匆匆到來。我呆站原地，把書捧在跳個不停的心窩前，臉頰火燙、手心冒汗。七年來，我無日不想念尼克，而他終於出現。我打起精神，走向教室，仍無法正常視物或思考。他還記得我的名字，他知道我就是他救過的小女孩。

我不認為他還會回來。對他這種大人物來說，我不可能有什麼重要性。但就在兩天後，他在學校大門外等我。那天早上還發生了一件怪事：我作白日夢時看見一輛銀車。我當時正在上法文課，那幅景象進入我的腦海，令我渾身不適。此刻，同一輛車就在門外，戴著太陽眼鏡的尼克坐在駕駛席。我難以置信地走向車窗，遠離其他同學。他從車窗探出頭。

「佩姬？」

「我沒想到你還會回來。」我說。

「因為鼻血事件？」

「嗯。」

「我就是因為那件事回來。」他把眼鏡拉到鼻梁，讓我看到他疲憊的眼眸。「如果妳想知道更多事，我能告訴妳，但這裡不適合說話。能不能跟我來一趟？」

我查看身後，沒人注意我們。「好吧。」我說。

「謝謝。」

尼克帶我離開學校，駛向中區，一路上瞥我幾眼，我沉默不語。在側照鏡看到倒影時，我才發現自己滿臉潮紅。我好想跟他說話，但實在擠不出完整的句子。幾分鐘後，尼克開口：「妳有沒有讓妳父親知道花田那件事？」

「沒有。」

「為什麼？」

「你叫我別說。」

「很好，這省了很多麻煩。」他的雙手緊握方向盤。「我會讓妳知道一大堆妳無法理解的事，佩姬。妳跟花田事件前一天的妳有所不同，而妳需要知道原因。」

我凝視路面，他不用說我也知道。在花田事件發生之前，我早就知道自己與眾不同；就算當時年幼，我已經能敏銳感覺到旁人。當他們從我身旁走過，我有時會感覺到某種震動，彷彿我的指尖擦過通電的電線。但花田事件發生之後，許多事情產生變化，我不只能察覺他人動態——還能傷害他們。我能讓他們流血、頭疼、視線模糊。我常在課堂打瞌睡，醒來時發現自己渾身冷汗。我成了學校護士最熟悉的常客。

某種力量在我體內萌芽，試圖破繭而出。這個世界遲早會見識到這股力量。

「我能幫妳控制它，」他說：「我能維護妳的安全。」

他以前也維護過我的安全。「我還是可以相信你？」我凝視他的臉龐、我未曾遺忘的面貌，他看著我。

「永遠可以。」他回答。

我們在絲綢街的一間廉價餐廳喝咖啡。這是我這輩子第一次喝這玩意兒，感覺像在喝泥漿。我們一開始的話題圍繞我的人生，我描述學校生活、父親的工作，但我們都知道這全不是重要話題。

「佩姬，」他開口：「妳聽說過何謂反常能力。我不想嚇妳，但妳開始表現出跡象。」

我感覺呼吸困難，畢竟他是賽昂員工。

「別擔心。」他按住我的手，我的脈搏放暖。「我不會檢舉妳，而是要幫助妳。」

「怎麼幫？」

「我希望妳跟我走一趟，去跟我的一位朋友談談。」

「誰？」

「我信賴的人、對妳很感興趣。」

「他是——？」

「沒錯，我也是。」他捏捏我的手。「妳先前作了白日夢，夢見我的車。」我納悶地瞪他。「這就是我的能力，佩姬。我能把景象傳送至他人眼中。」

「我——」我口乾舌燥。「我願意見他。」

我請父親的祕書轉達我會晚點回家。尼克開車帶我來到沃克斯豪的一間小型法式餐廳，等候我們的是一名身形高䠷、骨架精緻的男子，年紀不超過四十。他的眼睛綻放某種光芒，彷彿因智力過人而對一切看不順眼；他的膚色白如蠟燭，一頭濃密黑髮，嘴唇白皙而顯得不悅，顴骨銳利得可以拿來削鉛筆。他的脖子繫一條金色領巾，黑背心掛有一塊懷錶。

「想必妳就是佩姬。」他開口，嗓門低沉又略帶興趣。「傑克森·霍爾。」

他伸出骨感的手，我回握。「你好。」我說。

他的手冰冷有力。我就座，尼克在我身旁坐下。

侍者前來，傑克森·霍爾沒點食物，只是叫了一杯梅克酒，很貴的東西，他的品味很不錯。

「我對妳有個提議，馬亨尼小姐。」傑克森·霍爾搖晃酒杯。「尼加德醫師昨天來找我談過，他說妳能在其他人身上製造某種……在醫學方面十分反常之事。這是真的嗎？」

我一瞥尼克。

「別擔心。」他對我微笑。「他不是賽昂的人。」

「別侮辱我。」傑克森啜飲梅克酒。「我和執政廳之間的距離，宛如生死之差。雖然生死也只是一線之隔，但妳明白我的意思。」

我不確定自己有聽懂。他的舉止顯然不像賽昂官員。

「你是指流鼻血。」我說。

「沒錯，流鼻血，那可真令人著迷。」他的雙手互握，放在桌上。「有沒有別的？」

「頭疼，有時候是偏頭痛。」

「發生那種事的時候，妳是什麼感覺？」

「疲倦、想吐。」

「原來如此。」他打量我的臉，視線冰冷而客觀，似乎看穿我。「妳幾歲？」

「十六。」我說。

「差不多要離開學校的年紀。除非，」他補充道：「有人要求妳上大學。」

「不太可能。」

「好極了。不過呢，年輕人的確很難在城塞找到工作。」他的十指如打鼓般敲敲桌面。「我想給妳一份永久職位。」

我皺眉。「什麼樣的工作？」

「酬勞很高，能保護妳的那種。」傑克森凝視我。「妳知不知道靈視能力是什麼意思？」

靈視能力，不能提起的名詞。我觀察周遭，但沒人注意我們，似乎也沒人在聽我們說什麼。

「反常能力。」我說。

傑克森淺淺一笑。「沒錯，執政廳是這麼說。但妳知不知道**靈視能力**是什麼意思？這個字來自法文。」

「『清晰視力』，算是一種超感應力，能透視被隱藏的東西。」(註28)

「那些東西被藏在哪？」

我猶豫。「潛意識？」

「沒錯，有時候是這樣，但有時候——」他吹熄桌面中央的蠟燭，「藏在乙太。」

我凝視燭火留下的煙霧，感覺被吸引，一陣寒意在我胸腔擴散。「乙太是什麼？」

「『無極』。我們源自乙太、活於乙太，死後也回歸乙太。但並非人人都願意與物質世界分離。」

「傑克森，」尼克俯身過去，壓低嗓門，「這次見面只是引見，不是上課。她才十六歲。」

註28 靈視能力的原文Clairvoyance源自法文，clair對應英文的clear，voyance則是vision，意為「清晰視力」。

「我想聽。」我追問。

「佩姬——」

「拜託。」**我非知道不可**。

尼克的表情變得柔和，坐回椅子，啜飲水杯。「妳自行選擇。」

傑克森挑眉看我們倆，嘴脣一噘，繼續說下去。「乙太是一種更高次元，」他解釋：「與人界次元並存。靈視者——我們這種人——有能力使用乙太。」

我居然跟兩名反常分子同桌吃飯。「怎麼做？」我說。

「噢，方法不勝枚舉，我花了十五年試圖加以歸類整理。」

「可是『使用乙太』是什麼意思？」

提出關於靈視能力的疑問，我得到犯罪般的小小快感。

「就是能跟靈魂交流，」尼克解釋。「亡魂。不同種類的靈視者能以不同方式進行。」

「所以乙太就像死後來生？」

「煉獄。」傑克森說。（註29）

註29　天主教教義中，煉獄（Purgatory）在天堂和地獄之間，是信徒死後靈魂暫時受罰之地，靈魂淨化後便可進天堂。

「死後來生。」尼克說。

「請原諒尼加德醫師——他想婉轉一點，」傑克森啜飲杯中物。「可惜死亡一點也不婉轉。我想教妳到底何謂靈視能力，而不是賽昂那套扭曲說詞。靈視能力是個奇蹟，不是反常行為。親愛的，妳必須明白這點，否則妳的氣場會被他們熄滅。」

侍者把我的沙拉送來時，他們閉上嘴。侍者離去後，我瞥向傑克森。「多說一些。」

傑克森微笑。

「乙太就是賽昂偶爾會提起的『萬物之源』，」他解釋：「無法安息的亡魂之所在。據說血腥國王在一場降靈會中接觸了源頭，因此犯下五起恐怖謀殺，而且讓靈視能力傳染病散播於這個世界。當然那全是狗屁，乙太就只是靈界次元，而靈視者有能力接觸乙太，根本沒有所謂的傳染病，我們這種人向來存在。有些善良，有些邪惡，如果有所謂的邪惡啦——但無論如何，我們不是疾病。」

「所以賽昂說謊。」

「沒錯，切記這點。」傑克森點燃一支雪茄。「愛德華七世或許是開膛手傑克，但我實在不相信他是靈視者，那傢伙太笨拙。」

「我們不知道他們為什麼把一切都怪罪於靈視能力，」尼克說：「只有執政廳知道背後的原因。」

「靈視能力的原理是什麼？」我的肌膚發麻又發燙，我可能真的是反常分子，是他們的一分子。

「並非所有魂魄都乖乖回歸乙太核心，我們認為靈魂就是在那裡接受某種『最終死亡』。」傑克森解釋，我看得出來他說得很起勁。「那些魂魄逗留於人界與靈界之間，我們把處於此狀態的魂魄稱作『遊魂』。它們仍保有自我個性，而且大多能與我們交流。它們只享有某種程度的自由，通常樂意協助靈視者。」

「你是指真正的死人，」我說：「只要拉拉懸絲，它們就隨之起舞？」

「正確。」

「它們為什麼想這麼做？」

「因為它們能因此留在所愛之人身邊，」他嗤之以鼻，彷彿搞不懂它們為何想這麼做。「或是想騷擾的對象。它們犧牲自由意志，換取某種永生不朽。」

我把一大口沙拉塞進嘴裡咀嚼，感覺像在嚼一團溼棉花。

「當然，它們並非一開始就是靈魂。」傑克森敲敲我的手背。「妳擁有肉身，能行走於人界次元，但妳和乙太之間也有某種專屬聯結，我們把它稱為『夢境』——人類心靈之中的祕境。」

「等等，你剛說『我們』，」我說：「我們到底是指誰？靈視者？」

「沒錯，我們是個朝氣蓬勃的社群。」尼克給我一個溫暖微笑。「很隱密的社群。」

「妳能透過靈視者的氣場辨識彼此，尼克就是那樣認出妳，」傑克森似乎因為我聽得津津有味而更興高采烈。「其實人人都有夢境，那裡讓人感覺安心，算是一種**宜人之境**，妳懂的。」

我恐怕不懂。

「靈視者擁有彩色夢境，而一般人則是黑白，他們能在睡夢中看見自己的夢境，因此靈盲者作的都是黑白夢。相反的，靈視者——」

「黑白夢？」

「靈視者**不作夢**，親愛的姑娘，跟靈盲者不同，只有靈盲者享有那種無聊樂趣。靈視者的夢境色彩會穿透肉身，形成一道氣場。同類型的靈視者通常擁有非常相似的氣場，妳以後會知道如何分類。」

「我看得到氣場嗎？」

他們倆對望一眼，尼克從眼中取下兩片隱形眼鏡，我感覺背脊發涼。

「看看我的眼睛，佩姬。」

他不說我也想看。我清楚記得他這雙眼睛，彷彿花田事件昨天才發生。那雙精緻的灰綠色澤、從虹膜放射而出的層層細線。我之前沒注意到的是：他右瞳孔中有一塊鎖孔般的小缺口。

「有些靈視者擁有某種『第三隻眼』，」他靠回椅背。「能看見氣場，也能看見遊魂。妳可能像我一樣只有『部分視靈眼』——只有一個小洞——或像傑克森一樣擁有完整視靈眼。」

為了向我展示，傑克森撐開雙眼眼皮，兩眼都有小洞。

「我沒有。」我說：「所以我是靈視者，卻沒有第三隻眼？」

「很多高階靈視者並沒有視靈眼，妳的天賦無需視靈能力。」傑克森以愉快的眼神看我。「妳能察覺氣場和遊魂，而不是透過視覺。」

「這並不吃虧。」尼克拍拍我的手。「少了視覺輔助，妳的第六感反而更敏銳。」

雖然餐廳溫暖，我還是渾身發涼。我來回看這兩名男子的臉龐。「我是哪種靈視者？」

「我們就是想查出這點。這幾年來，我歸類出七種階級的靈視能力。我認為妳，親愛的女孩，屬於最高階，妳是現代世界極為罕見的靈視者之一。如果我的推論正確——」他從高級皮包掏出一張文件夾，「我希望妳能簽下這份聘雇契約。」他凝視我。「我在這張支票想寫什麼數字都行，佩姬。多少錢才能讓妳留在我身邊？」

我的心臟幾乎衝出肋骨。「先來杯喝的吧。」

傑克森靠向椅背。

「尼克，」他說，「給這位年輕女士來杯梅克酒。她價值非凡。」

第十四章　日出

接下來的幾個晚上，我和衛士沒交談，也沒訓練。每晚只要鐘聲一響，我就立刻出門，從他身旁經過時不看他一眼。他看著我出門卻從不阻止，我有點希望他會阻止，好讓我有理由發脾氣。

有一晚，我想去見莉絲。外頭正在下雨，我非常渴望她的爐臺帶來的暖意，但我不能去，因為我救過衛士。我又救了敵人一命，我沒臉面對她。

沒多久，我找到一個新的避風港、我的私人小天地：霍克摩爾建築階梯處的拱門小室。霍克摩爾想必一度富麗堂皇，但原本的豪華反而讓此刻更顯淒涼，整體氣氛冰冷而沉重，材質破裂，正在等候一個或許永遠不會到來的盛世。這個地方成了我的避難所，我每晚都會來；有時候，如果這裡沒有啃骨族值勤，我會溜進荒廢的圖書館，拿一疊書去拱門小室。這裡有一大堆非法小說，我不禁懷疑賽昂是否把所有禁書送來這裡。傑克森想必會樂意賣掉自己的靈魂以換取這些書——如果他有靈魂。

捐血事件過了四晚，我還是不懂自己當初為何救他。他在玩什麼骯髒把戲？想到我的血在他體內，我感覺作嘔。我實在不願思索自己做了什麼。

我維持窗戶半開，如果有人來抓我，就能聽到他們的動靜，我絕不讓他們在一之五區那般再次偷襲我。我在眾多書櫃之中發現了一本小說《豪門幽魂（The Turn of the Screw）》。外頭下著大雨，所以我選擇待在室內、待在圖書館。我趴在一張書桌底下，點起一盞小油燈看書。外頭的寬街一片寂靜，大多數的戲子開始為兩百週年紀念會進行練習。聽說大法官也會出席，如果他到時沒對我們的精采新人生感到讚賞，恐怕就不會讓這種特殊安排繼續下去，不過他也沒其他選擇。儘管如此，我們還是必須表現出自己多麼有用——就算只是提供娛樂；我們得證明自己的價值稍微高過讓我們接受氮安樂的費用。

我拿出大衛給我的信封，裡面是一張泛黃的筆記本紙頁，我已經看過幾次。彷彿曾有熔蠟倒在紙上，一角因為沾蠟而硬化，中間被燒穿一個洞。某一角是一團模糊塗鴉，原本似乎是一張臉，但現在模糊而扭曲，我只能認出隻字片語。

利菲特是——生物。在——被稱作——裡面——之界限——

能夠——無限時間，但是——新型態，其——飢餓，

無法控制又——能量包圍於傳聞中的——紅花，其——

唯一手段——之本質——唯有透過——

我試圖拼湊這些文字，想找出某種規律。把關於「飢餓」和「能量」的文字拼在一起並不難，但我想不出紅花會是什麼意思。

信封裡還有其他東西，是一塊模糊的銀版照片，一角註明「1842」年。我凝視照片許久，除了黑底白痕之外什麼都認不出。我把信封塞回外袍，吃了一點受潮的乾麵包。眼睛感到疲憊後，我吹熄油燈，以胎兒姿勢蜷縮。

我的腦中滿是謎團：衛士為何受傷？普萊歐妮為何把賽柏的血交給他？大衛為何對我特別感興趣？還有奈希拉，那雙眼睛無所不知。

我逼自己只考慮衛士的事。想到賽柏的血被裝瓶密封、隨時可飲，我又想吐。希望那是他還活著的時候被抽的血，而不是在死後。還有普萊歐妮的事，是她把血液交給衛士，她顯然知道他會感染壞疽，或可能會感染壞疽。她顯然做了安排，準備在情況危急時把人血交給衛士。因為她太晚出現，衛士才決定喝我的血。不管他那晚出去做什麼，顯然早已向她通報。

衛士有祕密，我也有。我試圖隱瞞自己和聯合集團的關係——奈希拉顯然想剷除的組織。如果他能幫我保密，我也願意幫他保密。

我摸摸纏上繃帶的手腕，這道割傷依然拒絕痊癒。對我來說，這道傷口就和烙印一樣醜陋。如果結疤，我將永遠無法遺忘當時的羞愧和恐懼，就像我第一次接觸靈界時感到的恐懼。我害怕我到底有何能力、我可能是什麼樣的人。

想必我不小心睡著。臉頰一陣刺痛，把我帶回現實。

「佩姬！」

莉絲正在搖晃我。我的眼睛紅腫。

「佩姬，妳在這做什麼？已經天亮了，啃骨族正在找妳。」

我抬頭，感覺疲倦無力。「為什麼？」

「因為衛士叫他們找妳，妳應該在一小時前回到莫德林。」

莉絲說得沒錯，天空正在轉成金色。她扶我站起。「妳很幸運，他們沒發現妳在這，這個地方禁止進入。」

「妳怎麼找到我？」

「我以前常來這裡。」她抓住我的肩膀，凝視我的眼睛。「妳必須求衛士原諒妳，如果妳苦苦哀求，他或許不會懲罰妳。」

我差點笑出聲。「求他？」

「只有這個辦法。」

「我絕不求他。」

「他會揍妳。」

「揍就揍。他們得把我抓到他面前。」我瞥向窗外。「如果他們發現我在妳的小窩，妳會不會惹上麻煩？」

「總好過發現妳在這兒。」她揪住我的手腕。「我們快走吧，他們很快就會來這搜查。」

我把油燈和小說踢到一面書櫃底下藏起證據，隨即衝下深色石階回到外頭。空氣芬芳，味如雨露。

莉絲拉住我，直到確認四周安全。我們跑過中庭，穿過潮溼拱門回到寬街，太陽掛於片片屋頂之上。莉絲用力推開兩片鬆開的三夾板，我們溜進貧民窟，她帶我從一群群表演者之中走過。他們拾荒而來的物品散落於通道，似乎小屋被翻得七零八亂。一名男孩斜靠於牆，眼部流血。看到我們走過，他們竊竊私語。

我進入她的小窩，朱利安正在裡頭等候，一碗稀粥擱在大腿上。我們進入小屋時，他抬頭。

「早啊。」

我坐下。「很高興看到我？」

「算是吧。」他朝我微笑。「就算只是因為看到妳就讓我想到：我真的很需要弄個鬧鐘。」

「你不用回去你的住所？」

「我原本正要走，但既然妳來了，我也想湊個熱鬧。」

「你們兩位！」莉絲瞪我們。「他們非常重視宵禁時間，朱利安。你們都會被懲罰。」

我抓抓一頭溼髮。「他們再過多久會找上門？」

「不久。他們很快會再搜查這些小屋。」她坐下。「妳怎麼還不趕快回去？」

她渾身緊繃。「沒關係啦，莉絲，」我說：「我會乖乖受罰。」

「啃骨族很野蠻，他們不會聽妳解釋。我說真的，衛士會宰了妳，如果妳不——」

「我才不在乎他想怎麼做。」聽到這話，莉絲掩面扶額。我轉頭看朱利安，他身上不是初級人員的裝扮，而是粉色外袍。「他們逼你做了什麼？」

「奈希拉問我是什麼身分，」他說：「我說我是手相師，但她顯然發現我根本看不懂她的手相。她把一名靈盲者帶進房間，是個女孩，把她綁在椅子上。我想起賽柏，就問她能不能讓我用水進行透視。」

「你是水占師？」

「不是，但我不想讓她知道我究竟是什麼類型，反正我當時就是那麼判斷。」他揉揉腦袋。「她在一只金碗裡裝了水，叫我去找個名叫安東妮特・卡特的人。」

我皺眉。安東妮特・卡特是四〇年代初期的愛爾蘭名人。我記得她是中年女子，身材瘦削、風格神祕。她當時主持某個電視節目，叫做《東妮說真話》，每星期四晚上播出。她觸碰來賓的手，說能看見他們的未來，用低沉而平穩的嗓音加以描述。二〇四六年，賽昂占據愛爾蘭，節目因此取消，卡特躲了起來。今日，她出版名為《吝畜鬼傑克》的非法小冊，批評賽昂政權的種種惡行。

出於我們不知道的理由，傑克森曾要求里昂跟她聯絡；里昂是製證師，專精於將訊息偷渡出賽昂。我一直不知道那件事後來如何收場，里昂是頂尖製證師，但如果想避開賽昂的保全系統，這需要大量時間。

「她是個通緝犯，」我說：「以前住在愛爾蘭。」

「這個嘛，她現在不在愛爾蘭。」

「你看到了什麼？」他的表情令我不安。「你對奈希拉說了什麼？」

「妳聽了一定不高興。」看到我的表情，他嘆口氣。「我說我看到日晷。我記得卡爾說他在透視時看到日晷，所以我想如果我重複這種說法，應該可以蒙混過去。」

我撇過頭。奈希拉在找傑克森，她遲早會知道那些日晷在哪。

「抱歉，我也很後悔。」朱利安揉揉額頭。「那些日晷為什麼這麼重要？」

「我不能說，抱歉。但無論如何——」我瞥向小屋入口，「絕不能再讓奈希拉聽到關於日晷的情報，否則我的一些朋友會遭受危險。」

莉絲把一塊毛毯披在肩上。「佩姬，」她開口，「我認為妳的朋友有試圖和妳聯絡。」

「怎麼說？」

「戈魅札帶我去拘留所待了一陣子。」她的表情變得僵硬。「我當時待在我的牢房，為了幫他占卜而翻牌，結果被『倒吊人』那張牌吸引。我翻出卡片，發現牌面顛倒，我看到乙太，一名男子的臉龐，他讓我想到白雪。」

尼克。每一名看到尼克的占卜者都是如此形容，說他像白雪。「他傳來什麼訊息？」

「一支電話的圖案。我認為他在試圖查出妳的下落。」

電話。當然——因為他不知道我在哪。他們不知道我被賽昂抓走，雖然一定還在追查。尼克要我打電話給他、讓他知道我平安無恙。

他一定花費數日才找到連接乙太的正確途徑。如果他再試一次，例如透過降靈會，或許就能傳訊息給我。我搞不懂他為什麼把訊息傳給莉絲。他熟悉我的氣場，應該很容易認出。或許是因為藥丸，或是來自利菲特人的某種干擾——但這無所謂。他不會放棄聯絡我。

朱利安的聲音穿過我的思緒：「妳真的認識其他越空者，佩姬？」我轉頭看他，他聳個肩。「我以為第七階是最罕見的靈視者。」

越空者，真沉重的字眼。和占卜者與占兆者一樣，越空者也是靈視者的其中一階，我就是屬於這個類別：能影響乙太或進入乙太。三〇年代起，傑克森（當年跟我現在一樣十九歲）開始把靈視者歸類，寫下《反常能力的價值》，這套分類制度後來如瘟疫般在靈視者社群中擴散。在書中，他歸類出七種階級的靈視者：占卜者、占兆者、靈感者、察覺者、復仇者、守護者及越空者。他指出，最後三階遠比其他類別強大。這是一套解讀靈視能力的新系統，這種能力以前未曾被分類，但「較低階級」的靈視者對此大為不滿，因此引發幫派械鬥，整整持續兩年。傑克森的出版商最後終於回收這本小冊，仇恨卻未因此平息。

「是的，」我說：「我的幫裡只有一位，他是神諭者。」

「看來妳在集團裡的地位一定很高。」

「滿高的。」

莉絲幫我舀來一碗稀粥。就算她對小冊有何看法，此刻並沒有發表。「朱利安，」她說：「我能不能跟佩姬單獨談幾分鐘？」

「沒問題，」朱利安說：「我去看看有沒有紅衣人。」

他離開小屋。莉絲凝視爐臺。「怎麼了？」我問。她拉緊毛毯。

「佩姬，」她說：「我替妳擔心。」

「為什麼？」

「我只是對慶祝會有種不好的預感——妳知道，兩百週年紀念會。雖然我不是神諭者，但我能看到一些事情。」她拿出卡牌。「能不能讓我為妳占卜？我有時候會很想幫特定對象占卜。」

我感到猶豫。我以前只有拿塔羅牌玩遊戲。「如果妳想的話。」

「謝謝。」她把卡牌放在我們之間。「以前有誰幫妳占卜過嗎?占卜者或是占兆者?」

「沒有。」許多人問過我想不想占卜,但我一向不覺得窺視未來是個好主意。尼克偶爾會給我一些提示,但我通常不讓他詳加解釋。

「好,把手給我。」

我伸出右手,莉絲抓住,另一手的指尖伸入卡牌之間,表情顯得格外集中。她抽出七張卡片,面朝下放在地板上。

「我用的是橢圓牌陣。我先觀察妳的氣場,再抽出七張卡片加以判讀。不是所有牌傅在同一張卡片都會做出相同解釋,所以如果我說出的話不合妳胃口,妳可別生氣。」她放開我的手。「第一張會指出妳的過去,我會看到妳的一部分回憶。」

「妳能看到回憶?」

莉絲微微一笑,顯然對這項本領依然感到自豪。「雖然牌占師使用道具,但我們其實不屬於任何類別,就連《反常能力的價值》也承認這點,我認為這是我們的優點。」

她翻開第一張牌。「聖杯五。」她閉上雙眼。「妳很小的時候失去了某個東西。我看到一名褐髮男子,他的幾個杯子傾倒。」

「我父親。」我說。

「是的，妳站在他身後，對他說話，但他沒回應，只是凝視一張圖片。」她沒睜眼，直接翻開下一張卡片，上下顛倒。「這張是指現在，」她說：「權杖國王，逆位。」她噘起紅脣。「他控制妳。就算在此刻，妳還是無法逃離他的掌握。」

「衛士？」

「我不這麼認為。儘管如此，他掌握大權，他對妳有太多期望，妳很怕他。」

傑克森。

「接著是未來。」莉絲翻牌，猛然倒吸一口氣。「惡魔。這張牌象徵絕望、束縛、恐懼——但這都是妳自找的。我看到惡魔所代表的一片黑暗，但我無法看到對方的臉。無論這人以何種力量拘束妳，妳必能掙脫。他們會讓妳以為自己永遠受他們綑綁，但這並非事實，只是為了讓妳認命。」

「妳是指伴侶？」我的胸腔發涼。「男朋友？或是衛士？」

「有可能，我不曉得。」她勉強一笑。「別擔心，下一張會讓妳知道在時機到來時該怎麼做。」

我低頭看第四張牌。

「戀人？」

「是的。」她的聲音變得單調。「我看不出太多訊息，靈魂與肉體之間彼此對抗，太強烈。」她的指尖移向下一張。「外來影響。」

我不知道自己是否還撐得下去。目前只有一張牌傳達正面訊息，但就連那張也充滿痛苦。我真沒料到會看到戀人。

「死神，逆位。對靈視者來說，死神是很正常的卡片，通常出現在『過去』或『現在』，但在這裡，逆位——我不確定。」她的眼睛閃爍。「我看得太遠，景象變得模糊不清，我知道妳的周遭世界將有所改變，妳會盡一切力量抵抗。死神本身以不同方式運作，如果拖延那種改變，妳只是延長自身所受的折磨。

「第六張，妳的希望與恐懼。」她拿起牌，以拇指撫摸。「寶劍八。」

牌上是一名女子，上半身被綑綁，雙眼以布條矇起，立於八柄插地長劍之中。莉絲的肌膚因冒汗而閃爍。「我看到妳了，妳很害怕。」她的嗓音顫抖。「我能看見妳的臉，妳無法移往任何方向，只能受困於原地，一動就會嘗到利劍帶來的痛楚。」

想必這是她見過最慘烈的牌陣，我等不及看最後一張。

「然後是最終結局。」莉絲的手伸向最後一張。「這一系列卡牌的結果。」

我閉上眼，感到乙太震動。

我來不及看到最後那張牌——三人衝進小屋，莉絲一驚。啃骨族找到了我。

「唉唷唷！看來我們終於抓到通緝犯和她的教唆者了。」其中一人揪住莉絲的手腕，硬拉她起身。「替妳的客人占牌？」

「我只是——」

「妳只是私自接觸乙太。」說話的是名女子，口氣惡毒。「一號，妳明知道妳只能為監護者占卜。」

我站起身。「你們要抓的應該是我吧。」

他們三人轉身看我。女孩看來比我年長幾歲，一頭凌亂長髮，眉毛格外顯眼。兩名年輕男子面貌相似，顯然是兄弟。

「沒錯，我們要抓的是妳。」較高的男孩推開莉絲。「妳該不會想反抗吧，四十號？」

「端看你們要帶我去哪。」我說。

「當然是莫德林啊，金髮妞，老早過了天亮時分。」

「我自己回去。」

「我們押妳回去，這是命令。」女孩朝我投以惡毒一眼。「妳違反了規定。」

「妳打算攔住我？」

莉絲搖頭要我別反抗，但我沒理她。我瞪女孩，她咬緊牙根。

「你來動手，十六號。」

十六號雖然較矮，但身材魁梧。他揪住我的手腕，我電光石火般將手臂轉向右方，他的五指因此滑脫，我再以刺拳擊中他的咽喉凹陷處，把他推向他的兄弟。

「我說了我自己走。」

十六號緊抓咽喉。另一名男子衝來，我閃過他的手臂，腿向上一甩，踢中他沒設防的腹部。我的靴子陷入柔軟的脂肪組織，他痛得彎下腰。女孩攻我個出其不意，揪住我的頭髮、用力拉扯，我的腦袋砸上金屬牆面。十六號喘氣發笑，看著他的兄弟把我壓制在地。

「我認為妳需要學學何謂尊重。」他用一手摀住我的嘴，還在喘個不停。「如果我給妳很快上一課，妳的監護者也不會介意，反正他總是不在家。」

他以另一手摸我的胸部。他以為我是無法反抗的獵物，但我可是幫主的直屬門徒。我用額頭撞他的鼻梁，他痛得咒罵。女孩揪住我的兩臂，我咬她的手腕，她失聲尖叫：「妳這賤女人！」

「凱瑟琳，放開她！」莉絲抓住她的外袍，把她從我身上甩開。「妳**到底怎麼回事**？克瑞茲把妳變得這麼殘酷？」

「我長大了，我不想變得跟妳一樣，活在這種糞坑裡。」凱瑟琳朝她吐口水。「可悲的戲子人渣。」

男子流下大量鼻血滴到我臉上，但他沒打算放棄，而是揪住我的外袍，扯出一條裂縫。我朝他的胸膛一推，我的靈魂即將衝出，不過我克制自己，忍耐得因此泛淚。

朱利安出現了。他兩眼充血，臉上一道新傷，想必這三人為了闖進小屋而把他揍了一頓。他用手臂鎖住男孩的咽喉。「你們這幫啃骨族就是喜歡這樣玩？」這是我第一次見到朱利安發火。「他們越是反抗，你們越是興奮？」

「你死定了，二十六號，」男孩呼吸困難。「我一定會讓你的監護者知道這件事。」

「去跟她說啊，老子怕你啊！」

我脫下外袍，雙手顫抖。紅衣男孩舉起雙臂防禦，朱利安以一記猛烈上勾拳擊中他的下顎。血灑上男孩的外袍，紅袍沾染更深的赤紅，半顆牙從他嘴裡飛出。

凱瑟琳出擊，以手背揮上莉絲的臉頰，打得莉絲發出哀號，這令我一驚，想起賽柏那聲哀號——但這次還不遲，我逼自己起身，打算撂倒凱瑟琳，但十六號將我攔腰摔倒。他是個靈感者，卻沒召喚魂魄，他想讓我見血。

「去叫蘇赫。」他咆哮。

這陣騷動引來一群戲子，一名白袍人站在他們之中，我認出那個栗米頭男孩，他是方言師。「快叫蘇赫過來，你這小屁孩，」凱瑟琳吶喊，揪住莉絲的頭髮。「快去叫他，快！」

男孩靜站原地，那雙大眼深邃，睫毛長翹，眼部感染早已痊癒。我朝他搖搖頭。

「不要。」他說。

十六號破口大罵：「叛徒！」

聽到這兩個字，有些表演者連忙逃跑。我推開十六號，外袍底下滿身是汗。我從眼角瞥到一道光。

是爐火。我凝視悄悄爬上木板的火焰。

莉絲掙脫凱瑟琳，朝十六號一推，朱利安把十六號從我們身旁拉走。薄薄一層煙霧瀰漫小屋。莉絲連忙收拾卡牌，但被凱瑟琳壓住腦袋，因此發出模糊尖叫。

「喂，妳看。」凱瑟琳把一張牌遞到我眼前。「這張應該是妳的吧，XX-40。」牌面是一名男子趴倒在地、十劍插身。莉絲試圖奪回卡片。「不！那不是——」

「閉嘴！」凱瑟琳壓住她。我跟十六號拉扯，但被他鎖住咽喉。「沒用的『沾糞屎』賤貨。妳以為妳的日子難過？妳以為跳舞給他們看的日子難過？妳有沒有想過我們在外頭被巴吱怪生吞活剝？」

「妳不需要回去外頭，凱瑟——」

「閉嘴！」凱瑟琳把莉絲的腦袋砸在地上，已經憤怒得根本不在乎這裡失火。「每晚我都在外頭看著同伴的手臂被扯掉，就為了不讓厄冥族進來這裡扯掉你們的垃圾腦袋，結果你們能做的就是蹲在這玩牌。我永遠不會再跟妳一樣，聽見了嗎？利菲特人更懂得欣賞我的能力！」

朱利安把十六號拉到外頭。我伸手想抓卡片，卻被凱瑟琳搶先一步。「好主意，四十號，」她幾乎因為憤怒而歇斯底里。「咱們來給這黃袍垃圾一個教訓。」

她把整疊卡牌丟進火裡。

卡牌瞬間著火。莉絲發出淒厲尖嘯，我從沒聽過人類發出這種聲音，因此嚇得汗毛豎起。卡牌如枯葉般燃燒，莉絲試圖抓回一片，但被我揪住手腕。「太遲了，莉絲！」

但她不聽勸，還是把指頭探進火焰，不斷喘道：「不，不。」

燃料只有傾倒的少許煤油，這場火很快熄滅。莉絲跪在地上，雙手紅腫，凝視火災現場。她的臉蒼白如灰，嘴唇發紫，因心碎而啜泣，搖晃身子。我抱住她，麻木地凝視火焰。她的嬌小身軀不住顫抖。

沒了卡牌，莉絲就無法接觸乙太，她必須打起十二萬分精神才能從這場打擊恢復過來。

凱瑟琳揪住我的肩膀。「如果一開始乖乖跟我們走，就不會發生這種事。」她擦掉鼻血。「起來。」

我看著凱瑟琳，用我的靈魂稍微接觸她的心靈，她嚇得連忙後退。

「別過來。」我說。

煙霧令我雙眼灼痛，但我沒轉開頭。凱瑟琳試圖發笑，但鼻血開始流下。「妳這個怪胎。妳是啥？某種復仇者？」

「復仇者不能影響乙太。」

她收起笑聲。

一道模糊尖叫從外頭傳來，蘇赫從受驚的戲子之間推擠入內，目睹濃煙和一團混亂。凱瑟琳單膝跪下，低頭向他鞠躬。

我站著不動。蘇赫揪住我的頭髮，把我的臉拉到他面前。「妳，」他說：「今天會死。」

看到他的雙眼轉紅，我知道他說到做到。

第十五章 破冰

蘇赫揪著我的手腕，把我拖進大門，日間守門人目不轉睛地看著這一幕。我的咽喉部位紅腫，臉頰帶有血痕。他把我拉上樓，用力敲衛士的房門。

「奧古雷斯！」

我的耳朵嗡嗡作響。莉絲說過，如果我天亮之前沒回到住處，衛士會宰了我。他對我反抗拘捕會做何感想？

房門開啟，在昏暗光線下，衛士化為一道巨幅剪影，眼睛呈兩道光點。我整個人僵住。因為氣場被吃，我大受影響，完全感覺不到乙太。如果他現在想殺了我，我將無力阻止。

「我們發現她躲在貧民窟，」蘇赫拉我上前。「這唯恐天下不亂的小矮子居然還縱火。」

衛士來回看我和蘇赫，證據顯而易見：蘇赫的眼睛，還有我滿臉是血。

「你吃了她的氣場。」衛士開口。

「我有權這麼做。」

「但她例外，而且你吃太多。你如此缺乏自制，嫡系族長將會大為不悅。」

我看不到蘇赫的臉，但我猜他在冷笑。

在接下來的沉默中，我發出乾燥又急促的咳嗽，渾身打冷顫。衛士的視線移向我的外袍裂縫。

「誰下的手？」

我不發一語。衛士彎腰，臉湊到我面前。「誰下的手？」他的嗓音把一股寒意傳進我的胸腔。「紅衣人？」

我的腦袋微微一點。衛士抬頭看蘇赫：「你值勤時居然放任紅衣人隨意侵犯其他人類？」

「我才不在乎他們採取什麼手段。」

「我們不希望他們生育，蘇赫。我們沒時間也沒方法處理孕婦。」

「他們吞的藥丸有絕育作用。更何況，他們交媾與否，那是監督的問題。」

「你必須照我說的做。」

「那當然。」蘇赫以駭人紅眼看我。「但回到正題，四十號，向妳的主人懇求原諒。」

「不要。」我說。

他摑我一掌，我被打得撞上一旁牆壁，眼冒金星。「向妳的主人懇求原諒，XX-59-40。」

「你揍人還真沒力。」

做為回應，他將手高高舉起，卻在下手前被衛士攔住。「我會私下處理她，」他說：「你無權懲罰她。去把監督叫醒，讓他去收拾爛攤子，我不允許白晝時間被這種事影響。」

兩人互瞪一眼，蘇赫輕聲低吼，隨即轉身，衛士目送他離去。片刻後，衛士把手按在我的肩上，帶我進入房間深處。

他的住處跟先前一樣：窗簾拉起、壁爐生焰。留聲機唱出老歌〈桑德曼先生〉，床鋪顯得格外溫暖，我累得只想躺下，但我不想在他面前示弱，我不能倒下。衛士把門鎖上，坐到扶手椅上。我耐心等候，卻因為蘇赫那巴掌而搖搖欲墜。

「過來。」

我別無選擇。衛士抬頭看我，雖然坐著仍幾乎跟我一樣高。他的眼神黯淡而清澈，宛如淡黃綠的甜酒。

「妳有自殺傾向，佩姬？」

我默不作聲。

「我不在乎妳對我的看法，但城中有些規矩妳非遵守不可，其中之一就是宵禁。」

我還是沒回應，我才不讓他嚇到我。

「動手的紅衣人，」他說：「什麼模樣？」

「深金頭髮，二十多歲。」我的嗓音粗啞。「還有另一個男生，長得有點像他——十六號。還有個女的，凱瑟琳。」

說話的同時，我的腸胃抽筋。向利菲特人打小報告像在犯罪，但想起莉絲的悲痛表情，我下定決心。

「我知道他們是誰。」衛士凝視爐中火焰。「那兩個男的是兄弟，都是靈感者，XIX-49-16和XIX-49-17，比妳年幼許多時就被帶來這裡。」他的雙手互握。「我會確保他們永遠不敢再動妳。」

我應該謝他，但我沒開口。

「坐下，」他說：「妳的氣場會自我恢復。」

我在對面的扶手椅癱坐，肋骨開始發疼，兩腿痠痛。衛士看著我。

「渴不渴？」

「不渴。」我回答。

「餓不餓？」

「不餓。」

「妳一定餓了，表演者那種稀粥百害無益。」

「我不餓。」

這是謊話。稀粥其實跟水差不多，我的腸胃迫切需要濃稠而溫熱的食物。「真可惜，」衛士指向床頭櫃。「我幫妳準備了些東西。」

我進來的時候就已經注意到，我原以為那是他自己要吃的，但後來想起他是靠什麼維生，他當然用不著那些食物。

看我沒動，衛士起身，把餐盤和沉重的銀質餐具端來我的大腿上。我低頭觀察這份膳食，光看就令我眼花撩亂、咽喉灼痛。幾顆半熟水煮蛋對半切開，流出溫熱的金色蛋黃；一只玻璃盤裡盛有大麥米，灑上松子以及如縞瑪瑙般閃耀的大顆黑豆；一顆剝皮洋梨，浸於白蘭地；一把肥碩紅葡萄；塗抹奶油的全麥麵包。

「吃吧。」

我握起雙拳。

「妳不能不吃東西，佩姬。」

我實在很想頂撞他、把盤子砸在他臉上，但我已經虛弱得腦袋發昏、口乾舌燥，只想把這些該死的東西吃乾抹淨。我拿起湯匙，吃下一大口麥米，豆子溫熱，堅果清脆甘甜。我渾身放鬆，腹部痛楚開始消退。

衛士坐回椅子，無聲看著我享用大餐，我能感覺到他強光般的視線。吃完後，我把餐盤放在地上，白蘭地的餘香在我舌尖徘徊。

「謝謝你。」我說。

我原本不想道謝，但總不能什麼都不說。他的指尖敲敲扶手。

「我想明晚繼續訓練妳，」他開口：「妳是否表示反對？」

「我根本沒得選。」

「如果讓妳選呢？」

「我無權選擇，」我說：「所以無所謂。」

「我是說『如果』。如果妳能選擇、能控制自己的命運，妳是否願意繼續接受我的訓練？還是直接參加下一場測驗？」

我咬住舌頭，不讓自己吐出惡言惡語。「我不知道。」我說。

衛士往壁爐添加柴火。「妳想必陷入兩難。妳的道德觀說『不要』，但妳的生存本能說『要』。」

「我老早學會戰鬥，我比外表看來更強。」

「確實如此，妳跟監督的追逐戰證明了妳的力量，妳的天賦也確實非常珍貴——就連利菲特人也無法料到自己的夢境會遭受外來靈魂入侵，妳擁有攻其不備的優勢。」火光在他眼中舞動。「但妳必須先超越自身限制。妳很難脫離軀殼，其實這是有原因的，因為妳控制自己的一舉一動，妳的每一條肌肉總是隨時繃緊、準備逃跑，彷彿在周遭空氣中察覺到威脅。我看不下去，這比目睹一隻野鹿被獵捕更令人難受，起碼野鹿還能逃去同伴那裡。」他俯身向前。「而妳的同伴在哪，佩姬．馬亨尼？」

我不知道該如何回答。我明白他的意思——但我的同伴就是傑克森和其他成員，我絕不能將他們的事情洩漏出去。「我不需要同伴，」我說：「我是獨行狼。」

這話騙不倒他。「誰訓練妳爬牆？誰教妳開槍？誰協助妳讓靈魂出竅、深入乙太？」

「自修。」

「騙子。」

他把手伸到椅子底下。我的胸腔緊繃——他拿出我的緊急背包，其中一條背帶只剩幾縷細絲。

「妳在試圖逃離監督那晚差點喪命，妳之所以沒死，只是因為在妳失去意識時，這個袋子剛好勾住一條晒衣繩，沒讓妳直接摔在地上。聽到這個消息時，我就對妳特別感興趣。」

他拉開背包拉鍊，我咬牙，裡面是我的私人物品，這傢伙居然亂碰。

「奎寧，」衛士邊翻邊說：「腎上腺素，摻有中樞神經刺激劑和咖啡因。基本醫療用品、安眠藥，甚至槍械。」他拿起手槍。「妳那晚還真是準備齊全，佩姬，其他人都沒像妳這般有備無患。」

一股寒意在我的肋骨後方擴散，我沒看到那本小冊。不是被他藏在別的地方，就是落在別人手上。

「妳的身分證寫著妳在氧吧擔任服務生，我聽監督描述過賽昂城塞的狀況，那種工作的薪水很低。我因此有理由推測，妳不是自行購買這些物資。」他停頓。「所以是誰買的？」

「關你屁事。」

「從妳父親那裡偷來？」

「我不會再對你說一個字，我之前的人生跟你無關。」

衛士似乎沉思片刻，將視線對準我。

「妳說得沒錯，」他說：「但妳現在的人生由我掌管。」

我的指甲深陷扶手。

「如果妳對『生存』這項概念保持開放態度，我們明天就恢復訓練。但妳必須另外遵守一項指示。」他朝我的椅子點個頭。「每晚，妳必須待在那張椅子至少一小時，跟我說話。」

這幾個字自動從我嘴裡跳出：「寧死不從。」

「噢，不會有人攔妳去死。我知道你們人類如果抽太多紫翠菊菸就會被困於夢境，身體因脫水而乾枯。」他朝門口點個頭。「去吧，如果妳想去死，別回頭，我沒理由讓妳繼續受折磨。」

「嫡系族長不會生氣？」

「或許會。」

「你在乎嗎？」

「奈希拉是我的未婚妻，不是我的監護者，她不能決定我如何對待我的人類手下。」

「那你打算如何對待我？」

「把妳當徒弟，而非奴隸。」

我轉過頭，咬緊牙。我不想當他的徒弟，我不想變成他這種渾蛋，更不想背叛我的同族。

我的乙太感知開始恢復，感官微微發麻。「如果你把我當徒弟，」我說：「那我要把你當師父，而不是主人。」

「很公平。但是師父理應受到尊重，妳應該尊敬我，而我要求妳每晚以禮貌的態度陪我一小時。」

「為什麼？」

「妳擁有隨意漫步於乙太和人界之間的潛力，」他說：「但若妳學不會平心靜氣，尤其在大敵當前之際，就很難發揮力量。在這座城中，如果無法掌控自身力量就活不了多久。」

「你不希望我早死。」

「沒錯，我認為對你們這種單一生命體來說，早死是一種極大浪費。妳擁有強大潛力，但妳確實需要接受指點。」

他這番話令我腸胃糾結。我本來就有師父，傑克森．霍爾。

「讓我考慮考慮。」我說。

「沒問題。」他起身，再次讓我意識到他有多高，我的身高根本不及他的肩頭。「別忘了，妳確實有選擇。但為師的建議妳，回想一下提供這些裝備的那人。」他一甩手腕，把沉重背包丟給我。「對方會希望妳死得輕如鴻毛？還是看到妳奮戰到底？」

冰雹砸在塔頂上，我的雙手在煤油燈上方揉搓，嘴唇和指尖凍得發麻。

我必須考慮衛士的提議。我不想跟他合作，但我必須學會如何在這裡生存——至少撐到讓我想出辦法逃回倫敦，回到尼克和傑克森身旁，回去成天躲避警戒者的日子，回去搞靈罪、想辦法從蒂迪恩．韋特身上騙取魂魄，去惹毛漢克特那幫爛咖。那就是我想要的人生。如果學會操控能力，或許我能更快離開這個鬼地方。

傑克森常說，身為夢行者並非只是擁有更強大的第六感。我擁有能走進任何地方、甚至他人夢境的潛力，殺害地鐵警衛就證明了這點。衛士或許能教我更多——但我真的不想拜他為師。他是我的天敵，這點無庸置疑，但他確實觀察我許久，包括我的姿態、恐懼和緊張，傑克森也總是叫我放輕鬆、讓自己隨意漂流。然而，這並不表示我能信任衛士，畢竟是他把我鎖在這冰冷黑暗的房間。

在微弱燈光下，我清空背包，大多數的物品還在：針筒、其他設備，甚至我的槍。當然了，沒彈藥，針筒內也空空如也，手機被沒收。另外只有一樣東西失蹤：《反常能力的價值》。

我渾身一陣寒意。如果他把小冊給了奈希拉，她應該老早抓我去問話。利菲特人或許以前看過那本小冊，卻從沒看過我這本。

我躺回床墊，查看身上的瘀傷，然後把被單拉到頸部，床墊中的斷裂彈簧陷進我的肩膀。我的腦袋在短時間內挨了三下，我也早已體力耗盡。我瞥向鐵條之間的窗外世界，希望答案能從中顯現——當然什麼都看不到，除了必定到來的暮光。

太陽西沉，夜鐘響起，我已習慣這種鐘聲，就像鬧鐘。換好衣服時，我做出棘手決定：如果還受得了，我會試著再跟他訓練。雖然還得忍受跟他對談一小時，但我能應付，反正我打算在那一小時內拚命說謊。

衛士在房門邊等待，上下打量我。

「做出決定了嗎？」

我保持距離。「是的，」我說：「我會繼續跟你訓練，前提是彼此都同意『你不是我的主人』。」

「妳比我預料的更明智。」他遞來一件黑外套，長袖以粉紅繫帶圍繞。「穿上，這在下一次測驗用得上。」

我換上黑外套，繫好帶子，內襯厚實保暖。衛士伸出一手，掌上是三顆藥丸，我沒拿。「綠色那顆是什麼？」

「妳不需要知道。」

「我想知道那顆到底做什麼用，其他人都沒有。」

「這是因為妳跟他們不一樣。」他沒抽手。「我知道妳沒吃藥，我不介意強逼妳吞下。」

「你敢就試試看。」

他凝視我的臉，我的肌膚發麻。「我不想走到那一步。」他說。

我即將輸掉這場氣勢之爭。這可說是罪犯的本能，就像在跟蒂迪恩爭奪安妮・奈勒的魂魄——在黑市的討價還價。衛士願意在某些方面退讓，但某些方面堅持到底。我提醒自己，明天一定要把綠藥丸拿去給杜凱。

我喝水吞下藥丸。衛士用戴手套的手抬起我的下巴。

「吃藥有其必要。」

我轉頭掙脫。他凝視我片刻，然後打開門，我跟他走下螺旋階梯，進入迴廊，一堆噁心石像俯視中庭。氣溫下降，中庭因此覆以薄薄一層冰霜。為了盡量保持體溫，我把雙臂交叉於胸。衛士帶我離開宅邸，卻沒來到大街，而是到莫德林側面，穿過一道鍛鐵門，走過一座天橋，橋下是一條鉻綠色的小河，耀眼月光映於河面。冰雹已停，滿地碎冰。

沿一條泥徑行走時，衛士捲起一邊袖子，我第一次幫他處理的那道傷口滲出液體。傷口雖然開始結疤，但尚未完全癒合。

「牠們有毒嗎？」我說：「巴吱怪。」

「厄冥體內有一種傳染病，名為『半慾』，如果不加以治療，會使我們瘋狂至死。厄冥嗜吃所有種類的血肉，無論新鮮或腐壞。」

就在我眼前，傷口開始復原。「你怎麼做到的？」我因為好奇而放下戒備。「傷口正在癒合。」

「我正在使用妳的氣場。」

我一愣。「什麼？」

「想必妳已經知道利菲特人以氣場為食。如果氣場宿主沒注意，我要進食就容易許多。」

「你剛剛吃了我一口？」

「是的。」他打量我的表情。「看來妳不高興。」

「怎麼可以隨便亂吃人家？」我轉身離開他，深感厭惡。「你已經奪走我的自由，沒權利再碰我的氣場。」

「我沒吃多少，不會影響妳的能力。我在人類身上都是小口覓食，讓氣場有時間再生，其他利菲特人可沒這麼有禮，而且我說真的——」他放下袖子，「妳絕不會希望我在妳身旁時發作『半慾』。」

我盯著他的臉，他接受我的盤查，一動不動。

「你的眼睛，」我凝視他的雙眼，令我著迷又討厭。「會變色是因為這個原因。」

他沒否認。他的眼睛不再呈淡黃，而是微微發光的暗紅，色澤與我的氣場相同。

「我無意冒犯，」他說：「但我非吃不可。」

「為什麼？因為你說了算？」

他沒回答，只是繼續前進，我跟上。想到自己被他吃了一口，我只覺得反胃。

走了幾分鐘，衛士停步。一片泛青薄霧浮於周遭，我拉起領子。「妳也感覺到了，」衛士說：「寒意。妳有沒有想過，為什麼這裡初春還會結霜？」

「這裡是英格蘭，本來就很冷。」

「不應該這麼冷，妳自己感覺看看。」他抓起我的一手，摘下手套，我的指尖在刺骨寒風中彷彿被灼傷。「附近有一道冷源。」

我戴上手套。「『冷源』？」

「是的，當某個魂魄在原地停留太久，就會在乙太和人界之間產生一道裂口，稱作『冷源』。難道妳從沒注意到魂魄在場時有多冷？」

「應該吧。」魂魄確實讓空氣降溫，但我對此未曾多想。

「魂魄本來就不該在乙太和人界之間逗留。為了維持自身存在，它們必須抽取熱能。第一冥府周遭有許多冷源，這裡的靈界活動遠比城塞中頻繁，因此厄冥族被我們吸引，而不是被倫敦那些靈盲者。」衛士指向前方的堅硬土壤。「妳認為要怎麼找出冷源的中心點？」

「大多數的靈視者能看見靈魂，」我說：「他們有第三隻眼。」

「可是妳沒有。」

「的確。」

「沒有視靈眼也辦得到。有沒有聽說過杖占術？」

「聽說那沒屁用。」我回答，傑克森如此跟我嘮叨過不知道多少次。「杖占師說他們無論在哪裡都能找到回家的路。如果迷路，他們就把法器丟在地上，魂魄會讓法器指往正確方向，但那其實根本行不通。」

「確實行不通，但並非『沒屁用』。沒有任何靈視能力是毫無用處的。」

我的臉頰泛紅，其實我不太相信杖占術真的沒用，只是傑克森不斷如此宣稱。想替傑克森．霍爾工作，就不能不接受他的觀點。

「既然如此，用處為何？」我問，衛士看著我。「你不是我師父嗎？快傳道解惑吧。」

「很好，既然妳有心向學。」衛士繼續往前走。「杖占師大多認為法器倒地時會指向回家的路、被埋起的寶藏——或是其他目標物，結果到最後只是被這種做法逼瘋，因為法器指向的不是黃金，而是最近一道冷源的中心點。有時他們行走數哩卻一無所獲，但他們其實找到祕密入口，只是不知道如何開啟。」

他停步。我在發抖，空氣稀薄冰冷，我的呼吸更深也更辛苦。「活人不容易承受冷源，」他說：「來。」

他遞來一只銀色的金屬旋蓋水壺，我低頭查看。

「這只是水，佩姬。」

我喝下，我渴得無法拒絕。他拿回水壺收好，水讓我的腦袋恢復清醒。我們所站的地面冰封堅硬，彷彿時值嚴冬，我咬緊打顫的牙根。製造出冷源的那縷魂魄就在一旁飄蕩，並沒接近我們。衛士在冰塊邊緣蹲下，將小刀拔出、貼在手臂上。我走上前。「你做什麼?」

「開啟通道。」

他用刀子劃過手腕，三滴靈質落於冰面，冷源從中分裂，空氣化為白煙。一道道輪廓在我周遭成形，還有呢喃聲。**夢行者**，**夢行者**。我摀住兩耳，根本擋不住聲音。**夢行者**，**別進去**，**快回頭**。然後我抬頭，我又被黑暗包圍。

「佩姬？」

「怎麼回事？」我又暈又頭疼。

「我開啟了冷源。」

「用你的血。」

「沒錯。」

他的手腕已經停止滲血，兩眼依然呈暗紅，我的氣場仍在幫助他的傷口加速復原。「所以你能『開啟』冷源？」我問。

「妳不能，我能。」

「因為冷源通往乙太。」我停頓。「你能透過冷源進入冥界？」

「沒錯，我們就是透過冷源來到這裡。妳可以這樣想像：乙太和你們的世界——陽界——之間有兩層帷幕，冥界存在於兩層帷幕之間，是『生』與『死』之間的中介狀態。當杖占師找到一個冷源，其實也就是找到在兩層帷幕之間移動的通道，能進入我的家園、利菲特人王國。」

「人類能去嗎？」

「妳試試。」

我抬頭看他，他朝冷源點個頭。我站上冰塊，沒出現任何反應。

「沒有任何人界物質能在帷幕另一側生存，」衛士說：「妳的身體無法穿越入口。」

「杖占師呢？」

「他們也是肉身。」

「那現在何必開啟？」

太陽消失。「因為時機恰當，」他說：「能讓妳看到冥界。妳不能進去，但能窺視其中。」

我的額頭開始冒汗。我踩上冰塊，開始感覺到四處都是魂魄。

「夜晚是魂魄的領域。」衛士仰頭望月。「現在是帷幕最薄之時，妳可以把冷源想像成布料中的裂縫。」

我凝視冷源。不知道為什麼，它令我的靈魂顫抖。

「佩姬，今晚妳有兩項任務，」他轉身看我。「兩項都會將妳的理智推向極限。如果我說這兩項任務會幫助妳，妳是否相信我？」

「不太相信，」我說：「但我們開始吧。」

第十六章 任務

衛士沒說要帶我去哪，只是帶我沿另一條小徑而行，進入莫德林的空曠場地。我能感覺魂魄無所不在、棲息於風與水之中——生前曾在此生活的逝者亡魂。我聽不見它們，但因方圓一哩內有一道冷源，我能清楚察覺魂魄的存在，彷彿它們是活生生的人。

雖然心不甘情不願，但我還是緊跟在衛士身後。如果哪縷魂魄不懷好意，想必他比我更有辦法輕鬆擊退。

我們持續前進，離莫德林的燈火越來越遠，周遭也越來越暗。衛士一直沉默不語，我們踏過一片溼潤草原，這裡雜草叢生、深及膝蓋。「我們要去哪？」我問，我的鞋襪早已溼透。

衛士沒回應。

「你說過我是你的徒弟，不是奴隸，」我說：「我想知道我們到底要去哪。」

「郊外。」

「為什麼？」

他又默不作聲。

夜晚持續降溫，冷得反常。感覺彷彿過了幾小時，衛士終於停步，指向某處。

「那裡。」

我一開始沒看見，等瞳孔適應後，那隻動物的輪廓才在昏暗月光下現形。那是一隻四條腿的生物，毛皮滑順如絲，喉部潔白如雪，臉部狹長，眼眸烏黑，鼻頭又小又黑。我和牠彼此對望，不知道誰更感到驚訝？

那是一隻母鹿。上一次看到鹿是我還住在愛爾蘭的時候，爺爺奶奶曾帶我去加爾蒂山脈，兒時回憶浪潮般襲來。

「牠真美。」我說。

衛士走上前，牠身上的繩索另一端綁在一根柱子上。「牠名叫努菈。」

「愛爾蘭人才會取這種名字。」

「沒錯，是『菲奧努菈』的簡稱，意思是『白色肩膀』或是『美麗肩膀』。」

我的視線移回牠身上，牠頸部兩側的毛髮各有一大片白斑。「誰給牠取的名字？」

在賽昂管轄範圍內，沒幾個人敢給小孩或寵物取愛爾蘭的名字，就怕被當成「茉莉暴徒」的同情者。

「我。」

他鬆開努菈的頸部項圈，牠用鼻尖輕輕頂他。我以為牠會跑走，但牠只是站在原地，抬頭看衛士。他用某種怪異語言對牠說話，撫摸牠的頸部白毛，牠似乎真的在仔細傾聽，而且聽得入迷。「想不想餵牠吃東西？」衛士從袖子掏出一顆紅蘋果。「牠特別喜歡這個。」

他把蘋果丟給我。努菈的視線移向我，鼻尖抽動。「動作輕一點，」衛士說：「牠很容易受驚，尤其是附近有冷源時。」

我不想嚇到牠——但如果牠不怕衛士，又怎麼可能怕我？我遞出蘋果，牠朝這顆水果嗅聞幾下。衛士說了幾個字，牠立刻一口搶走蘋果。

「別見怪，牠很餓。」他撫摸牠的頸子，又給牠一顆蘋果。「我很少有機會見牠。」

「牠不是住在莫德林區？」

「沒錯，但我還是必須小心，城中不許有動物存在。」

「那為何留牠？」

「為了陪我，也為了妳。」

「為了我。」我重複這個說法。

「牠一直在等妳。」他在一塊扁石坐下，讓努菈漫步走向樹林。「妳是夢行者，這個身分對妳來說有何意義？」

他帶我來這裡，不是為了讓我餵鹿。

「我能融入乙太。」我說。

「說下去。」

「我能感知遠方夢境，還有整體的乙太動態。」

「完全正確，這就是妳的原生天賦，基本上就是對乙太格外敏感，其他靈視者大多沒有這種察覺力。這種能力源自妳的『銀繩』，它擁有彈性，能讓妳將自身靈魂從夢境核心抽離，擴展妳對世界的感知力。其他靈視者如果這麼做，大多會因此發瘋。我們在草原訓練那天，我鼓勵妳把靈魂推進我的夢境、攻擊我的心靈。」在昏暗光線中，他的眼眸亮如餘燼。「妳擁有的潛力，讓妳不只能察覺乙太，還能影響乙太，甚至影響其他人。」

我沒答話。

「我猜妳以前曾利用這種能力傷人，或許在他們的夢境施加壓力。他們可能出現一些症狀，像是流鼻血、視線扭曲——」

「嗯。」

他老早知道，我也無需否認。

「列車那次事件出現某種變化，」他繼續說道：「妳的生命受到威脅，妳怕被抓，那是妳生平第一次釋放體內那股力量。」

「你怎麼查到的？」

「我們取得一份報告，一名地鐵警衛被殺——現場卻沒血跡、沒凶器、屍體沒任何傷勢。奈希拉立刻知道那是夢行者下的手。」

「也可能是騷靈。」

「騷靈一定會留下傷痕，妳很清楚這點。」

我的左掌疤痕感覺格外冰冷。

「奈希拉想活捉妳。」衛士說：「守夜者抓人的手段總是笨拙又暴力，跟我們的紅衣人差不多，大約一半的逮捕事件以目標死亡收場，那種事絕不能發生在妳身上，妳不能受到任何傷害。奈希拉因此派出監督，他是捉拿靈視者的專家。」

「為什麼留我活口？」

「因為她想查出妳的祕密。」

「哪有什麼祕密？我確實是夢行者。」

「那是奈希拉想擁有的能力，她渴望取得罕見天賦，包括妳的天賦。」

「那她為何不動手？她殺掉賽柏的時候大可順手宰了我，何必多等？」

「因為她想摸清楚妳的能力極限，但她不會等太久。」

「我可不想跳舞給你看，」我說：「我還不是戲子。」

「我沒叫妳跳舞，那麼做有何意義？我在禮拜堂見識過妳的能耐，妳把自身靈魂強行推入亞露卓的心靈。草原那天也是，妳的靈魂攻入我的心靈。但是，告訴我——」他俯身靠來，紅眼在黑夜中格外熾烈，「妳當時能不能占據我們的心靈？」

我們倆一陣沉默，直到一隻貓頭鷹的尖細啼鳴傳來，我不禁抬起頭，看到被雲朵擁抱的明月。有那麼短暫一刻，我回到傑克森的辦公室，那是我們第一次談起「附身」這個話題。

「親愛的，」傑克森說：「妳實在大放異彩，不，妳根本是顆明星。無庸置疑，妳絕對價值非凡，宛如即將爆發的封印——但現在我想給妳一項新任務，這將測試妳的能耐，卻也會讓妳感到充實。」他叫我把自身靈魂推進他的心靈，看看能不能控制他的軀體。這項提議令我震驚，我只有隨便試試，但他的心靈複雜得令我無法摸索。「真可惜，」他吐口雪茄菸，「但還是值得一試，親愛的。妳可以退下了，我還有約會。」

或許我真的做得到。如果我努力嘗試，當時或許能占據傑克森的身體、按熄那支臭雪茄，但這種能力實在令我害怕。控制他人，這將是非常沉重的責任，重得令我無法承擔，就算能因此加薪。我只想在倫敦的眾多心靈之間漫步，絕不想控制其中任何一位，不管給我多少錢。

「佩姬？」

我回到當下。「不，」我說：「我無法占據亞露卓的心靈，或是你的。」

「為什麼？」

「反正我無法控制其他人，尤其是利菲特人。」

「妳想不想那麼做？」

「不想，你也逼不了我。」

「我沒打算逼妳，我只是想提供一個機會。就像你們人類常說的，能幫助妳『開拓視野』。」

「代價是給別人造成痛苦。」

「如果附身過程一切順利，應該不會產生任何負面作用。我沒要妳附在人類身上，尤其不是今晚。」

「那你要我怎麼做？」

他瞥向一方，我順他的視線看去。那隻母鹿正在用蹄輕推野花，看著花朵點頭。

「努菈。」我說。

「沒錯。」

我看著牠低頭嗅聞一小塊草地。我從沒想過附在動物身上，動物的心靈和人類非常不同——牠們沒那麼複雜，自我意識也比較低，卻可能因此增加難度，我可能根本無法將自己的人類魂魄塞進動物軀體。如果進入動物夢境，我是否還能以人類方式思考？還有其他考量：這麼做會不會傷害那隻鹿？牠會不會試圖抵抗我的侵入？還是讓我長驅直入？

「我不確定這麼做是否妥當，」我說：「牠的體積龐大，我可能無法控制牠。」

「我去找更小的動物。」

「你這麼做到底有什麼目的？」看他默不作聲，我說下去：「你說你只是想提供機會，態度卻是死纏爛打。」

「我承認，我希望妳接受這個機會。」

「為什麼？」

「因為我希望妳能生存下去。」

我凝視他片刻，試圖看穿他，但是做不到。利菲特人的臉龐有某種特性，讓我猜不透他們的情緒。「好吧，」我說：「更小的動物，昆蟲、老鼠，或是鳥類，靈性有限的那種。」

「沒問題。」

他正準備轉身，又停下腳步，瞥我一眼，從口袋掏出某物——串上細鍊的墜飾。

「把這戴上。」他說。

「為什麼？」

但他已經離去。我在一塊岩石坐下，逼自己別緊張得打顫。我猜傑克森對此會點頭表示同意，不過尼克未必有同感。

我低頭凝視墜飾，這東西跟我的拇指差不多大，造型是一對翅膀。我以指尖撫過時，乙太微微震動，看來這東西經過昇華。我戴上項鍊。

不久後，對草地不再感興趣的努菈回來這裡。我縮在岩石邊，雙手插在外套口袋深處。氣溫低得要命，我的吐息化為朵朵白雲。「哈嘍。」我對努菈打招呼，牠聞我的頭髮，彷彿想弄清楚那是什麼東西，然後彎起四腿，依偎在我身旁，把腦袋枕在我的膝上，似乎因為滿足而悶哼一聲。我摘下手套，撫摸牠的雙耳，牠的毛皮散發麝香味。我能感覺到牠的心跳，沉穩有力。我未曾如此接近野生動物，我試著想像身為這隻小鹿會是什麼感覺：以四腿站立，在林中過著原始生活。

但我不是野生動物，我在賽昂城塞生活超過十年，早已不剩任何野性。我猜這就是我加入傑克森陣營的理由——為了緊抓一絲過去的自我。

過了一會兒，我決定稍做嘗試。我閉上眼，讓自己的靈魂飄出。努菈的夢境並無設防，而是如泡沫般薄弱。人類會隨著年歲漸長而在夢境周遭設下層層防禦，但動物沒有那種情緒盔甲。理論上來說，我能控制牠。我以極輕勁道推動牠的夢境。

努菈緊張得噴出鼻息，我連忙摸摸牠的耳朵、予以安撫。「抱歉，」我說：「我不會再那樣對妳。」片刻後，牠的腦袋躺回我的大腿，但身子打顫，牠不知道剛剛是我傷害牠。我輕搔她的咽喉。

衛士回來時，我幾乎睡著。他輕拍我的臉頰，把我弄醒。努菈抬頭，衛士對牠說了一個字，牠又安心睡去。

「來吧，」他說：「我幫妳找到新的實驗對象。」

他在石面坐下，他在月光下的模樣令我一愣：輪廓完美、五官堅毅、皮膚泛光。

「那是什麼？」我問。

「妳自己看。」

他以雙手搭起牢籠，指尖彼此輕觸，我低頭看到牢中一隻脆弱昆蟲，是蝴蝶，也可能是飛蛾，在黑夜中很難分辨。

「我發現牠的時候，牠在休眠狀態，」他說：「現在也沒醒。我認為這樣對妳來說會簡單一點。」

日行夜息，是蝴蝶沒錯，牠正在他手中抽搐。

「冷源讓動物感到不安。」他的嗓音低沉輕柔。「牠們能察覺通往冥界的通道。」

「那你幹麼打開通道？」

「妳等下就明白。」他抬頭看我。「妳願不願意嘗試附身？」

「我試試。」我說。

他的兩眼光芒增強，亮如煤火。

「你大概已經知道這點，」我說：「但我一旦靈魂出竅，軀殼就會倒下。如果你能扶住我，我會感激不盡。」

我逼自己吐出這番話。我實在不想叫他幫忙，就算是他本來就該幫的小忙。

「沒問題。」衛士說。

我轉開頭，中斷彼此的對望。

我深呼吸，然後讓靈魂脫位，我的感官立刻模糊，我能看見自己的夢境，也感覺到乙太。我走向罌粟田邊緣，這裡一片陰暗，乙太的存在感也更為強烈——乙太就在這，正在等我。

我蹤身一躍。

我看見銀繩從夢境甩出，讓我稍後能藉此返回軀殼。衛士的夢境就在一旁，他身旁的蝴蝶呈一道小點，像大理石旁的一粒沙。我飄進牠的心靈，牠沒反應，沒抽動，沒因為被我占據而驚慌。

我發現自己身處一片夢中世界，五顏六色，映於黃褐光芒。這隻蝴蝶白天在花叢覓食，記憶因此全是花朵的繽紛色彩。芬芳氣息從四面八方飄來，薰衣草、青草、玫瑰……我漫步於這片溼潤夢境，朝最明亮的方向走去。花團錦簇的樹林飄來花粉，沾染我的髮絲。我從未感覺如此自由，這裡沒有抗拒，沒有一絲防禦機制，氣氛祥和、輕鬆又美麗，彷彿我被拿掉沉重鐐銬。感覺自然，這就是我的靈魂所渴望的：漫步於陌生心靈。它受不了一直被限制於同一個軀殼，它想到處流浪。

來到陽光地帶，我觀察此處，看到一縷極為輕盈的粉紅靈魂。我噘起嘴脣，朝它吹氣，它飄向周遭的黑暗處。

現在開始真正的實驗。如果方法正確——如果傑克森當時沒胡說八道——只要進入陽光地帶，我就能控制這副新軀殼。

我一踏進這個圈子，強光立即湧入整個夢境。金光襲來，灌入我的眼眸、肌膚和血液，令我盲目。世界化為碎裂鑽石、發光的彩色星體。

有那麼一段時間，周遭一片虛無，我的身軀消失，沒有任何感覺。然後我醒來。

我首先感到驚慌。我的手腳呢？為什麼我成了瞎子？等等，我**看得見**，只是……眼前萬物沾染鮮明紫色，綠草亮得刺眼，我的脆弱肢體一陣抽搐。這種感覺類似腦瘟疫，但更為嚴重。我感覺被壓碎、窒息，沒有嘴唇或嗓子卻能發出尖叫。卡在我身體兩側的到底是什麼東西？我試圖移動，那兩個物體一顫，彷彿我在做垂死掙扎。

還沒意識到怎麼回事，我已經從蝴蝶體內彈回自己的軀殼。我渾身打顫，拚命喘氣，我沿岩面滑落，整個人躺在地上。

「佩姬？」

我感覺反胃，嘴裡滿是噁心酸臭，卻吐不出東西。「下——下不為例。」我說。

「發生什麼事？」

「沒什麼，只是——原本實在很簡單，可是後來——」我拉開外套拉鍊，胸膛不住起伏。「我做不到。」

衛士默默看著我擦拭額汗、試圖恢復呼吸。「妳成功了，」他說：「雖然很痛苦，但妳做到了，牠動了翅膀。」

「我那麼做的時候，感覺自己快死了。」

「但妳做到了。」

我背靠岩石坐起。「我撐了多久？」

「大約半分鐘。」

比我預料得更好，不過還是很遜，傑克森一定會笑到肋骨斷裂。「很抱歉讓你失望，」我說：「或許我沒其他夢行者那麼厲害。」

他的表情嚴肅。「不，」他說：「妳很強。如果妳不相信自己的力量，就無法徹底發揮潛力。」

他攤開手，蝴蝶飛離。牠還活著，沒被我害死。

「你在生氣。」我說。

「沒有。」

「那幹麼那種表情？」

「哪種表情？」他的眼神冷漠。

「沒什麼。」我說。

他拿起斜放在岩石邊的一堆乾木柴。我看著他拿兩塊石頭互敲，生起小火，用木柴當燃料。我轉身背對，他愛生悶氣就慢慢生吧，我沒義務幫他操控小動物。

「我們在這休息幾小時。」衛士沒看我。「在下一個測驗開始前，妳需要睡一下。」

「這表示我通過了這個測驗？」

「當然。妳成功附在蝴蝶身上，完成我提出的要求。」他凝視火焰。「不多不少。」

他打開一只背包，攤開一條基本款的黑色睡袋。「拿去，」他說：「我必須去處理一些事。妳在這裡待一陣子，不會有事的。」

「你要回城裡？」

「嗯。」

我沒什麼選擇，只能照做，雖然我不想睡在這——魂魄滿天飛舞，越聚越多，而且氣溫比之前更低。我把溼掉的鞋襪脫下來放在火旁烘乾，然後鑽進睡袋。就算穿上外套和背心，還是不夠暖，但聊勝於無。

衛士凝視前方，眼如燃煤，保持警惕，指尖輕敲膝頭。我翻個身，仰望月光，這個世界顯得好黑暗，又黑又冷。

第十七章
遺囑

「快點，小佩，別這麼慢吞吞。」

堂哥芬恩更用力拉扯我的胳臂。那年我六歲，我們卡在都柏林的擁擠人群中，周遭一片吶喊咆哮。「芬恩，我跟不上啦，」我抱怨，但他沒理我。堂哥以前從沒像這樣對我置之不理。

那是二〇四六年的一個清涼二月早晨，冬陽在里菲河灑上白金光芒，我們的計畫是去電影院。當時放春假，我去桑德拉姑媽家度假，她吩咐芬恩在她去工作時照顧我，反正他不用上課。

我想去看電影，然後在坦普爾酒吧區吃午餐，但是芬恩說我們得去做另一件事——去茉莉．馬隆的雕像那裡。（註30）他說那很重要，絕對不能錯過，今天是很特

註30　坦普爾酒吧區（Temple Bar）是都柏林市中心里菲河南岸的著名觀光區，保有中世紀街貌。茉莉．馬隆（Molly Malone）其實是一首都柏林民謠中的人物，歌詞描述她以販魚維生、因病早逝。此曲乃都柏林的非官方國歌，其銅像確實存在，造型是她推著擺放貨物的手推車。

別的一天。「咱們這下要留名青史了，小佩。」他拉住我戴連指手套的小手。

每次聽到他說「留名青史」，我總會微微皺起鼻頭，歷史是學校的東西。我非常喜歡芬恩，他高大、有趣又聰明，口袋有零錢的時候總是會買糖果給我。可是我真的看過茉莉好幾百次，也早就熟記她那首歌的每一個字。

接近雕像時，周遭每個人都在唱那首歌。我有些害怕，但也感到興奮，我抬頭看那些臉色漲紅的群眾。芬恩正在跟他們一起高歌，我也加入，雖然我根本搞不懂大家為什麼要唱歌，或許這是某種街頭派對。

芬恩和都柏林聖三一學院的同學說話時，我緊抓他的手。

他們一身綠色衣物，揮舞大型標語，上面的文字我大多看得懂，只有「賽昂」二字例外。

這兩個字出現在每一幅標語上。高舉的標語從我身旁飄過，夾雜愛爾蘭語和英語：**梅菲爾德去死！愛爾蘭萬歲！都柏林拒絕賽昂！**

我拉拉芬恩的袖子。「芬恩，這裡發生什麼事？」

「沒什麼，佩姬，妳先別煩我——賽昂滾蛋！賽昂去死！賽昂滾出都柏林！」

在群眾的推擠下，我們更接近雕像。我向來喜歡茉莉，我覺得她的臉很溫柔，但她今天的模樣不同。她的頭被布袋罩住，脖子纏上繩索。我嚇得掉淚。

「芬恩，我很害怕。」

「賽昂滾蛋！賽昂去死！賽昂滾出都柏林！」

「我想回家。」

芬恩的女朋友低頭朝我皺眉。凱兒，我一直很喜歡她，她的深褐頭髮很美，如紅銅般閃耀，如彈簧般捲曲，手臂白皙而布滿雀斑。芬恩給了她一枚克雷達戒指，她把心型部位轉到內側。（註31）她今天一身黑衣，臉頰塗上象徵愛爾蘭的綠白橘三色。

「芬恩，這裡恐怕會失控，」她說：「你應該先帶她回家吧？」看他沒反應，她拍他一下。「芬恩！」

「什麼？」

「快帶佩姬回家！看在老天的份上，克萊利還在車上藏了土製炸彈——」

「才不要，現在可是關鍵時刻。如果讓那些渾蛋進城，以後就再也趕不走。」

「她才六歲，不應該目睹這種事。」凱兒抓住我的手。「既然你不配合，那我送她回家，你媽會被你給氣死。」

「別走，我想讓她看下去。」

他在我面前屈膝，拿下帽子，露出一頭亂髮。雖然他的模樣和我父親有幾分神

註31　克雷達戒指（claddagh ring）是愛爾蘭的傳統戒指，造型是兩手共持一顆頂戴皇冠的心——兩手象徵友誼，心象徵愛情，皇冠象徵忠誠。

似，但他的表情較為溫暖大方，眼眸湛藍如夏空。他把雙手放在我的肩上。

「佩姬．伊娃，」他的口氣極為嚴肅，「妳知道這裡正在發生什麼事嗎？」

我搖搖頭。

「大海另一頭的壞人攻了進來，他們打算把我們永遠關在這座城裡，還想把這裡改造成他們那種監獄都市。到時候，我們就再也不能唱自己的歌，或是探望愛爾蘭外頭的親友。還有妳這種人，小佩——他們不喜歡妳。」

我凝視芬恩的眼眸，明白他的意思。芬恩一向知道我能看見特殊的東西，我知道都柏林所有的鬼魂住在哪。我是不是因為這樣被當成壞孩子？「可是茉莉的頭為什麼被套住，芬恩？」我問。

「壞人就是這樣對待他們看不順眼的人，拿布袋套頭，在脖子纏上繩索。」

「為什麼？」

「為了殺掉他們，包括妳這種小女孩。」

我嚇得發抖，眼睛被淚水刺痛。我感覺喘不過氣，但我沒哭出來。我很勇敢，跟芬恩一樣勇敢。

「芬恩，」凱兒說：「我看到他們了！」

「賽昂滾蛋！賽昂去死！」

我的心臟狂跳。芬恩擦掉我的眼淚，把他的帽子套在我頭上。

「賽昂滾出都柏林！」

「壞人來了，佩姬，我們必須趕走他們。」他抓住我的肩膀。「妳想不想幫我？」

我點頭。

「芬恩，我的天啊，芬恩，他們有戰車！」

然後，我的世界天崩地裂。壞人舉槍，將火彈瞄準群眾。

槍聲將我從睡夢中驚醒。

我的肌膚溼黏冰涼，體內卻高溫熾熱。那道回憶使我渾身發燙，我還能看到芬恩，他的臉龐因恨意而繃緊——芬恩，他總是喊我小佩。

我踢掉睡袋。十三年後，槍聲依然縈繞於耳。我還能看到凱兒，她瞪大眼，不敢相信自己被殺。我看到她衣服上的血汙，一槍擊中心臟。看到凱兒倒下，芬恩因此衝向士兵，留我蹲伏在茉莉的手推車底下。我不斷尖叫他的名字，但他再也沒回來。

我再也沒見到他。

我不太記得之後發生什麼事，只記得有人帶我回家，我不斷哭喊芬恩的名字，直到喉嚨灼痛。我還記得父親再也不讓桑德拉姨媽見我，我在之後那場告別式才見到她。在那之後，我不再哭泣，眼淚不能讓死者復生。我用領口擦掉臉上淚水，想必我還在莫德林郊外。我翻個身，身子縮成一團，雙腳凍得失去知覺。

篝火早已熄滅。天空正在下雨，我卻沒有淋溼。我伸手探查，感覺指尖擦過帆布，我頭上是一面遮雨棚。我拉上外套兜帽，慢慢爬出。

「衛士？」

我沒看見他，或是鹿，或是篝火。

我原本因為寒冷而打顫，但現在抖得更劇烈。他跑去哪了？他不可能還在第一冥府，我們根本沒離開第一冥府。莫德林這片郊外本來就在宅邸範圍內，我們只走離冷源大約一哩。

風勁增強，我縮回遮雨棚底下。他根本沒理由丟下我。或許其實我沒睡多久。我脫下鞋襪，再次檢查睡袋，居然發現一些裝備：一副手套、裝有腎上腺素的針筒，睡袋內側口袋有個袖珍型銀色手電筒及一張牛皮紙信封，上面寫著我的名字。認出他的筆跡，我立刻撕開信封。

歡迎來到無人地帶。妳的任務很簡單，就是盡快返回第一冥府。妳沒有食物、飲水或地圖。運用妳的天賦，相信妳的本能。

幫我個忙：熬過今晚。我相信妳不會希望有人救妳。

祝好運。

我凝視紙條片刻，然後將它撕成碎片。

我會證明給他看，現在就證明給他看。他想嚇我，我才不會讓他稱心如意。「熬過今晚」？這話什麼意思？他一定以為我弱不禁風。我能在賽昂倫敦的喋血街頭生存下來，又豈會害怕一片黑樹林？至於食物，我哪需要？我又不是被他丟在鳥不生蛋的荒地。應該吧？

我查看棚外，看到一口箱子，上面畫有軍事部門的「賽昂國際防衛軍」標誌：一條直線和一條橫線呈直角接觸，形似絞刑臺，橫線垂下三條比較短的線。箱子裡又是一張紙條。

小心處理這些鏢針，如果筒管破裂，鏢內強酸會讓妳心臟停止。碰上緊急情況，發射照明彈，這會召來一隊紅衣人。

別往南。

我用手電筒查看箱內：一把長管手槍、一把信號槍、一只老舊的防風打火機、一把獵刀，還有三支銀色的加壓鏢針，筒管側面印有毒性與腐蝕性的警告圖示，連同「氫氟酸」的字樣。

一把麻醉槍和幾支強酸鏢針。他為何不乾脆把我的手槍還給我？好吧，我得盡快出發，除非我想整晚睡在這片野地。我捲起睡袋，塞進小袋，但留下遮雨棚。這能充當地標，讓我避免原地打轉。

營地周圍有些東西，是一圈白色小水晶。我跪下，用指尖沾了沾，用舌尖一嘗。

鹽巴。

這片營地以鹽圈包圍。

我靜止不動。據說「鹽占術」能用來驅靈，但這並非事實，尤其無法對付騷靈。他在四處灑鹽，只是為了嚇我？

我戴好兜帽，拉好外套拉鍊，收拾這些有限物資。我把鏢針和麻醉槍收進行囊，用睡袋充當吸震襯墊，再把信號槍塞進腰帶。我把獵刀插進靴中，針筒放進外套口袋，再戴上手套。

我等不及回去見那渾蛋。我能想像他現在的模樣：坐在溫暖舒適的壁爐邊，盯著時鐘，算我花多久才回得去。

我會證明給他看。別小看我，我可是「白皙夢行者」，他會知道我為何贏得這項稱號、我為何被傑克森選上——因為我能在惡劣環境生存下去。

我閉上眼，試圖偵查乙太活動，但沒任何發現。周遭沒有夢境，我是獨自一人。

我睜開眼，天空引起我的注意，我醒來的時機還真湊巧：繁星即將被雲朵吞噬，加上太陽早已西沉，我必須把握時間靠星空引路。找不到天狼星，我轉而尋找獵戶座的腰帶三星。尼克總是喜歡滔滔不絕地談起天文學，我因此學到：只要看到腰帶三星，北方差不多就在反方向，我也知道獵戶腰帶和第一冥府的相對位置。我找到那三顆星，慢慢轉往該前進的方向，前方一片茂密林地，黑暗濃密、草木叢生。

我的心臟劇烈跳動。我向來不怕黑，但現在只能依賴第六感偵測危險。這大概就是測驗的目的，想看看我有多少能耐。

我瞥向身後那片空地，幾乎和林地一樣黑暗。那條路通往南方，遠離這座殖民地。

別往南。

我知道他在玩什麼遊戲。他期待我乖乖服從，這才是人類應有的態度。既然往北走就得回去當奴隸——回去把我丟在這的衛士身邊——那我何不往南？我不需要向他證明我的能力。我轉身面對獵戶腰帶，我要去南方，離開這個鬼地方。

強風從葉間襲來，令我的汗溼肌膚失溫，但我必須果斷。如果老是擔心周遭有什麼威脅，我根本不敢動。我咬牙，走向樹林。

前方暗得伸手不見五指，泥地被雨水軟化，觸感彷彿吸水海綿。我迅速而無聲地穿過橡樹林，有時小跑，用雙手摸索前方，撥開糾結樹枝。在手電筒提供的細長光束下，我能看到一道朦朧霧氣包圍樹幹，宛如薄毯般懸於地面、淹沒我的靴子。這裡沒有自然光源，我只能祈禱手電筒千萬別失靈。手電筒印有賽昂標誌，八成是借來的守夜者裝備。這讓我稍微感到安心，畢竟賽昂生產的裝備很少故障。

我意識到自己想必是在第一冥府的天然邊界之外。這一處被稱為「無人地帶」有其原因：這裡不屬於任何人。或許歸賽昂所有，或許不是。我根本不曉得這條路通往何方，但我確定牛津在倫敦以北、我的方向正確。我的深色外套和長褲提供足夠隱密性，而且第六感依然敏銳。我能避開利菲特人守衛，輕易攀越柵欄，也能輕易從底下鑽過。如果遭受攻擊，我就讓對方見識我的能力，我也能提前察覺對方的存在。

但我想起莉絲如何描述這裡：「一片荒野，被稱作無人地帶。」當時聽到這話，我原本受到鼓勵，但我問她是否有人試圖橫越，她只回了短短一個字：「**有**。」只是**有**。她坦承這條路危機四伏，其他靈視者來過這裡，也死在這裡。或許他們也被送來這裡接受試驗。難道這次測驗只是看我們是否禁得起「逃跑」的誘惑？想到這裡，我開始冒冷汗。這裡到處都是地雷和陷阱。我想像林中裝有攝影機，正在監視我的一舉一動、等著看我踩上地雷。這令我放慢腳步。

不，不行，我必須走下去，我能離開這裡。他們就是賭我會這麼想、因為過度謹慎而不敢前進。我差點轉回北方，心中鬥志卻驅使我往前走。我不禁想像衛士、大衛和監督坐在壁爐旁，看到我撞上地雷時乾杯慶祝。「嗯哼，各位，我們敬夢行者一杯，」監督八成如此宣布：「第一冥府的第一蠢蛋。」他們會在我的墓碑刻上什麼？我的名字佩姬·馬亨尼？還是XX-59-40？當然了，假設我還剩些屍骨能塞進墳墓。

我停步，斜靠在一棵樹上。我瘋了，幹麼自己嚇自己？衛士最討厭監督。我用力閉眼，想像另一群人：傑克森、尼克、伊萊莎。他們在城塞，正在等我、尋找我的下落。只要能走出這片樹林，我應該能想辦法回到他們身邊。

不久後，我睜開雙眼，看到散落在地上的物體。骨頭，人類的骸骨，一副骷髏，身上一團破爛白袍，膝部以下失蹤。我嚇得後退，差點摔倒。某個東西在我腳下發出脆裂聲，是顱骨。

遺骸旁邊有個袋子，骷髏的手仍緊抓袋子的背帶。我拉扯背帶，枯骨喀啦一聲，終究鬆手。尚未完全分解的屍身部位爬滿黑毛大蒼蠅，因吞飽腐肉而體積膨脹。我從骷髏手中拿走袋子時蒼蠅飛起，我拿手電筒查看袋內，只看到一塊爛麵包和一個空水瓶。

我渾身冒冷汗。我把手電筒對準右方，幾呎外的地面有一處坑窪，因雨水而半滿。骨頭和地雷殼的碎片散落四處。

這裡確實是地雷區。

我把身子撐在一棵橡樹上，我沒辦法摸黑穿越地雷區。我慢慢離開樹幹，跨過骷髏。**妳還沒死，佩姬**。雙腿顫抖，我轉身朝北，循原路返回。我沒離那片空地太遠，我回得去。從屍骸處走離幾呎，我就被樹根絆倒在地，我嚇得渾身僵硬、心臟狂跳，但我顯然沒摔在地雷上。

我用手肘撐起身子，從口袋掏出打火機，用拇指掀蓋點火。一道清澈火焰燃起，提供聯繫乙太的途徑。我不是占兆者——火焰並不是我的工作夥伴——但我能用火來進行小型降靈會。「我需要嚮導，」我低語：「如果有誰在場，請循火前來。」

許久一段時間裡，周遭沒有任何反應，火焰只是偶爾搖曳閃爍。接著，我的第六感啟動，一縷年輕魂魄從林中出現。我站起身。「我需要返回營地，」我將打火機伸向對方。「能否幫忙指路？」

我無法聽見它是否說話，但它開始朝我的路線北方飄移。我察覺它就是那名白袍死者的亡魂，因此連忙跑步跟上，它沒理由故意帶我走錯路。

我看到那條鹽圈。打火機的火焰被雨水澆熄，那縷魂魄依然沒離開我。我花幾分鐘讓自己恢復冷靜。雖然我不願承認，但我確實別無選擇，只能往北走。確認身上裝備依然齊全後，我再次進入林中，兩手各持手電筒和打火機，那縷魂魄緊跟在我身後。

亡魂如繩索般纏在我肩上，我走了大約半小時後停下腳步，確認獵戶腰帶在我後方的天幕。我稍微調整路線，接著再次朝黑暗前進。我的聽覺和嗅覺敏銳，第六感將陣陣震動傳過我的肌膚，我的腳趾幾乎失去知覺。我停步，彎下腰，手撐在膝上，深吸幾口氣，讓自己鎮靜下來。我一吸氣就聞到某種氣味，是屍臭。

手電筒的光束開始閃爍，腐肉惡臭也越來越強烈。我再走了一分鐘，發現來源，又是一具屍體。

是隻狐狸。赤褐毛皮因為血跡凝固而黯淡，眼窩爬滿蛆蟲。我用袖子遮住口鼻，這股氣味實在駭人。

殺害狐狸的凶手就在林中，離我不遠。

動作快，佩姬，別停下來。手電筒的光束越來越不穩。我正要離開時，聽到一根樹枝斷裂。

是我幻聽？不，當然不是。我的聽覺很正常，我能聽見耳中血流聲。我斜靠在一棵樹上，盡量讓呼吸放輕。

一定是衛兵，是紅衣衛兵正在巡邏。但我隨即聽到腳步聲，沉重得不像人類。我把手電筒關掉、塞進口袋。拿在手中也沒意義，畢竟光源會讓我暴露行蹤。死寂氣氛緊貼我的耳畔，我什麼都看不見，但我聽到另一道腳步聲持續接近，然後是啃噬屍體的聲響，看來有人發現那隻狐狸。

或是回來把牠吃乾淨。

我用手遮住打火機。我的心跳十分詭異，我不確定是急促得毫無間斷，還是根本沒在跳。我身後那縷魂魄顫抖。

時間一分一秒經過，我繼續等待。我遲早得繼續前進，但我清楚知道附近有某人或某物。

我聽見三聲發自咽喉的喀噠作響。

我繃緊全身上下每一條肌肉。我從鼻孔呼吸，嘴脣緊閉。我不知道那是什麼聲音，但絕對不是發自人類。我聽過利菲特人發出怪聲音，但未曾如此噁心又嚇人。

一陣風突然襲來，吹熄打火機。我身後的靈體嚮導匆忙逃離。

有那麼一刻，我的指頭因恐懼而麻痺。然後我想起行囊裡的麻醉槍，這東西恐怕無法給對方造成任何傷害，但或許能轉移對方的注意力、讓我爭取一些時間。我想過爬到樹上，很快就放棄這個念頭，畢竟爬樹不是我的強項，還不如另外找個地方躲起來。儘管如此，逃到高處似乎是個合理的做法，如果能逃到安全位置，我就能用手電筒看清楚對方。我收好打火機，在行囊裡摸索，拿到麻醉槍後，我開始取出鏢針。我的每個動作都顯得太吵雜：吐氣聲，還有外套的窸窣作響。最後，我的指尖終於感覺到一支鏢針的筒管，冰涼而光滑。我知道如何給一般手槍上子彈，但要在一片漆黑中用汗溼雙手把鏢針放進麻醉槍，還得盡量不發出任何聲音，這讓我花了幾分鐘。準備完畢後，我舉槍瞄準，扣下扳機。

鏢針擊中某處，發出油炸般的嘶嘶作響。聽到這陣聲響，那隻生物立刻朝那處跑去。牠自己也發出聲音——巴吱聲，無數蒼蠅。

牠不是野生動物。

我感覺作嘔。我知道關於厄冥族的許多情報，卻沒想過自己有一天會親身體驗。就算在迎新會耳聞、就算目睹一名紅衣人被咬斷手，我本有些以為牠們其實不存在。直到現在。

如果相信牠們確實存在，我恐怕已經嚇得癱軟。我的雙手顫抖，嘴唇發抖，我無法呼吸或思考。牠能否聽見我的心跳？嗅查我的恐懼？牠已經因為聞到我的血肉而淌口水？還是距離太遠，尚未發現我？

巴吱怪朝那一處嗅聞幾下。我在槍內裝入第二支鏢針，然後閉上眼觀察乙太，發現情況非常不對勁。此地所有魂魄逃逸，彷彿出自恐懼，但它們為何害怕物質世界的生物？它們又不可能再死一次。無論原因為何，既然沒有魂魄，我就無法召來魂眾。

我突然發現自己聽不見巴吱怪的聲音。我的雙手因為汗水而溼滑，連槍都握不穩。我隨時可能被殺、化為一團死肉。

這項測驗一定是陷阱，奈希拉一開始就不想讓我晉升色階，而是想讓我死。

想得美，我自忖，**我絕不讓妳如願，奈希拉**。

我從樹後衝出，靴子重重踏地，心臟狂奔。牠在哪？發現我了嗎？

某個東西擊中我的肩胛骨之間，我懸浮於黑暗中半秒後倒地。我的一隻手腕向後扭曲，還來不及強忍，我已經痛得尖叫。

麻醉槍不知去向，這下我失去反擊的機會。我能聽見牠的動靜——就在一旁，我面前。我用沒受傷的另一手伸進靴內，摸到獵刀。

我根本不記得可以拿自己的靈魂當武器。我拿刀刺向面前的軟渣，某種液體沿我的手腕流下。巴吱。我又刺兩刀。巴吱、巴吱。某種物體不斷灑向我的臉：小型的圓狀物。我眨眼咳嗽，試圖排除異物。幾根指頭掐向我的咽喉，灼熱惡臭的氣息吐向我的臉頰。我繼續戳刺。巴吱。對方的牙齒在我耳朵旁不斷咬合。我向上一刺，感覺穿透對方的皮肉，然後順勢往下劃，利刃割開肌肉和軟骨組織。

牠消失了，我安全了。我的雙手沾滿黏稠的惡臭液體；膽汁湧到咽喉，令口腔和鼻腔灼痛。

手電筒躺在十呎外。我將骨折的手腕貼在胸前，爬向手電筒。這隻手腕以前也斷過，現在痛得要死。我渾身臭汗，用單臂攀爬，把刀子咬在嘴裡，屍臭令我反胃欲嘔。

我抓起手電筒，立刻照向身後，看到林間一道道黑暗輪廓，更多腳步聲、更多巴吱怪。**糟糕**。

我頭痛欲裂、視線模糊。**我不想死**。先前附於蝴蝶身上耗費我太多體力，超過我的預料。**快逃**。我從外套口袋掏出針筒，這是最後手段——而非信號槍，我絕不發射照明彈，我不想輸掉這場比賽。

賽昂腎上腺素自動注射器的效果遠超過傑克森提供的那些提神藥物。我將針頭扎進長褲，直入大腿。

一陣劇痛傳來，我不禁咒罵連連，但沒拔出針頭，彈簧注射器將腎上腺素灌進肌肉群。賽昂腎上腺素用來喚醒全身，不只提升器官效能，還能消除所有痛楚、強化力量，警戒者的體內就是持續灌入腎上腺素。我的肌肉變得靈活，雙腿肌力增強。我猛然起身，拔腿衝刺。雖然腎上腺素對我的第六感不造成影響，但能讓我更容易將精神集中於乙太。

巴吱怪的夢境形如黑坑，彷彿乙太中的一道黑洞。如果試圖侵入它的夢境，也只是徒勞之舉，但我依然嘗試，靈魂只有稍微脫離軀殼。

我被一團黑雲包圍，我的夢境變暗、視線模糊，我需要驅散那團黑雲。如果進行急速越空，應該能將它推開。我的靈魂飛出軀殼，在它的夢境邊緣造成裂痕。那隻怪物發出駭人尖叫，停下腳步；我同時感到一陣奪目劇痛，被推回自己的夢境。我的雙掌撞上地面，我連忙爬起，大口喘氣。

林木漸稀，揭露出一片草原。我能看到名為「大宅」的那棟建築物的尖塔，**城市就在眼前**。

腎上腺素在我的血管內奔騰，灌入肌肉組織，讓我跑得更快。我的骨折手腕垂於側身，我如懺悔罪人般衝向我的監獄，坐牢總好過被殺。

巴吱怪的尖叫聲在我體內每一顆細胞迴響。我翻過一面鐵絲網，落地瞬間繼續狂奔。

大宅頂端有一座瞭望塔，裡頭一定有持槍的紅衣衛兵，他們能制伏巴吱怪、宰了牠。我渾身衣物被汗水浸溼，雖然還沒感覺到痛楚，但我知道有一條肌肉拉傷。我跑過一面生鏽告示牌，上面寫著「擅闖者恐遭致命武力制裁」。太好了，我這輩子從沒如此需要致命武力。我能看見瞭望塔，我正要吶喊求救、掏出信號槍，卻發現自己動彈不得。

網子。我被一面厚重捕網套住。我扯開嗓門尖嘯：「不，不，快殺了它！」我拚命掙扎，宛如魚鉤上的蟲餌。他們為何抓我？我又不是敵人！**妳當然是敵人**，腦中傳來這個聲音，但我沒聽，我必須逃出這面網子。巴吱怪即將到來，牠會像撕裂那隻狐狸般把我碎屍萬段。

我聽到網繩斷裂聲，有人呼喚我：「佩姬，冷靜下來，別擔心，妳現在安全了——」但我不相信這番話，那是我害怕的聲音。我好不容易逃出網子，再次試圖逃跑，這時有人抓住我，把我往後拉。「佩姬，集中精神！善用妳的恐懼！」我無法集中注意力，我因恐懼而發狂，心跳急促得身體無法跟上，我的視線時而模糊，我口乾舌燥，我還站著嗎？

「佩姬，妳右邊！快出手！」

我看向右方。我看不清楚那是什麼，只知道那不是人類。我的恐懼達到顛峰，我飛進乙太，進入虛無，然後進入某物。

我看到的最後一幕，是我的身軀癱倒在地。但這並非透過我自己的眼睛，而是一隻鹿的眼睛。

第十八章 良晨

人生有些事是你想忘也忘不了，它們深埋於超深淵地帶。我熟睡得彷彿死屍，我需要讓腦子排除恐怖樹林的回憶。

「完全熟睡」就是我的救星，在「清醒」和「夢行」之間的那段安靜時光。傑克森和其他人一直不明白我為何如此嗜睡。每當我在乙太飄蕩幾小時後表示想睡覺，娜汀總是哈哈笑。「妳真是怪人，馬亨尼。」她總是這麼說：「妳已經睡了幾小時，現在居然還想睡？想都別想。既然拿人錢財，就得與人消災。」

娜汀・阿爾奈特，這女人還真有同情心，她是我唯一不懷念的幫派夥伴。

我在夜間醒來，發現受傷的手腕以蜘蛛般的金屬支架固定，我頭上是一面天鵝絨天篷。

我躺在衛士的床上。**我怎麼會躺在他的床上？**

腦中千頭萬緒，令我煩悶。我不太記得在這之前發生什麼事，腦袋混亂得就像傑克森讓我品嘗真正的葡萄酒那次。我低頭查看，金屬支架令手腕動彈不得。我想起身下床，但我渾身發熱、沉重如鉛。**鎮靜劑**，我心想。沒關係，無所謂。

再次睜眼時，我的精神更佳。我能聽見一個熟悉的嗓音，衛士回來了——而且有別人在場。我爬向床邊，拉開床簾。

壁爐燃起熊熊烈火。衛士站著，背對我，正在用一種陌生語言說話，聽來低沉而滑順，如室內演奏般產生共鳴。蒂拉貝爾・夏洛丹站在他面前，一手拿著高腳杯，另一手不斷指向床——指向我，衛士朝她搖搖頭。我仔細傾聽。

那到底是什麼語言？

我觀察周遭的一批魂魄——生前住在這裡的亡魂——它們幾乎隨著衛士和蒂拉貝爾對話節奏起舞。聽到娜汀彈鋼琴，或是方言師在街上吟唱抒情詩，魂魄也會出現相同反應。方言師能使用只有魂魄知道的某種語言，但是衛士和蒂拉貝爾並不是方言師，他們倆都沒有方言師的氣場。

他們倆一起低頭查看某物。我仔細觀察，不禁一愣。

那是我的手機。

蒂拉貝爾拿在手中翻轉，用拇指撫摸按鈕，手機電量早已枯竭。

既然他們摸過我的手機和背包，那本小冊一定也在他們手中。他們想查看手機裡的聯絡人？他們一定懷疑我認識小冊的作者。如果他們發現傑克森的電話號碼，就能查出他在七晷區——和卡爾的透視結果吻合。

我必須拿回那支手機。

蒂拉貝爾把手機塞進上衣。衛士對她說些什麼，她指指自己的額頭，然後走出房間，把門在身後關上。衛士站在原地片刻，看向窗戶，然後將注意力移向床鋪。移向我。

他拉開床簾，在床邊坐下。「妳感覺如何？」他問。

「去死吧你。」

他的兩眼發光。「看來妳恢復不少。」

「我的手機為什麼在蒂拉貝爾手上？」

「為了不讓奈希拉發現，她的紅衣人能從手機查出妳那些集團夥伴的資料。」

「我哪來的集團夥伴？」

「別對我說謊，佩姬。」

「我沒說謊。」

「這也是謊話。」

「是啊，您總是光明磊落又坦蕩。」我瞪他，「你丟我一個人在那片漆黑林地，讓我跟巴吱怪作伴。」

「妳早就知道牠們會出現，也知道妳遲早得面對厄冥。無論如何，我老早警告過妳。」

「你何年何月警告過我？」

「冷源，佩姬。牠們就是透過冷源而來。」

「所以是你放牠們過來？」

「妳當時其實並沒陷入危險。我知道妳那時很害怕，但我需要妳附在那隻鹿身上。」

他凝視我的眼睛，我感覺口乾舌燥。

「你大費周章，居然只是為了讓我附在努菈身上。」我舔舔嘴脣，「你開啟冷源，就是為了之後的事情做準備。」他點點頭。「你放出巴吱怪，」他點點頭。「你把我嚇成那樣，就是為了讓我——」

「沒錯。」他一點也不感到羞愧。「我本來就懷疑妳的能力是被強烈情緒觸發：憤怒、厭惡、悲傷——還有恐懼，這是真正的因素。我把妳推進極端恐懼，再逼妳附身於努菈，讓妳以為那隻巴吱怪從林中一路追來，但我未曾讓妳碰上真正的危險。」

「我差點被巴吱怪害死。」

「我有採取一些預防措施。我再重複一次：我未曾讓妳碰上真正的危險。」

「聽你在放屁。如果你以為灑一圈鹽巴也算預防措施，那你根本腦袋裝屎。」我的口氣越來越流氓，但我不在乎。「你到時候一定很享受吧？看我跳舞——」

「不，佩姬，我是真心想幫妳。」

「下地獄吧你。」

「我本來就存在於某種形式的地獄。」

「那麻煩你滾去離我很遠的地獄。」

「不。妳我已經達成協議，我從不違背承諾。」他凝視我。「十分鐘後來見我，妳還欠我一小時的愉快對話。」

我原想朝他吐口水，可惜他已經拉上床簾。我走出房間，回到樓上。

我不會再讓他知道關於我的任何事。他對我的私人生活知道太多——我絕不能讓他知道我認識傑克森。奈希拉正在尋找我的幫派，如果她發現我是傑克森的手下，大概會叫我親自去抓他。反正我會假裝自己被巴吱怪嚇得崩潰、舌頭打結。

我似乎又聽到那隻怪物的吐息聲。我閉上眼，壓抑那道回憶。

我的髒衣服外面套著一件薄袍，渾身散發汗水和屍體的惡臭。我進入浴室，迅速脫光，一件乾淨的粉色制服正在等候。我用肥皂和熱水搓洗全身，不想留下一絲臭味。

瞥向鏡子，我這才意識到自己還戴著那條項鍊，因此立刻拿下，這爛東西還真管用。

回到樓下房間，衛士坐在他最喜歡的那張扶手椅上。他指向對面的椅子。「請坐。」

我坐下，這張椅子還真大。「你給我下了鎮靜劑？」

「附身之後，妳渾身抽搐。」他看著我。「妳當時曾試圖附在厄冥身上？」

「我想看牠的夢境。」

「原來如此。」他拿起高腳杯。「想喝什麼？」

我很想喝些非法飲料——例如真正的葡萄酒——但我實在沒體力不斷哀求。「咖啡。」我說。

他拉扯一條緋紅繩索，上端是個舊式的喚人鈴。「一會兒就有人送來。」他說。

「靈盲者？」

「沒錯。」

「所以你把他們當管家使喚。」

「是奴隸，佩姬，用字無需婉轉。」

「但他們的血很珍貴。」

他從高腳杯啜飲一口。我交叉雙臂，等他打開話題。

留聲機正在播放音樂，我認出那首曲子——〈我毫無機會贏得妳的芳心（I Don't Stand a Ghost of a Chance with You）〉，是辛納屈翻唱的版本。這首歌被賽昂列入黑名單，純粹因為歌名有鬼魂一詞，雖然內容跟鬼魂根本無關。唉，我真懷念辛納屈那首〈藍眼睛回來了〉。

「黑名單上的唱片都被送來你這兒？」我盡量讓口氣顯得只是隨口問問。

「不，那些東西被送去大宅，我偶爾會去那裡拿一、兩張唱片。」

「你喜歡我們的音樂？」

「其中一些，尤其是二十世紀的作品。我覺得你們的語言很有意思，但我不喜歡當代的主流音樂。」

「都是審查制度的錯。要不是因為你們出現，我們根本不會有現在這種審查制度。」

他舉起高腳杯。「一針見血。」

我非問不可。「那是什麼？」

「不凋花的精華液，混合紅酒。」

「我沒聽過所謂的不凋花。」

「地球沒這個品種，不凋花能治療大多數的靈魂傷痕。妳以前遭遇騷靈那次，如果使用不凋花藥水處理傷口，或許就不會留下這麼嚴重的疤痕。不凋花也能逆轉一些腦部損傷——如果妳在沒有生命維持系統的情況下脫離肉身太久。」

嘖嘖，居然能治療腦子。傑克森如果知道何謂不凋花，鐵定再也不會讓我睡覺。

「你為什麼喝這種東西？」

「舊傷，不凋花能幫忙止痛。」

彼此一陣沉默，輪到我說話。「這是你的東西。」我遞出項鍊。

「妳留著吧。」

「我不想要。」

「我堅持。項鍊或許無法驅逐厄冥族，但或許能讓妳在對付騷靈時活下來。」

我把項鍊放在扶手上。衛士朝項鍊一瞥，視線移向我的眼睛。

敲門聲輕輕響起，一名男孩走進，年紀跟我差不多，也許稍微大一點。他身穿灰袍，兩眼充血，儘管如此，他的模樣俊美，彷彿從畫中走出。他的一頭精緻金髮輕擁雕像般的臉龐，嘴脣和臉頰粉紅如花，隱藏於眼中血絲的虹膜水藍清澈。我似乎能感覺到他身上的顫抖氣場。

「咖啡，麻煩你，麥可。」衛士對他說：「妳要放糖嗎，佩姬？」

「不用，謝謝。」我說。麥可鞠躬離去。「所以他是你的專屬奴隸？」

「麥可是嫡系族長送給我的禮物。」

「還真浪漫。」

「不算浪漫。」衛士瞥向窗外。「如果奈希拉想要某物或某人，那誰也攔不住。」

「我能想像。」

「是嗎？」

「我知道她有五名守護天使。」

「沒錯，但她雖然強大，也有弱點。」他啜飲一口酒。「嫡系族長必須承受那五名所謂的『天使』造成的影響。」

「那些天使一定甚感抱歉。」

「它們瞧不起她。」

「這可真令人震驚。」

「我說的是事實。」他對我的輕蔑口氣顯然感到莞爾。「我們只聊了兩分鐘，佩姬，別一口氣吐出所有冷嘲熱諷。」

我真想宰了他，可惜我心有餘而力不足。

男孩回來此處，把一面托盤放在桌上，盤上是一壺咖啡，連同一大盤灑上肉桂粉的烤栗子，甜美香味令我流口水。倫敦的黑修道士橋附近有一間店專門在冬天販賣烤栗子，可是眼前這些看來更美味：棕殼分裂，白色果肉看來如天鵝絨般滑順。盤上還有水果：切開的洋梨、光滑櫻桃，還有紅蘋果。

麥可做個手勢，衛士搖搖頭。「謝謝你，麥可，這樣就夠了。」

他又鞠個躬，而後離去。我實在很想對他咆哮，他幹麼這麼卑躬屈膝？

「你剛剛說『所謂的』天使，」我逼自己冷靜，「這話是什麼意思？」

衛士停頓。

「開動吧，」他說：「請。」

我拿起一顆栗子，因為出爐不久而依然溫熱，嘗起來彷彿甜蜜暖冬。

「想必妳知道何謂天使：它們生前為拯救某人而死，死後回到這個次元繼續守護那人。」他說：「我們知道有所謂的天使和大天使，我猜街頭那些靈視者也知道。」我點點頭。「但是奈希拉還能控制第三級天使。」

「噢？」

「她能束縛某些種類的靈魂。」

「所以她是縛靈師。」

「不只是縛靈師，佩姬。如果她殺掉一名靈視者，她不但能束縛對方的靈魂，還能加以利用。只要那縷靈魂受她束縛，它的存在就會影響她的氣場。她就是這樣濫用能力，才能擁有不同天賦。」

我不小心把一些咖啡濺在大腿上。「她必須親手殺害對方？」

「沒錯，我們稱那些亡靈為『墮天使』，」他看著我。「它們也註定必須永遠陪在凶手身旁。」

我站起身。

「你這王八蛋。」我鬆手，咖啡杯摔在我腳上。「你的未婚妻做出這種惡行，你居然還要我陪你聊天、把你當人類互動？你居然還能面對她那張臉？」

「我有說過我也有墮天使嗎？」

「可是你殺過人。」

「妳也殺過人。」

「那不是重點。」

衛士的表情改變，不剩一絲嘲弄。

「我不知道我能為這個世界做些什麼，」他說：「但我不會讓妳受到任何傷害。」

「我不需要你保護我，你大可擺脫我、把我丟給其他人看管，我不想再當你的徒弟，我想換監護者，我想跟蘇班在一起，快送我去他那裡。」

「妳不會想被薩加斯的人監護，佩姬。」

「別跟我說我想要什麼。我想要——」

「妳想重拾安全感。」他站起身，讓茶几擋在我倆之間。「妳希望我像蘇班他們對待人類那般對待妳，才會讓妳覺得妳有資格痛恨利菲特人。但因為我不傷害妳，因為我試圖瞭解妳，妳就想逃跑。當然，我知道原因：妳不知道我有何動機。每一次我試圖幫妳，妳就不斷自問我為何幫妳，而且想不出答案，這並不表示**答案不存在**，佩姬，只是表示妳還沒查出。」

我倒回扶手椅，滾燙的咖啡已經滲透長褲。看到這一幕，他開口：「我幫妳找件衣服。」

他走向大衣櫃。我的兩眼因怒火而灼熱，我幾乎能聽見傑克森的責罵：**妳真是個**

蠢丫頭。看看妳，眼睛泛淚。給我抬起頭來，親愛的！妳想要什麼——同情？憐憫？妳不會從他那裡獲得同情，正如妳沒從我身上得到憐憫。這個世界就是競技場，我的好門徒。快舉槍，給他好看。

衛士拿來一件黑長袍。「希望合身。」他遞來。「看來有點大，但應該能保暖。」

我點點頭。衛士轉身背對我，我把外袍換上。他說得沒錯，長袍下襬到我的膝部。「好了。」我說。

「妳願意坐下嗎？」

「我哪有選擇？」

「我給妳選擇。」

「我不知道你希望我說什麼。」

「如果可以，我希望能聽妳說明，妳以前到底有何遭遇、為何認為不能相信任何人。」衛士坐回椅子。「但我知道妳不會告訴我，因為妳想保護妳那些朋友。」

「我不知道你在說什麼。」

「不意外。」

我輸了。「好吧，沒錯，我有靈視者朋友，但哪個靈視者沒有靈視者朋友？」

「未必。倫敦的聯合集團這些年來持續擴張，我們抓到的大多只是小角色——他們獨居或是露宿街頭，因為他們無法控制自己的力量，或是被家人驅逐。因此他們大多樂於侍奉我們，因為他們被自己人虐待多年。雖然我們把他們看作次等公民，依然給他們沉浸於乙太的機會。我們將他們分組，讓他們再次屬於某種社會結構。」他指向門口。「麥可是方言師，他父母非常害怕他的語言能力，甚至試圖幫他驅靈，他的夢境因此崩潰。在那之後，他幾乎無法說話。」

我啞口無言。我聽說過「夢境崩潰」，幫派裡名為「西結」的男孩就發生過這種事。夢境崩潰的人會成為無法被觀察的「隱夢者」。夢境再生復原之後，會擁有多層盔甲，對所有靈擊免疫。

「紅衣人兩年前逮到他，他當時在南華克區的街頭露宿——沒錢也沒食物的隱夢者。他們把他當成可能的反常分子關在倫敦塔，但我提早帶他來這裡。雖然他被當成靈盲者，但他其實仍然擁有氣場。我教他說話，希望他有一天能再次與乙太連結、像以前那般歌唱，用亡魂的聲音歌唱。」

「等等，」我說：「你教他？」

「沒錯。」

「為什麼？」

沉默氣氛滲入房中所有角落，衛士拿起高腳杯。

「你到底是誰？」我問，他抬頭看我。「你是薩加斯領主的配偶。你從一八五九年開始在幕後操控人類政府。你幫忙走私靈視者，目睹一套系統為此而生。你幫他們散播謊言、恨意和恐懼。既然如此，為何還要幫助人類？」

「這點恕難奉告。正如妳拒絕說出妳那些朋友是誰，我也不會說明我到底有何動機。」

「如果你查出我的朋友是誰，會不會因此說明你的動機？」

「或許吧。」

「你有沒有讓麥可知道？」

「一點點。麥可對我忠心耿耿，但他的精神狀態依然脆弱，我不完全放心。」

「你對我也有相同看法？」

「我對妳所知甚少，還不能信任妳，佩姬，這不表示妳不能贏得我的信任。事實上——」他靠向椅背，「這個機會將在今天出現。」

「什麼意思？」

「妳很快就會知道。」

「讓我猜猜，你殺了一名占卜者，奪走對方的力量，現在你認為你能看到我的未來。」

「我不竊取別人的天賦。但我確實很熟悉奈希拉，因此猜得到她的一舉一動，我知道她喜歡何時出擊。」

老爺鐘敲了一下，衛士瞥向鐘面。「嗯，一小時，」他說：「妳可以走了。或許妳該去探望妳的朋友，那位牌占師。」

「莉絲還在靈魂休克的狀態。」我說。

他抬頭看我。

「紅衣人把她的卡牌丟進火裡。」我的咽喉緊繃。「我從那之後就沒見過她。」

向他求助。我在心中掙扎。**問他能不能給她新的卡牌。他會答應。他幫過麥可。**

「真可惜，」他說：「她是天賦異稟的表演者。」

我逼自己開口：「你能不能幫她？」

「我沒有卡牌。她必須恢復和乙太的聯繫，」他看著我的眼睛。「她也需要不凋花。」

我坐在原地，看著他把手伸向茶几上的一個小盒，似乎是古董鼻菸盒，以貝母和金箔製成。盒蓋中央是八瓣花的圖案，跟他用來裝藥瓶的盒子相同造型。他掀開盒蓋，抽出一支小油瓶，瓶中液體略呈藍色。

「那是翠菊萃取液。」我說。

「完全正確。」

「你怎麼有這種東西？」

「我用小劑量的星花萃取液幫助麥可，這能幫助他想起他的夢境。」

「星花？」

「利菲特族把翠菊稱作『星花』，是從我們的語言『靈語』裡的辭彙直譯的。」

「方言師說的那種語言就是靈語？」

「沒錯，乙太的上古語言。麥可雖然不再能說靈語，但能聽懂。靈聽師也是。」

所以方言師能偷聽利菲特人的談話內容。有意思。「所以你想給他翠菊……現在？」

「不，我只是想整理一下我申請到的這些藥劑。」他回答。他在搞笑？大概不是。

「這之中有些藥劑，例如銀蓮花，能對我們造成傷害。」他從盒中拿起一朵紅花。「有些毒藥不能落入人類手中。」他凝視我的眼睛。「我們可不希望這些藥劑被拿來……侵入大宅之類的，那會讓我們最祕密的物資被奪。」

紅花。我想起大衛那張筆記本紙頁的其中一句話。**唯一手段**。

殺掉利菲特人的唯一手段？

「當然，」我說：「我們可不希望那種事發生。」

貧民窟一片寂靜，我在被蘇赫押回莫德林之後就沒再見到莉絲。我沒機會來探望她、看她是否從卡牌被毀的打擊恢復過來。

她雖然保有意識，但注意力渙散。她的嘴唇蒼白，眼神茫然，仍陷於靈魂休克造成的痛苦。

朱利安和席羅——我在第一晚見到的那名戴眼鏡的表演者——扛起照顧她的責任。他們餵她吃飯、幫她梳頭、治療她的手部燒傷，還對她說話。她只是躺在那，渾身僵硬溼冷，喃喃自語的說著關於乙太的事。一旦被切斷和乙太之間的聯繫，她的本能反應是拋下軀殼、投入乙太。我們必須幫她平息那種衝動，避免讓她離我們而去。

我先跑去杜凱的當鋪，用兩顆藥丸換來一罐酒精膏、幾支火柴和一罐豆子。可惜杜凱沒有卡牌，所有卡牌都被凱瑟琳那名紅衣人沒收，就為了確保莉絲受盡折磨。凱瑟琳很幸運——衛士不准她去找我，否則我鐵定給她好看。

我從當鋪來到小屋，朱利安抬頭看我，眼睛因為疲憊而充血。他身上不是粉色外袍，而是破襯衫和布質長褲。

「佩姬，妳離開了好一陣子。」

「最近很多事情，我晚點再解釋。」我在莉絲身旁跪下。「她有進食嗎？」

「我昨天試著讓她吃下一點點稀粥，但她全部吐出來。」

「燒傷呢？」

「很糟，我們需要使立復乳膏。」

「我們會再試試餵她吃東西。」我撫摸她沾染汗水的捲髮，捏捏她的臉頰。「莉絲？」

她睜著雙眼卻沒反應。我點燃酒精膏。席羅不耐煩地用指尖敲敲膝蓋。「**快醒醒**

吧，萊莫爾，」他對她說話，口氣不悅。「妳不能離開舞臺這麼久。」

「我以為人人皆有惻隱之心？」朱利安斥責。

「現在不是同情她的時候，蘇赫很快會來找她算帳，她原本應該跟我一起上臺表演。」

「他們沒發現她缺席？」

「最近都是奈兒幫她代班。她們身高一樣、髮色相同，穿上戲服和面具的話從外表看不出差別。問題是奈兒本領不夠，常常摔倒。」席羅凝視莉絲。「萊莫爾從不摔倒。」

朱利安把豆子罐頭放在酒精膏上。我找來一支湯匙，用手臂環抱莉絲，她搖搖頭。

「不。」

「妳必須吃些東西，莉絲。」朱利安揪住她的冰涼手腕，但她沒反應。

豆子煮熱後，朱利安把她的頭往後仰。我用湯匙餵她，可是她幾乎無法吞嚥，豆子沿她的下巴滾落。席羅抓起罐頭，直接用手挖出剩下的豆子。我挺直背，看著莉絲縮回被窩。

「不能再這樣下去。」

「可是我們無能為力。」朱利安握起一拳。「就算我們弄來卡牌，也不能保證讓她恢復。這就好像給她接上別人的肢體，她很可能出現排斥反應。」

「我們必須試試。」我瞥向席羅。「這裡沒有其他牌占師？」

「都死了。」

「就算席羅說錯，我們也不能拿別人的卡牌，」朱利安壓低嗓門。「那比謀殺更惡劣。」

「那我們去利菲特人那裡偷。」我提議，畢竟犯罪是我的強項。「我打算闖進大宅，裡頭一定有物資。」

「妳會死。」席羅的口氣毫無難過之意。

「我從巴吱怪手中活了下來，不會有事的。」

朱利安抬頭。「妳見到牠們？」

「牠們在林中遊蕩，衛士逼我面對其中一隻。」

「這表示妳通過測驗？」他的臉上閃過懷疑。「妳成了紅衣人？」

「我不知道。我以為我成了紅衣人，但是——」我拉拉身上的外袍，「這不像紅色。」

「真令人安心。」他停頓。「牠是什麼模樣？那個巴吱怪。」

「敏捷、好鬥。我沒看清楚。」我看著他的新衣服。「你不是也曾親眼目睹？」

他勉強一笑。「我只是沒趕上宵禁，就被亞露卓踢出門。我恐怕也成了戲子。」

席羅在發抖。「被它們咬到就死定了，」他喃喃自語。「妳不該再去那種地方。」

「我恐怕沒得選。」我說。席羅雙手掩面。「朱利安，給我一條毯子。」

朱利安照做。我把毯子蓋在莉絲身上，她仍不斷顫抖。我揉揉她的冰涼胳臂，試著幫她搓暖，她的指頭布滿水泡。

「佩姬。」朱利安開口，「妳是認真的嗎？妳真想闖進大宅？」

「衛士說裡頭有物資，還有祕密物品、我們不該看到的東西。或許有使立復乳膏。」

「妳有沒有想過那裡恐怕有人看守？或是衛士可能說謊？」

「我願意冒險。」

他嘆氣。「我看我也無法阻止妳。如果妳真的成功闖入？」

「我能偷多少就偷多少——能用來保護我自己的東西——然後我會離開這裡。有誰想加入，我非常歡迎；如果沒人要跟，那我就自己走。無論如何，我不想待在這等死。」

「別去，」席羅說：「妳會被殺，就像先前那些人。巴叱怪吃了他們，也會吃了妳。」

「拜託，席羅，別再說了。」朱利安一直盯著我。「去大宅吧，佩姬。我會試著集結一些夥伴。」

「夥伴？」

「當然。」爐火在他眼中舞動。「難道妳真打算沒狠狠打一架就走？」

我挑眉。「打架？」

「妳不能就這麼一走了之、假裝這裡根本不存在。賽昂這種手段已經持續了兩世紀，佩姬，不會結束。等妳逃回賽昂倫敦，誰能保證妳不會再被他們拖回這裡？」

他言之有理。「你的提議是？」

「越獄，帶每個人逃跑，不留任何靈視者給他們當食物。」

「這裡有超過兩百名人類，不是說走就走。更何況，林中有地雷。」我雙手抱膝。「你知道第十八屆骸骨季節發生什麼事。如果害任何人喪命，我會良心不安。」

「妳不用擔心會不會良心不安。人們想離開這裡，佩姬——他們只是不夠勇敢，還沒鼓起勇氣。如果搞出什麼大事來轉移利菲特人的注意力，我們就能帶其他人穿越樹林。」他的一手按上我的手臂。「妳來自聯合集團、來自愛爾蘭，妳不認為我們該讓利菲特人知道我們不歸他們管？他們不能繼續從我們身上予取予求？」看我沒回答，他捏捏我的胳臂。「給他們好看，讓他們知道雖然過了兩百年，我們人類還是不容小覷。」

我不再看到他的臉，而是看到都柏林那一天，芬恩叫我起身反抗。

「或許你說得對。」我說。

「我知道我說得對。」他露出疲憊的微笑。「你認為我們需要多少人？」

「從有充分理由痛恨利菲特人的那些人算起，戲子、黃衣人、靈盲者、艾拉、菲立斯、艾薇，然後去說服白衣人。」

「我該對他們說什麼？」

「先別明說，而是問些問題，試探他們是否願意嘗試逃跑。」

朱利安看向席羅。

「不。」席羅搖搖頭，那副破眼鏡後方的眼眸因恐懼而瞪大。「我不參加。不可能，兄弟。他們會宰了我們，他們不老不死。」

「他們並非死不了。」我看著酒精膏越燒越弱。「他們也會受傷，衛士跟我說過。」

「他可能說謊，」朱利安強調。「他可是奈希拉的未婚夫，族長配偶，她的心腹。妳怎麼會相信他說的話？」

「因為我認為他以前反抗過她，他是負疤者之一。」

「他是啥？」

「在第十八屆骸骨季節發動叛變的一群利菲特人，他們後來被處以酷刑，身負傷疤。」

「妳從哪裡聽來的？」

「某個啃骨族，XX-12。」

「妳相信啃骨族？」

「我原本也不相信，但他帶我看過紀念受難者的神龕。」

「妳認為衛士是那些『負疤者』之一。」他說，我點點頭。「那妳想必看過他的疤痕？」

「沒有，我認為他隱藏疤痕。」

「妳認為。佩姬，這不能算證據。」

我還來不及回應，有人闖進小屋，我僵在原地。

是監督。

「嘖嘖嘖，」他挑起以眉筆畫上的眉毛。「看來咱們的舞臺上有一位冒充者啊。既然XIX-1一直躺在這，那到底是誰在舞臺上表演？」

我起身，朱利安也站起。「她處於靈魂休克的狀態，」我直視監督的眼睛。「沒辦法上臺。」

監督在莉絲身旁跪下，觸摸她的額頭，她立刻轉頭避開。「唉呀，唉呀。」他撫摸她的頭髮。「這真糟，真是壞消息。我不能失去她，我寶貴的一號。」

莉絲開始尖叫，身子劇烈抽搐。「走開，」她喘道：「走開！」朱利安揪住監督的肩膀，用力一推。

「別碰她。」

我站在朱利安身旁，席羅緊張得身子來回搖晃。監督一開始顯得狼狽，甚至目瞪口呆，但隨即放聲大笑。他站起身，開心地拍手，接著把戴手套的一手伸進外套。

「這是反叛的前兆嗎，孩子？我這是引狼入室？而且是兩隻餓狼？」

他一甩手腕，取出長鞭，專門用來對付牲畜的工具。

「我不會讓你們帶壞一號，或是其他孩子。」他朝我揮鞭。「妳現在或許還不是表演者，四十號，但那只是遲早的事。快滾回妳的監護者身邊。」

「不。」

「我們都不走，」朱利安的臉龐綻放鬥志。「我們不會丟下莉絲。」

監督揮鞭，朱利安差點倒下，臉上出現一條滲血傷痕。「你是我的牲畜之一，小子，你最好記住這點。」我把腳步放寬，穩住身子。監督朝我咧嘴笑。「這麼做實在沒必要，四十號，我會照顧一號。」

「你無權逼我們離開，我是由奧古雷斯看管。」我毫不退縮。「我倒想看看，你要如何向他解釋你出手傷我。」

「我沒打算傷妳，夢行者，而是馴服妳。」

皮鞭再次朝我嘶吼而來，朱利安同時朝他揮拳，鞭擊因此偏離。這根本是上次跟啃骨族鬥毆的重演，不過這次我們會獲勝。

我心中燃起野性，我衝向監督，一拳擊中他的下顎，他的腦袋因此劇烈晃動。朱利安將他踹倒在地，他握鞭的手鬆開，我試著搶走鞭子，但他立刻抓住，還朝我半笑半吼地咬牙。朱利安用手臂鎖住他的咽喉，我從他手中搶走皮鞭，舉起準備甩下——結果鞭子被奪，一只靴子朝我的腹部踢來，我撞上牆面。

是蘇赫，我早該料到。監督和他的長官總是如影隨形，就跟黑道一樣，打手總是離老大不遠。「我就知道妳八成在這，矮子。」他揪住我的頭髮。「又在惹麻煩？」

我朝他吐口水，他狠狠甩我一巴掌，我被打得眼冒金星。「我不在乎妳的監護者是誰，小雜種，我才不怕那位皇妾。我之所以沒割開妳的咽喉，是因為嫡系族長召見妳。」

「我打賭她一定很喜歡聽到你叫他『皇妾』，蘇赫，」我逼自己開口。「我該不該告訴她？」

「儘管去說。人類吐出的話語比狗的口水還不如。」

他把我扛在肩上，我踢打尖叫，但不願冒險以靈魂攻擊。監督用手刀劈向朱利安的腦袋，把他打倒在地。我最後看到的一幕是朱利安和莉絲躺在那，任憑我無法對付的某人處置。

第十九章 花朵

跟在迎新會時相比，此刻的領主宅邸更顯古老而黑暗。現在只有蘇赫盯著我，等會兒八成換奈希拉和我獨處。我的監護者不在場，沒人保護我。我的兩腿開始微微抽搐。

蘇赫沒帶我去迎新會的會場或是禮拜堂，而是把我拖過走廊、丟進一間裝設圓頂窗的挑高房間。房中以一座點燃層層蠟燭的鐵質吊燈照明，還有一座巨型壁爐。吊燈的燭光在天花板舞動，在帶有稜紋的石灰泥拱形圓頂投射陰影。

房間中央是一張長型餐桌，奈希拉・薩加斯坐在首位的紅布椅，身上的高領黑裙裝呈現雕像般的幾何造型。

「晚安，四十號。」

我沒說話。她做個手勢。

「蘇赫，你可以退下了。」

「是的，嫡系族長。」蘇赫把我推向她。「下回見，」他在我耳邊低語，「小雜種。」

他大步走向門口，把我丟在這個陰森的房間，面對想殺掉我的女人。

「坐。」她說。

我想坐在餐桌尾端的椅子上——距離約十二呎——但她指向她左手邊的鄰座，那一側離壁爐最遠。我走上前，在椅子坐下，每個舉動都讓我痛得彷彿腦袋快炸開，蘇赫給我最後一拳時完全沒手下留情。

奈希拉一直盯著我，那雙綠眸的色澤宛如茴香酒。不知道她今晚吃了誰的氣場？

「妳在流血。」

一條餐巾放在餐具旁，以一枚厚重金環套起。我用餐巾點拭腫脹的嘴脣，象牙色的亞麻布染血。我摺起餐巾，隱藏血跡，放在大腿上。

「想必讓妳受驚了。」奈希拉說。

「沒有。」

我是應該害怕，我剛剛確實害怕。這女人控制一切，她的名諱令人生畏，她只要一聲令下就能奪人性命。

她的墮天使就在一旁飄蕩，未曾遠離她的氣場。

沉默氣氛持續擴張，我不知道該不該看她。我從眼角注意到某物反映火光——是一面鐘形玻璃罩，放在桌子正中央，罩內是一朵死花，花瓣枯黃發皺，靠一根細鐵絲支撐。不管它生前是什麼花，現在已經徹底死透、面目全非。我搞不懂她為何在餐桌中央放朵死花，但她是奈希拉，做什麼都不令我意外。她就是喜歡在身邊放些死物。她注意到我對那東西感興趣。

「有些東西死了比較好，」她說：「妳不覺得？」

我無法把視線從死花移開，我總覺得自己的第六感出現震動。

「嗯。」我說。

奈希拉抬頭。我注意到兩側的窗戶上方各有五十副石膏臉孔，我更仔細觀察最近一副，那是張女性臉龐，表情放鬆而略帶微笑，看來安詳，彷彿入眠。

我突然打從胃底感覺作嘔。那是《塞納河的無名少女》，著名的法國死亡面具。（註32）傑克森也在他的客廳放了一個複製品，他說這女人很美、在十九世紀末成為放蕩不羈的藝術愛好者所喜愛的收藏品。伊萊莎逼他拿布遮起那東西，他對此很不高興，她說那張臉孔令她毛骨悚然。

我緩緩掃視四周，那些臉龐——人——全是**死亡面具**。我逼自己別吐出來。奈希拉不只收集靈視者的魂魄，還收集他們的臉孔。

賽柏。難道賽柏也在牆上？我逼自己低頭，但腸胃不住翻滾。

註32《塞納河的無名少女（L'Inconnue de la Seine）》源自一八八〇年代於法國塞納河發現的少女遺體，真實身分不明。一位病理學家請人以石膏製作少女的死亡面具，其複製品漸漸成為受到藝術愛好者歡迎的詭異裝飾品，後來甚至成為心肺復甦訓練用的人偶「安妮」的原型。

「妳看來不太舒服。」奈希拉說。

「我沒事。」

「那就好，畢竟現在是妳在第一冥府的關鍵時刻，我可不想看到妳挑這種節骨眼生病。」她以戴手套的指尖撫摸餐刀，依然凝視我。「我那些紅衣人等會兒就會到來，但我想先跟妳談談、彼此『交心』一下。」

有意思，沒心沒肺的人想跟我交心。

「族長配偶一直向我報告妳的成長狀況，他說他盡力試圖讓妳徹底發揮潛力，」她說：「但妳無法徹底占據別人的夢境——就算只是動物的夢境。這是真的嗎？」

她被蒙在鼓裡。「是真的。」我說。

「真可惜。不過妳在面對厄冥的時候活了下來，甚至傷了對方。出於這個理由，奧古雷斯認為妳應該晉升紅衣人。」

我不知道該怎麼回答。出於某種原因，衛士沒讓她知道蝴蝶的事，或是鹿。這表示他不想讓她知道我的能力——但他想讓我成為紅衣人。他這次又在玩什麼把戲？

「妳真寡言。」奈希拉的眼睛冷如冰河。「妳在迎新會的時候沒這麼緊張。」

「我以為我們只能奉命開口。」

「我命令妳開口。」

我想叫她把那些規矩塞進她的屁眼。我在衛士面前十分無禮，在她面前原本也不該猶豫——但她的手仍放在餐刀上，那雙眼睛冷漠無情。最後，我盡量表現出適當的謙卑：「很高興族長配偶認為我值得穿上紅袍，我在測驗時確實盡了力。」

「這點我不懷疑，然而妳也不能因此自滿。」她靠向椅背。「在妳的就職餐會開始前，我有些事情想問妳。」

「就職？」

「是的。恭喜妳，四十號，妳晉升紅衣人。我要把妳介紹給妳的新夥伴，他們都對我忠心耿耿，甚至超過對他們的監護者。」

我的耳中嗡嗡作響。紅衣人，啃骨族。我爬到第一冥府的最高階層，奈希拉・薩加斯的核心圈子。

「我想跟妳談談奧古雷斯。」奈希拉凝視爐火。「妳跟他一起住。」

「我有自己的房間，在樓上。」

「他有沒有叫妳離開房間？」

「只有為了訓練的時候。」

「沒有其他原因？像是聊聊天之類的？」

「他沒興趣跟我說話。」我說：「我有什麼話題能讓族長配偶感興趣？」

「有道理。」

我逼自己住口。她根本不知道那傢伙對我多好奇、他瞞著她教了我多少事。

「我猜妳看過他的房間。創立塔裡有沒有任何東西令妳感到困擾？任何不尋常之事？」

「他有一些我沒看過的植物萃取液。」

「花朵。」

我點點頭，她從桌面拿起某物，是一枚胸針，因歲月而黯淡無光，造型跟他的鼻菸盒蓋花紋相同。「妳在創立塔有沒有見過這個標誌？」

「沒有。」

「妳似乎很確定。」

「我確定。我從沒見過。」

她直視我的眼睛，我逼自己別轉頭。

遠處的一道門開啟，一隊紅衣人走來，由一名我不認識的男利菲特人護送。「歡迎各位朋友。」奈希拉朝他們招手。「請坐。」

男利菲特人將一拳貼於胸口，行禮之後離開。我觀察這些人類的臉龐，二十名啃骨族，每個人都顯得營養均衡、乾淨整齊。他們想必總是集體行動，第十九屆的老兵在最前排；凱瑟琳也在場，連同十六號和十七號；卡爾在後排，一身紅袍，頭髮經過梳理分邊。他凝視我，瞪大的眼睛顯得不悅，想必他從沒見過粉衣人和嫡系族長同坐一桌。

　　他們就座。卡爾被迫坐在僅剩的位子上——我的正對面。大衛坐在幾張椅子之外的位置，他頭上有一條新傷，用一排美容膠帶封上。他抬頭看那些死亡面具，因納悶而挑眉。

　　「很高興各位能與我共度今晚。多虧你們的努力不懈，本週沒有重大的厄冥入侵事件。」奈希拉一一看著他們。「話雖如此，我們不能忘記那些怪物仍是威脅，它們的殘酷無藥可醫，也因為靈界門檻破裂，我們無法將它們困在冥界。只有你們擋在那些掠食者和牠們的獵物之間。」

　　他們點點頭，每個人都相信這番話。好吧，或許大衛例外，他面帶微笑，正在凝視一副面具。

　　我注意到對側凱瑟琳的眼神，她臉上有一大片瘀傷，十六號和十七號倒是沒瞥我一眼。很好。如果他們瞄我，我可能會忍不住把餐刀丟過去。就是因為他們的關係，莉絲正在外頭某處等死。

　　「二十二號——」奈希拉轉頭看右手邊的啃骨族，「十一號的狀況如何？聽說他還在歐瑞爾。」

　　年輕人清清喉嚨。「他稍微好轉，嫡系族長，沒出現感染的跡象。」

　　「他的勇猛令人欣賞。」

　　「聽到此話，他會甚感榮幸，嫡系族長。」

是的，嫡系族長。不，嫡系族長。利菲特人確實喜歡被捧上天。

奈希拉又拍個手，四名靈盲者從一道小門走進，每人端著一面托盤，而且散發強烈的香料味。其中之一是麥可，但他沒看我的眼睛。他們迅速把大餐送上桌，放在鐘形玻璃罩周遭，其中一人把冰涼的白葡萄酒倒進我們的杯中。我感覺咽喉打結，托盤堆滿食物：刀功精緻的雞肉肥嫩多汁，雞皮金黃酥脆，內餡是鼠尾草和洋蔥；濃稠甜美的肉汁、蔓越莓醬、蒸煮蔬菜、烤馬鈴薯，還有以培根包裹的香腸——這是讓大法官享用的高級饗宴。奈希拉點個頭，啃骨族立刻開動，他們吃得很快，但不是因為挨餓多日的那種瘋狂急切。

我的五臟六腑發疼。我想吃，但我想到那些戲子，他們窩在小屋裡，靠動物油脂和硬麵包過活。這裡一堆山珍海味，外頭卻是三餐不繼。奈希拉注意到我的猶豫。

「吃。」

這是命令。我把幾塊雞肉和一些蔬菜放進我的盤子。卡爾如喝水般大口吞酒。

「小心點，一號，」一名女孩開口：「咱們不想再看到你喝得爛醉。」

其他人笑出聲，卡爾也咧嘴笑。「唉唷，只發生那麼一次，我那時候還是粉衣人。」

「就是啊，別管一號，他贏得喝酒的資格。」二十二號友善地輕捶他的臂膀。「他還是個新兵。更何況，我們第一次面對巴歧怪的時候都很辛苦。」

其他人竊竊私語、表示同意。「我昏倒了，」那名女孩承認，表現出團結一致。「我是說我第一次碰到巴吱怪的時候。」

卡爾微笑。「可是妳很會操控魂魄，六號。」

「謝了。」

我默默看著他們的袍澤之情。這令我覺得噁心，但他們不是在演戲。卡爾不只喜歡紅衣人這個身分，而是徹底融入這個詭異新世界。就某方面來說，我能理解。我剛開始替傑克森工作時也有同樣感受，或許卡爾在聯合集團時一直沒有歸屬感。

奈希拉看著他們，想必她很享受這種每星期上演一次的戲碼。這幫被洗腦的蠢人類，笑著談論她逼他們接受的測驗——每個人都在她的操控下、大啖她提供的美食。她一定覺得自己無所不能，也為此自滿。

「妳還是個粉衣人。」某人的尖銳嗓門傳進我耳中。「妳打過巴吱怪沒有？」

我抬頭，他們都在看我。

「昨晚。」我說。

「我以前沒見過妳。」二十二號揚起濃眉。「妳隸屬誰的軍團？」

「我不屬於任何軍團。」我很享受這場對話。

「不可能，」另一名男孩說：「妳是粉衣人。妳那棟宅邸還有哪些人類？妳的監護者是誰？」

「我的監護者只看管我一人。」我朝二十二號很快一笑。「你們可能見過他，他是族長配偶。」

沉默蔓延，感覺彷彿經過幾小時。我啜飲一口葡萄酒，這種陌生酒精的口感尖銳。

「族長配偶選擇四十號這種優秀人類，這是好事，」奈希拉微微發笑，這種笑聲讓人有些不知所措，彷彿鐘聲走音變調。「她單獨擊退巴吱怪，沒有監護者在身邊。」

更多沉默。我猜他們沒有任何人是在缺乏利菲特族陪同的情況下進入林中，更別說單獨應付巴吱怪。三十號提出我意料之內的疑問：「嫡系族長的意思是，族長配偶沒對付過厄冥？」

「族長配偶不被允許與厄冥交戰。做為我未來的夫婿，他不適合去做紅衣人的工作。」

「那當然，嫡系族長。」

我能感覺到奈希拉正在看我。我繼續低頭吃馬鈴薯。

衛士對付過厄冥，我曾親手處理他的傷口。他違背了奈希拉的命令，但她完全不知道，就算知道也只是懷疑。

有那麼幾分鐘，現場只聽見餐具的輕柔敲擊聲。我吃下淋肉汁的蔬菜，同時思索衛士暗中對付厄冥這件事。他根本不需要冒那種生命危險，卻選擇去對付牠們，這麼做一定有原因。

紅衣士兵們低聲交談，問起彼此的宅邸狀況，對那些老舊建築之美感到驚奇，偶爾也表示對戲子的藐視（「**說真的，那幫戲子都是懦夫，頂尖戲子也不例外。**」）。凱瑟琳玩弄食物，聽到有人提起貧民窟時顯得有些僵硬。三十號依然臉色紅潤，卡爾則是用力咀嚼食物，不時喝下更多葡萄酒。所有菜餚被吃乾淨後，靈盲者才回來收拾桌子，而且送上三大盤甜點。等紅衣士兵們動手取用甜點後，奈希拉才開口說話。

「各位朋友，既然你們吃飽喝足，我們來點娛樂。」

卡爾用餐巾擦拭嘴角的糖蜜。一群戲子進入房間，其中一名男子是個靈聽師。奈希拉點個頭，他把小提琴放到肩上，開始演奏柔和又活潑的曲子，其他人開始表演優雅的雜技。

「現在開始談正事。」奈希拉根本沒在看表演。「如果你們之中有誰跟監督談過，應該知道他的工作是什麼——他算是骸骨季節的補貨員。過去的歲月中，我一直很想獲得賽昂倫敦犯罪集團的珍貴靈視者。你們之中一定有許多人知道那個集團，或許原本就是他們的成員。」

三十號和十八號微微挪動身子。我沒認出他們是集團的人，但這也是因為我的活動範圍幾乎都在一之四區，只有偶爾會去一之一和一之五區。他們可能來自其他的三十三區之一。卡爾張著嘴巴。

沒人在看表演者，他們將自己的技術練得精湛完美，觀眾卻根本不在乎。

「第一冥府要的是品質，不只是數量。」聽到這話，大半的觀眾低下頭，奈希拉無視這種反應。「最近幾十年，我發現我們抓到的靈視者種類越來越少。我們族人尊重也珍惜你們的能力，但為了讓殖民地蓬勃發展，我們需要其他類型的天賦。我們必須彼此學習，不能只取得牌占師和手相師。

「我們現在要尋找的，就是XX-59-40這種靈視者，她是我們的第一位夢行者。我們也需要女先知、狂戰士、縛靈師、召靈師，還有一、兩名神諭者——能為我們的陣營提供新的洞察力。」

凱瑟琳以瘀傷的眼睛看我，她現在清楚知道我不是復仇者。

「我認為四十號能教我們很多事情，」大衛舉杯。「我願意配合。」

「很好的態度，十二號。我們也的確打算向四十號多多學習，」奈希拉將視線移向我。「因此我明天會派她去進行一項特殊任務。」

老兵們面面相覷，卡爾的臉色漲得跟草莓奶油布丁一樣紅。「同行的還有XX-59-1，還有你，十二號，」奈希拉說下去。卡爾這下顯得興高采烈，大衛只是朝酒杯微笑。「一名第十九屆骸骨季節的前輩將陪同前往、觀察你們的表現。三十號，我相信這份責任能交給你。」

三十號點頭。「榮幸之至，嫡系族長。」

「很好。」

卡爾的身子向前傾。「任務是什麼內容，嫡系族長？」

「我們有個棘手局面要處理。如一號和十二號所知，我要求大多數白衣人進行透視，為了查出一個名為『七封印』的團體藏身何處，他們隸屬由靈視者組成的犯罪集團。」

我不敢抬頭。

「我們知道七封印擁有幾名罕見的靈視者類型，包括一名神諭者和一名縛靈師。事實上，那位所謂的『白縛靈師』就是那個團體的關鍵人物。從最近的透視來看，我們做出結論：他們將於後天在倫敦會面，地點名為『特拉法加廣場』，位於第一地區，時間是凌晨一點。」

他們取得的資料詳細得令我不可思議。不過，那麼多靈視者把精神集中在乙太的同一區進行透視，其實我也不用太驚訝，產生的強大效果就跟降靈會差不多。

「你們有誰聽說過七封印？」沒人說話，奈希拉看向我。「四十號，妳以前一定是聯合集團的一分子，否則妳不可能在倫敦躲藏那麼久。」她的眼睛嚴肅。「把妳知道的事說出來。」

我清清喉嚨。

「那些幫派都很低調，」我說：「雖然我聽說過一些八卦，不過——」

「八卦。」她重複這個名詞。

「謠言，」我解釋：「傳聞。」

「詳細說明。」

「我們都知道他們的外號。」

「什麼外號？」

「白縛靈師、赤眼者、黑鑽石、晢夢者、受難繆思、鏈縛復仇者、靜鐘。」

「那些名字我都聽過，除了晢夢者。」糟糕。「聽來像是夢行者。還真巧？」她用指尖敲敲桌面。「妳是否知道他們的藏身地？」

我無法否認，她看過我的身分證。

「是的。」我說：「在一之四區，我以前在那工作。」

「兩名夢行者住在同一區，這不是很反常？他們一定想得到妳。」

「他們不知道我的能力，我很低調。」我說：「那名夢行者是一之四區幫主的直屬門徒、縛靈師的得意門生。如果她把我當成競爭對手，一定會宰了我。強勢幫派不喜歡有人搶生意。」

她在耍我，我很確定。奈希拉不是笨蛋，一定早就拼湊出答案：小冊、晢夢者、在一之四區活動的七封印。她清楚知道我是誰。

「如果那位晢夢者確實是夢行者，那麼那位白縛靈師很可能將城塞中最優秀的靈視者一一藏起，」她說：「我們很少有機會能取得那種優秀人才。妳在這次任務中的表現將成為關鍵，四十號，只有妳這種夢行者能辨識出七封印之中的夢行者。」

「是的，嫡系族長，」我的咽喉緊繃，「但是——七封印為什麼挑那時候見面？」

「如我先前所說，四十號，情況實在微妙，愛爾蘭有幾名靈視者似乎試圖聯絡倫敦的犯罪集團，那些人的首領是一名愛爾蘭裔通緝犯，名叫安東妮特・卡特。七封印答應見她。」

看來傑克森終於辦到了。我實在好奇安東妮特是如何混進城塞，橫越愛爾蘭海是幾乎不可能成功的壯舉。靈視者曾試過離開國家，大多想去美國，但沒幾人成功，沒人能坐小船渡海。就算有誰成功，賽昂也絕不會讓我們知道。

「聯合集團那種犯罪組織絕不能在都柏林複製。也因此，他們的會面必須被阻止。你們的主要任務是逮捕安東妮特・卡特。我認為她或許也是罕見的靈視者，我打算查明她到底有何能力。第二任務是捉拿七封印，白縛靈師是關鍵目標。」

傑克森，我的幫主。

「你們將由族長配偶和他的親戚指揮。只許成功，不許失敗。如果安東妮特・卡特成功返回愛爾蘭，我將唯你們是問。」奈希拉看著我們：三十號、大衛、卡爾，還有我。「明白嗎？」

「是的，嫡系族長，」三十號和卡爾回答。大衛搖晃杯中物。

我不發一語。

「妳在此地的生活即將改變，四十號。在這次任務中，妳將好好發揮自己的能力。我希望妳能對奧古雷斯給妳的長時間訓練表達一些回報。」奈希拉的視線從爐火移向我的眼睛。「妳擁有深厚潛力，但如果妳不試圖發揮那種潛力，我會確保妳永遠不能再踏進安全的莫德林宅邸，妳得在外頭跟那些傻子一起腐爛。」

她的視線不帶任何情緒，但充滿慾望。奈希拉・薩加斯正在失去耐性。

第二十章

小小世界

我們這個團體的第五和第六位成員是在二〇五七年被發現，我也是在同一年加入。

那陣子出現一波酷熱難耐的熱浪，傑克森的一名線人傳來消息：在一之四區發現兩名新靈視者，那兩人是以參加倫敦大學暑期座談會的名義來到這裡。那種座談會一向很成功，幾百名年輕而熱情的參訪者來自非賽昂管轄的國家，準備回國宣傳「反靈視者」的政策。類似政策已經在美國的一些地區獲得支持，而美國人對賽昂政權的看法向來分歧。那位線人發現那兩人的氣場，立刻向其幫主通報，後來卻發現那兩名新人並不是一之四區的永久居民，那兩人根本沒聽說過聯合集團，可能也根本不知道自己是靈視者。

線人指出其中一人是個年輕女子，幾乎已確認是靈聽師。傑克森不覺得這有什麼了不起，他跟我說過靈聽師是一種「察覺者」，能知曉乙太的運作，以及魂魄的氣味、聲音和韻律。靈聽師能聽見魂魄的話語和震動，甚至用它們來演奏樂器。「是挺漂亮的天賦，」他說：「但沒什麼意義。」列為第四階靈視者的察覺者比靈感者罕見，但也只是稍微稀少一些。儘管如此，城塞裡沒幾個靈聽師，傑克森確實喜歡罕見之物。

真正令他感興趣的是另外那人。線人指出那人的氣場很不尋常，顏色介於橘紅之間，是復仇者的氣場。

傑克森在街頭尋找復仇者多年，卻總是一無所獲，這次似乎是個絕佳機會，他不敢相信自己如此幸運。傑克森・霍爾有個願景、有個計畫，他不只想自組幫派——當然沒這麼簡單，而是想收集珠寶——靈視者之中的菁英。他想讓反常者議會的眾多幫主對他既羨慕又嫉妒。

「我會說服他們留下，」他說，把楞杖指向我。「妳等著瞧吧，親愛的門徒。」

「他們在老家有自己的生活和家人，傑克森。」我不相信他辦得到。「你不認為他們需要時間考慮？」

「我可沒那種時間，親愛的。他們一旦離開，我就再也得不到。他們必須留下。」

「作夢吧你。」

「我從不作夢。不過，咱們賭一把如何？」他伸出一手。「如果妳輸了，就得免費幫我完成兩項任務，而且幫我的古董鏡打蠟。」

「如果我贏了？」

「妳在那兩項任務拿雙倍酬勞，而且不用替古董鏡打蠟。」

我跟他握手。

傑克森這人確實善於花言巧語。我知道父親對他會如何評論：「這人想必吻過巧言石。」(註33)傑克森就是散發某種氣質，讓你想取悅他、看他的眼睛綻放光采。傑克森知道自己能說服那兩人留下。查出他們的下榻飯店之後，他花錢叫一名賣藝人問出他們的姓名，然後寄出邀請函，請他們參加在柯芬園一間時髦咖啡館舉行的「特別活動」。我親自把邀請函交給飯店的服務人員，信封署名給娜汀・L・阿爾奈特女士還有以西結・賽恩茲先生。

他們把自己的詳細資料寄來。這兩人是同母異父的兄妹，都是波士頓居民，麻州的耀眼首府。在面試那天，傑克森發電子郵件讓我們知道即時情況。

太棒了。噢，這實在好得令我難以置信。

她絕對是斷語者，口若懸河，也無禮得令我欣賞。

她的兄長讓我好奇。我看不到他的氣場。真討厭。

我、尼克和伊萊莎又等了一小時才聽到好消息。

註33　巧言石（Blarney Stone）是愛爾蘭的布拉尼城堡（Blarney Castle）的一塊石頭，相傳吻過此石者將擁有能言善辯之力。

他們願意留下。佩姬，給鏡子上蠟的時候別打混。

從那之後，我再也不跟傑克森・霍爾打賭。

過了兩天，伊萊莎在巢穴裡為新成員準備房間的同時，我和尼克走去高爾街接他們。我們的計畫是把情況弄得像他們突然失蹤，彷彿被綁架或殺害。我們會留下線索，像是血衣和一、兩根頭髮。賽昂最喜歡這種消息，能拿來宣傳「反常者都是罪犯」，但最重要的是，他們不會去找失蹤的這兩人。

「你覺得傑克森真的說服他們留下？」我邊走邊問。

「妳也知道他的本領。如果妳願意好好聽他說話，他叫妳跳下懸崖妳也會照做。」

「但他們一定有家人，而且娜汀還在上學。」

「他們可能在老家過得並不好，小可愛。在賽昂轄區內，靈視者至少能弄清楚自己有什麼能力，但在他們老家，他們一定只以為自己是瘋子。」他戴上墨鏡。「就這方面來說，賽昂也算是個祝福。」

就某方面來說，他說得沒錯。賽昂境外的其他國家並沒有靈視者的相關政策。靈視者在法律上不被承認，也沒有少數族群的地位，純粹被當成虛構人物。儘管如此，這總好過像我們這樣被系統性地獵捕殺害。我實在搞不懂他們為何願意留下。

他們正在大學外頭等候，尼克朝最近的一人伸手。

「嗨。你是西結？」陌生人點頭。「我是尼克。」

「佩姬。」我自我介紹。

西結的虹膜色如紅茶，臉龐瘦削，表情有些不耐煩。他看來二十幾歲，體型以這種身高來說顯得過瘦，手腕纖細，膚色古銅。

「你們是傑克森．霍爾的人吧？」他的話語帶有我不熟悉的口音。他用另一手擦拭額汗，讓我瞥見一條直向疤痕。

「沒錯，但別再提起他的名字，守日者可能就在附近。」尼克微笑。「想必妳就是娜汀。」

他看著這位靈聽師。她的眼眸和不耐煩的表情跟兄長如出一轍，不過相似處到此為止。她的頭髮染紅且極為整齊，彷彿在修剪時以直尺輔助。眾多賽昂城塞的居民都習慣沿用城塞創立之年的時尚風格和慣用語，也因此，賽昂倫敦的每個人都穿維多利亞時代的服飾。娜汀一身黃襯衫、牛仔褲和高跟鞋的打扮顯然表示她是外國遊客。

「行不改名。」她回答。

尼克朝西結微微瞇眼，我也很難辨識他的氣場。注意到我們的反應，娜汀更靠近兄長。

「有什麼問題？」

「沒什麼。抱歉。」尼克說，視線移向他們身後的大學，再一一看這兩人。「我們得動作快一點。我猜你們已經慎重考慮過這件事，因為你們一旦走離這棟建築就再也不能回頭。」

西結一瞥妹妹，她低頭看鞋，交叉雙臂。「我們很確定，」他說：「我們已經做出決定。」

「那走吧。」

我們走到街尾，擠進一輛野雞車。娜汀不發一語，從手提袋拿出一副耳機戴上，閉上眼，嘴脣似乎微微顫抖。

「麻煩去蒙默斯街。」尼克告訴司機。

車子慢慢駛離。我們之所以選擇野雞車，就是因為這種司機沒有執照。為靈視者提供服務讓他們賺進大把鈔票。

傑克森的住所就在蒙默斯街，是一棟三層樓的小公寓，一樓是一間小精品店。我常在這裡過夜，給父親的藉口是住在朋友家，但這不算謊話。這幾個月來，我不斷學習靈視者社會的知識，包括幫派制度、幫主的名字，還有區間的禮儀和恩怨。現在，傑克森正在考驗我的能力，教我如何成為幫中一員。

這份工作做了幾星期後，我已經能按自己的意志讓靈魂出竅，我也因此立刻停止呼吸。這讓傑克森和伊萊莎大驚失色，以為把我害死。尼克不愧是醫生，立刻將腎上腺素直接注入我的心臟。雖然我的胸口因此疼痛一週，仍感到得意。我們四人為此去查特林餐廳慶祝，傑克森也為了下次實驗訂購一套生命維持系統。

我跟這些人很合，他們知道我才剛開始探索的這個世界有多詭異。我們在七晷區開創了專屬的小小世界、擁有精采的犯罪人生。現在有個陌生人加入我們的團體——或許是兩個陌生人，如果娜汀日後證明自己其實不討人厭。

我觀察他們的夢境，娜汀沒什麼不尋常，但是西結——嗯，他真有意思，在乙太中顯得黑暗又沉重。

「那麼，西結，」尼克說：「你打哪來？」

西結抬頭。

「我在墨西哥出生，」他說：「但現在跟娜汀住。」

他沒提供更多說明。我瞥向身後。「你以前去過其他賽昂城塞嗎？」

「沒有，我認為那麼做恐怕不太安全。」

「可是你們來到這。」

「我們只是想出國度個假。娜汀的大學提供參加座談會的機會，我也對賽昂很好奇。」他低頭看手。「我很慶幸我們決定來這裡。我們一直覺得自己跟別人不一樣，但是——嗯，霍爾先生向我們說明了原因。」

尼克顯得好奇。「美國官方對靈視能力是什麼態度？」

「他們把靈視能力稱作ＥＳＰ——『超感知覺』。他們只說那是賽昂法律所認定的疾病，而且美國的疾病管制暨預防中心仍在持續調查。他們不願清楚表態，我也不認

為他們想這麼做。」(註34)

我想詢問關於他們家人的事,但我總覺得最好晚點再提起。「傑克森很高興你們願意加入。」尼克露出微笑。「希望你們會喜歡此地。」

「你們會習慣的,」我說:「我剛來的時候很討厭這裡,不過被傑克森雇用之後,我就越來越習慣。集團會照顧你們。」

西結抬頭。「妳不是英格蘭裔?」

「愛爾蘭。」

「我以為沒多少愛爾蘭人逃過茉莉之亂。」

「我例外。」

「那實在是場悲劇,愛爾蘭音樂很美。」他補充道:「妳知道那些暴動者的歌曲嗎?」

「關於茉莉的那首?」

「不,另一首。暴動結束後,為了悼念死者而唱。」

「你是指〈餘燼之晨〉。」

「沒錯,就是那首。」他停頓,然後說:「妳能不能唱幾句?」

註34 ESP的全名為Extrasensory Perception,意指無需透過感知器官即能獲得情報。

我和尼克同時發笑。西結尷尬得面紅耳赤。「抱歉——這個要求很怪，」他說：「我只是想聽聽那首歌到底怎麼唱，如果妳不介意。我以前很喜歡聽娜汀唱歌，但是——總之，她不再演奏音樂。」

我和尼克對望一眼。不演奏音樂的靈聽師？尼克低聲咕噥一句：「這消息會讓傑克森不太高興。」我意識到西結還在看我、等候答案。

我不知道唱不唱得出來。愛爾蘭音樂被賽昂禁止，尤其是愛爾蘭反抗分子的音樂。小時候，我的愛爾蘭口音很重，但因為擔心賽昂境內的反愛爾蘭氣氛，我在搬離愛爾蘭時決定拋棄那種腔調。就算當時才八歲，我還是能感覺到自己的發音太怪、他們反感地斜眼看我。我常在鏡子前站幾小時，模仿新聞主播，直到我學會英國公立學校的那種清脆腔調。我當時還是不太受歡迎，「茉莉．馬亨尼」的外號跟了我好幾年，後來終於有幾個女孩接納我，大概因為我父親出錢贊助學校舞會。

或許為了表哥的緣故，我不能忘記那首歌。我望向窗外，聽到自己哼唱。

吾愛，在那餘燼之晨
十月黎明綻放曙光。
烈火燎過蜂蜜草原。
來吧，溪谷之魂，

我立於灰燼，你魂遊之處。
艾琳欲帶你歸家。

吾愛，我望見天空之火
十月苦晨即將到來。
煙霧瀰漫蜂蜜草原。
聽啊，南地之魂，
我在裂樹旁等候，
愛爾蘭之心已被大海擊碎。

歌詞不只這些，但我突然停止。我記得奶奶是在告別式上為芬恩唱這首歌，我們暗中在溪谷舉行的追思會只有六個人，根本沒屍體可下葬。父親就是在那時候宣布他被徵召，留爺爺、奶奶面對賽昂即將以武力征服愛爾蘭的南方土地。西結一臉嚴肅。

片刻後，尼克捏捏我的手。

我們來到蒙默斯街的時候，野雞車內悶熱難耐。我把幾張鈔票塞在司機手裡，他遞回一張。

「為了妳那首美麗的歌曲，」他說：「祝福妳，親愛的。」

「謝了。」

但我把鈔票留在座位上，我不拿回憶來換錢。

我幫尼克把行李搬下車。娜汀下車，摘下耳機，朝這棟公寓投以厭惡一眼。她的手提袋引起我的注意力，是某位紐約設計師的作品，這東西必須處理掉，美國人的東西在柯芬園黑市可謂炙手可熱。我原以為她有個樂器箱，但沒看到。或許她不是靈聽師，而是另外三種的察覺者其中之一。

我用鑰匙打開紅門，門上的金色牌匾寫著「雷諾曼藝術經紀公司」。對外，我們是名聲良好的藝術商。對內，我們實在跟誠信沾不上邊。

傑克森站在樓梯頂端，一身華服：絲領巾、筆挺白領、閃亮懷錶。他嘴叼雪茄，一手拿著一小杯咖啡，我實在搞不懂怎麼有人喜歡拿雪茄配咖啡。

「西結、娜汀，很高興再次見到你們。」

西結跟他握手。「你也是，霍爾先生。」

「歡迎來到七晷區。如你們所知，我是這區的幫主，而你們現在是我的核心成員。」傑克森看著西結的臉，但我知道他在觀察對方的氣場。「我猜你們是偷偷摸摸地離開高爾街。」

「沒人看到我們。」西結繃緊身子。「那邊那個——是魂魄？」

傑克森朝身後一瞥。「是啊，那位是彼得．克萊茲，荷蘭的靜物畫家，死於一六六〇年，現在是我們的一位多產繆思。彼得，來見見咱們的新朋友。」

「讓西結代勞吧，我累了。」娜汀沒瞥彼得一眼，彼得也沒把傑克森的命令當一回事。她沒有視靈眼。「我想要自己的房間，不想跟別人同睡一間，」她瞪著傑克森。「這點得先說清楚。」

我等著看傑克森如何反應，雖然他很少把情緒寫在臉上，但他鼻孔翕動，看來很不高興。

「我們提供什麼，妳就住什麼。」他說。

娜汀氣得發抖。尼克連忙打圓場，一臂勾在她的肩上。「妳當然可以有自己的房間，」他說，回頭偷偷朝我投以疲憊一眼。看來西結只好睡沙發。「伊萊莎才剛整理好房間。我能不能幫妳準備什麼飲料？」

「嗯，能。」她朝傑克森挑眉。「看來有些歐洲人還是知道如何對待女士。」

傑克森的神情彷彿被她賞了一巴掌。尼克帶她去小廚房。

「我不是，」他咬牙道：「**歐洲人**。」

我不禁竊笑。「我會確保沒人打擾你。」

「謝謝妳，佩姬。」他站直身子。「來我的辦公室吧，西結，我們談談。」

西結上樓的同時依然凝視彼得，後者正在其最新畫作前飄蕩。我還沒開口，傑克森已經揪住我的手臂。

「他的夢境，」他壓低嗓門。「是什麼感覺？」

「黑暗，」我說：「而且——」

「好極了，不用說了。」

他幾乎用跑的上樓，雪茄卡在嘴角。我被留在原地，由三口行李箱和一名畫家亡魂作伴。雖然我還滿喜歡彼得，但他實在沉默寡言。

我一瞥時鐘，十一點半，伊萊莎再幾分鐘就會回來。我煮了一些新鮮咖啡後到客廳。約翰·威廉姆·沃特豪斯的一幅畫布展示於此，畫上是一名身穿紅袍、凝視手中水晶球的黑髮女子。傑克森付了很多錢給一名交易商，換來三幅遭禁的沃特豪斯畫作。客廳還有一幅愛德華七世的華服肖像。我打開窗戶，坐下來閱讀傑克森正在寫的新冊子：《遊魂的企圖》。目前為止，我在冊子裡看到四種靈魂：守護天使、鬼魂、繆思、引路魂。還沒讀到關於騷靈的說明。

十二點時，伊萊莎漫步走進，跟平常一樣才剛結束附身。她遞給我一個紙盒，是在儷人街買的麵條。「嘿。妳該不會說服彼得又畫了一次《小提琴》和《水晶球》？」

伊萊莎·蘭頓是傑克森的出神靈感師，比我大四歲，專精於靈流藝術。她出生於倫敦東區，以前在卡特街的一間地下劇場工作，十九歲時因為看到傑克森寫的小冊而跟他聯絡，結果被聘用。從那之後，她就是傑克森的主要收入來源。她一身清澈的橄欖色肌膚，眼如青蘋，一頭金捲髮。她向來不乏追求者——甚至不少魂魄也愛慕她──但是傑克森規定「不可談戀愛」，她也沒違反規矩。

「還沒有，我認為他處於泉思枯竭的狀態。」我把小冊放在一旁。「見過新人沒有？」

「只見到娜汀，她連招呼都懶得打。」伊萊莎在我身旁一屁股坐下。「她真的是嘶語者？」

我打開熱呼呼的麵盒。「我沒看到樂器，但她或許確實是嘶語者。妳見到西結了嗎？」

「我有偷瞄辦公室，他的氣場類似深橘色。」

「所以他是復仇者。」

「他看起來不像復仇者。他不像會對魂魄大呼小叫的那種類型。」她把蝦餅放在大腿上。「總之，如果彼得確實擠不出東西，那我的行事曆就空出來了。妳想不想再試試靈魂飄移？」

「除非傑克森弄到生命維持系統。」

「這當然。我認為呼吸器應該星期二會送到。在那之前，咱們就好好放鬆。」她遞來畫簿和鉛筆。「我一直想問──妳能不能把妳的夢境畫下來？」

我接過紙筆。「畫下來？」

「嗯。不是花朵那些，而是基本的俯瞰圖。我們想弄懂人類夢境如何排列組合，但我們都無法離開自己的陽光地帶，所以根本看不到總體結構。我們認為夢境裡至少有三個地帶，但需要妳畫出剖析圖，好判斷這項理論是否正確。妳能幫忙嗎？」

我的心中充滿使命感。我再三證明自己對這個團體有極大幫助。「沒問題。」我說。

伊萊莎打開電視。我開始畫出一個三環同心圓。《賽昂之眼》的背景音樂從電視機流出，絲嘉蕾・班尼許正在播報午間新聞。伊萊莎嚼著蝦餅，指向螢幕。「妳有沒有覺得，她其實比威弗老，但因為動過太多手術就再也生不出皺紋？」

「她總是面帶微笑，看來臉皮還不算太僵硬。」我繼續畫畫，筆下圖案很像箭靶，共有五個環區。「所以妳認為這裡——」我敲敲圓心，「是陽光地帶。」

「沒錯。陽光地帶讓我們的心靈保持健康，而銀繩的功能類似安全網，讓大多數的靈視者無法離開陽光地帶。」

「我例外。」

「沒錯，這就是妳的怪屬性。假設一般人類在靈魂和軀體之間的繩索有一吋長，」她用指頭比出距離。「妳的有一哩長。妳能走進妳的夢境外環，這表示妳偵查乙太的範圍遠超過我們，妳也能窺查別人的夢境，我們只能感覺到靈魂和氣場，而且距離不能太遠。例如此刻，我就察覺不到傑克森和其他人。」

但我可以。「可是我也有極限。」

「所以我們必須謹慎，我們還不知道妳的極限在哪。妳或許可以脫離肉體，也或許不行，我們得多做觀察。」

我點頭。傑克森對我多次解釋過他的夢行者理論，但伊萊莎才是真正高明的老師。「如果試圖離開陽光地帶，會發生什麼事？理論上來說。」

「這個嘛，我們認為靈盲者的『夢魘』是發生在第二地帶。飽受壓力或過度緊張的話，銀繩有時候會讓宿主走得比較遠。到了極限範圍，宿主就會開始感覺自己被用力拉回中心點；如果走出暮光地帶，宿主就會開始發瘋。」

我揚起一眉。「我真的是個怪胎，是吧？」

「不，不，佩姬，千萬別那麼想，我們沒人是怪胎。妳是個奇蹟，妳是越空者。」她拿走我手中的畫。「等傑克森忙完，我會拿給他看，他一定會很喜歡。妳今晚會待在妳爸那邊嗎？妳不是星期五都回去陪他？」

「我得去工作。聽說蒂迪恩找到了威廉・泰里斯。」（註35）

「我靠，別再說了。」她咒罵，然後轉頭看我。「嘿，妳也知道集團的規矩：一旦

註35 威廉・泰里斯（William Terriss）是十九世紀英國名演員，於一八九七年遇刺身亡，傳聞其鬼魂常在柯芬園地鐵站的月臺遊蕩。

加入，終身不能退出。妳現在還慶幸自己做了這個決定？」

「這輩子未曾如此慶幸。」

伊萊莎對我微笑，很怪的笑容，幾乎有些感傷。

「好了，」她說：「我先上樓了，我得去安撫彼得。」她起身走出客廳，臂環叮噹作響。我開始給畫中環帶塗上陰影，一筆比一筆重。

幾小時後，我還在畫畫，傑克森從二樓下來。太陽即將西沉，我等下就得出門去見蒂迪恩，但我想先把素描掃進電腦。傑克森神情狂熱。

「傑克森？」

「隱夢者，」他喃喃自語。「噢，我親愛的佩姬。我們的賽恩茲先生是**隱夢者**。」

第二十一章 焚船

我永遠不會忘記衛士見到我一身紅袍時是何表情，這是我第一次在他眼中看到恐懼。

雖然只閃過一秒，但我確實目睹他臉上的不安。他看著我走回自己的房間。

「佩姬。」

我停步。

「就職餐宴如何？」

「深具啟發效果。」我撫摸背心上的紅錨圖案。「你說得沒錯，她的確問起你的事。」

一陣短暫而強烈的沉默，他繃緊臉上每一條肌肉。「妳也一一回答了。」我從沒聽過他如此冰冷的口氣。「妳對她說了什麼？我必須知道。」

衛士拒絕乞求，他有他的自尊。他繃緊下顎，嘴唇抿成直線。不知道他在考慮什麼？想警告誰？逃去哪？下一步該採取什麼行動？

我會讓他承受多久的煎熬？

「她的確說了一些事情引起我的注意。」我在沙發床坐下。「她說族長配偶不可以與厄冥族交戰。」

「沒錯，嚴格禁止。」他的指尖敲敲扶手。「妳讓她知道我受傷的事。」

「我才沒跟她說。」

他的表情改變。過了一會兒，他往杯裡倒了一些不凋花藥酒。「那我欠妳一命。」

「你怎麼老喝這玩意兒？」我問：「是因為身上有疤？」

他瞥向我。「疤？」

「嗯，傷疤。」

「我有我的理由。」

「什麼理由？」

「健康理由。我跟妳說過，為了給舊傷止痛。」他把杯子放在茶几上。「妳沒讓奈希拉知道我違背她的命令，我很想知道妳為何這麼做。」

「我不太喜歡背叛人。」我注意到他說話支吾其詞。傷疤跟舊傷有啥分別？

「原來如此。」衛士凝視無火壁爐。「所以妳對奈希拉知情不報，卻還是獲得紅袍。」

「因為你建議奈希拉讓我晉升。」

「是沒錯，但我不知道她是否會同意。我懷疑她另有目的。」

「我明天有一項外派任務。」

「城塞，」他推測。「這倒令人意外。」

「為什麼？」

「她花了大把功夫把妳從城塞抓來，現在卻派妳回去。」

「她要我逮捕倫敦的一支幫派，七封印。她認為他們有一名夢行者，而我能認出同類。」我等他說話，但他沒反應。他懷疑那名夢行者就是我？「我們明晚出發，同行的有三名紅袍人和一名利菲特人。」

「誰？」

「你的親戚。」

「啊，原來如此。」他的指尖互搭。「席圖菈·莫薩提姆是最受奈希拉信賴的傭兵。在她身旁，妳我都必須小心。」

「所以你又要把我當奴隸對待。」

「有此必要，但也只是在她面前演戲。席圖菈跟我沒有交情，她顯然是奉命監視我。」

「為什麼？」

「因為過去的不良紀錄。」他回視我。「妳還是別問比較好。妳只需要知道，除非毫無選擇，否則我不出手奪命。」

過去的不良紀錄、舊傷，這只指向一種可能，我們也心照不宣——但這並不保證我能相信他，就算他是負疤者。

「我得去睡一下，」我說：「我們明天於黃昏時在她的宅邸集合。」

衛士點頭，沒看我。我拿起靴子，走回房間，留他慢慢喝他的藥酒。

大部分的白晝時分，雖然我該入睡，卻不斷思索抵達倫敦後可能發生的狀況。按照餐宴的戰前會議所述，這次任務計畫是先等安東妮特．卡特出現在納爾遜紀念柱的基座邊，她將與七封印派出的代表見面，到時我們將包圍他們全力出擊。她似乎以為我們可以大剌剌走進廣場，朝那女人開槍、逮捕一些人，並在晨鐘響起前返回第一冥府。

不可能這麼容易。我熟悉傑克森的個性，他非常呵護他的投資項目，絕不可能只派一名代表去見安東妮特，而是全員到場。警戒者在夜間巡邏大街小巷，也熟悉基本的魂鬥技巧，我們還得應付街上民眾，之中一定有不少靈視者，到時候很可能演變成大規模戰鬥。我雖然打扮成利菲特陣營的手下，心裡卻替另一方加油。

我輾轉難眠。這是我的逃脫機會，或至少能向他們通風報信。我必須想辦法通知尼克——如果他沒先殺了我，或是用心靈幻象讓我盲目。那將是我唯一的機會。

我終究放棄睡眠，進浴室沖臉，再把頭髮綁成髻。頭髮已經長了幾吋，觸及肩部。滂沱大雨打在窗上，我穿上同一套制服——象徵叛徒的紅袍，然後來到樓下房間，老爺鐘顯示即將七點，我在爐火旁坐下。鐘聲響起時，衛士出現在門口，頭髮和衣物被雨水淋溼。

「時候到了。」

我點頭。他帶我走出房門，把門鎖上，然後和我走下石階。

「我還沒謝妳，」我們走過迴廊時，他開口。「幫我保密。」

「先別謝我。」

外頭的街道一片寂靜，半溶冰雹在我的靴下脆裂。來到領主宅邸時，兩名利菲特人護送我們進入圖書館，奈希拉正在等候。她和衛士重演那套寒暄方式：他的手貼上她的腹部，她的嘴唇貼上他的額頭。這次我注意到一些細節：他的動作十分僵硬，他從不看她的眼睛，她的指尖撫過他的頭髮，也沒看他。這種互動看起來好像一隻狗和女主人。

「很高興你們今晚能加入我們的行列。」她說。我們明明沒選擇。「四十號，這位是席圖菈．莫薩提姆。」

席圖菈幾乎跟衛士一樣高，有不少相似之處：同樣的灰棕頭髮、蜂蜜般的膚色、五官分明，眼窩深陷。她朝仍屈膝跪地的衛士點頭。

「堂親。」衛士點個頭，席圖菈將藍眼移向我：「XX-59-40，今晚妳將把我當成妳的第二監護者，希望妳能明白這點。」

我點頭。衛士站起，低頭看未婚妻。「其他人類呢？」

「還在做準備。」她轉身背對他。「你也該做準備，我的忠貞婚約者。」

他的氣場鼓動，彷彿在夢境中醞釀風暴。他轉身走向一面厚重的暗紅簾布，一名靈盲女孩連忙跟上，手上抱著一堆衣服。

「妳和一號搭檔，」奈希拉對我說：「跟奧古雷斯一起行動。席圖菈負責指揮三十號和十二號。」

大衛從簾布後方現身，身穿長褲、靴子，還有一件輕型防彈背心。看到他，我不禁一愣，他的模樣跟那晚朝我開槍的監督完全相同。

「晚安，四十號。」他開口。

我緊閉嘴巴。大衛微笑，搖搖頭，彷彿我是個有趣的小鬼。一名靈盲者走向我，「妳的衣服。」

「謝謝。」

我沒看大衛，而是抱著衣服走向那面簾布，其後方是充當更衣室的帳篷。我脫下制服，換上新服裝：我先穿上長袖紅襯衫，接著是防彈背心——和底下的背心一樣繪有紅錨圖紋，然後是黑外套，兩袖各有一條紅環。我戴上露指手套，穿上長褲，兩者皆以某種彈性十足的黑色纖維製成，接著穿上厚皮靴。這身服飾非常利於奔跑、攀爬和戰鬥。外套中有一支腎上腺素注射器，還有一把裝有混亂劑鏢針的麻醉槍，為了獵捕靈視者。

裝備完畢後，我回到另外三名人類聚集的地方。卡爾朝我一笑。

「妳好，四十號。」

「卡爾。」

「妳覺得妳的新外袍如何？」

「很合身，如果你是指這個。」

「不，我的意思是，妳對身為紅袍人有何感想？」

他們三人盯著我。「棒透了。」沉默幾秒後，我回答。

卡爾點頭。「很好，或許他們確實該給妳這麼多特權。」

「或許他們判斷錯誤。」三十號開口，把一頭茂密髮絲從領口撥開。她比我高，臀部和肩膀也比較寬。「等會兒開打的時候，答案就會揭曉。」

我再瞥三十號一眼。從她的氣場判斷，我猜她大概是占卜者——但不是一般那種，可能是某種骨占師，但也不算非常罕見，想必她是一步步爬到這個位置。

「嗯，」我說：「到時見真章。」

她悶哼一聲。

衛士回來，三十號的態度立刻出現重大轉變，她微微屈膝行禮，低聲道：「族長配偶。」她身旁的卡爾立刻彎腰鞠躬，我只是站在原地交叉雙臂。衛士一瞥這個粉絲，但不予理會，而是將視線移向我。三十號顯得一臉懊惱，可憐的女人。

換上新衣服，這位監護者彷彿被徹底改造，他身上不是利菲特人平常那種舊式華服，而是賽昂的富人穿的那種服飾，聰明的盜賊絕不會試圖從那種人身上扒竊。

「你們由兩輛車送去第一地區，」奈希拉說：「路面會預先清空，晨鐘響起前必須回來這裡。」

我們四名人類點頭。衛士聳個肩，轉身面向門口。「XX-40，XX-1。」他呼喊。

卡爾雀躍得彷彿十一月佳節提早到來，立刻跟上衛士，邊跑邊把麻醉槍塞進外套。我正要跟上時，奈希拉以手套覆蓋的指頭揪住我的胳臂。我站著不動，克制抽手掙脫的衝動。

「我知道妳是誰，」她湊向我的臉。「我知道妳從哪來。如果妳沒帶回夢行者，我就知道我的推測正確：妳就是皙夢者，這項發現將給每個人帶來不少後果。」她投以駭人眼神，隨即背對我，走出門口。「一路平安，XX-59-40。」

兩輛黑車在橋上等候。我們四人被矇起眼睛後鎖在車內，我和卡爾眼前一片漆黑，聆聽引擎聲。看來他們很怕我們會記住離開殖民地的路線。

有一隊警戒者護送我們通過邊界，但要離開第一冥府則需要經過更麻煩的步驟，畢竟牛津城是一座殖民地，出境手續複雜得彷彿讓囚犯假釋出獄。在賽昂的一處郊外基地，他們把追蹤晶片注入我們的皮下組織以防逃跑，我們的指紋和氣場也被查驗。他們抽取我的一瓶血，在我的肘彎留下一小片瘀傷。最後，我們終於通過最後一道邊境檢查站，回到賽昂倫敦，回到現實世界。

「你們可以摘下眼罩。」衛士說。

我早已等不及。

啊，我的城塞。我撫摸車窗，外頭藍光映入眼簾。車子正在駛過二之三區的「白城」，經過一座巨型購物中心。我沒想過自己會如此懷念這些骯髒的暗灰街道。我懷念去拍賣場競標靈魂、玩塔羅牌，還有和尼克爬到大樓屋頂欣賞夕陽。我想跳下車、衝進倫敦市中心。

卡爾一路上顯得緊張，不斷抖腳、把玩麻醉槍，但在駛上高速公路後開始打瞌睡。他跟我說三十號的本名是艾美莉雅，她的監護者是艾爾納斯．薩林。如我所料，她是骨占師，尤其會操控骰子。我花了幾分鐘才想起那個名詞：**骰占師**。我對那堆專有名詞開始有些遺忘，傑克森以前有陣子天天考我、要我列出七種階級的所有靈視者。

我再瞥向卡爾，他的頭髮實在需要好好清洗。從他的黑眼圈判斷，我知道他跟我一樣疲倦，但他臉上沒有瘀傷，想必他出賣了不少同族以獲安全。彷彿察覺到我的視線，他睜開眼。

「別試圖逃跑。」

他低語。看我沒反應，他抬頭看我。

「他們不會放妳走。他不會放妳走。」他瞥向玻璃隔板另一側的衛士。「第一冥府是我們的避風港。妳怎麼會想離開？」

「因為我們不屬於那裡。」

「我們只屬於那裡。在那裡，我們可以盡情表現自己，不必躲躲藏藏。」

「你並不笨，卡爾，你知道那裡是監獄。」

「城塞就不是監獄？」

「不，當然不是。」

卡爾的視線移回手上的麻醉槍。我轉頭看向窗外。

我並非不明白他的意思。城塞當然是監獄——賽昂把我們像牲畜般關在裡頭——但我們在城塞中並不袖手旁觀、看著其他人挨揍，或是任憑其他人死在街上。

我把腦袋靠在玻璃窗上，我知道我在騙自己，漢克特就是那麼冷血，傑克森也是，每一名幫主都一樣冷血，沒比利菲特人好多少。他們只獎勵有用的人，沒用的就被丟去外頭等死。

可是幫派就像我的家人，我不用向城塞中任何人低頭，我是一之四區的幫主門徒，我有名有姓。

不久後，我們進入馬里波恩。衛士瞥向窗外，看著這片陌生的城塞疆界。不知道他是否來過倫敦？一定有，畢竟他見過歷任大法官。想到利菲特人走過我走過的街道，我感覺不寒而慄。他們去過執政廳，甚至去過一之四區。

司機是名沉默而魁梧的男子，戴著細框眼鏡，穿西裝打領帶，紅色絲帕放在胸前口袋，左耳戴著耳機，不時嗶嗶作響，他這副有條不紊的模樣真令人既好奇又恐懼。賽昂沒留下任何線索，確認沒有任何人知道第一冥府的存在，那是不為外界所知的祕城。

衛士朝司機做個手勢，車子在街角停下。司機點頭，下了車，不久後拿一個大紙袋回來。衛士從隔板開口遞給我。「把他叫醒。」他朝又在打瞌睡的卡爾點個頭。

袋中是兩個熱騰騰的布瑞嘉快餐紙盒，城中最受歡迎的快餐店。我戳戳卡爾。「該起床啦。」

卡爾驚醒。我打開紙盒，裡面是個早餐捲餅、一張餐巾紙和一碗燕麥粥。我從後照鏡瞥見衛士的眼睛，他朝我微微點頭，我移開視線。

車子進入第四小區，我的小區，我不禁頭皮冒汗。父親的住處離這裡只有二十分鐘車程，而且我們持續接近七晷區——太接近。我有些希望能從尼克那裡收到什麼訊息，但乙太一片寂靜。幾百道夢境從旁經過，把我的注意力從肉身空間移開，我觀察最近幾道夢境，沒發現什麼不尋常之處，也沒看到情緒波動，這些人根本不知道利菲特族和殖民地的存在。他們不在乎反常分子被送往何方，反正眼不見為淨。

車子在河岸街停下，一名警戒者正在等候。值勤人員的模樣大同小異：高大、寬肩，幾乎都是靈感者。我把空早餐盒放在座位底下，走下車，避開那名男子的視線。

魁梧又威嚴的衛士顯得毫不緊張。「晚安，警戒者。」

「衛士。」警戒者行禮：三根指頭貼上額頭，一根在眉心，另外兩根在兩眼上方，然後手肘向上彎曲，行出軍禮。這種手勢象徵他的靈視能力、他的第三隻眼。「我是否能確認，卡爾．丹普西．布朗和佩姬．馬亨尼在您的監護下？」

「確認。」

「識別號碼？」

「分別是XX-59-1和XX-59-40。」

警戒者做紀錄。不知道這人出自什麼原因背棄同族？八成是受到哪位幫主的殘酷對待。

「別忘了，你倆仍受到監視。你們來這裡是為了協助利菲特人，一待任務完成，你們就會立刻被送回第一冥府。試圖向外人通報第一冥府地點，當場射殺；試圖接觸一般民眾或聯合集團的任何成員，當場射殺；試圖傷害監護者或警戒者，當場射殺。」

明白了嗎？」

嗯，他說得很清楚，我們不管做啥都會被當場射殺。「明白。」我回答。

但是警戒者沒讓我們走。他從腰包拿出一支銀筒和一副橡膠手套，我實在不想再被打針。「妳先。」他揪住我的手腕。「張嘴。」

「什麼？」

「張、開、妳、的、嘴。」

我想看向衛士，但我知道他的沉默就表示他不反對這項步驟。我還來不及配合，警戒者已經扳開我的嘴，我想咬這渾蛋，他把塑膠注射口擦過我的嘴唇，塗上某種冰涼苦澀的液體。

「閉上嘴。」

我沒選擇，只能照做，隨即發現自己無法張嘴。我瞪大眼睛。**媽的！**

「只是一點點皮膚黏著劑。」警戒者揪住卡爾。「大概兩小時後就會消退。因為你們這些集團成員彼此認識，我們必須徹底防範。」

「但我不是——」卡爾開口。

「閉嘴。」

在黏著劑的幫助下，卡爾確實牢牢閉嘴。

「XIX-49-30 沒有被封口，她會給你們下命令，」警戒者說：「在那之前，把精神集中在各自的任務目標上。」

我用舌尖頂唇，但完全推不開，這名警戒者確實樂於耍弄聯合集團的前任成員。把我們的嘴封上後，警戒者朝衛士敬禮，返回先前待著的一棟灰色建築，其外牆有一塊牌匾：賽昂倫敦城塞——守夜者指揮所——第一之四區。牌匾也繪有地圖，顯示這間指揮所的管轄範圍。我能認出地圖上的某個記號指出柯芬園購物中心——黑市所在之處。真希望能溜去那裡。或許我還是辦得到。

卡爾嚥口水。雖然我們以前常見到那種牌匾，現在依然觸目驚心。我抬頭看衛士。「席圖菈和她的人類手下會從西面接近廣場，」他說：「你們準備好了嗎？」

我不知道他期望我們以何種方式回答。卡爾點頭。衛士從外套口袋拿出兩副面具。

「拿去，」他把面具遞給我們。「這能隱藏身分。」

這不是普通面具。面部五官平淡無奇，眼部開有小孔，鼻孔處也有開洞。我戴上面具，跟肌膚完全貼合。這東西不會引起忙碌的賽昂居民任何注意，卻能讓幫派成員認不出我，再加上嘴唇被封，我無法呼救。

這些安排真聰明。

衛士看我幾秒，接著也戴上面具，眼孔透出詭異光芒。這是我第一次慶幸自己不是他的敵人。

我們走向納爾遜紀念柱。跟七晷區一樣，紀念柱和其他相同性質的柱子會按照治安情況而映上紅光或綠光。此刻的燈光是綠色，周遭的大型噴水池也映出綠光。一隊警戒者部署於河岸街，彼此以固定距離間隔，大概奉命在必要時對我們伸出援手。我們路過時，他們瞥來謹慎的眼神，但都沒動，我看到他們人人手持M4卡賓步槍。守夜者未曾說明自己在城中到底扮演何種角色，不過大家都知道他們不只是警察。民眾可以向守日者尋求一般協助，卻不能對警戒者這麼做，除非發生重大緊急事件。靈視者更不敢接近他們，就連靈盲者也不喜歡接近他們，畢竟守日者是反常分子。

卡爾的指頭不斷在口袋裡彎曲。我要如何在不殺害任何幫派同伴的前提下逃過這一劫？一定有某種方法能讓他們知道我是誰。我得警告他們，否則他們會跟我一起被關在殖民地，我不能讓奈希拉抓到他們。

特拉法加廣場以藝術方式照明，但也暗得讓我們不會引起群眾注意。席圖菈、艾美莉雅和大衛正從另一側走來，他們三人消失在守護納爾遜紀念柱的四尊銅獅後方。衛士彎下腰，臉湊到我面前。

「安東妮特．卡特即將抵達，」他壓低音量。「我們必須先等她和七封印接觸。無論如何，別讓自己被抓。」卡爾點頭。「等這塊區域清空後，守夜者會護送我們回車上。如果七封印逃離第一地區的範圍，你們就要收手、等候下一個命令。」

我開始冒汗。七晷區位於第一地區的中央部位，如果他們試圖返回基地，很可能因此被跟蹤。

再過兩分鐘，大笨鐘就會敲起。衛士叫卡爾坐在紀念柱底的階梯上——身為占卜者，他的氣場最不引人注意。卡爾就位後，衛士帶我從噴水池旁邊走過，來到一尊雕像的基座。這裡有七尊雕像，都是曾為賽昂的建立和維持做出貢獻之人：巴麥尊、索爾茲伯里、阿斯奎斯、麥克唐納、賽特勒、梅菲爾德和威弗。第七尊雕像和當代大法官確實相似，基座也刻有那名大法官的座右銘。

衛士在一尊雕像後方停步，凝視我的面具臉龐。「很抱歉，」他說：「我沒想到你們會被封口。」

我沒表現出我聽到他在說什麼，光是透過面具小孔呼吸已經讓我有些辛苦。

「先別轉頭。安東妮特．卡特正在紀念柱底等候，如我們預期。」

我不想執行任務，我希望安東妮特離開這裡。我想衝進她的夢境、逼她逃走。

接著，我感覺到他們。

是他們沒錯，無庸置疑。他們正在從不同方向走來。想必傑克森動員整個團體，七封印剩下的六人。他會不會立刻認出我的氣場？還是以為我湊巧也是罕見的夢行者、剛好出現在附近？

「我察覺到靈感者，」衛士說：「還有靈聽師。」

是伊萊莎和娜汀。我瞥向納爾遜紀念柱底部。沒錯，安東妮特在那。

她身穿一件長版大衣，戴寬邊黑帽，幾綹有些灰白的紅髮垂過耳邊。我只能勉強看到她的臉，臉上有些她以前在電視上沒出現的皺紋。她的指間夾著一支銀色菸嘴，插著的捲菸似乎是紫翠菊。她還真大膽，沒人敢在大庭廣眾吸食乙太藥物。

想到要跟安東妮特．卡特開打，我緊張得想吐。在電視節目上，她常在做出預言之前渾身劇烈抽搐，收視率也因此暴衝，我只能想像她的戰鬥風格更為激烈。尼克一點也不認為她是神諭者，因為神諭者從不那樣失控。

娜汀先走上前，她身穿條紋運動服，只扣上幾顆鈕釦，顯然懷中藏有手槍。其他人一一現身，表現得不認識彼此，唯一的共同點是每個人都有氣場。看到尼克的時候，我以為自己會失控，會痛哭、歡笑或高歌。他變裝得幾乎讓我認不出他，他這麼做也有道理，畢竟他有賽昂職員的身分。他戴有色眼鏡，頭髮用黑假髮和帽子遮蔽。幾呎外，傑克森正在拿楞杖輕敲地面。我身旁的衛士保持沉默；看到其中一名目標移向安東妮特，他的眼中光芒變得黯淡。看來伊萊莎被選為前鋒，緊跟在後的丹妮嘴角緊繃，也經過變裝。

換作是我，我會用我的「靈魂輕推」去接觸安東妮特，但伊萊莎沒這種力量。在和乙太的互動方面，她是處於被動狀態，畢竟她只能等著被附身。她用右手四指和左手三指撫過頭髮，彷彿稍做梳理，但是安東妮特看懂這個暗號，隨即走向伊萊莎，伸出一手，伊萊莎回握。

席圖菈先出擊。我還來不及反應，她已經壓在安東妮特身上，掐住對方的咽喉。衛士衝向西結，卡爾也同時將附近一縷魂魄拋向伊萊莎——想必就是納爾遜，這片廣場中最強大的鬼魂。伊萊莎跌撞在一尊獅像上，緊抓胸口，以窒息的口吻道：「我無法控制風雨天候，也無法控制自身亡魂！」接著是艾美莉雅上場，結果被發怒的尼克摔倒在地，尼克早已注意到伊萊莎被不速之客附身。（註36）大衛擒住傑克森，應該說試圖擒住傑克森——丹妮朝大衛揮拳，他的嘴巴噴血。不到十秒內，他們已經打成一團，只剩我還沒參戰。

我樂於避免出手，但傑克森已經技癢。

他立刻看到我這名戴面具的敵人，因此召集六縷魂魄朝我丟來。我得閃開，而且動作要快——特拉法加廣場的這些厲鬼是嚴重威脅。我朝他發射混亂劑，卻故意瞄準他頭上半空中。傑克森還是蹲下，將魂眾分散於四處。**快放棄吧**，我心想，**別逼我對你出手**。

但是傑克森從不放棄。他勃然大怒，我們壞了他的好事。他衝向我，揮舞枴杖，我踢向他的腹部，試圖將他逼退，但不夠用力，結果被他揪住腳踝。他扭轉雙臂，將

註36「我無法控制風雨天候（I cannot command winds and weather）」是海軍上將霍雷肖・納爾遜的名言之一。

我扳倒在地。好痛。**快閃開，快閃開**。

我的動作不夠快。傑克森朝我的側身踢來，鋼頭靴深陷我的身軀，我被踢得翻身仰躺。他旋即以膝蓋砸上我的胸口，再以迅如飛影的猛拳追擊、重捶我的臉龐。我感覺到硬物，他戴了金屬戒指。接著輪到我的肋骨，某處斷裂，令我痛徹心扉。然後是下一擊，我連忙揮動手臂，擋下第四拳。他的兩眼噴火，因嗜血而熾熱。傑克森打算殺了我。

我別無選擇。雖然被壓制在地，但我以靈魂出擊。

他沒料到我有這一手，因為他根本沒注意到我的氣場。我的靈魂撞上他的夢境，他因此倒下，枴杖掉在地上。我爬起身，臉龐劇痛，肋骨痛得發麻，右眼模糊。我雙手撐膝，勉強從鼻孔吸氣，我沒想到傑克森能這麼殘暴。

一陣尖叫引起我的注意。在其中一座噴水池旁，娜汀已經放棄魂鬥，而是以蠻力將艾美莉雅壓制在地。我從懷中拿出針筒，用沾血的指頭打開套子，將針頭扎進手腕。幾秒後，劇痛已減緩成悶痛。雖然右眼仍未恢復，卻不會讓我無法行動，我還有左眼能清楚視物。

某支槍的瞄準儀紅標在我胸口游移，看來他們在附近建築安排了狙擊手。

我一定有方法能脫離這個困境。

體力稍微恢復，我跑向噴水池，艾美莉雅正在無助掙扎。雖然我希望娜汀獲勝，但我不想再看到有人喪命。我攔住娜汀的腰，把她撲倒在池邊地面。治安狀況改變，燈光因此轉紅。我起身之後的半秒內，娜汀也站起。她咬著牙，頸部肌肉緊繃。我後退。

「摘下面具，賤貨。」她朝我咆哮。

我把麻醉槍對準她。

娜汀開始在我周遭遊走，她拉開大衣，掏出一把小刀。和魂鬥相比，她更喜歡動刀動槍。

我感覺心臟狂跳，指尖脈搏也跳個不停。娜汀的飛刀極少落空，我的防彈衣提供的保護有限，如果被她刺到頸部以上，我就死定了。娜汀正準備擲出小刀，但大衛挑這一刻出現，以混亂劑鏢針擊中她的肩胛之間。她的眼睛泛淚，腳步蹣跚，倒在噴水池邊。大衛把她從池中拖出，用雙手抓住她的腦袋。我們奉命不可殺害他們，但在這番混戰之際，大衛似乎忘了這項吩咐。娜汀只是嘶語者，能有多重要？

我沒時間思索自己剛剛以靈魂出擊這件事。如果我坐看西結的妹妹被殺，他永遠不會原諒我，我必須嘗試急速跳躍。

但我的力道過猛。一進入大衛腦中，我立刻把他的手從娜汀頭上放開，旋即返回尚未倒地的軀殼，又立刻拔腿奔上前，用全身體重衝撞他的側身，和他一起倒地。

我的視線發黑。我剛剛占據了大衛的心靈，雖然只有半秒，但我確實移動了他的手臂。

我終於成功附在人類身上。

大衛雙手抱頭，看來我的動作實在太粗魯。我蹣跚站起，眨掉眼前金星，安東妮特和席圖菈不見蹤影。

我留娜汀在大衛身旁，跑離噴水池，渾身衣物溼透。我爬上一尊獅像觀察戰況，看到兩方人馬四散於廣場各處。西結不善於戰鬥，先前看到衛士衝向他時也明智地立刻棄船而逃——那些討厭的水手亡魂——此刻，他戴上蒙面帽，正在和艾美莉雅互毆。另一處，衛士把注意力轉向尼克——尼克已經用魂眾癱瘓卡爾。看著他們，我緊張得幾乎心跳停止，我的監護者正在和我的摯友廝殺。我倒在地上，被恐懼擒住。我必須幫尼克，衛士可能會殺了他……

伊萊莎出現了，她被徹底激怒。魂魄從四面八方朝我飛來，它們向來站在靈感者那一方。三名法國水手衝進我的夢境，我搖搖欲墜，它們的回憶令我盲目：狂風巨浪、火槍噴發，阿基萊號的甲板被烈焰吞噬——尖叫、混亂——伊萊莎推我一把，我跌倒在地。（註37）我連忙做好精神防禦，試圖抵禦入侵者。

註37　特拉法加廣場是為紀念特拉法加海戰而建，阿基萊號（Achille）是法西聯合艦隊的其中一艘，在混戰中因大火蔓延至彈藥艙而爆炸沉沒。

但我還是被擊倒。伊萊莎用膝蓋壓住我，同時朝魂魄喊道：「待在她的心中，各位！」

我的夢境湧入大量回憶，砲彈飛過、焚木崩塌。伊萊莎的雙手伸來，想拿下我的面具。

不，不！我不能被她看到，守夜者會因此將她擊斃。我強行逼退那些魂魄，再將她踢向後方，靴底接觸她的下顎，她痛得呼喊，我也因此內疚地腸胃糾結。我轉身，剛好看到傑克森的枴杖打落我的麻醉槍。

「嘖嘖，穿制服的夢行者，」他輕聲道：「他們在哪找到妳？妳以前躲在哪？」他靠向我，凝視面具眼孔。「妳不可能是我的佩姬。」他用枴杖制住我的手臂，我的肌肉拉緊。「所以妳到底是誰？」

我還來不及做些什麼，傑克森已經被一大群魂眾撲倒，那不是人類能召集的規模。衛士。我站起身，想取回麻醉槍，但傑克森盲目地揮舞枴杖。出於本能，我把頭轉向左方，動作卻還是太慢，我感覺耳朵傳來尖銳又猛烈的灼熱感，**刀傷**。我抓住槍，又被傑克森打落，他的枴中劍劃過我的手臂，不但割開外套，而且深入皮肉。我從咽喉發出無聲尖叫，手臂爆發劇痛。

「來吧，夢行者，善用妳的靈魂！」傑克森把劍尖對準我，放聲大笑。「善用痛楚，別理會傷口。」

艾美莉雅又把一批魂眾拋向傑克森。我剛剛救過她，現在換她救我。尼克開槍反擊，艾美莉雅連忙蹲在一尊獅像後方躲避。我看到西結躺在地上。**別死**，我心想，**拜託別被他們殺掉**。

我看到一抹紅髮，安東妮特回到此處，她的帽子已經掉落，我看到原因：她進入她的能力所賦予的「出神狀態」。她的眼神狂熱，鼻孔大張，靈魂燃燒，這對城塞的藍光街燈是種嘲弄，因為藍光就是設計讓心靈獲得平靜。拳腳和靈擊如彈幕般襲向席圖菈，不讓她有機會拿刀。席圖菈拋出一縷鬼魂，被安東妮特靈巧地閃過。

接著，安東妮特突然跑離，衛士注意到她從尖叫的旁觀人群中跑過。

「攔住她。」他咆哮。

他是朝我吶喊。我立刻拔腿追上，這是我逃跑的機會。

看到我的制服，一名警戒者讓我通過，撂倒了一名靈盲女子。一名男子揪住我的外套——是個靈聽師——但我跑得太快，他無法牢牢抓住，我的心靈化為一道迅速移動的純光。安東妮特正在奔往西敏市執政廳，她瘋了才會往那跑，但我不在乎她有何動機，只知道這機會千載難逢。執政廳對面有個地鐵站，裡面總有一大堆地鐵警衛，卻也擠滿通勤乘客。只要能拿下面具和外套，我就能通過票閘、消失於人群。外頭那些柱子能讓我避開守夜者，我只要搭一站就能抵達格林公園，從那裡前往七晷區。如果行不通，我就去泰晤士河，我願意游泳，我會盡一切力量逃跑。

我可以那麼做，我做得到。

我的兩腿肌肉賁張，雖然臂上刀傷疼痛難耐，但我不能停步。安東妮特的出神狀態似乎賦予速度，一般人類不可能跑那麼快，除非由魂魄引路。我在人群和車輛之間穿梭，試圖別跟丟她和席圖菈的氣場。

一輛計程車在安東妮特面前緊急煞車，她和席圖菈從車子兩側繞過，衝進一大群行人。我選擇最直接的路線：繼續奔跑，來到車前時跳上車頂、沿弧窗滑至車尾。安東妮特一下子就穿過人群，席圖菈則落後幾秒，閃避人類障礙物。群眾尖叫，其中一人喪命。我不能停步，只要鬆懈半秒，安東妮特和席圖菈就會脫離我的偵測範圍。最後，當我以為肺臟即將爆裂時，來到了白廳路的盡頭。

從地圖來看，這裡是城塞中心——第一地區第一小區，靈視者把此處看作瘟疫般避之唯恐不及。我抬頭看西敏市執政廳，鮮血仍沿指尖滴落；大笨鐘綻放紅光，時針和分針因逆光而呈烏黑，法蘭克·威弗那幫傀儡就是在此起舞。要不是因為處於生死關頭，我真想在這些牆壁留下精美塗鴉。

我繼續向前衝，席圖菈就在我前方，她來到橋上時，安東妮特轉身面對來敵。安東妮特的肌膚彷彿薄薄一層乾漆貼在骨頭上，發白的嘴脣噘起。

「妳已經被包圍了，神諭者。」席圖菈走向她。「快投降。」

「別叫我『神諭者』，妳這怪物。」安東妮特舉起一手。「跟我打上一場，妳就會知道我到底是誰。」

空氣降溫。

席圖菈對此威脅毫無反應，她根本不把區區人類放在眼裡。她衝向安東妮特，還來不及出擊就整個人飄起來向後甩，差點掉下橋。我嚇一跳，那是靈擊，而且是「破壞靈」。我接觸乙太、試圖辨識，發現那是某種守護天使，極為古老而強大。

大天使。那種天使世代守護同一家族，即使它當初捨命相救之人早已離世也一樣。這種靈魂極難驅逐，超度咒語也無法將其永久退散。

席圖菈站穩腳步。「先別走。」她再上前一步。「讓我看看妳究竟有何本領。」

席圖菈抓住一縷遊魂——然後第二縷，第三縷……直到掌控一群顫抖魂眾。安東妮特的手依然向前伸，但臉龐扭曲——因為席圖菈開始吞噬她的氣場，眼睛因攝取此物而化為恐怖的朱紅色。有那麼一刻，我以為安東妮特會倒下，她的左眼滴下一滴血淚，她將手臂朝席圖菈一揮，大天使衝向前方，魂眾也上前迎擊。乙太炸裂的瞬間，我連忙逃跑。

警戒者大多有視靈眼，會因為發現魂魄撞擊而轉移注意力。他們不會發現我，不可能發現我，我必須回到七晷區。我衝向一之一區A站。

腳下橋面因靈擊能量而震動，但我沒停步。我能看到車站頂端的告示牌，就在這條街的另一側。我脫下外套和防彈背心，步伐因此更為輕盈，只要再拿下這該死的面具，我看起來就不像紅袍人，只是個穿紅衣的普通女孩。我掃視四周建築，尋找攀爬點。不能進入車站的話，我就必須爬牆逃離此地。爬到屋頂上就能安心了。

我注意到某個狀況。

痛楚。

我沒停步，但我突然很難奔跑。不可能是多嚴重的傷，那名大天使根本沒碰過我，它要對付的是威脅其宿主的席圖菈。我一定是拉傷肌肉。

接著，某種黏稠暖液在我的肋骨下方流出。我低頭看到紅襯衫染上另外一種紅色，髖部上方有個圓形小孔。

我中了槍。他們像擊斃愛爾蘭學生般朝我開槍。

我必須繼續奔跑。我跑向街道，堤岸地鐵站湧出大量人群。**快啊，佩姬，動作快，繼續跑**。尼克會治好我，只要逃到七晷區就不用擔心。我能看到車站，這時又一顆子彈飛過，沒擊中我。我必須逃離他們的射程，我逼自己持續奔跑，但痛楚持續加劇，我無法把身體重心移向右側。我的蹣跚奔跑最後化為瘸拐跛行。車站外頭有幾根柱子，只要能抵達那裡，我就能止血，然後消失。

我跑到一輛公車後方當掩護，然後躲到對街的第一根柱子，感覺所有體力從骨髓流失。我試圖繼續前進，但一陣劇痛從髖部上方爆發，我的雙膝癱軟。

死亡朝我急速逼近，彷彿已等候多年。這片物質世界越來越模糊，光芒從旁閃過，不遠處仍傳來戰鬥喧囂，那是在乙太之中的魂鬥，而不是街頭格鬥。

夢行者的末日已近。

我沒剩多少時間，他們很可能再朝我開槍。我把自己拖到一根柱子後方，避開車站入口的視線範圍，那處群眾正在試圖判斷喧囂到底從何而來。我縮在牆邊，血從小孔湧出，我用顫抖的雙手壓住傷口，嘴唇緊繃。

我沒辦法前往七晷區。就算進了列車，我一下車就會被捕，不可能沒人看到我手上的血。

至少我不會死在第一冥府，我無法忍受自己在那裡喪命。死在這裡，至少奈希拉碰不到我。

有人來到我身旁，揪住我的手臂。我先聞出他的氣味。樟腦。

尼克。

他沒認出我，他當然認不出我。他把我的腦袋向後仰，以摺疊小刀對準我的咽喉。「妳這該死的叛徒。」

尼克。傷口灼熱，我的袖子吸滿鮮血。

「讓我看看妳的真面目。」尼克的嗓門放輕，口氣惆悵。「不管妳是誰，好歹是個靈視者，還是個越空者。當妳見到臨終之光，希望妳能想起本分。」

他掀掉面具，看到我的時候，他似乎理智線斷裂。「佩姬，」他窒息，「佩姬，天啊——**原諒我**——」他的雙手壓住我的胸腔，試圖止血。「對不起，我對不起妳，我以為——傑克森叫我——」當然，傑克森想要夢行者，是尼克朝我開槍，不是賽昂。

「他們對妳做了什麼？」他的嗓子打顫。看到他如此大受打擊，我只覺得心碎。「妳不會有事的，我保證。佩姬，看著我，看著我！」

我的視線模糊得幾乎什麼都看不到，眼皮沉重如鉛。我的指尖移向他的上衣，他把我的頭貼靠在他懷中。「別害怕，親愛的。他們把妳抓去哪？」

我搖搖頭。尼克撫摸我的汗溼髮絲，這令我安心。我想留下，我不想被帶回那個地方。

「佩姬，妳千萬別閉眼。告訴我，那些渾蛋把妳抓去哪。」

我又搖搖頭，我根本沒力氣說話。

「拜託，小可愛，妳必須告訴我，這樣我才能再找到妳，就像以前那樣。還記得嗎？」

我必須告訴他，他必須知道。我不能沒說就死，我得讓其他人獲救，在那座失落之城的那些靈視者。但我現在只看見一幅剪影，是某個男子的輪廓，不是人類。是利菲特人。

我把染血指尖伸向牆壁，寫下前三個字母。尼克查看。

「牛津，」他說：「他們帶妳去了**牛津**？」

我垂下手，那名無面男子正在穿過黑暗。尼克抬頭。

「不。」他的肌肉繃緊。「我要帶妳回家，」他準備把我抱起。「我不會再讓他們把妳抓回去。」

他從口袋掏出手槍。我用手勾住他的頸後，我希望他趕快跑，像那天帶我離開罌粟田般逃離這裡——但如果我讓他這麼做，他會死，我們都會死，那道黑影將跟蹤我們的腳步直入七晷區。我拉拉他的上衣，搖搖頭，他不明白我的意思。那道黑影攔住我們的去路，尼克握緊槍，指關節發白，扣下扳機，一下、兩下。我從緊閉的脣中發出尖叫。**尼克，快逃！**他聽不見，也不明白。槍從他手中掉落，他的臉龐瞬間發白，一隻戴手套的巨手掐住他的咽喉，我以僅剩的力氣試圖將對方擊退。

「她必須跟我走。」是衛士，姿態宛如惡魔。「快離開這裡，神諭者。」

我的生命即將流逝。我聽到尼克的心跳貼在我耳畔，我感覺他的指頭緊貼我的背脊。光明消退，死亡到來。

第二十二章　傻事成三

時間化為一系列夾雜黑點的片段，有時綻放光芒，有時傳來聲響。我感覺身子搖晃一段時間，應該是在車上。

我注意到有人割開我的上衣，我試圖推開那雙入侵者的手，身子卻無法做出反應。認出藥劑噴霧的味道，我發現自己躺在衛士的床上，身子向左傾，頭髮溼淋淋，渾身痛得彷彿骨頭根根斷裂。

「佩姬？」

聲音模糊得彷彿來自水底。我發出虛弱的呻吟聲，聽來既如啜泣又像掙扎，胸腔連同手臂感覺彷彿著火。**尼克**。我盲目伸手。

「麥可，快點。」某人抓住我的手。「忍耐點，佩姬。」

我一定又昏了過去。醒來時，我感覺渾身沉重癱軟，右臂幾乎毫無知覺。我一呼吸就痛，但終於能張嘴，看來皮膚黏著劑終於消退。我吸氣幾次，胸口隨之起伏。

我用左肘撐起身子，再用舌頭舔舔牙齒，一切正常。

衛士坐在扶手椅上，看著留聲機。我想砸爛那玩意兒，那些歌聲沒資格如此輕盈愉快。看到我移動，衛士站起身。

「佩姬。」

看到他，我的心跳沉重。我用床頭板撐起身子，想起他的雙眼在黑夜中綻放恐怖光芒。「你殺了他？」我擦掉上唇的汗水。「你……你殺了神諭者？」

「沒有，他還活著。」

他看著我的臉，慢慢扶我坐下，我手背的點滴管線因此搖晃。「我的視線很模糊。」我的嗓子沙啞，但至少能說話。

「妳的眼眶骨膜因鈍挫傷而皮下出血。」

「什麼？」

「黑眼圈。」

我摸摸臉上傷口，傑克森真的把我打得很慘，我的右臉整個腫起。

「看來，」我說：「我們回來了。」

「妳當時試圖逃跑。」

「我當然試圖逃跑。」我藏不住口氣中的苦悶。「你以為我想死在這？化為孤魂野鬼纏著奈希拉不放、直到永遠？」衛士只是看著我，我感覺咽喉一緊。「你為什麼不讓我回家？」

某種淡綠光芒正從他的眼中淡去，想必他吃了伊萊莎的氣場。「有原因。」他說：「和理由。」

許久一段時間，他沉默不語。他開口時，不是為了說明他為何把我拖回這座糞城。「妳身負不少傷。」他用枕頭撐起我的上半身。「傑克森・霍爾遠比我們預料的殘酷。」

「我有哪些傷？」

「黑眼圈、兩根肋骨斷裂、嘴脣撕裂、耳朵撕裂、瘀傷、右臂割傷、上半身槍傷。妳在中槍之前居然能跑到橋上，實在了不起。」

「腎上腺素。」我盯著他的臉。「你有受傷嗎？」

「只有小擦傷。」

「看來只有我被當成人肉沙包。」

「妳遭遇一群頂尖靈視者而活了下來，佩姬。強韌並不可恥。」

但我確實覺得可恥。我被伊萊莎擊倒，被尼克開槍擊中，被傑克森扁成肉醬，這哪算強韌？衛士把一杯水湊到我脣邊，我不甘願地啜飲幾口。「奈希拉知不知道我試圖逃跑？」

「噢，當然。」

「她會怎麼處置我？」

「妳的紅袍被撤銷了，」他把杯子放在床頭櫃。「妳現在成了黃衣人。」

懦夫的顏色。我不禁苦笑，肋骨因此痛得要命。「我哪在乎她給我什麼顏色的外袍？她還是想宰了我，不管我是不是紅衣人。」我聳個肩。「帶我去見她吧，一了百了。」

「妳現在負傷又虛弱，佩姬，復原之後或許就不會如此悲觀。」

「我什麼時候能復原？」

「如果妳願意，其實明天就能下床。」

我皺眉，但這麼做也令我臉部所有肌肉疼痛。「明天？」

「離開倫敦之前，我叫司機從賽昂研科機構取得賽昂嗎啡和消炎藥，妳會在兩天內完全復原。」

賽昂嗎啡，那玩意兒價值連城。「你在賽昂研科有沒有見到我父親？」

「我自己沒進去，只有少數執政廳官員知道我們的存在。」

他把注意力移向我手上的點滴，伸出總是以皮手套覆蓋的指尖，確認膠帶依然牢固。

「你為什麼總是戴手套？」我有點不爽。「因為人類髒得不能碰？」

「這是她的規定。」

我的瘀青臉頰泛紅。明知我討厭他，他卻花了幾小時處理我的傷口。「其他人呢？」我問。

「一號和十二號毫髮無傷，席圖菈被癱瘓，但後來復原。」他停頓。「三十號死了。」

「死了？怎麼會？」

「溺斃。我們在噴水池裡找到她。」

這項消息令我渾身發涼。雖然我不是特別喜歡艾美莉雅，但她命不該絕。不知道是哪名幫派成員下的手？「安東妮特．卡特呢？」

「她逃走了。我們還來不及逮捕她，有輛車從橋上把她接走。」

至少她成功逃脫。無論她擁有什麼天賦，我都不希望落入奈希拉手中。「七封印呢？」

「他們也逃了。我從沒見過奈希拉這麼氣急敗壞的模樣。」

我大為放心，他們平安無恙。他們很熟悉一之四區、知道所有小巷暗道，因此很容易擺脫追兵，就算娜汀和西結負傷。那一區所有靈視者都聽命於傑克森，那兩兄妹應該就是由他的線人幫忙搬運。我的視線移向衛士。

「你救了我。」

他瞥向我的臉龐。「是的。」

「但如果你膽敢傷害那位神諭者——」

「我沒傷他，而是讓他走。」

「為什麼？」

「因為我知道他是妳朋友。」他在床邊坐下。「我知道，佩姬，我知道妳就是那名失蹤的封印，只有傻子才想不出這點。」

我凝視他的眼睛。「你會告訴奈希拉？」

他凝視我許久一刻，這是我這輩子最漫長的一刻。

「不，」他說：「但她不笨，她老早懷疑妳的身分，她會知道。」

我緊張得腸胃翻攪。衛士站起身，走向壁爐。

「現在情況有些複雜。」他凝視爐火。「妳我都在彼此初次瀕臨死亡時救過對方一命，所以我們之間以『命債』相連，但這種債務有其後果。」

「命債？」我回想，雖然腦子因為嗎啡殘效而有些混亂。「我什麼時候救了你？」

「三次。第一次是妳在初來那晚清理了我的傷口、幫我爭取到求助的時機。第二次是妳提供鮮血、讓我沒染上半慾。第三次是妳在和奈希拉同坐一桌時幫我隱瞞，如果妳當時實話實說，我就會被處決。我犯下許多肉身之罪，刑責就是死。」

我不知道什麼是「肉身之罪」，也不打算問。「而你剛剛也救了我。」

「我救過妳不只一次。」

「什麼時候？」

「我不願說明，但請相信我：我救過妳超過三次。這表示妳我不再只是尋常的『監護者與徒弟』或是『主人與奴隸』的關係。」

我發現自己在搖頭。「什麼？」

他把一手擱在壁爐架上，凝視烈焰。「乙太已經對我們倆下了印記，它發現我們經常保護彼此，而現在，我們已發誓將永遠保護對方，妳我之間以金繩聯繫。」

我想笑他幹麼口氣這麼嚴肅，但我總覺得他不是開玩笑。利菲特人從不開玩笑。

「金繩。」

「是的。」

「跟我的銀繩有關嗎？」

「當然，雖然我忘了詳細內容。沒錯，兩者之間確實有些關聯——不過銀繩是獨立個體之中靈魂與肉身之間的連結，而金繩則是兩個靈魂之間的連結。」

「那到底是什麼東西？」

「我也不是很清楚。」他把一支藥瓶的黑液倒進酒杯。「就我所知，金繩是某種『第七感』。當兩名靈體三次拯救彼此的性命，金繩就會形成。」他舉杯啜飲。「從此之後，妳我將永遠知道彼此的下落。無論妳在世界哪個角落，我都能找到妳，透過乙太。」他停頓。「永遠。」

我花了幾秒才聽懂他的話。「不，」我說：「不，那——那不可能。」他啜飲不凋花蘖酒的同時，我提高嗓門。「證明給我看，證明真的有『金繩』。」

「如果妳堅持。」衛士把杯子放在壁爐架上。「想像一下我們回到倫敦，現在是夜晚，我們在橋上，但這次是我中槍，我向妳呼救。」

我等候。「這實在是——」我正想嘲笑，卻突然有所感覺，某種極為輕柔的共鳴流過體內，令我渾身爬滿雞皮疙瘩，兩個字在我腦中成形：**橋，救**。

「橋，救，」我輕聲重複。「不可能。」

我實在不敢相信。我轉頭凝視爐火，他彷彿弄到靈魂版的喚人鈴，能隨時呼喚我。過了一會兒，震驚化為憤怒，我想砸爛他的藥瓶、用拳頭捶他的臉——怎樣都好，總之我就是不想跟他有靈魂連結。如果他能透過乙太追蹤我的下落，我就永遠無法擺脫他。

而這是我的錯，誰叫我活該救他。

「我不知道金繩另外有什麼影響，」衛士說：「妳或許能從我身上抽取力量。」

「我不想要你的力量，拜託趕快切斷金繩。」

「乙太羈絆可不是說斷就斷。」

「你知道如何透過金繩呼喚我，」我的嗓子顫抖。「你一定知道如何切斷。」

「金繩是難以理解之謎，佩姬，我也無能為力。」

「你是故意的。」我向後退，只想離這噁心的傢伙遠一點。「你救我的命，就是為了形成這條繩索，是不是？」

「我根本不知道妳有沒有可能反救我一命，又怎麼可能做出這種安排？妳鄙視利菲特人，又何必救他們的命？」

好問題。「我有理由多疑。」我說。

我躺回枕頭上，雙手掩面。他又來坐在我身旁，沒有笨到觸摸我。「佩姬，」他說：「妳不怕我。我相信妳很討厭我，妳不怕我，卻害怕金繩。」

「你是利菲特人。」

「所以妳給我下了定論，就因為我是奈希拉的未婚夫。」

「那女人嗜血又邪惡，你居然還選她。」

「我有選她嗎？」

「起碼你沒反對。」

「薩加斯選擇跟誰結婚，我們這些人沒得選。」他的口氣帶有怒火。「如果妳真想知道，那我告訴妳：我對她極其厭惡，她的每一道呼吸都令我反感。」

我看著他、觀察他的表情，他的眼神黯淡，彷彿充滿遺憾。注意到我的視線，他低下頭。

「知道了。」我說。

「妳不知道，妳從頭到尾一無知。」

他轉過頭，我耐心等候。看他沒動，我打破沉默：「我想知道。」

「我不知道我是否能相信妳。」他眼中光芒消退。「我相信妳值得信賴，妳顯然對妳最在乎的那些人忠心耿耿。但我如果是與彼此不信任的某人以金繩相連，這就實在令人遺憾。」

所以他想相信我，也要求我相信他。這是交換，也是停戰。我現在能對他提出任何要求，他都會答應。

「讓我進入你的夢境。」我說。

他居然不訝異。「妳想觀看我的夢境？」

「不只觀看，而是漫步其中。讓我知道你心中到底有何想法，我或許就會相信你。我能看見你。」我也想看看利菲特人夢境到底是什麼模樣。在那層層盔甲後面，一定有什麼東西值得目睹。

「那我也必須對妳同等信任，我必須相信妳不會破壞我的理智。」

「沒錯。」

他似乎考慮片刻。「好吧。」他做出結論。

「真的？」

「如果妳覺得自己狀態還不錯，那就開始吧。」他轉頭看我。「嗎啡會不會影響妳的能力？」

「不會。」我挪身坐起。「我可能會傷到你。」

「我能應付。」

「我曾經因為夢行而殺過人。」

「我知道。」

「那你怎麼知道我不會殺你？」

「我不知道，但我必須冒險一試。」

我刻意讓自己顯得面無表情。這是將他擊潰的機會，像是把蒼蠅打扁在牆上那般打碎他的夢境。

但我也感到好奇，不只是好奇，我從沒真正見過其他夢境——只有透過乙太瞥見浮光掠影。但那隻蝴蝶心中的虹彩花園——我想再來一次，我想沉浸其中，而衛士願意開放心靈。

如果能觀看經過千年洗禮的夢境，一定十分刺激。在他坦承他對奈希拉的看法後，我想更瞭解他的過去。我想知道奧古雷斯·莫薩提姆的內在到底是什麼模樣。

「好吧。」我說。

他在我身旁坐下，彼此的氣場接觸，刺激我的第六感。

我凝視他的眼睛，黃色。距離這麼近，我能看到他的瞳孔沒有小孔，但他不可能看不見靈魂。「妳能在裡面待多久？」他問。

我沒料到他會這麼問。「不算久，」我說：「除非你有半自動袋瓣罩。」他納悶得瞇眼。「類似面罩式呼吸器，能在我靈魂出竅時幫我的身體呼吸。」

「原來如此。如果有這種裝置，妳就能延長『漂流』時間？」

「理論上如此。我從沒進入別人的夢境，只有在乙太中漂流。」

「他們為何要妳那麼做？」

妳很清楚我所謂的他們是誰。我的本能反應是不發一語，但他知道我是傑克森．霍爾的手下。「因為聯合集團就是那回事，」我說：「幫主的生意就是收取保護費。」

他的氣場出現變化。「原來如此。」他為我放下防禦、門戶洞開。「我準備好了。」

我用枕頭撐住身子，我閉上眼、深呼吸，進入自己的夢境。

因為嗎啡的影響，罌粟田彷彿融化的畫作。我穿過花叢，走向乙太，來到最後界線時，我往前一推，看到一幕幻象：我的身軀在我眼前消失。在夢境中，人的自我形象就是心靈的自我認知。一離開夢境，我就化為靈魂型態，如流水般無定形，成為一道沒有臉孔的微光。

我以前從外界看過衛士的夢境，到現在仍心有餘悸。那道夢境彷彿一塊黑色大理石，在寂靜漆黑的乙太中幾乎無法察覺。我接近的同時，其表面產生一陣波動，他正在放下過去幾世紀來建立的層層防禦。我從牆中飄過，進入他的超深淵地帶。我曾在訓練時來到這一區，但只是短暫接觸，現在我能深入其中。我在漸弱的黑暗中移動，朝他的心靈核心前進。

灰燼從我臉旁飄過。進入陌生領域時，我的肌膚感覺發麻——衛士的心靈之中全然寂靜。一般來說，外環應該充滿幻象，出自宿主的恐懼或遺憾，但這裡卻空無一物，只是沉默無聲。

衛士正在陽光地帶等我，雖然這裡實在很不「陽光」，而像月光。他渾身傷疤，皮膚無色，這就是他的形象。不知道我自己是什麼模樣？畢竟我在他的夢境，必須遵照他的規則。我看得出自己的雙手沒有變化，但開始綻放柔光，這是我的夢型態出現的變化。但他是否看到我的真實面貌？我可能顯得順服、瘋狂、天真、殘酷……我完全不知道他對我是何看法，而且我永遠不會知道，因為夢境中沒有鏡子，我永遠看不到他心中的佩姫是什麼模樣。

我踏上這片貧瘠沙地。

我並不知道自己原本期望看到什麼，但絕非一片沙漠。

衛士點個頭。「歡迎來到我的夢境。這裡十分簡陋，請多包涵，」他來回踱步。「畢竟我很少有客人。」

「這裡什麼都沒有。」我的吐息因低溫而結霧。「一片虛空。」

這個說法並不誇張。

「夢境是每個人的終極避風港，」衛士說：「或許我在毫無思緒的時候最安心。」

「可是連黑暗區也是空無一物。」

他沒回應。我稍微走近霧中。

「這裡什麼都沒有，表示你心中一無所有，沒有思緒、良知或恐懼。」我轉身面對他。「利菲特人夢境都像這樣一片空虛？」

「我不是夢行者，佩姬，我不知道其他利菲特人的夢境是什麼模樣。」

「你有什麼能力？」

「我能讓人們在睡夢中看到自己的回憶，我能將眾多回憶編織組合、產生幻象。透過夢境發揮的鏡片作用，以及『夢草』的效果，我能觀看乙太。」

「織夢者。」我無法將視線從他身上移開。「你掌管睡夢。」

傑克森老是說那種人一定存在。織夢者。他在寫完《反常能力的價值》多年後整理出這個類別，卻一直沒找到這種靈視者來證明其存在：織夢者能穿過某人的夢境，挑出回憶，編織成靈盲者所謂的「睡夢」。「難怪你一直讓我作夢。」我深呼吸。「自從來到這，我就常常夢見往日回憶，像是我如何成為夢行者、傑克森怎麼找到我。原來是因為你，是你讓我夢見那些事，難怪你知道我的過去，對不對？」

他凝視我的眼睛。

「是因為第三顆藥丸。」他說：「裡面含有名為『迷幻鼠尾草』的草藥，藥效讓妳夢見回憶，也讓我接觸乙太。那是我的法器，在妳的血中流竄。妳吞下幾顆後，我就能隨意觀看妳的回憶。」

「你居然一直給我下藥——」我氣得幾乎說不出話，「就為了侵入我的心靈。」

「是的，正如妳為傑克森・霍爾觀看別人的夢境。」

「那不一樣，我可不是坐在壁爐邊欣賞回憶——像看電影那樣。」我慢慢後退。

「那些回憶屬於我，是私人物品。你甚至還看到——鐵定什麼都被你看光光！甚至我對——我對——」

「尼克。妳愛他。」

「閉嘴，他媽的給我閉嘴。」

他照做。

我的夢型態正在瓦解。我還來不及自行離去，已如風中落葉般被拋出他的夢境。在自己的軀體醒來後，我用雙掌推向他的胸膛，把他推開。

「離我遠一點。」

我頭痛欲裂。我不想看到他，更別說靠近他。我試圖起身時，手上的點滴管線拉扯。

「抱歉。」他說。

我因為怒火而臉頰漲紅。我給他一吋信任，不到一吋，卻被他奪走一切。他奪走七年回憶，奪走芬恩，奪走尼克。

他待在原地片刻，或許希望我多說一些。我想對他破口大罵、罵到我喉嚨倒嗓，但我做不到，我只希望他趕快滾。看我沒動，他拉上厚重床簾，把我封於昏暗小籠。

第二十三章 古物收藏

我失眠了幾小時。我聽見他在桌旁寫東西，與我之間只以床簾隔絕。我的兩眼和鼻子酸痛，咽喉如拳頭般緊縮。這是我多年來第一次希望一切立刻消失，我只希望人生恢復正常，就像我小時候那樣，還沒被乙太侵入之前。

我仰望天篷。無論我如何奢望，所謂的正常根本不存在，也未曾存在。「正常」和「尋常」是我們這些心靈狹隘的人類發明出來的最大兩個謊言。又或許，我根本不適合當個正常人。

他打開留聲機時，我又昏昏欲睡。雖然我沒在他的夢境待多久，但我當時沒接上生命維持系統。我打起盹，劈啪作響的歌聲漸漸糊成一片。

看來我睡了一陣子。醒來時，我看到點滴針頭已被拔除，針孔處貼上一塊膏藥。

晨鐘響起。第一冥府都是在白天休息，但我似乎就是睡不著。我別無選擇，只能起身面對他。

我恨他恨得心臟悶痛。我想打爛鏡子，感覺玻璃在我的拳頭下碎裂。我實在不該吞那些藥丸。

或許他那麼做確實跟我以前做的事情一樣，我窺視了許多人——但我未曾偷窺他們的過去，只是查看他們的形象。我看到他們的輪廓片段，那些微微發光的遙遠夢境。但衛士的手段不同，他知道我的一切、我試圖隱瞞的祕密。他早就知道我是七封印之一，從第一晚就知道。

但他沒告訴奈希拉。他沒讓她知道蝴蝶和鹿的事，也隱瞞我的真實身分。她或許猜到我是集團成員，但這跟他毫無關係。

我拉開床簾，金黃晨光湧入塔內，器具和書籍閃閃發光。在窗戶旁，靈盲者麥可正在把早餐放在一張小桌上。他抬頭看我，露出微笑。

「嗨，麥可。」

他點頭。

「衛士呢？」

麥可指向門。

「你被貓咬掉舌頭？」（註38）

註38「被貓咬掉舌頭？（Cat got your tongue?）」是俚語，意為「幹麼不吭聲？」

他聳個肩。我在桌邊坐下，他把一大盤鬆餅推向我。「我不餓，」我說：「我才不想要他的贖罪早餐。」麥可嘆口氣，用我的手捏起叉子，戳向鬆餅。「好吧，不過如果我全吐出來，那就是你的錯。」

麥可扮個鬼臉。純粹為了配合他的要求，我把紅糖灑在鬆餅上。

麥可在房中慢慢幹活，整理床鋪和床簾，但也不時查看我。鬆餅喚醒我體內的強烈飢餓感，結果我吃掉整盤，連同兩塊塗上草莓果醬的牛角麵包、一碗玉米片、四片塗上溫奶油的吐司麵包、一盤炒蛋、一顆內白外紅的脆蘋果、三杯咖啡，還有一品脫的冰涼柳橙汁。肚皮撐飽後，麥可遞來一張封起的牛皮紙信封。

「相信他。」

這是我第一次聽到他說話，他的聲音極輕。

「你相信他？」

他點頭，收拾餐桌之後離去。雖然現在是白天，但他沒鎖上門。我拆開封蠟，將裡面的厚紙拿出攤開，紙邊一圈耀眼燙金。

佩姬，

很抱歉，我惹妳生氣。但就算被妳怨恨，我也希望妳能明白我那麼做只是為了更瞭解妳。妳不能因為妳不願被瞭解而把事情怪在我頭上。

這算哪門子道歉？儘管如此，我繼續讀下去。

現在仍是白晝。去大宅吧，妳會發現我無法提供的物資。動作快。如果被衛兵攔下，就說妳要幫我領取一批翠菊。別太快下定論，小小夢行者。

我把信紙揉爛、丟進壁爐。衛士寫這封信根本是在炫耀他有多信任我。我大可把信拿給奈希拉，我確定她能認出他的筆跡。但我一點也不想幫到奈希拉。雖然痛恨衛士把我關在這，可是我真的需要前往大宅。

我回到房間，換上新制服——黃袍，背心有個黃色船錨，黃得如太陽般鮮明，從大老遠就能看見。膽小四十號、逃兵四十號。就某方面來說，我喜歡這件黃袍，這表示我違背奈希拉的命令，反正我本來就不想穿上紅袍。

我回到他的房間，腳步緩慢，陷入沉思。我還沒確定自己是否打算組織大規模越獄，但我確實想離開這裡。如果打算逃回家，我將需要不少物資，例如食物、飲水和武器。他不是說紅花會對利菲特人造成傷害？

鼻菸盒在桌上，盒蓋敞開，裡面有幾種草藥樣本：月桂葉、懸鈴木和橡木葉、槲寄生果實、藍翠菊和白翠菊，還有一包標示為「迷幻鼠尾草」的乾燥葉，是他的法器。乾燥葉下方是一支裝有藍黑粉末的藥瓶，標籤寫著「銀蓮花」。我拉開木塞，刺鼻氣味從中逸出：紅花的花粉。這些可愛的小花粉或許真能充當武器。我塞好瓶口，把藥瓶放進背心口袋。

雖然外頭一定有衛兵站崗，但我能避開他們，我有辦法。不管奈希拉．薩加斯把我打成哪一類階級，我可不是懦夫，我是暫夢者。

現在該讓她見識我的本領。

我掰出「幫監護者領取翠菊」的理由，說如果有疑惑可以直接去問衛士。新來的日間守門人不太接受這個理由，但在帳本看到誰是我的監護者之後連忙放我出去，甚至沒對我的背包做出評論。沒人敢惹奧古雷斯．莫薩提姆。

在大白天看到這座城，我覺得很不習慣。寬街似乎空無一人，毫無平常那些喧囂和氣味。不過去大宅之前，我需要先處理某件事。

我沿貧民窟的小徑穿梭。暴雨方歇，四周小屋的各個隙縫小孔都在漏水。來到目的地，我拉開破門簾，朱利安正在睡覺，為了幫莉絲保暖而一手抱著她。她的氣場越來越弱，彷彿即將燒盡的蠟燭。我在他們身旁蹲下，拿出背包裡的東西，我把一包早餐放在朱利安另一手的臂窩裡，以免被路過衛兵發現，再把乾淨的白被單蓋在他們身上，把一盒火柴放在一旁的箱子裡。

看到他們生活在如此惡劣的環境，我更確定自己的計畫正確。他們需要的不只是我在創立塔弄到的這些東西，而是藏在大宅的物資。

靈魂休克的復原過程十分緩慢。患者必須耗盡全力、一步步掙扎，只有強者才能活下來。莉絲在卡牌焚毀後就沒再徹底恢復意識，只有偶爾清醒。再不趕快復原，她就會失去氣場、成為靈盲者。她唯一的希望是再獲得一副卡牌，但就算如此也無法保證她和新卡能產生連結。我打算徹底搜查大宅，直到尋獲她能用的物品。

街上看不到衛兵，可是我知道一定有人在巡邏。為了保險起見，我爬上一棟建築，利用窗臺和方柱穿梭城中。我盡量注意腳步，過程卻很緩慢，畢竟我的右臂僵硬得像櫥窗假人，而且身上有太多瘀傷。

我從一哩外看到大宅，其兩座尖塔穿霧而出。距離夠近時，我被迫跳進一條小巷，因為下一道牆超過我的跳躍距離。那道牆的另一側就是只有利菲特人能進入的大宅。

我凝視牆壁許久。衛士早已成了我的同夥，不可能挑這時候背叛我。他出於某種原因而幫助我，為了莉絲，我只能接受他的幫助。而且，就算我惹上麻煩，我也隨時可以透過金繩向他求救——如果我知道如何使用金繩，而且拉得下臉的話。我爬上牆，一腿甩過頂端，跳到雜草叢生的草地上。

和其他宅邸相同，這棟大宅也是由四排建築呈矩形排列的四合院。進入第一排建築的同時，我在腦中列出穿越無人地帶的所需物資。武器至關重要，畢竟林中危機四伏，但醫療用品也不可或缺；如果在地雷區走錯一步，我就會需要止血帶和消毒劑，這是不能不面對的最壞打算。腎上腺素也是關鍵物資，不但能強化體能，還可止痛，更能在我靈魂出竅後讓我復甦。銀蓮花粉也是多多益善，連同其他東西：混亂劑、翠菊、鹽——甚至靈質。

我走過幾棟建築，這裡並不適合搜索——房間太多，不可能一一進入。漫步離開中庭、來到宅邸邊緣時，我注意到一個更好的目標：這棟建築裝有大窗和許多立足點。我穿過一道拱門，從另一側觀察這棟建築，其牆面布滿一條條紅藤蔓。我繞到另一側，查看有哪些窗戶開啟，發現全被封上，看來我必須破窗而入。等等，二樓有扇小窗微微開條縫。我爬上一面矮牆，再從牆頂爬上排水管。窗戶卡住，我用單手勉強開啟，溜進這個滿是灰塵的小房間，八成是掃帚櫥。

我把門打開一條縫，發現外頭是一條石磚走廊，而且空無一人，來大宅這一趟實在順利。觀察門板後方是否有人時，我繃緊身子，第六感打冷顫：我觀察到兩道氣場，就在右手邊那扇門後方。「……什麼都不知道！拜託——」

一陣模糊聲響，我把耳朵貼在門上。

「嫡系族長不想聽妳狡辯，」男性嗓門。「我們知道妳看到他倆在一起。」

「我只看過一次，就一次，在草原！他們只是在訓練。我沒看到其他事情，我發誓！」女子因驚恐而嗓音尖銳，我認出她是手相師艾薇，她幾乎窒息得說不出話。

「求求你，別再——我實在受不——」

一陣淒厲尖叫。

「只要說實話，妳就不會再受折磨。」艾薇啜泣。「快點，二十四號，妳一定有所隱瞞，知道什麼就說出來。他有沒有碰她？」

「他——他抱她離開草……草原，因為她當時很疲憊。可是他有戴手套——」

「妳確定？」

她的呼吸加速。「我——我不記得，抱歉，拜託——別再——」腳步聲。「不，不！」

她的悲慘哭喊令我腸胃糾結。我想讓那名施虐者魂飛魄散，但我也很可能因此被抓。如果拿不到那些物資，我就誰也救不了。我咬牙繼續聽下去，因憤怒而渾身顫抖。他到底對她做了什麼？

艾薇的哀號未曾停止。她停止哭喊時，我的心一沉。

「住手，**求求你**。」艾薇因啜泣而呼吸困難。「我說的是實話！」施虐者默不作聲。「但是——他有提供食物，我知道他有給她東西吃，而她——她看來總是乾淨整齊。還有——聽說她能附在靈視者身上，看來他——沒讓嫡系族長知道這件事，否則她應該已經被殺。」

一陣令人毛骨悚然的沉默，接著是輕柔又沉重的碰撞聲、腳步聲和關門聲。

我僵在原地，過了一分鐘，我推開沉重的門，裡頭只有一張木椅，跟地板一樣沾染血汙。

我用袖子擦擦上唇，身子開始冒冷汗。有那麼片刻，我蹲在牆角，雙手抱頭。艾薇剛剛在說我。

現在不是想這件事的時候，那名施虐者很可能還在這棟建築之內。我慢慢站起身，面向最近的一個房間，門板敞開，鑰匙仍插在鎖孔裡。我窺視房內，牆面擺滿武器：長劍、獵刀、一把十字弓，還有一支搭配鋼珠的彈弓，想必就是分發給紅衣人的武器。我抓起一把小刀，刀柄有個微微閃爍的船錨圖案——賽昂製造。威弗運武器來這裡，自己和那幫朝臣安穩地坐在執政廳，遠離乙太信標。

朱利安說得沒錯，我不能一走了之，我想讓法蘭克·威弗一嘗恐懼，想讓他知道他走私的每一名靈視者囚犯活在何等恐懼中。

我把門關上鎖起，抬起頭，發現眼前是一張發黃的大地圖，上面寫著：第一冥府贖罪殖民地，利菲特族長之領土。我查看地圖，第一冥府是以宅邸為中心而建，以外圍草原和樹林為自然邊界。地圖標明所有我熟悉的地標：莫德林、靈盲者之家、領主宅邸、霍克摩爾和波特草原。我從牆面取下地圖，仔細查看。波特草原旁邊的印刷字體模糊不清，但我終究認出。

列車。

我的指尖僵在地圖邊緣。列車。我居然沒想到。我們都是以列車送來——為何不能乘列車離去？

我飛快思索。我為什麼沒想到這點？我不需要橫越無人地帶，不需要為了返回城塞徒步幾十哩、冒著遭遇厄冥族的危險。我只需要找到列車，我還能帶別人一起走——莉絲、朱利安、大家。一輛賽昂列車幾乎能坐四百人，站位就更不只這個數目，能輕易容納城中所有囚犯。

但我們還是需要武器。就算大家趁白天分散溜去草原，利菲特人還是會追來，草原入口也很可能有衛兵站崗。我將一把收在鞘中的小刀塞進背包。接著，我找到幾把槍，其中一支小手槍跟我那把類似，這東西易於隱藏，而且我熟悉如何操作，一定能派上用場。在城塞時，尼克曾對衛士開槍，但沒造成任何損傷。子彈能對付愚忠紅衣人，無法撂倒利菲特人。

我從一口金屬箱蓋拿起一些我看不懂的文件。正要從箱中拿起一盒子彈時，我聽見腳步聲，連忙躲到一排櫃子後方。千鈞一髮：鑰匙從鎖孔掉落，兩名利菲特人走進。

我早該料到。出口被擋住，爬向窗戶就等於自曝行蹤，而且他們都知道我是誰。我從櫃間窺視。

蘇班。

他用靈語說了幾個字。我再靠向櫃間，想看清楚另一人是誰。就在這時，蒂拉貝爾·夏洛丹擋住我的視線。

我和她一動不動，我的心跳似乎停止，我等她朝蘇班呼喊，或拿刀子插進我的五臟六腑。我的指尖微微移向藏在背心內側的花粉，但我立刻放棄這麼做——就算擊倒蒂拉貝爾，我也會被蘇班開腸剖腹。

但是蒂拉貝爾的反應令我意外——她沒揭發我，而是把視線移向那些槍。「靈盲者的武器很有意思，」她用英語開口：「難怪他們常常彼此殘殺。」

「妳怎麼改用那種汙穢的語言？」

「戈魅札叫我們維持流利的英語能力，練習一下又有何妨。」

蘇班從牆面抓起十字弓。「既然妳想這樣汙染我們的舌頭，隨便妳，我們可以順便回顧妳的權力高過我的那些古老時光。」他撫摸車床。「那名夢行者當時應該殺掉傑克森・霍爾，否則他也不用像現在這樣生不如死。」

我感覺窒息。「他應該不會被處死，」蒂拉貝爾說：「更何況，奈希拉的目標是安東妮特・卡特。」

「那她得阻止席圖菈殺掉安東妮特。」

「沒錯。」她用指頭撫過一把利刃。「提醒我一下：這個房間原本存放什麼東西？」

「妳對這個穢界的好奇心真噁心。我還以為妳清楚知道這裡原本放了什麼。」

「我認為『噁心』這個說法有點誇張。」

「我不這麼認為。」他拿起一把飛鏢。「這裡以前放了什麼？醫療用品，植物萃取液、迷幻鼠尾草、翠菊，還有其他臭花臭草。」

「那些東西被搬去哪？」

「妳這無賴是在剛剛幾分鐘內突然忘掉一切？妳跟皇妾一樣蠢。」

蒂拉貝爾真了不起，她如果不是對他的態度毫不在意，就是極善於隱藏情緒——如果她有任何情緒。

「請原諒我的好奇。」她說。

「我的家族從不寬容，妳背上的疤痕也該天天提醒妳這點。」他因為吞下艾薇的氣場而眼睛發光。「難怪妳想知道。妳想偷不凋花——是不是，夏洛丹？」

疤痕。

蒂拉貝爾的表情變得嚴肅。「那些東西被移去哪？」

「我不喜歡妳這種好奇心，這令我起疑。妳又在跟皇妾打什麼算盤？」

「那幾乎是二十年前的事了，蘇班。以人類的標準來說，那是很長的時間，你不覺得嗎？」

「我不在乎人類的標準。」

「如果你老拿以前的事來壓我，我也沒辦法，但我不認為嫡系族長會喜歡你對她的配偶表現出這種態度，或是你對他的角色提出的質疑。」

她的口氣嚴肅。蘇班從牆面拿下一把刀，朝她一揮，在她頸前一吋處停下，她毫無退縮。「妳再廢話一字，」他輕聲道：「我就找他來，這次他可不會那麼寬宏大量。」

蒂拉貝爾沉默片刻，我似乎看到她閃過一些情緒：痛苦和恐懼。想必蘇班是指哪個薩加斯成員，大概是戈魅札。

「嗯，我似乎想起那些物資在哪。」她的嗓音低沉。「我怎麼會忘了湯姆塔？」（註39）

蘇班爆出笑聲。我如紅血球吸收混亂劑般迅速吸收這項情報。「的確沒人會忘掉湯姆塔，」他在她耳邊低語：「還有那道鐘聲。妳還記得鐘聲嗎，夏洛丹？記不記得妳當初如何求饒？」

我的四肢開始痠疼，但我不敢動。蘇班不知道自己在無意間讓我知道重要情報，湯姆塔想必就是聳立於城門的那座鐘樓。

「我那不是求饒，」蒂拉貝爾說：「而是要求正義。」

他從喉間發出低吼。「蠢蛋。」他舉手想揍她——卻突然住手，嗅聞幾下。

「我發現氣場。」他說：「搜查這個房間，夏洛丹，氣場聞起來像人類。」

「我沒感覺到。」蒂拉貝爾站在原地。「我們來這裡的時候，門是鎖住的。」

「還有其他方法能進來。」

註39　湯姆塔（Tom Tower）是牛津的一座鐘樓，以塔內的大湯姆鐘命名。

「你只是在疑神疑鬼。」

但蘇班似乎不接受她的說法，而是朝我的方向走來，鼻孔大張，張嘴亮牙。想到某種可能性，我緊張得想吐：他是嗅靈師，能聞到靈魂活動。如果被他找到，我的下場會比死還慘。

他的指頭伸向架上的一個盒子——我就躲在後面。就在這時，遠處的某個房間傳來爆炸聲。

蘇班立刻衝出房間，沿走廊奔去。蒂拉貝爾也追上，但在門口回頭瞥我一眼。

「快，」她對我說：「快去鐘樓。」

她離開了。

我沒浪費時間思索自己為何如此好運，而是立刻背上背包，爬上窗臺。我差點沿藤蔓摔下，不過手臂和掌心已經擦傷。

我的血流加速，每道黑影都讓我懷疑是蘇班出現。穿過迴廊、跑向四合院主樓的路上，我試著釐清思緒：蒂拉貝爾居然幫我、隱瞞我的存在，而且似乎有人為了我而製造那場爆炸，蘇班的注意力也因此轉移。蒂拉貝爾早就知道我會來這裡、我想找什麼，她也是在看到我之後才改用英語交談。她是負疤者之一。我得多多查明他們的歷史、弄清楚怎麼回事，但我要先侵入湯姆塔、取得物資，再回去衛士那裡。

因為那場爆炸，一群啃骨族逃離鐘樓跑來大宅。我在一道陰暗拱門停步，真是千鈞一髮——他們進入我正打算跑出的迴廊。「二十八號、十四號，去確認草甸大樓沒遭到入侵。」其中一人下令。「六號跟我來，剩下的去看守四面建築。還有，去把克雷茲和米爾贊找來。」

時間緊迫。我站起身，衝向主樓。

大宅占地廣大，由一條條露天和室內走廊連接。**我簡直像迷宮裡的老鼠**。我不敢停步，繫好背包的腰帶。一定有某種方法能進入湯姆塔。主入口有沒有門？我動作要快：克雷茲和米爾贊是利菲特人，我現在最不想看到大宅出現四名利菲特人，且至少其中三人對我有敵意，我也不認為衛士有許多像蒂拉貝爾那種朋友。

我在四合院的邊緣停步。這片中庭十分寬敞，中間是一座裝飾用的圓形噴水池，一尊雕像立於池中。我別無選擇，只能現身，速度比隱藏行蹤更重要。

我衝刺跑過草地，肋骨傳來劇痛。來到池邊，我踏過淺水，蹲在雕像後方，水因此浸到腰間。抬頭時，我嚇得渾身一震——奈希拉正在瞪我。

這尊石像是以奈希拉的模樣雕鑿。

四合院沒其他人在場。我能感覺到某人的氣場，但離這裡很遠，不構成威脅。我跳出噴水池，跑向鐘樓，立刻注意到一道狹窄拱門，想必通往鐘樓。我衝上階梯，暗自祈禱利菲特人可別出現——通道太窄，如果碰上利菲特人，我絕對無處可逃。來到頂端，我觀察眼前景象。

這裡是藏寶庫。幾百座置物架擺滿瓶罐，玻璃因沾染陽光而閃閃發光，彷彿耀眼的幻彩硬糖，又像閃爍的點點繁星。有些裝有虹彩液體，有些是色彩鮮豔的粉末，有些是浸於液體的奇花異卉，無一不美、無一不奇。這個房間夾雜各種氣味，有些刺鼻，有些噁心，有些甜美芬芳。我在架上尋找醫療用品，瓶罐大多印上賽昂標誌、以英語註明，有些則是奇怪的符文。這裡也有法器，大概是被沒收的靈視者物品。我瞥見一顆水晶球、各式占卜道具，還有一疊卡牌——這可以給莉絲。我迅速翻閱牌面圖案，這種塔羅牌叫做「托特」——和莉絲之前那種不同，但也能用來占卜。

我把卡牌塞進背包，連同找到的使立復乳膏、煤油和消毒劑。房中有另一道門，八成通往鐘樓，但我不打算進去，畢竟背包已經重得快扛不動，只能見好就收。我甩上背包的同時轉身面向階梯——結果和一名利菲特人四目交會。

我的器官機能似乎全數停止。對方頭戴兜帽，以黃眸瞪我。

「嘖嘖，」他開口：「居然有叛徒溜了進來。」

他走向我。我連忙丟下背包，迅速爬上最近的一座置物架。

「想必妳就是那位夢行者。我是克雷茲・薩加斯，利菲特族的嫡系繼承人。」他以嘲諷的態度朝我鞠躬。他和奈希拉確實有些神似，一樣是厚眼皮和黃銅色的濃密頭髮。「奧古雷斯派妳來的？」

我默不作聲。

「妳是他要獻給族長的貢品，看來他放任妳亂跑，這會讓族長很不高興。」他伸出以皮革覆蓋的手。「下來吧，夢行者，我送妳回莫德林。」

「然後我們裝做沒發生這回事？」我待在原地。「你想帶我去奈希拉那裡。」

他的耐心消失。「別惹我，小心我宰了妳，黃衣人。」

「奈希拉不希望我死。」

「我不是奈希拉。」

看來我即將倒大楣。就算他不殺我，也會直接把我拖去領主宅邸。我的視線落在一罐白翠菊上，我可以消除他的記憶。

我想得美。克雷茲的手臂一晃，整面置物架立刻倒下，瓶瓶罐罐摔碎一地。我落地時打個滾，以免被架子壓到，臉頰也因此被一片碎玻璃劃過。我不禁痛得呻吟，肋骨感覺被撕裂。

我起身的速度不夠快，敏捷度因傷勢而受影響。這裡沒有遊魂，我無法召集魂眾對付他。克雷茲揪住我的背心將我甩到牆上，我差點昏厥，肋骨似乎即將徹底分離。克雷茲揪住我的頭髮往後拉，然後深深吸氣──彷彿吸進的不只是空氣。視線出現血色，我立刻意識到怎麼回事，因此踢打掙扎，拚命試圖接觸乙太，卻已經來不及。

克雷茲飢餓貪婪，打算吃光我的氣場。

我的右臂被制住，但左臂還能動，而且體內充滿腎上腺素。我使用父親教我的技巧：用指尖戳克雷茲的眼睛。他一放開我的頭髮，我立刻從口袋掏出紅花藥瓶。

克雷茲咬牙，一手掐住我的咽喉。如果我試圖以靈魂攻擊他的心靈，我的軀體將遭到無法彌補的損害。我別無選擇，只能把藥瓶砸在他的臉上。

濃烈又嗆鼻的腐臭味非常駭人。克雷茲發出非人類的尖叫，被花粉接觸的眼球發黑、不斷飆淚，臉上出現大片醜陋灰斑。「不，」他說：「不，妳——竟敢——」

他改用靈語。我的視線搖晃。這是過敏反應？我感覺膽汁翻到喉頭。我從背包掏出左輪手槍，瞄準他的腦袋，他屈膝跪地。

殺了他。

我的掌心冒汗。就算因為殺害地鐵警衛而被送來這裡，我還是不知道自己是否下得了手，是否能再奪取一條性命。克雷茲的雙手從臉龐放下時，我知道他已經沒救，因此我不再猶豫。

我扣下扳機。

第二十四章　夢

我在屋頂奔跑，經過古老教會，然後跳到通往莫德林的狹長道路。來到宅邸時，一隻手臂從一扇窗戶揮出，把我抓進去。

是衛士，他在等我。他不發一語，拉我走過一道門，進入東面的中庭，走過無人通道，穿過迴廊，而後走上階梯。我不敢開口。一進入塔樓，我就癱坐在壁爐邊，指尖的黑色花粉抹上地毯，彷彿煤灰。

衛士沒停步，而是立刻關上門，關掉留聲機，再拉上房間兩面窗簾。他從縫隙窺視東面窗外幾分鐘，同時觀察街上狀況。我把背包放在地上，肩膀被背帶壓迫而痠痛。

「我殺了他。」

他瞥向我。「誰？」

「克雷茲，我朝他開槍。」我渾身顫抖。「我殺了薩加斯的人——她會殺了我，你會殺了我——」

「不會。」

「怎麼可能不會？」

「我不在乎薩加斯家族的死活。」他回頭望向窗外。「妳相當確定他死了？」

「他當然死了，我朝他臉上開槍。」

「子彈殺不死我們，想必妳用了花粉。」

「沒錯，」我盡量放慢呼吸。「我是用花粉。」

他沉默許久。我坐在證據——花粉——之中，感覺肺臟即將破裂。「如果薩加斯成員被人類所殺，」他終於開口：「奈希拉最不想讓這種消息被全城知道，我們的永生不朽不容質疑。」

「所以你們其實並不是永生不朽？」

「我們並非金剛不壞之身。」他在我面前蹲下，凝視我的眼睛。「有沒有其他人看到妳？」

「沒有。等等……有，蒂拉貝爾。」

「蒂拉貝爾會幫妳保密。如果只有她看到妳，那就不用擔心。」

「蘇班原本也在場，但某處突然發生爆炸。」我抬頭看他。「你知道是怎麼回事嗎？」

「我當時察覺到妳陷入危險，因此派人在大宅待命，是他們引發那場爆炸。奈希拉會收到的報告是那裡發生瓦斯漏氣、一旁剛好有蠟燭。」

這項消息沒令我寬心，我這下一共奪走三條命，還不包括我無法挽救的其他人。

「妳在流血。」

浴室的門敞開，我瞥向裡頭的鏡子，看到臉上一條長而淺的滲血傷口。「嗯。」我回答。

「他傷了妳。」

「只是被玻璃割到。」我摸摸傷口，感到刺痛。「你會不會去查明克雷茲的狀況？」

他點頭，仍看著我的臉頰，眼中帶有某種陰暗而緊繃的情緒，這令我一愣。他在考慮另外某件事；他沒看我的眼睛，而是盯著傷口。

「如果不處理，這會留下疤痕。」他以手套覆蓋的指頭抬起我的下顎。「我拿些東西來清理。」

「你會去查清楚克雷茲的下場吧？」

「會。」

我們對望幾秒。我皺起眉頭，蠕動嘴脣想發問，終究沒有開口。

「我盡快回來。」他起身。「我建議妳去清理一下，裡面有衣服。」

他指向大衣櫃。我低頭看自己的制服，背心沾染花粉——我犯下惡行的確切證據。「瞭解。」我說。

「也別讓傷口再受到汙染。」

我還來不及反應，他已經離開。

我站起身，走向鏡子，這道割傷在我臉上顯得極為刺眼。他似乎很不想看到我負傷？就算曾經目睹我被傑克森痛打的模樣？看到我的臉，他是否想起自己的傷——他背上那些沒讓我看到的傷？

我的頭髮散發某種濃烈氣味。花粉。我鎖上浴室門，脫下衣服，轉開浴缸的熱水。我的兩腿顫抖，我在爬牆時擦傷膝蓋。我沉進熱水，清洗頭髮，身上多處舊傷傳來悸痛，今天又換來一堆新傷。我花幾分鐘讓暖意滲入僵硬肌肉，拿起一塊新肥皂洗掉身上的汗水、血汙和花粉。膚色蠟黃、傷痕累累，我的模樣真可怕。熱水從排水孔流出後，我才覺得稍微鎮定下來。

我該不該讓他知道列車的事？他或許會試圖阻止我。在倫敦那晚，他大可放我走，卻執意把我帶回這裡。另一方面，我需要知道列車有沒有人看守，還有車站入口位於波特草原哪個區域。在草原訓練那天，我不記得看到任何入口通道，想必是隱藏於某處。

回到樓下房間，我看到大衣櫃裡有一件乾淨的黃制服，地毯的花粉也已掃淨。我倒在沙發床上，我在克雷茲·薩加斯的眉心開了一槍，殺了利菲特族的嫡系繼承人。扣扳機之前，我一直以為他們強大得殺不死。看來花粉才是致命因素，子彈只是補刀。先前離開塔樓的時候，我親眼看到克雷茲的屍首開始腐爛，幾抹花粉就讓他面目全非。

房門突然開啟，我嚇一跳。衛士走進，一臉陰沉。

他在我身旁坐下，拿出一支棉棒，在裝有琥珀液體的瓶罐沾了沾，然後輕輕點拭我的臉傷。我默默看著他，等他開口。「克雷茲死了。」他說，沒表現出任何情緒，我的臉頰又一陣刺痛。「克雷茲是族長繼承人。如果他們發現真相，妳會被公開處以酷刑。他們知道有物品遭竊，但沒人看到妳。至於日間守門人，我已經消除他的部分記憶。」

「有誰懷疑我嗎？」

「或許私底下吧，但他們沒有證據。幸好妳不是以夢行攻擊殺了他，否則他們一定知道是妳。」

我抖得更嚴重。這種作風還真像我——不知道對方是何等人物就下殺手。如果被奈希拉查出，我也會成為她牆上的死亡面具。我抬頭看他。

「花粉到底對克雷茲產生什麼效果？他的眼睛——他的臉——」

「我們這些族人其實不如外表所見，佩姬。」他凝視我的眼睛。「妳灑花粉和開槍之間相隔多久？」

開槍，而非**謀殺**。他說**開槍**，彷彿我只是旁觀者。「大概十秒吧。」

「妳在那段時間看到什麼？」

我試著回想，當時整個房間因罐中物外洩而煙霧迷漫，加上我撞到頭。「好像——他的臉似乎在——腐爛，而且他的眼睛呈白色，像失去所有色彩、毫無生命的死魚眼。」

「妳已經知道答案。」

我聽不懂他這話什麼意思。**死魚眼**。

爐火劈啪作響，整個房間因此溫暖，甚至暖得有點過頭。衛士抬起我的下巴，在火光下查看傷口。「奈希拉會看到這道傷，」我說：「她會知道。」

「這能解決。」

「怎麼解決？」

沒回應。每次我問起如何或為何，他就好像突然對話題失去興趣。他走向辦公桌，拿出一支金屬小瓶，小得足以塞進口袋，瓶身印有紅色的「賽昂救援」字樣。他取出三片美容膠帶。我保持不動，讓他幫我貼上膠帶。

「痛不痛？」

「不會。」

他的手從我的臉移開，我摸摸膠帶。「我在大宅看到一張地圖，」我說：「我知道波特草原有地鐵列車，我需要知道入口在哪。」

「為何需要知道？」

「因為我想走，在奈希拉殺掉我之前。」

「原來如此。」衛士坐回扶手椅。「妳也認定我會讓妳走。」

「沒錯，我確實如此認定，」我拿起他的鼻菸盒。「否則你也可以認定我會把這東西交給奈希拉。」

賽昂標誌映於火光下。他的指頭在扶手敲了敲，他沒試圖討價還價，只是看著我，兩眼發出柔光。「妳不能搭上列車。」他開口。

「你攔不住我。」

「妳誤解我的意思。列車只能由西敏市執政廳啟動，也只在特定日期的特定時間跑一趟，時刻表不能改變。」

「糧食不是靠列車送來？」

「列車用來運送人類，食物由送貨員負責。」

「所以列車下次過來——」我閉上眼，「是下一屆骸骨季節。」二〇六九年。我還以為能輕易逃跑，結果這個春秋大夢就此瓦解。到頭來，我還是得走過地雷區。

「我必須勸妳，別試圖徒步橫越，」他彷彿看穿我的思緒。「厄冥族把那片樹林當作狩獵場，妳天賦異稟也沒用，畢竟寡不敵眾。」

「我不想再等。」我緊抓椅子扶手，直到指關節發白。「我必須離開，你知道她打算殺了我。」

「確實如此，妳的能力已經成熟，而她渴望據為己有，很快就會出手。」

我渾身緊繃。「成熟？」

「城塞之戰，妳占據了十二號的心靈，我親眼目睹。奈希拉一直在等妳的能力發展完全。」

「你告訴她了？」

「她會知道，但並非因為我。妳我的對話不會離開這個房間。」

「為什麼？」

「就當作為我們倆的彼此信任拉開序幕。」

「你窺視過我的往日回憶，憑什麼叫我相信你？」

「我沒讓妳進入我的夢境？」

「有，」我回答。「你那冰冷又空虛的夢境。你其實只是具空殼，是不是？」

他突然站起，走向書櫃，拿出一本大型古書，我的肌肉條條繃起。我還來不及開口，他已經從書中抽出一本薄冊，丟在桌上，我無法轉移視線。《反常能力的價值》，就是我那本，證明聯合集團的存在，原來一直在他手上。

「我的夢境或許毫無生命，但我不像這位作者把人分成層層階級。冊中沒有織夢者、沒有利菲特族，我不以同樣態度視物。」他凝視我。「我已經跟妳共住幾個月，我知道妳的過去，就算未經妳的許可。我無意侵犯妳的隱私，但我想知道妳到底是什麼樣的人，我想認識妳，我不想只是把妳當成普通人類，低等卑微的人類。」

這番話確實出乎我的意料。「為什麼不行？」我盯著他。「你又何必在乎？」

「我有我的原因。」

我拿起小冊貼在胸前，彷彿孩童保護玩具，彷彿我救了傑克森的命。衛士看著我。

「妳確實很在乎妳的幫主，」他說：「妳想回去那個人生、回去集團。」

「傑克森的重要性不只是這本冊子的作者。」

「我能想像。」

他在我身旁坐下，我們沉默幾分鐘。人類和利菲特人，天地之差，兩者皆如困於玻璃罩的枯花。他拿起鼻菸盒，拿出一小瓶不凋花。「妳覺得自己很孤單。」他把花液倒進高腳杯。「我能感覺到妳的寂寞。」

「我確實是獨自一人。」

「妳想念尼克。」

「他是我最好的朋友，我當然想他。」

「他的地位不只如此。妳對他的回憶格外詳細，充滿色彩與生命力。妳很愛慕他。」

「我當時太年輕。」我的嗓音微顫，他似乎就是想戳我最敏感的部位。

「妳現在也很年輕。」他沒放過這個話題。「但我沒看完妳的所有回憶，其中少了一些片段。」

「往事重提也沒意義。」

「我不這麼認為。」

「每個人都有慘不忍睹的回憶，你為什麼對我的感興趣？」

「回憶就是我的生命線，那是我與乙太聯繫的途徑，正如夢境對妳的重要性。」他的指尖輕觸我的額頭。「妳要求透過我的夢境來認識我，做為交換，我要求觀看妳的回憶。」

他的接觸令我打冷顫，我不禁後退。衛士看我一會兒，觀察我的反應，然後站起身，拉拉喚人鈴。「你做什麼？」我問。

「妳需要進食。」

他打開留聲機，然後凝視窗外街道。

麥可一下子就出現，聽從衛士的吩咐，十分鐘後端了一面托盤回來，放在我的大腿上，這些輕食能幫我稍微恢復體力：一杯奶茶、一小杯砂糖、一碗番茄湯，還有熱麵包。「謝謝你。」我說。

麥可很快對我一笑，再朝衛士做出一串複雜手語。衛士點頭回應，麥可鞠躬離開。衛士看著我，想知道我會不會乖乖吃東西。我啜飲一口茶，我記得我小時候每次生病，奶奶就會讓我喝茶——她深信茶的神奇力量。我咬幾口麵包，他正在觀察我的情緒？他是否感覺到我因為兒時回憶而平靜下來？我試著把精神集中在他身上，使用金繩，但毫無反應。

我吃完後，他把托盤移到茶几上，隨即又在我身旁坐下。我清清喉嚨。

「麥可對你說了什麼？」

「他說奈希拉要剩下的薩加斯成員在她的宅邸集合。他善於偷聽，」他補充道，口氣略帶莞爾。「他在奈希拉那裡聽到許多情報。因為他的靈盲症，她無法透過乙太察覺他的動靜。」

所以麥可是個情報員，我該記住這點。「她會向他們宣布克雷茲的遭遇。」我用指頭撐住兩側太陽穴。「我不是有意殺他，我只是——」

「他當時打算要妳的命。克雷茲對人類懷有強烈恨意，他甚至打算等全人類知道利菲特人的存在後，引誘人類兒童進入我們控制的城市。他特別喜歡他們的纖細小骨，想拿來用作骨占。」

我打從胃底覺得噁心。骨占術需要使用籤條，魂魄能將籤條排列成圖像，或推往某個方向。許多物品能當作籤條，例如細針、骰子和鑰匙，這類靈視者也按所用道具而有不同稱號，其中「骨占師」最喜歡用骨頭，但為了尊重死者，他們通常選用非常古老的骷髏。如果克雷茲真的誘殺孩童、以其骨骸進行占卜，那根本是死有餘辜。

「我很高興他死了，」衛士說：「他對這個世界是一大禍害。」

我沒回應。

「妳感到內疚。」他表示。

「是害怕。」

「害怕什麼？」

「我的能力。我一直——」我搖搖頭，感覺疲憊。「我一直在殺人，我不想成為凶器。」

「妳的能力確實具有危險性，但也讓妳能活到現在，它就是妳的護盾。」

「不像護盾，而是槍械，而且一觸即發。」我凝視地毯紋路。「我的能力就是傷人。」

「但妳不是蓄意傷人，妳以前也不知道自己有何能耐。」

我發出空虛的笑聲。「噢，那你錯了，我早就知道我有什麼本領。我當時雖然不知道方法，但我知道是誰讓他們流血、誰讓他們犯頭疼。只要有誰敢嘲弄我——提起茉莉之亂——**就會受折磨**，因為我推動他們的靈魂。就某方面來說，我很享受那麼做，」我說：「就算我當時才十歲，我也感到樂在其中，我喜歡報復，那就是我的小祕密。」他一直看著我。「我跟察覺者和靈感者不一樣，我操控魂魄，不只是為了做伴或自衛，而是因為我是它們之一，懂了嗎？我能隨時隨意結束自己的性命、成為魂魄。他們因此怕我，我也因此怕他們。」

「的確，妳跟他們有些不同，這並不表示妳應該害怕。」

「你錯了，我的靈魂很危險。」

「妳並不懼怕危險，佩姬，我認為危險讓妳變得更堅強。妳答應替傑克森．霍爾工作，就算明知這會讓自己折壽，妳知道去觀察別人的夢境會帶來什麼危險。」

「那是因為我缺錢。」

「妳父親替賽昂工作，妳不缺錢，我猜妳可能根本沒動過他的錢。危險讓妳更接近乙太，」他說：「這就是為什麼妳把握能體驗乙太的每個機會。」

「不是這個原因，我不是喜歡尋求刺激的那種人，我只是想跟靈視者在一起。」突來的怒火滲入我的嗓子。「我不想活得像個被賽昂洗腦的乖乖女，我想做些大事，想讓自己有些重要性，難道你不懂？」

「還有另一個原因，某人對妳格外重要。」

「住口。」我的嘴唇顫抖。

「妳想念尼克。」他直視我。「妳愛他，妳願意跟他去天涯海角。」

「我不想談這個。」

「為什麼？」

「因為那是我的私事，你們織夢者到底懂不懂何謂隱私？」

「那件事在妳心中隱藏太久。」他沒伸手碰我，但表情看來似乎正在接觸我。「我無法在妳清醒時取得妳的回憶，不過一待妳入睡，我就會閱讀妳腦海中的圖像，妳也會像之前那般夢見那些畫面。這就是織夢者的天賦，我能創造出共享的夢中景象。」

「相信你樂此不疲，」我的口氣夾雜蔑視。「成天翻別人的洗衣籃。」

他無視我的譏諷。

「當然，妳可以學習如何把我排拒在外，但如果想這麼做，妳就必須像熟悉自身靈魂那般熟悉我的靈魂，想弄懂我這麼古老的靈魂絕非易事。」他停頓。「所以，或許妳可以省去這種麻煩，直接讓我觀察妳的內心深處。」

「這麼做有什麼好處？」

「妳有一道屏障般的回憶，我感覺它在妳心中，埋於夢境深處。」他還在盯著我。「只要能克服那道回憶，妳的靈魂就不再受它拘束。」

我深呼吸，我不該被這項提議吸引。

「真的，我能幫妳。」他從鼻菸盒挖出一把乾枯棕葉。「我給妳的那種藥丸就是含有這種成分。如果我用這種草藥泡茶，妳是否願意喝下？」

我聳肩。「再來一次又何妨？」

衛士凝視我片刻。

「那好。」他說。

他離開房間。我猜樓下有間廚房，麥可就是在那裡忙碌。

我把頭貼上靠墊，感覺一陣寒意緩緩流過胸腔，滲進肋骨後方。我以前非常討厭衛士，因為他的身分，也因為他似乎瞭解我，我因為討厭他而持續成長。現在，我即將讓他目睹我最私人的回憶。我以為我知道是哪道回憶，但我不確定，我必須在夢中確認。

衛士回來時，我突然感到抗拒。我接過他手中的玻璃杯，裡頭斟滿一種黃土色的清澈液體，彷彿稀釋的蜂蜜，三片葉子飄在水面。「嘗起來很苦，」他警告，「但能讓我更清楚看見妳的回憶。」

「你以前看到的回憶是什麼模樣？」

「彼此以寂靜相隔的零碎片段。回憶是何模樣，端看妳對它有什麼感受、強度為何，以及它對妳造成多大困擾。」

我低頭看茶。「那麼，我不認為我需要喝這東西。」

「這能讓妳放鬆。」

他說得或許沒錯。想到即將面對那種回憶，我的雙手已經在顫抖，像再次簽下賣身契，我把杯子湊到嘴邊。

「等等。」

我暫停。

「佩姬，妳不需要讓我看到這道回憶。為了妳好，我希望妳答應，我希望妳真心願意。妳可以拒絕，我會尊重妳的隱私權。」

「我沒這麼殘酷。」我說：「天下最悲慘之事，莫過於沒有結局的故事。」他還來不及回話，我已經喝下茶。

衛士說謊，這玩意兒不只是「苦」而已，我這輩子沒嘗過這麼噁心的東西，如同喝下滿嘴金屬碎片。我在一秒內做出決定：我寧可喝漂白水也不再碰迷幻鼠尾草茶。

我被水嗆到，衛士用雙手捧我的臉。「別吐出來，佩姬，忍耐！」

我盡量。有些被吐回杯中，但大多沿食道而下。「然後呢？」我咳嗽。

「稍等。」

我不用等太久。我彎下腰，感覺頭暈目眩又渾身打顫，茶味濃烈得我以為會永遠殘留口中。

然後我眼前一片黑。我倒在靠墊上，徹底癱軟。

第二十五章 幻滅

我們幾個，七封印之中的六人，如進行降靈會般圍成一圈站立。

娜汀一臉殺氣騰騰。圈子中間是西結·賽恩茲，以天鵝絨緞帶綁在椅子上，頭部由妹妹以雙手固定。這幾小時來，我們不斷進攻他的心靈，但無論他如何掙扎呻吟，傑克森就是不准我們收手。如果我們能學會西結的能力，這將是一大優勢，我們將能抵禦所有外來影響，不管是遊魂或其他靈視者。此刻，傑克森坐在椅子上，抽著雪茄，等著看有誰能成功入侵西結的心靈。

傑克森最近都把精神集中在西結身上，似乎忘了我們的存在，任我們去忙各自的勾當。但就算已經研究西結多日，傑克森也沒料到這位隱夢者在遭受靈擊時會如此痛苦。西結的夢境強韌又黑暗，靈魂無法入侵；我們把一批批魂眾拋向他卻毫無效果，只是如流水滑過大理石般反彈於房中各處。西結確實就像他的新稱號——黑鑽石。

「快點，**快點**，你們這幫烏合之眾，」傑克森咆哮，用拳頭捶桌面。「趕快讓他的尖叫聲放大三倍！」

他一整天都在聽聖桑的〈骷髏之舞〉，搭配葡萄酒，顯然心情爛到極點。因控制眾多魂魄而臉色漲紅的伊萊莎瞪他一眼。「你今天又有起床氣，傑克森？」

「向來如此。」

「他很難受，」娜汀因憤怒而臉頰漲紅。「看看他！他已經受夠了！」

「我才受夠了，娜汀，受夠妳的無禮。」他的口氣極為輕柔，滿是威脅。「別逼我親自出馬，孩子們。再次進攻！」

現場短暫沉默，娜汀扶住兄長的雙肩。她的頭髮下垂遮臉，前些日子已經染成深棕色而且剪短，這樣比較不會引起注意。她痛恨這個髮型，痛恨城塞，也最痛恨我們。

看到沒人有反應，伊萊莎命令其中一縷魂魄幫忙——ＪＤ，源自十七世紀的繆思。（註40）ＪＤ從她的夢境跳進乙太，燈光也因此閃爍。「我讓ＪＤ試試。」她的眉頭緊鎖。「如果古魂無法發揮效果，我也無計可施。」

「或許試試騷靈？」傑克森的口氣完全不像在開玩笑。

「我們不會在他身上用騷靈！」

傑克森繼續抽菸。「真可惜。」

註40　ＪＤ即是之前曾提過的詩人鄧約翰（John Donne）。

房中另一側的尼克拉下百葉窗。他對我們的所作所為感到驚駭，卻無法制止。

西結受不了這種折磨，他瞪大眼睛，盯著周遭的魂魄。「他們在做什麼，娜汀？」

「我不知道。」娜汀冷眼瞪傑克森。「他需要休息。你再讓他受到靈擊，我就——」

「妳就怎樣？」傑克森從嘴角噴煙。「演奏憤怒的曲子？那就請便吧，我確實喜歡靈魂音樂。」

她的嘴角下垂，但沒有公然反抗，她知道那麼做會換來什麼樣的懲罰。她和西結早已無處可去。

西結貼在她身旁不斷顫抖，彷彿他成了弟弟，而不是年長兩歲的哥哥。

伊萊莎來回瞥向娜汀和傑克森，接著無聲下令，繆思向前一甩。我看不到那縷魂魄，但能感覺到它的存在，想必因痛苦而哀號的西結也是。他的頭往後甩，頸部肌肉因緊繃而賁張。娜汀緊抿嘴脣，用雙手抱著西結。「抱歉。」她的下巴擱在他的頭頂。「真的對不起，西結。」

ＪＤ這縷古魂不屈不撓，它收到的消息是西結打算傷害伊萊莎，因此會盡全力保護主人。西結幾乎窒息，臉龐因汗水和淚水而閃爍。

「拜託，」他哀求：「別再——」

「傑克森，快住手，」我發火。「你不覺得他受夠了嗎？」

他瞪大眼睛。「妳在質詢我，佩姬？」

我的勇氣瞬間消失。「不是。」

「在集團，不工作就沒飯吃。我是妳的幫主、保護者兼老闆。因為我，妳才不用像那些賣藝人渣一樣餓肚子！」他把一疊鈔票撒在半空中，法蘭克．威弗的臉龐從四散於地毯的鈔面瞪我們。「只有在我覺得『夠了』、只有在我選擇讓西結休息的時候，他才能休息。妳認為漢克特會住手？妳認為吉米或是女院長會住手？」

「我們又不是他們的手下。」伊萊莎顯得害怕，朝魂魄揮手。「回來吧，ＪＤ，我很安全。」

魂魄撤退。西結把頭埋在顫抖的雙手中。「我沒事，」他勉強開口：「我只是——需要稍微喘口氣。」

「你才不是沒事。」娜汀轉頭看抽起第二支雪茄的傑克森。「你利用我們。你明知道他有什麼狀況，卻裝得好像能幫他。你說你會讓他復原，你保證讓他復原！」

「我只有保證我會試試，」傑克森無動於衷。「保證我會做實驗。」

「你這騙子，你跟那些人根本毫無分——」

「親愛的，如果妳這麼討厭這裡，那請儘管離開，門沒鎖。」他壓低嗓門：「外頭就是又冷又黑的大街。」他朝她的方向吐出灰煙。「不知道守夜者過多久就會……發現妳？」

娜汀氣得發抖。「我要去查特林那裡。」她抓起蕾絲外套。「你們別跟來。」

她抓起耳機和手提包，氣沖沖走出房門，把門在身後甩上。「娜汀。」西結呼喚，但她沒停步。我聽到她下樓時踢了什麼東西。彼得穿牆而來，飄到角落生悶氣，因為受到打擾而火冒三丈。「我認為大家該下班了，隊長，」伊萊莎口氣強硬。「我們已經忙了好幾小時。」

「等等。」傑克森朝我一指。「我們還沒試過祕密武器。」看到我皺眉，他歪起頭。「噢，得了吧，佩姬，別裝傻。幫我侵入他的夢境。」

「我們討論過這件事。」我開始覺得頭痛。「我不闖空門。」

「妳不闖空門。原來如此，我不知道妳有固定的職責範圍。噢！等等，我想起來了——我沒給妳這種範圍。」他把雪茄在菸灰缸按熄。「我們是靈視者、反常分子，妳以為我們會像妳老爸那樣在巴比肯的小辦公室裡從九點坐到五點、拿小小保麗龍杯喝茶？」他露出藐視的表情，彷彿無法忍受靈盲者的生活。「我們有人不喜歡保麗龍，佩姬，我們有人喜歡銀器、綢緞、踩在大街上，還有靈魂。」

我不禁瞪大眼睛。他喝下一大口酒，凝視窗戶。伊萊莎搖搖頭：「這越來越荒謬，或許我們應該——」

「誰付錢給妳？」

她嘆氣。「你，傑克森。」

「正確。我付錢，你們推磨。現在，麻煩妳上樓叫丹妮薩過來，我想讓她目睹這場魔法。」

伊萊莎閉上嘴，離開房間。西結朝我投來疲憊又絕望的眼神，我逼自己再次開口：「傑克森，我現在真的做不到，我認為大家都需要休息一下。」

「妳明天有幾小時休息時間，小蜜蜂。」他的口氣顯得心不在焉。

「我沒辦法侵入別人的夢境，你知道這點。」

「稍微配合一下，試試看。」傑克森斟些葡萄酒。「我等這一刻已經等了好幾年。夢行者對決隱夢者，究極靈戰，我無法想像有什麼事能比這更危險又大膽。」

「我怎麼聽不懂你在說什麼？」

「當然聽不懂，」尼克開口，我們轉頭看他。「他是瘋人說瘋話。」

沉默片刻後，傑克森舉杯。「名醫的診斷向來正確，我乾杯敬您。」

他喝下葡萄酒，尼克移開視線。

就在這尷尬一刻，伊萊莎拿來一支新的腎上腺素注射器，她身旁是丹妮薩·龐尼奇，我們這個七人組的最後一位成員。她來自賽昂所屬貝爾格勒城塞，後來搬來倫敦、擔任賽昂的工程師。在一場迎新酒會上，尼克注意到她的氣場便說服她加入我們的幫派。我們沒人會唸她的名字或她的姓氏，她對此甚感驕傲。她的身材結實如磚，紅捲髮挽成髻，雙臂布滿疤痕和燒傷。她的唯一弱點：特別喜歡收集背心。

「丹妮薩，親愛的。」傑克森向她招手。「過來看看這個，好嗎？」

性。

「要看什麼？」她問。

「我的武器。」

我和丹妮對望一眼。雖然她幾星期前才加入，卻已經明白傑克森是什麼樣的個性。

「看來你們在進行降靈會。」她做出觀察。

「今天不是。」他揮手。「開始吧。」

我咬住舌頭，沒破口叫他去死，他對新成員總是特別油腔滑調。丹妮的氣場明亮而活潑，雖然他還無法辨識她到底是哪類靈視者，仍跟往常一樣深信她價值非凡。

我坐下。尼克用棉棒擦拭我的手臂，拿針筒扎下去。

「開始吧，」傑克森說：「觀察這位隱夢者。」

我等藥劑徹底滲入血管，接著閉上眼、感覺乙太，西結也做好準備。我無法入侵他的夢境，只能從旁輕推、感覺其表面的細微變化，但他的心靈太過敏感，用「吹彈可破」來形容並不誇張，我必須格外謹慎。

我的靈魂移動，我感覺到他們五人的夢境如風鈴般叮噹作響、微微搖晃，但是西結的夢境發出更低沉的頻率。我試圖窺視其中，例如回憶或恐懼，卻毫無發現。換做其他對象，我能看見如老電影般的圖像片段，在他身上卻只看見一團黑，他的回憶被封鎖。

某人抓住我的肩膀，我立刻從乙太撤退。西結正在顫抖，用手摀住耳朵。「夠了，」尼克站在我身後，扶我起身。「她不能再繼續下去。傑克森，我不在乎你付我多少錢，我不想要血鑽石。」他推開窗戶。「來吧，佩姬，妳先休息一下。」

我打從骨髓感到疲憊，我也絕不會拒絕尼克的要求。傑克森的視線如鏢針般射向我的背脊。等他喝完酒、睡一覺，明天就不會再鬧情緒。我跨出窗戶，攀住排水管，感覺視線模糊。

腳一接觸屋頂，尼克就開始奔跑。今天他奮力狂奔，還好我的體內仍殘留一些腎上腺素，否則不可能跟上。

我們常常像這樣穿越城中。理論上來說，我痛恨倫敦的一切，這座城龐大、灰暗又嚴肅，而且幾乎天天下雨，喧囂聲如人類心臟般咆哮悸動。然而，跟尼克訓練兩年、學會如何飛簷走壁後，城塞就成了我的避風港。我能越過壅塞路面，飛過守夜者的腦袋，如水滲濾網般溜過大街小巷。在外頭，就算只是在屋頂上，我感到自由、渾身充滿生命力。

尼克跳到一條街上。我們在擁擠的路邊慢跑，直到抵達萊斯特廣場的一角。尼克沒停下來喘氣，而是攀爬起最近的一棟建築，隔壁就是倫敦跑馬場的賭場。這棟建築有許多窗臺之類的攀爬點，但我實在懷疑自己是否能跟上，我已經累得連腎上腺素都無法發揮太多作用。

「你想做什麼，尼克？」

「我需要整理一下思緒。」他的口氣疲倦。

「在賭場裡？」

「在賭場上面。」他伸出一手。「來吧，小可愛，妳看起來好像快睡著了。」

「嗯，這是因為我沒想到今天我的靈與肉都被操得這麼慘。」我讓他把我拉上第一面窗臺，路邊一名正在抽菸的女孩因此瞥我一眼。「我們要爬多遠？」

「到這棟大樓的頂端，如果妳能應付。」他補充道。

「如果我不能應付呢？」

「好吧，我來背妳。」他把我的雙臂勾住他的脖子。「還記得最重要的規矩嗎？」

「別往下看。」

「正確。」他模仿傑克森的口氣，我不禁笑出聲。

我們平安順利地來到頂端。尼克還在學步時就開始爬牆，他似乎就是有辦法找到立足點。不久後，我們來到其他大樓的屋頂，街道遠在腳底下。我踩上一片人造草皮，左手邊有一座無水的小噴水池，右手邊是一片枯萎花圃。「這是什麼地方？」

「空中花園，我幾星期前發現的。確認這裡沒人來後，我把這裡當作避難所。」尼克斜靠在欄杆上。「抱歉硬把妳帶來這裡，小可愛，七晷區有時候真令人窒息。」

「是有那麼一點。」

我們沒談起剛剛發生的事，傑克森的手段讓尼克生氣。他丟給我一根燕麥條，我們遙望沾染粉紅暮光的地平線，彷彿在看有沒有船入港。

「佩姬，」他開口，「妳有沒有戀愛過？」

我的手顫抖，我似乎吞不下嘴裡的燕麥，喉頭像被鎖住。

「算是有。」感覺寒意爬過腰側，我背靠欄杆。「我是說——或許吧。你為什麼問這個？」

「因為我想問妳那是什麼樣的感覺，我想知道我是不是愛上某人。」

我點頭，試著顯得鎮定，但身體正在慢慢發生某種變化：眼前浮現小小黑點，感覺腦袋輕盈，掌心冒汗，心跳沉重。「說給我聽。」我開口。

他依然凝視夕陽。「愛上某人的時候，」他說：「妳會不會覺得很想保護對方？」

有兩個原因令我感覺怪異：一，因為我愛的是尼克，我早就知道這點，就算我未曾做出任何行動；二，因為尼克二十七歲，我十八歲，這下彷彿我們的性別角色顛倒。「嗯。」我低頭。「至少我是這麼覺得。我以前的確——我現在還是很想保護他。」

「妳會不會想……觸摸對方？」

「一直。」我坦承，有點害羞。「或者——應該說……我希望他觸摸我，就算只是——」

「抱妳。」

我點頭，沒看他。

「因為我覺得我想懂這個人，而且想讓對方快樂，但我不知道如何讓對方快樂。其實，我知道如果我向對方表達愛意，對方會因此非常不快樂。」他的眉頭如書頁般皺起。「我不知道該不該冒險告白，因為我知道那會引起多少問題，或者該說我以為我知道。可是，『快樂』是否重要，佩姬？」

「你怎麼會以為那不重要？」

「因為我不知道誠實是否比快樂重要。我們是否犧牲誠實以換取快樂？」

「有時候吧，但我認為誠實比較好，否則就等於活在謊言裡。」我衡量用字，試圖無視腦袋裡的吵雜，引導他說出口。

「因為妳必須相信對方。」

「是的。」

我的兩眼灼熱，我試圖讓呼吸放緩，但一個恐怖真相正在腦中成形：尼克說的那人不是我。

當然，他不曾暗示他對我有那種感情，完全沒有。但他不是有時會碰我？他不是長時間把注意力集中在我身上——我們一起奔跑的時候？還有我過去兩年的人生，幾乎每天都跟他在一起？

尼克凝視天空。

「嘿，妳看。」他說。

「什麼？」

他指向一顆星。「大角星，我從沒見過它如此明亮。」（註41）

那顆星星綻放橘輝，又大又亮，我感覺自己渺小得幾乎不存在。「所以，」我試著讓口氣顯得平靜，「那個人是誰？你覺得自己似乎愛上誰？」

尼克一手掩面。

「西結。」

我一開始以為自己聽錯。「西結。」我轉頭看他。「西結・賽恩茲？」

尼克點頭。「妳是不是覺得我沒希望？」他輕聲問道：「他不可能愛我？」

我的臉龐失去知覺。

「你從沒對我說過，」我感覺胸腔收緊。「我不知道你——」

「妳也不可能知道。」他摸摸臉。「我控制不住自己，佩姬。我知道我可以去找其他對象，但我就是做不到，我也根本不知道去哪裡找。我認為他是全世界最美的人。我一開始以為那是出自我的幻想，可是他跟我們住了一年——」他閉上眼，「我無法否認，我真的很在乎他。」

註41　大角星的英文就是奧古雷斯（Arcturus）。

不是我。我默默坐在原地，彷彿被灌入麻醉劑。他愛的不是我。

「我認為我能幫他。」他的言語流露真情。「我能幫他面對過去、重拾回憶。他以前是靈聽師——我能幫他、讓他再聽見靈魂之聲。」

我希望我能聽見那些聲音、聽見靈魂，這樣就不用聽見他這番話。我拚命克制眼淚，無論今晚發生什麼事，我絕不能哭，絕對不行。尼克當然有權愛別人，有何不可？我從沒讓他知道我的感受，我應該替他感到高興，但我也一直暗自希望他或許對我懷抱相同感情——或許他想挑個適當時機告白，例如這一刻。

「妳在他的夢境看到什麼？」尼克看我，等候答案。「任何東西？」

「只有黑暗。」

「或許我該試試，或許我該傳景象給他。」他淺淺一笑。「或只是跟他說話，像普通人一樣。」

「如果你告訴他，」我說：「他會聽。你怎麼知道他對你沒有相同的感情？」

「我認為他已經有夠多煩惱。更何況，妳也知道『不准戀愛』的幫規。傑克森如果知道，一定會爆血管。」

「管傑克森去死。你這樣隱藏感情，對你不公平。」

「我已經隱藏了一年，小可愛，再久一點也無所謂。」

我的咽喉緊繃。當然，他說得對，傑克森不允許我們談戀愛，他不喜歡那種關係。就算尼克愛的是我，我們也不能在一起。但真相正在盯著我——既然我的夢想碎裂——我幾乎無法呼吸。這男人不屬於我，也不曾屬於我。不管我多愛他，他永遠不會屬於我。

「你為什麼之前都不告訴我？」我抓住欄杆。「我的意思是——我知道那不關我的事，可是——」

「我不想讓妳擔心，妳自己也有很多事要處理。我老早知道傑克森會對妳感興趣，但他簡直天天虐待妳，到現在還是把妳當作閃亮的新玩具，這令我很後悔，當初不該把妳帶來這裡。」

「不，別這麼想。」我轉身面對他，捏他的手，勁道過強。「當初是你救了我，尼克，否則我遲早會發瘋。我必須知道自己到底有什麼樣的能力，否則我會永遠覺得自己像個被社會屏棄的局外人。其實，你讓我覺得自己屬於某個團體，屬於某個社群，我永遠沒辦法報答你。」

他一臉震驚。「妳看起來好像快哭了。」

「我沒有。」我放開他的手。「聽著，我得走了，我得去見某人。」謊話。

「佩姬，等等，別走。」他拉住我的手腕。「我讓妳生氣了，是不是？怎麼回事？」

「我沒生氣。」

「妳在生氣。拜託，稍等一下。」

「我真的得走了，尼克。」

「我以前需要妳的時候，妳不會像這樣一走了之。」

「抱歉。」我拉緊運動衣。「如果你想聽我的建議，那我建議你回去那間地下室、讓西結知道你的感受。如果他腦子裡還剩一絲理智，一定會答應。」我抬頭看他，露出哀傷的微笑。「換做我一定會答應。」

然後我看到他的表情——先是困惑，再來是難以置信，最後是不悅。

他明白我的意思。

「佩姬。」他開口。

「現在很晚了。」我翻過欄杆，雙手顫抖。「星期一見，好嗎？」

「不，佩姬，等等，別走。」

「尼克，拜託。」

他閉上嘴，但依然瞪大眼睛。我沿牆爬下，留他站在月光下。抵達地面，我才掉下第一滴淚，也是唯一一滴淚。我閉上眼，吸入夜風。

我不記得自己怎麼來到一之五區，或許是搭地鐵，或許是徒步。父親還在公司，他不知道我會來。我站在無人公寓裡仰望天窗，這是我打從兒時以來第一次想要母親、姊妹，甚至朋友——七封印以外的朋友。我完全不知道該怎麼辦、該怎麼想。換做靈盲女孩會怎麼做？大概在床上躺一星期。但我不是靈盲女孩，而且我的情況根本不是跟戀人分手，只是作了一場夢，幼稚的夢。

我想起在學校的日子，當時我是一群靈盲者中唯一的靈視者。我少數朋友之一的蘇瑟在高中最後一年跟她男友分手，我試圖回想她當時怎麼做，我記得她沒在床上躺一星期，她做了什麼？等等，我想起來了，她發了簡訊給我，叫我跟她一起去夜店。**我想跳舞跳到忘光煩惱**，她說過。那天我向父親編了藉口，我總是在編藉口。

今晚屬於我，我要跳舞跳到忘光煩惱，我要徹底放下，我要甩掉這個痛楚。

我脫下衣服，洗了澡，把頭髮弄乾梳直，塗上唇膏、睫毛膏和眼線。我在手腕擦上一點香水，再捏捏臉頰，讓膚色綻放粉紅。準備完畢後，我穿上黑色蕾絲小禮服，穿上露趾高跟鞋，然後離開公寓。

我經過時，大門警衛以怪異的眼神瞥我。

我攔了一輛計程車。娜汀常去倫敦東區的一間夜店，那裡平日都會提供廉價梅克酒（有時候提供非法的真酒）。那間店位於二之六區的複雜區域，只有靈視者才敢去那裡，就連警戒者都盡量避免涉足。

穿西裝、戴帽子的魁梧看門保鑣站在門口，揮手示意讓我進去。

裡頭昏暗悶熱，空間狹窄擁擠，到處都是汗流浹背的軀體。一面吧檯靠著牆，一端提供氧氣，另一端提供梅克酒。吧檯右側是舞池，客人大多是靈盲的型男美女，粗花呢長褲、小帽和鮮豔領帶的打扮。看著靈盲者隨著震耳欲聾的音樂跳來跳去，我完全不知道自己來這做什麼，但這就是我想要的：我想徹底解放自己，我想忘掉外面的世界。

九年來，我一直暗戀尼克。我要徹底放下，我不允許自己停下來思考。

我來到氧吧，在高腳凳坐下。酒保打量我，但沒理我。他是靈視者，是個預言占卜者——他不想跟我說話。沒過多久，有人注意到我。

一群年輕男子坐在吧檯另一端，大概是倫敦大學的學生。當然，他們都是靈盲者，畢竟沒幾個靈視者能進大學。我正準備叫一劑芬氧時，其中一名男子走來，年約十九或二十，臉龐刮得平滑乾淨，皮膚有些晒傷，看來曾在另外一座城塞留學，或許是賽昂雅典。他一頭黑髮，戴頂鴨舌帽。

「嘿。」因為高分貝音樂，他必須提高嗓門。「妳一個人嗎？」

我點頭，他在我旁邊坐下。「魯賓。」他自我介紹。「能請妳喝一杯嗎？」

「梅克酒，」我說：「如果你不介意。」

「一點也不。」他朝酒保揮手，對方顯然認識他。「葛雷森，來杯紅梅克。」

酒保皺眉，但保持沉默，為我斟酒，這是最昂貴的酒精替代品，以櫻桃、黑葡萄和梅子製成。「所以，」魯賓湊到我耳邊：「妳來這做什麼？」

「沒什麼理由。」

「妳沒有男朋友？」

「或許吧。」**沒有**。

「我才剛跟我女友分手。看到妳進來的時候，我就在想——好吧，那些是看到漂亮女孩進來酒吧時大概不該有的念頭。但我後來在想，妳這麼正的女生應該早就有男朋友，我說得沒錯吧？」

「不，」我說：「我是一個人。」

葛雷森把梅克酒推到我面前。「我也要一杯。」魯賓說，遞出兩枚金幣。

「想必妳年滿十八，小姐？」酒保問。

我給葛雷森看身分證，他隨即繼續擦玻璃杯，卻也看著我啜飲梅克酒。不知道他是因為哪一點而擔心：我的年齡？模樣？還是氣場？大概三者皆是。

魯賓挪近時，我連忙回神，他的吐息聞起來像蘋果。「妳是大學生嗎？」他問。

「不是。」

「那妳做什麼？」

「在氧吧工作。」

他點頭，啜飲梅克酒。

我不確定該怎麼做。給他暗示？要做什麼暗示？我直視他的眼睛，用腳尖撫過他的腿，這招似乎有效。他瞥向他那群朋友，他們還在划酒拳。「想不想去其他地方走走？」他的嗓音低沉沙啞。我得做出決定，我點頭。

魯賓牽起我的手，帶我穿過人群。葛雷森看著我，八成在想我這女人還真輕佻。我開始注意到魯賓並不是帶我去我想像的某個昏暗角落，而是帶我去廁所，至少我以為他是帶我去廁所，直到他帶我走出一扇門，來到員工停車場。這是小小一塊矩形空地，只能停六輛車。好吧，看來他想要隱私空間，這應該還不錯吧？至少這表示他並非只是想向朋友炫耀。

我還來不及呼吸，已經被魯賓壓在骯髒的磚牆上，我聞到汗水和菸味。他居然開始解開皮帶。「等等，」我說：「我不是——」

「嘿，別緊張嘛，只是稍微放鬆一下。況且，」他解下皮帶，「既然咱倆都沒對象，這就不算劈腿。」

他吻我，嘴勁十足，溼潤的舌頭闖進我的嘴，我聞到人工香料。這是我的初吻，我不確定我喜歡。

他說得沒錯，這只是稍微放鬆一下。當然，這麼做有什麼不好？普通人都這樣做，不是嗎？他們喝酒、做蠢事、享受性愛，這就是我需要的。傑克森允許我們做那些事，只是不能談感情。我沒打算談感情，我不想跟誰發展戀愛關係。伊萊莎曾經那麼做過。

我的腦袋叫我停下來。我為什麼要這麼做？我為什麼會跟陌生人窩在黑影中？這麼做不會證明什麼，不會止痛，只會讓痛楚惡化。但此刻，魯賓屈膝跪地，把我的裙襬拉到腰間，嘴脣貼上我裸露的腹部。

「妳真美。」

我沒感覺。

「妳還沒說妳叫什麼名字。」他撫摸我的內褲邊緣，我顫抖。

「伊娃。」我說。

跟他發生關係的念頭令我反感。我不認識他，我不想要他，但我說服自己必須這麼做，因為我還愛尼克，我得逼自己別再愛他。我抓住魯賓的頭髮，用力貼上他的脣。他呻吟一聲，把我的雙腿纏住他的腰間。

我微微一震。我沒做過。第一次不是應該有特殊意義？但我不能停下，我要繼續下去。

街燈閃爍，令我盲目。魯賓把雙手撐在牆上，我完全不知道該期待什麼。一開始，我感到強烈興奮。

然後是痛楚，令人癱瘓的劇痛，彷彿一記上勾拳重擊我的腸胃。

魯賓根本不知道我的狀況。我等痛楚消退，但痛楚未曾平息。他注意到我渾身緊繃。

「妳還好嗎？」

「我沒事。」我低語。

「妳是第一次？」

「不，當然不是。」

他的頭埋進我的頸窩，從我的肩膀吻到耳朵。他還沒繼續行動時，痛楚再次襲來，而且這次更強烈，令我痛不欲生。魯賓後退。「妳是第一次。」他說。

「那無所謂。」

「聽著，我覺得我不應該——」

「好吧，」我推開他。「那就離我遠一點。我不想要你，我不想要任何人。」

我從牆面撐起身子，蹣跚走回夜店，邊走邊拉好裙子。才走到馬桶邊，我立刻嘔吐，痛楚傳遍大腿和腸胃。我縮在馬桶旁，邊咳邊啜泣，我這輩子從沒感覺這麼愚蠢。

我想到尼克，想到我每天想念他、好奇他是否也想念我的那些歲月。此刻我也在想他，回想他的微笑，回想他如何看我，我的做法確實沒用：我還是想要他。我把頭埋在臂窩裡，痛哭失聲。

第二十六章 改變

那回憶過於強烈，我因此昏睡許久。我重溫那晚所有細節，無一錯過。我醒來時，眼前一片黑，分不清晝夜，只聽見留聲機輕柔唱著〈說謊是罪〉。

我有太多回憶可以讓他目睹。我經歷過茉莉之亂、父親喪偶、被高中那些女生霸凌多年，我卻讓他看見被喜歡的男生拒絕那晚。那件事雖然微不足道，卻是我唯一正常的人類回憶。那一晚，我把自己給了一名陌生人，也是我這輩子唯一一次體驗心碎。

我原本不相信所謂的「心」確實存在，只相信夢境和靈魂，這兩者才重要，才能賺錢。但在那一天，我的心真的好痛，那是我此生第一次被迫承認我的心確實存在，而且它脆弱不堪。我的心會受傷，也能令我受辱。

現在，我較為年長。或許我變了，或許我長大了，變得更堅強。我不再是那個急著尋求戀情和依靠的青澀女孩，她早已消失。現在，我是武器、被陰謀者操控的傀儡。我不知道哪個我更糟糕。

壁爐中，一條火舌仍在引誘餘燼，火光映在窗邊那人身上。

「歡迎回來。」

我沒反應。衛士回頭看我。

「說吧，」我開口：「你一定有話想說。」

「不，佩姬。」

沉默片刻。

「你覺得那回憶很蠢，我同意。」我看著自己的雙手。「我只是——我想——」

「想被看見。」他凝視爐火。「我能明白那回憶為何對妳造成深遠影響。它埋於妳最大的恐懼深處，妳怕自己除了靈視能力外別無價值，怕自己就只是個夢行者。妳認為身為靈視者的自我、妳的謀生技能，才是真正的價值所在，妳已經把其他的自我丟在愛爾蘭。現在，妳依賴傑克森・霍爾，而他把妳當作商品。對他來說，妳不過是擁有肉體的魂魄、以人型包裝的無價之寶，但尼克・尼加德讓妳知道：妳的價值不只如此。」

我看著他。

「那一晚打開了妳的眼界。當妳意識到尼克另有所愛，就被迫面對妳最大的恐懼：妳永遠不會被當人看、不會被當成完整個體，而是被當成奇人異事。妳沒選擇，只能表現自己，趕快找個願意擁有妳、對夢行者一無所知的人。當時的妳並沒有其他出路。」

「別一副可憐我的樣子。」我發火。

「我並不是可憐妳，我確實明白那種感受，希望別人純粹因為妳是誰而喜歡妳。」

「那種事不會再發生。」

「可是妳的獨來獨往並沒有讓妳更安全，不是嗎？」

我移開視線。我討厭被他看穿心思，我討厭自己允許他看穿我。衛士在我身旁的床邊坐下。

「靈盲者的心靈如水一般，乏味、灰暗而透明，雖足以維持生命，但也僅此而已。相反的，靈視者的心靈比較像油料，在各方面都更為濃郁。正如水和油的特性，兩者永遠無法真正相融。」

「你的意思是，正因為他是靈盲者——」

「沒錯。」

至少不是我的身體有問題；我一直沒勇氣為那晚的疼痛去求醫，賽昂的醫生在這種事情上一向冰冷又無情。

我突然想到某件事。「如果靈視者的心靈像油料——」我考慮如何開口，「那你的心靈像什麼？」

有那麼一刻，我不確定他是否會回答。最後，他以天鵝絨般的厚實語調說出一個字。

「火。」

只是一個字，我卻渾身發麻。我想到油火接觸有何下場：爆炸。

不，我不能這樣看他，他不是人類。不管他是否懂我，那都不重要，他還是我的監護者，還是利菲特人，他和一開始的他沒有分別。

衛士轉頭看我。「佩姬，」他開口，「我還看到另一抹回憶，在妳昏過去之前。」

「什麼回憶？」

「血，很多血。」

我搖搖頭，累得不願回想那件事。「大概是我的靈視能力出現的那一天，那縷騷靈的回憶中滿是血汙。」

「不，我看過騷靈那個回憶，遠不如另外那道血腥。我看到妳周遭全是血、妳被血窒息。」

「我根本不知道你在說什麼。」這是實話，我真的不知道。

衛士凝視我片刻。

「多睡一點，」他終於開口。「明天醒來後，把精神用在更重要的事上。」

「例如？」

「例如逃離這座城。等時機到來，妳必須做好準備。」

「所以你打算幫我。」他不說話，我失去耐心。「我給你看了一切——我的人生和回憶，卻還是不知道你的動機為何。你到底想怎樣？」

「既然我們仍在奈希拉的掌控之下，妳還是知道越少越好，如此一來，如果她又質詢妳，妳可以誠實回答：妳對那件事一無所知。」

「『那件事』是指什麼？」

「妳還真是堅持到底。」

「不堅持到底，我怎能活到現在？」

「因為妳習慣危險。」他的雙手互握，放在膝上。「我不能說明動機，但我願意稍微說明紅花，如果妳想知道。」

這倒出乎我的意料。「說吧。」

「妳知不知道阿多尼斯的故事？」

「賽昂學校不教古典文學。」

「我的疏忽，請見諒。」

「等等。」我想起傑克森那些偷來的書。傑克森非常喜歡神話，他說那是**美味的違禁品**。「他是神？」

「他是阿芙蘿黛蒂的愛人，是個年輕、俊美又善良的獵人。阿芙蘿黛蒂深受其容貌所惑，因此無視眾神追求，選擇和他在一起。阿芙蘿黛蒂的另一名情人戰神阿瑞斯，因為妒火中燒而化身成野豬殺了阿多尼斯。阿多尼斯死在阿芙蘿黛蒂的懷中，鮮血染上大地。

「抱著愛人遺體時，阿芙蘿黛蒂把花蜜撒在他的血上，銀蓮花因此誕生：花期短暫的多年生植物，色澤赤紅如血。和其他亡魂一樣，阿多尼斯的魂魄也脫離肉身、飄於地府。聽到阿芙蘿黛蒂哭喊愛人之名，宙斯大發慈悲，允許讓阿多尼斯每年分別在陽界和陰間各待半年。」衛士看著我。「妳想想，佩姬，所謂的怪物或許不存在，你們人類的神話故事仍有幾分真實性。」

「別跟我說你是神，我恐怕無法接受奈希拉是神聖至高者。」

「我們擁有許多特質，但『神聖』並非其中之一。」他停頓。「我說了太多，妳需要休息。」

「我不累。」

「就算不累也得去睡，我明晚有東西給妳看。」

我倒在枕頭堆上，確實感到疲倦。

「這並不表示我信任你，」我說：「只是表示我盡量。」

「這已足夠。」他拍拍床單。「好好睡吧，小小夢行者。」

我再也撐不住，我翻個身，閉上眼，滿腦子都是紅花和天神。

我被敲門聲吵醒，窗外天色紅如玫瑰。衛士站在爐火旁，手放在壁爐架上，他的視線掃向門口。

「佩姬，」他說：「快躲起來。」

我下床，躲進天鵝絨紅簾後面的門，把門留個縫，用簾布遮住縫隙，豎耳傾聽，我能看見壁爐。

房門解鎖開啟，奈希拉走進，映於火光，看來她有這棟塔樓的鑰匙。衛士跪下，卻沒做出平常那套儀式。她撫摸床面。

「她在哪？」

「睡覺。」衛士回答。

「在她自己的房間？」

「是的。」

「騙子。她睡在這，床單都是她的味道。」她以裸露指尖抬起他的下巴。「你真想那麼做？」

「我不懂妳這話是什麼意思，我的心中只有妳。」

「或許吧。」她的指頭繃緊。「那些恩怨並沒有一筆勾消，別以為我不會把你送回大宅，別以為第十八屆骸骨季節會重演。如果那種事情重演，我絕不會饒過任何一條性命，包括你的命，明白嗎？」看他沒答話，她狠狠賞他一記耳光，我一愣。「回答我。」

「我這二十年來日日反省，妳說得沒錯，人類不值得信賴。」片刻沉默。「很高興聽你這麼說。」她的語氣變得柔和。「一切都會很順利，不久後，這座塔樓將只屬於我倆，到時你就能實現你對我的誓言。」

這個瘋女人。上一秒打人家的臉，下一秒海枯石爛？

「我猜，」衛士說：「四十號已經來日無多？」

我完全靜止不動，仔細聆聽。

「時機已經成熟，我知道她在城塞時附在十二號身上，你的堂親有向我通報。」她的指尖在他的下巴底部游移。「你把她的天賦開發得很好。」

「都是為了妳，我的領主。」他抬頭看她。「妳會暗中殺了她？還是讓全賽昂知道妳的力量有多麼強大？」

「兩者皆可。我終於能擁有夢行之力，我終於能入侵並占據別人的心靈。這都多虧你，我摯愛的奧古雷斯。」她把一支小藥瓶放在壁爐架上，口氣又變得冰冷。「這是你在兩百週年紀念會之前能領取的最後一劑不凋花，我認為你需要時間好好省思那些傷疤、記取教訓，也想想自己為何應該展望未來，而非執著於過去。」

「我願意承受妳的一切要求。」

「你不用再承受多久，我們即將迎接大喜之日。」她走向門口。「好好照顧她吧，奧古雷斯。」

她把門在身後關上。

衛士站起身。我不確定他會有何反應，結果看到他一拳打爛壁爐架上的一口玻璃甕。我回到自己房間，爬上床，傾聽周遭寂靜。

他不是我的敵人，跟我原先所想的不同。

她說她可以送他回大宅，這證明他跟第十八屆骸骨季節的暴動有關、他曾經背叛她。蘇班威脅蒂拉貝爾時所說的那些話就是指那件事，那些利菲特人曾試圖幫助人類，結果遭到嚴懲——他們選錯邊，選到輸家。

我翻來覆去幾小時，不斷思索奈希拉和衛士的對話，她打了他、讓他下跪。再過不久，她就要除掉我。我踢掉被單，躺在黑暗中睜著眼。經過這麼久，我現在終於明白：衛士站在我這邊。

我想到蒂拉貝爾背上的疤痕，蘇班・薩加斯曾殘酷地提醒她，那是他的家族給她造成的疤痕，她和衛士是負疤者——二〇三九年十一月佳節的翌日，大宅發生某件慘事。雖然我跟蒂拉貝爾不熟，但她救了我，我欠她一命。我也欠衛士人情，是他照顧我。

如果有哪件事令我無法忍受，就是欠人情。等他下次對我說話的時候，我會認真聆聽。我坐起身。不，不能等到他下次跟我說話——而是現在，我現在就得跟他說話。我唯一的機會就是相信他，我絕不能死在這。我必須徹底弄清楚奧古雷斯・莫薩提姆到底有何企圖、他是否願意幫我。

我下床，來到樓下房間，沒看到他，只見窗外烏雲大雨。老爺鐘敲響幾下，現在是凌晨四點。我拿起辦公桌上的紙條。

我去了禮拜堂，天亮前回來。

我決定放棄睡眠，我受夠跟他玩遊戲、彼此試探。我穿上靴子，離開塔樓。

外頭風聲呼嘯。迴廊有一名衛兵，我等她離開之後才拔腿狂奔。雷鳴與黑夜隱藏我的動靜，我沒被發現。我聽見某個聲音從雨中傳來——是音樂；我跟隨樂聲進入一條通道，裡面是一道敞開的大門，門內是一間小禮拜堂，以一面精美的石質屏風當隔板。燭光閃爍，有人在昏暗的禮拜堂裡彈風琴。琴聲在我的耳內迴響，穿過胸腔。

屏風中間開有一扇小門，我從中走過，沿階梯而上，頂端就是風琴，衛士坐在矮凳上，背對我。琴聲在排排風管中共鳴，飄至天花板，穿過屋頂直入天庭。琴聲滿滿的遺憾，想必衛士心中滿是惆悵。

琴聲停止。他轉頭，不發一語，我在他身旁坐下。周遭陰暗，只見他的眼眸和蠟燭發出的光芒。

「妳應該在睡覺。」

「我睡夠了。」我撫摸琴鍵。「我不知道利菲特人會彈琴。」

「這些歲月來，我們的模仿能力日趨成熟。」

「這種琴聲不是模仿，而是出自你內心。」

我們倆沉默許久。

「妳來這裡想問的事情，是關於妳的自由，」他說：「妳想要自由。」

「沒錯。」

「如我所料。妳或許不會相信，但我在這世上最想要的就是自由，這世界讓我渴望去浪跡天涯，我想要妳那種生命力，我想看妳曾經目睹的景色。但過了兩百年，我還是待在這，還是個囚犯，雖然扮演國王。」

我能理解他對流浪的渴望，就算無法體會他的其他心情。

「我曾遭背叛。十一月佳節的前夕，第十八屆骸骨季節的暴動即將發生之際，一名人類選擇背叛我們。為了個人自由，那名叛徒犧牲了城中每個人。」他看著我。「這樣妳就能明白，奈希拉為何不擔心暴動可能重演，因為她相信你們人類自私得不可能團結合作。」

我確實能明白。為了解放人類而做出那麼多努力，到頭來卻被人類反咬一口——難怪他之前不相信我、對我那麼冷漠。

「但是妳，佩姬——妳讓她感到威脅。她知道妳是七封印之一、妳就是晢夢者。妳有能力把聯合集團的精神帶來這座城市，她害怕那種精神。」

「集團有什麼好怕？裡面只是一堆小罪犯和叛徒。」

「那端看他們由誰領導。集團可以成為更強大的組織。」

「集團是因為賽昂而存在，賽昂是因為利菲特人而存在，」我說：「是你們自己一手樹立這個敵人。」

「我明白其中的諷刺，奈希拉也明白。」他轉頭看我。「我們之所以能在第十八屆骸骨季節發動叛變，是因為那些囚犯習慣合作，他們展現出力量和團結。我們必須恢復那種力量，而這一次，我們絕不能失敗。」他凝視窗戶。「我絕不能失敗。」

我沒說話。我想牽他的手，在琴鍵上離我的手只有幾吋。

到頭來，我還是沒冒這個險。

「我想離開，」我說：「那是我唯一的目標，我想盡量把所有人類帶回城塞。」

「那麼，妳我的目標並不一致。如果要合作，我們就必須化解這種差異。」

「你有什麼目標？」

「對抗薩加斯家族，讓他們知道何謂恐懼。」

我想到朱利安、芬恩，然後是即將成為靈盲者的莉絲。「你的提議是？」

「我有個主意。」他瞥向我的眼睛。「我想給妳看個東西，如果妳不介意。」

我想回應，但沒開口。他看著我，淡黃綠眼眸愈加溫暖。彼此距離這麼近，我能感覺到他的體溫。「我很想相信妳。」他說。

「你可以相信我。」

「那就跟我來。」

「去哪？」

「去見麥可。」他起身。「大四合院的北面有一棟荒廢建築，我們絕不能被衛兵發現。」

他抓住我的所有注意力，我點頭。

我跟他走出禮拜堂。他窺向拱門外，尋找衛兵的身影，沒看到任何人。

他揮個手，附近一縷鬼魂迅速飄進通道深處、熄滅所有火炬。前方一片黑暗，他牽起我的手，我必須小跑才能跟上他的闊步。他帶我穿過一道拱門，來到一條碎石小徑。

那棟無人建築就跟其他建築一樣令人卻步。在黎明微光下，我能看到一道道拱門、以鐵條遮蔽的矩窗，還有一面半圓形門楣，上面刻有一道圓環。衛士帶我穿過拱門，從袖口掏出鑰匙打開腐爛的木門。「這是什麼地方？」我問。

「避難所。」

他走進裡頭。我立刻跟上，把門在身後關上，他拉上門閂。

避難所一片漆黑，他的雙眼往牆面投射柔光。「這裡原本是酒窖，」他邊走邊說：「我花了好幾年整理這裡。身為這棟宅邸的最高階利菲特人，我能選擇把哪些建築物列為禁地。只有一小群人能進入這間避難所，包括麥可。」

「還有誰？」

「妳知道答案。」

負疤者。我不禁打冷顫，這是他們的避難所、祕密集會地。他打開牆中一道門，門後是一條地道，只能爬行通過。「進去。」

「裡面有什麼？」

「能幫妳的人。」

「我以為你要幫我。」

「如果要發動叛變，這座城的人類永遠不會願意接受利菲特人指揮，他們會認為這是我們的詭計，正如妳之前所想，所以必須由你們人類自行組織。」

「可是你以前領導過人類。」

衛士移開視線。

「去吧，」他說：「麥可在等妳。」

他一臉陰暗。不知道他當初苦心安排多久，卻功虧一簣？

「這一次很可能成功。」我說。

他不發一語，眼神黯淡，皮膚薄薄一層汗，因為沒喝不凋花菁華而出現症狀。

我別無選擇，爬進陰涼的黑暗通道。衛士在身後關上門。「繼續前進。」

我照做。來到盡頭時，一隻纖手抓住我的手。我抬頭看麥可，他的臉龐映於燭光。衛士爬出地道。

「給她看吧，麥可，你的努力成果。」

麥可點頭，示意要我跟上。我跟他進入一片黑暗空間，他扳動開關，一盞燈開啟，照亮這個大型地下室。我凝視燈光片刻，試圖弄懂它為什麼看起來特別怪，然後我突然明白。

「電燈。」我無法移開視線。「這裡沒有電力，你們怎麼——？」麥可微笑。

「檯面上，只有貝利奧爾宅邸有電力。骸骨季節的時候，紅衣人就是在那棟宅邸與西敏市執政廳的代表協商，」衛士解釋。「那棟建築擁有最現代的電力線路，還好莫德林也不差。」

麥可帶我來到角落，一塊天鵝絨簾布遮住一個寬廣的矩形物體。他拉開簾布，我瞪大眼睛。他的驕傲成果是臺電腦，老舊過時，大概來自二〇三〇年——但這是「電腦」，通往外界的途徑。

「他從貝利奧爾偷來這東西。」衛士的嘴角略帶笑意。「他恢復這棟建築的電力，還跟賽昂的衛星網路建立連線。」

「看來你是個神童啊，麥可。」我在電腦前坐下，麥可害羞一笑。「你們拿這部電腦做什麼？」

「為了安全起見，我們不敢常常啟用電力，但我們有透過電腦查看第二十屆骸骨季節的進展。」

「我可以看嗎？」

麥可從我身後探頭過來，打開一個名為「馬亨尼，佩姬·伊娃，07-MAR-59」的資料夾，裡面是一個從直升機拍攝的影片，攝影機特寫我的臉龐，我跑過屋頂邊緣跳向另一棟建築，遠得超過想像——我發現自己屏住呼吸，但畫面上的我成功了。飛行員咆哮：「用混亂劑對付她！」我摔落五十呎，一條晒衣繩勾住我的身體和背包之間，我昏了過去，如屍體般掛在半空中。守夜者攝影師笑得上氣不接下氣。「看在威弗老爹的份上，」他說：「這絕對是我見過最幸運的小賤貨。」

畫面到此為止。

「真精采。」我說。

麥可拍拍我的肩。

「看到妳終究被抓，我們感到很失望，」衛士說：「不過妳活了下來，這讓我們安心許多。」

我揚起一眉。「你們有邀請朋友來看這場戲？」

「算是有。」

他站起身，來回踱步。「你打算讓我做什麼？」我問。

「我給妳選擇，讓妳可以求救。」我看著他，他說：「聯絡七封印。」

「不行，這樣奈希拉會逮到他們，」我說：「她想要傑克森，我絕不讓他接近這裡。」

麥可的臉一沉。「至少讓他們知道妳在哪，」衛士說：「以防事情出差錯。」

「以防什麼事情出差錯？」

「妳的越獄計畫。」

「我的越獄計畫。」

「是的，」衛士轉頭看我。「妳問過我關於列車的事，其實兩百週年紀念會那晚，一大群賽昂特使會從城塞搭列車來這裡，也會搭列車回倫敦。」

我花幾秒聽懂這個消息。「我們可以回家。」我說。這個念頭不容易消化。「他們什麼時候到？」

「九月一日的前一晚。」衛士在一個桶子坐下。「如果妳不打算聯絡七封印，那就用這個房間安排越獄。妳的計畫必須比我的更好，佩姬，妳必須記得妳在集團中學到的所有教訓。」他直視我的眼睛。「上一次，我犯了錯，我們打算在白天襲擊薩加斯家族，那時城中大多一片寂靜。因為叛徒通風報信，他們早已等著我們出現；但就算我們沒遭背叛，他們也能透過乙太察覺我們的動靜。如果改成夜間——城中靈界活動最頻繁的時候，薩加斯家族的注意力就會被轉移，也更適合出手。為了表現得自己仍大權在握，他們不會盡全力反擊，如此一來，還有比兩百週年紀念會更適當的時機嗎？」

我不禁點頭。「動手的時候，我們還能嚇嚇幾個賽昂官員。」

「完全正確。」他凝視我的眼睛。「這裡現在成了妳的避難所。這部電腦裡有第一冥府的詳細地圖，妳能安排脫離城中心的路線。如果妳能及時趕往波特草原，就能搭列車回倫敦。」

「列車幾點啟程？」

「我還不知道。雖然我不能問太多問題，但麥可一直把握機會偷聽，我們遲早會知道答案。」

我抬頭看他。「你說我們目標不同，你有其他企圖。」

「賽昂深信我們強大得無法摧毀、毫無弱點，我要妳證明他們的看法錯誤。」

「怎麼做？」

「我猜奈希拉打算在兩百週年紀念會殺了妳、奪取妳的能力。有個很簡單的方法能讓她蒙羞。」他抬起我的下巴。「就是別讓她得逞。」

我凝視他的臉，他的眼睛黯淡柔和。「如果我成功，」我說：「那我要你還欠我的人情。」

「我在聽。」

「莉絲。我沒辦法跟她溝通。我有卡牌，但她可能不會接受。我需要——」感覺咽喉一陣抽搐，我逼自己繼續說下去：「我需要你幫忙。」

「妳的朋友長時間處於靈魂休克，需要不凋花才能復原。」

「我知道。」

「妳知道奈希拉切斷了給我的補給。」

我還是盯著他。「你還剩最後一瓶。」

衛士在我身旁坐下。我知道自己提出什麼樣的要求，我知道他需要不凋花。

「我很好奇，佩姬。」他以指尖敲敲膝蓋。「妳不想把妳那些倫敦朋友帶來這裡。可是，如果我讓妳重獲自由、現在就讓妳走——這表示妳必須丟下莉絲，妳會答應嗎？」

「這是你的提案？」

「也許。」

我知道他的用意。他在試探我，看我是否自私得願意丟下弱者。

「這麼做，我必須冒很大的險，」他說：「如果哪個人類通知薩加斯家族，我會因為幫助人類而被嚴懲。不過，如果妳願意多待一會兒——為我冒險，也為妳的同族冒險——那我也願意為她冒險。這就是我的提案。」

我仔細考慮。有那麼幾秒，我居然真的考慮拋棄莉絲，逃回倫敦，永不回頭。接著，罪惡感在我心中浮現，滾燙而迅速。我閉上眼。

「不，」我說：「我希望你幫助莉絲。」

我能感覺到他的視線。

「那我會幫她。」他說。

一小群戲子聚在寒冷小屋裡。這五人彼此依偎，低著頭握著雙手，其中兩人是席羅和朱利安。雨水滲過用來塞住木板縫隙的破布。

莉絲的靈魂休克持續太久，已經無法靠自身力量復原，同伴們能做的，只是在她的床邊默默守候。即使她能活下去，也將退化成靈盲者；如果斷氣，其中一人會為她朗誦超度咒語，讓她的魂魄免於奴役。無論是哪種下場，他們都會失去最喜愛的表演者——莉絲．萊莫爾，從不跌倒的女孩。

我和麥可陪衛士來到這裡時，他們後退，因害怕而竊竊私語。席羅縮在角落，瞪大眼睛，其他人只是看著我們。族長配偶——奈希拉的左右手，為什麼會在這？為何要來打擾別人的臨終時刻？

只有朱利安沒動。

「佩姬？」

我把食指湊到脣邊。

莉絲躺在毛毯上，蓋著骷髏薄被。她的頭髮綁上一條條緞帶，象徵好運和希望。朱利安緊抓她的手，視線沒離開入侵者。

衛士跪在莉絲身旁，緊繃下顎。就算因為缺乏藥酒滋潤而產生痛楚，他也沒讓我知道。

「佩姬，」他說：「不凋花。」

我把藥瓶遞給他。最後一瓶，最後一劑。

「卡牌。」衛士的精神完全集中在眼前的工作，我遞出卡牌。「還有刀。」麥可把一支黑柄小刀遞來，我拔刀出鞘，交給衛士，聽見更多交頭接耳聲。朱利安把莉絲的手放在他的大腿上，眼睛盯著我。「相信我。」我低聲說。

他嚥口水。

衛士轉開不凋花的瓶塞，把幾滴撒在以手套覆蓋的指尖上，將藥油輕輕沾在莉絲的嘴唇和鼻唇之間。朱利安一直抓住她的手，雖然她的冰涼指頭未曾出現反應。衛士在她的太陽穴塗上少許藥油，然後把藥瓶塞好遞還給我，接著捏住刀身，將刀子交給朱利安。

「扎她的十指。」

「什麼？」

「我需要她的血。」

朱利安瞥向我，我點頭，他穩健地握住刀柄。「抱歉，莉絲。」他開口。

他用刀尖一一刺進她的指尖，傷口滲出小血珠。

衛士點點頭。「佩姬，麥可——攤開卡牌。」

我和麥可照做，把新牌排成半圓形。衛士牽起莉絲的一手，將她的指尖掃過卡牌，血染牌面。

衛士拿布把刀子擦乾淨，然後摘下左手套，用拳頭緊握刀刃。旁人驚呼，利菲特人從不脫下手套——他們也有手？沒錯，的確有，他的手十分龐大，指關節布滿疤痕。他迅速從拳中拔出利刃，攤開手心，旁人又倒抽一氣。

他的傷口滲血，我的感知力被他的靈質干擾。他伸出手，讓每一張牌沾上幾滴靈質，就像阿芙蘿黛蒂把花蜜撒在阿多尼斯的血中。我能感覺到眾多魂魄聚集於此，被卡牌、莉絲和衛士吸引，此三者在乙太形成一道三角形的裂縫，他正在開啟通道。

衛士戴上手套，將卡牌拿起、堆成一疊，放在莉絲裸露的胸口處，讓卡牌接觸她的肌膚，再把她的雙手交叉放於牌上。

「生命，」他說：「源自阿多尼斯之血。」

莉絲睜眼。

第二十七章 週年慶

二〇五九年，九月一日。距此兩百年前，一陣異光風暴劃過天空、巴麥尊大臣和利菲特人簽訂協議、靈視能力開始遭到迫害。最重要的是，第一冥府和骸骨季節制度就此建立。

一名女孩站在我面前，從金框鏡中回視我，她的臉頰凹陷，下顎緊繃。我還是有點驚訝：那張嚴肅冷漠的臉孔就是我。

我身穿白色裙裝，袖長及肘，領口呈方形，具伸縮性的布料包覆我的瘦弱身軀。雖然衛士盡量提供食物，但糧食本來就不充足，而且這麼做很可能讓其他利菲特人起疑。因此大部分的時間，我是跟戲子一起靠稀粥和乾麵包過活。

奈希拉邀請我參加宴會，並不是為了讓我享用美食。

我撫平裙裝。為了讓我參加典禮，我的黃袍地位被暫時撤除。奈希拉說她這麼做是要向我表示善意，但我知道她的企圖，所以我做好準備。我把衛士給我的項鍊藏在領口底下，我有幾星期沒碰過這東西，或許今晚能派上用場。一把小刀藏於白色踝靴，穿這種鞋子很難走路，但利菲特人想讓我們顯得雄偉而非疲憊虛弱，我們今晚必須昂首挺立。

樓下房間一片寂靜，只有一根蠟燭提供照明。衛士和其他利菲特人去迎接特使，他放了一張紙條在留聲機上。我在辦公桌旁坐下，撫摸紙面墨痕。

時間已確認。來會館找我。

我把紙條丟進爐中餘燼。在低光下，我轉動留聲機的發條，把唱針放上唱片。這將是我最後一次聆聽這架留聲機發出的樂曲，無論今晚是何下場，我永遠不會再回來這座創立塔。

輕柔歌聲迴響於房中，我查看唱片名稱——〈我將回家〉。沒錯，我的確會回去。如果一切順利，我明早就會回到家中。我不想再看到戲子生活於困苦環境，也不想再叫他們「戲子」。我不想再看莉絲只能靠豬油和受潮麵包維生，我受夠紅衣人和厄冥族、受夠被叫「四十號」、受夠這個鬼地方、受夠這裡每個人，我沒辦法再熬一個晚上。

一張紙從門縫滑進房內，刮過地毯時發出微微嘶聲。我在門旁屈膝，拿起這張紙。

衛士的那些紙條給了我靈感，因此鼓勵朱利安組織一群信使，就像傑克森在城塞安排的那些線人。透過盲者傳送訊息，各個宅邸的人類就能共享情報。

奧菲斯已經成功。

樂奇

我不禁微笑，樂奇其實是菲立斯，我叫他在送信時用假名。奧菲斯則是麥可。

我們沒花太多力氣就成功說服杜凱提供一臂之力，我和朱利安威脅要讓奈希拉知道他販賣私藥（「天啊，拜託，對我這老頭發發慈悲！」），逼他為紅衣人準備一份驚喜，讓他們在利菲特人遭襲時無法及時反應。雖然有些拖拖拉拉，但他終於拿出成果（「你們絕對逃不過，你們會像當年那批人一樣死光光！」）。摻有安眠藥的紫翠菊粉末，完美。

東西一到手，我立刻利用他的一把白翠菊消除他的記憶。我不喜歡懦夫。

我們把這個混合藥物交給麥可，他在兩百週年紀念會的會前餐筵把藥物摻在紅衣人享用的葡萄酒中。一切順利的話，他們將無力反擊。

我望向窗外。身穿華服的眾多特使於八點來到城中，一路由武裝警戒者護送。這些賽昂男女是來見證一項新協議的簽署——領土憲章，這將讓利菲特人在巴黎建立一座專屬城市，第一座在英國境外的根據地——第二冥府。

賽昂將不再只是「胚胎中的帝國」，而是即將出世、成長茁壯。

這只是序幕。如果利菲特人把所有靈視者關在殖民地，其餘人類就完全無法對抗利菲特人。乙太是我們唯一的武器，如果沒有任何人能使用乙太，人類就只能坐以待斃，所有人類。

但我在乎的不是今晚，而是能不能回去七晷區，回去腐敗的聯合集團、我的幫派，回到尼克身旁。在這一刻，我唯一的願望就是回家。

留聲機繼續飄出樂聲。我坐在辦公桌旁，凝視窗外，銀月高掛於無星天幕，但那不是滿月，而是半月。

過去幾星期中，我、莉絲和朱利安在城中散播反動的種子，把避難所當作巢穴，蘇赫和監督因此無法察覺我們的密謀。莉絲已經徹底康復，生存意志比以往更堅強，而且積極聯合其他戲子。她原本一直很緊張，但在某個晚上，她有所覺悟。「我不能再像這樣過日子，」她說：「我也不能阻止你們起身反抗，我們一起行動吧。」

我們確實一起行動。

靈視者和表演者大多同意協助我們，親眼目睹衛士治好莉絲的那幾人更是信心滿滿，他們相信有些利菲特人會伸出援手。這幾星期來，我們集結所有物資，藏在指定的幾個地點。幾名戲子從失憶的杜凱那裡扒走不少東西，尤其是火柴和酒精膏。兩名勇敢的白衣人曾試圖摸進大宅，但自從克雷茲的屍體被發現，那裡的戒備也更為森嚴，因此沒人能接近，我們只能四處搜尋物資。雖然只有幾把槍，但我們殺人並不需要槍。

只有我、朱利安和莉絲知道列車在哪。為了安全起見，我們沒對其他人提起，他們只知道我們會安排逃脫路線、會用照明彈標示集合地點。

我跳下床。我能從浴室鏡子看到自己像個陶瓷娃娃，這種狀況已經不算太糟，我原本可能跟艾薇一樣憔悴。上次見到她時，她和一名人類跟在蘇班身後，她又髒又瘦，我幾乎認不出是她。但她沒哭，只是默默走路，我沒料到她在大宅那次事件之後活了下來。

衛士沒讓我變成那副慘樣。隨著九月即至，他越來越沉默，我猜那是出於恐懼，他擔心這次暴動也會失敗。有時候那不只是恐懼，我感覺他在生氣，他因為即將失去我而生氣，也因為無法扳倒奈希拉。

我搖頭甩掉這個念頭。衛士只是想保護我，就跟我的其他夥伴一樣。

再拖下去也沒意義，我必須去會館。我站起身，再次給留聲機上發條。不知道為什麼，只要音樂持續播放，我就感到安心——不管外頭發生什麼事，至少這個無人房間能暫時由音樂占據。我走出房間，把門在身後關上。

夜間守門人剛開始值勤，她把頭髮綁成髻，嘴上是玫瑰色唇膏。「XX-40，」她說：「妳必須在十分鐘內抵達會館。」

「是，謝謝妳的提醒，我知道。」好像監督囉唆得還不夠。

「他們叫我提醒妳今晚的規矩：妳不許跟那些賽昂大使和贊助人說話，除非妳有利菲特族陪同。娛樂節目十一點開始，表演結束後，妳就得上臺。」

「上臺？」

「噢，呃——」她查看帳本。「沒什麼，抱歉，那項指示是給另一人。」

我想一窺帳本內容，但她用手遮住。「真的？」我問。

「兩位好。」某人的聲音傳來。

我抬頭。大衛穿西裝，打紅領帶，臉龐刮得乾淨平滑。我的腸胃糾結——他看起來不像被下藥。麥可一定有下藥，一定沒失敗。

「他們派我送妳去會館。」他伸手。「嫡系族長要妳現在就過去。」

「我不需要有人護送。」

「他們不這麼認為。」

他的口齒清晰，顯然沒被杜凱的混合藥物影響。我無視他伸來的手，而是從他身旁走過，來到外頭大街。事情居然一開始就不順利。

城中燃起一長排燈籠。會館就在大宅附近，這個名稱源自守夜者在倫敦的總部。受邀參加紀念會的靈視者不是紅衣就是粉衣，或是格外優秀的戲子。奈希拉說他們是因為表現良好而被邀請，他們將能和其他人類一起吃喝跳舞。做為交換，他們必須表現得自己不但喜歡與監護者共度的時光，還非常感激這種「復健計畫」。他們喜歡離開原本的社會，待在這骯髒的殖民地。他們喜歡被厄冥族咬掉手腳。

但他們大多數根本無需偽裝，而是發自內心的感到喜悅，包括卡爾和所有紅衣人。他們在這座殖民地有歸屬感，我卻永遠辦不到，我他媽的一定要離開這裡。

「那招不錯，」大衛說：「在酒裡下藥。」

我不敢看他。

「妳那孩子在酒裡下太多藥，我一聞就知道那是紫翠菊。不過，別擔心，他們大多都沒發現，我也沒資格打亂這份驚喜。」

兩名戲子沿街跑來，氣喘吁吁，扛著幾綑布料，拐進古老教會和領主宅邸之間的一條街，看來他們打算沿這條路線前往大廳堂縱火，想必火柴和煤油就是放在那。

朱利安提議在城中心放火，他真是個敏銳的戰術家。戲子將製造騷動，讓其他街道保持淨空，我們就能前往北邊的波特草原。他們準備在凌晨縱火，是特使們將感到疲憊的時候。「他們應該會在凌晨兩點左右返回倫敦，」朱利安說：「如果我們在半夜十二點縱火，就有充足時間行動，我們能控制場面，而且遲則生變。」我沒什麼好抱怨，一切都在計畫中——但我身旁這名聰明的紅衣人能毀掉一切。

「你有讓誰知道？」我問大衛。

「我跟妳說件事，妳仔細想想，」他無視我的疑問。「妳以為賽昂喜歡被利菲特人頤指氣使？」

「當然不可能。」

「但妳相信奈希拉說賽昂受她控制。妳認為歷代賽昂領袖從沒想過反抗利菲特人？」

「你到底想說什麼？」

「先回答我的問題。」

「他們不敢，因為他們太害怕厄冥族。」

「或許妳說得沒錯，或許執政廳那幫人還剩下一絲理智。」

「這話什麼意思？」看他沒回答，我站到他面前。「這跟執政廳有什麼關係？」

「一切都跟執政廳有關。」他從我身旁走過。「妳繼續妳的越獄計畫吧，黑幫公主，我不會壞妳的好事。」

我還來不及回嘴，他已經走進維多利亞式的大廳，進入人群，消失於我的視線。我感覺脊椎發麻。我真不想看到清醒的紅衣人在附近走動，尤其是大衛這種搞神祕的傢伙。他或許聲稱他痛恨利菲特人，但他似乎也討厭我，很可能讓奈希拉知道酒裡下藥。她會立刻聞出誰是叛徒——為數眾多的叛徒。

會館燃起幾千支蠟燭。我一走進門口，麥可和一名白衣人立刻帶我上樓，留大衛去找其他啃骨族。利菲特人給麥可的工作是確保沒有任何人類顯得負傷或邋遢。來到長廊，我轉身面向他們倆。

「準備好了嗎？」

「我們已經等得不耐煩了。」說話的白衣人名為查爾斯，是由蒂拉貝爾看管的冰占師。他朝長廊盡頭點個頭，那些利菲特人正在和特使談話。「啃骨族喝下的毒酒開始發揮藥效，他們注意到的時候也來不及了。」

「很好。」我穩穩地深呼吸。「做得好，麥可。」

身穿素色灰衣的麥可面露微笑。

「你拿到我的背包了？」

他指向一旁的長椅底下——我的背包，裡面裝滿藥物。我現在不能拿，但如果戲子需要藥物，他們會知道來這取用。這是我準備的眾多物資的其中一批。

「佩姬，」查爾斯說：「照明彈什麼時候發射？」

「我還在等消息。只要一找到路，我就發射一枚。」

查爾斯點頭。我再次瞥向走廊盡頭的大廳。

許多人即將冒生命危險——這些日子來天天擔心受怕的莉絲、為我提供太多協助的朱利安、戲子、白衣人。

還有衛士。我現在終於能明白，他信任我是冒了多大風險。如果我像上次那名人類那般背叛他，他面對的將不是更多疤痕，而是死刑，這是他最後一次機會。

但我們現在得採取行動，趁有些利菲特人還對人類抱有一絲憐憫。如果負疤者全被處決，那絲希望也將破滅。

長廊的門突然被推開，蘇赫從門口走來，揪住查爾斯的外袍，把他拉回樓梯。

「族長不喜歡多等，矮子，」他對我說：「妳不許進入長廊。給我下樓去。」

他來也匆匆，去也匆匆。麥可瞥向門口。「時候到了，」我開口，捏捏他的手。「祝你好運。別忘了，保持低調，注意照明彈。」

麥可點頭。

「活下去。」他簡短說道。

我低著頭，走過會館一樓，沒人注意到我進來。

歐洲有九個國家接受「賽昂政治體系」，包括英國，和英國不同的是，其他國家沒有專門看管靈視者的機構。儘管如此，九個政府都派來特使，甚至包括都柏林——最年輕也最具爭議的賽昂城市，其代表是卡瑟·貝爾，我父親的老友。他總是緊張兮兮，而且優柔寡斷，被沉重職責搞得喘不過氣。第一眼看到他時，我感到興奮——或許他能幫我們——但我想到他上次見到我是我五、六歲時，他不認得我，我在這裡也無名無姓。更何況，貝爾是個弱者，他的政黨讓都柏林失陷。

會館美輪美奐，吊燈垂於工法精美的灰泥天花板，地面空間寬敞，陰影因燭光和蕭邦的樂曲而閃爍。代表團受到最高禮遇，他們盡享各式美味，邊喝梅克酒邊彼此交談，他們的靈盲症是個特權。靈盲奴隸送上菜餚，其中一人是麥可，表現得像是自願參加這項復健計畫。許多靈盲者沒出現，想必是因為嚴重營養不良而不能上場。

莉絲以緞帶垂於舞群上方，姿態宛如芭蕾舞伶，靠自身肌力免於摔死。

我掃視四周，想找出威弗，但完全不見他的蹤影，可能是遲到——其他國家的大法官或許無需前來，卻絕不包括英國。我看到幾位眼熟的賽昂官員，包括警戒部司令伯納德·哈克，他是個魁梧的禿頭男，頸部肌肉過於發達，他非常善於聞出靈視者——事實上，我一直懷疑他是嗅靈者。就算在此刻，他的鼻孔依然大張。我提醒自己：有機會就宰了他。

一名靈盲者遞來一杯白梅克酒，我拒絕——我剛剛發現卡瑟·貝爾。

貝爾拿著酒杯，老是在調整領帶，他正在試著跟拉德米洛·阿瑞吉說話，對方是塞爾維亞的移民署副署長。我不禁竊笑，畢竟阿瑞吉蠢得允許丹妮遷居倫敦。我走向他們。

「貝爾先生？」

貝爾嚇一跳，灑出一些酒。「是的？」

我看著阿瑞吉。「抱歉打擾，長官，能否容許我跟貝爾私下交談片刻？」

阿瑞吉上下打量我，接著彎起上唇。

「抱歉，貝爾先生，」他說：「我該回去我的同事那裡。」

他轉身走離。我面對貝爾，他正在擦拭外套上的紅漬。「妳有什麼事，反常分子？」他結結巴巴。「我剛剛在談非常重要的事。」

「你現在可以談更重要的事。」我拿起他的酒杯，從中啜飲。「你還記得那場侵略嗎，貝爾先生？」

貝爾整個僵住。「如果妳是指二〇四六大侵略，那我當然記得。」他的指頭顫抖，因為關節炎而發紫腫脹。「妳為什麼問？妳是誰？」

「我的堂哥那天被捕，我想知道他是否還活著。」

「妳是愛爾蘭裔？」

「是的。」

他瞥我一眼。「妳叫什麼名字？」

「我的名字不重要，重要的是我堂哥，芬恩・麥卡錫，他當時是聖三一學院的學生。你認識他嗎？」

「認識。」他立刻回答。「麥卡錫和其他學運領袖被送去卡里克弗格斯，被處以絞刑。」

「他有被處決嗎？」

「我——我不知道細節，但是——」

某種黑暗而猛烈的情緒在我心中浮現。我靠上前，在他耳邊低語：「如果我堂哥被處決，貝爾先生，我會找你算帳。是你統領的政府放棄抗爭、丟了愛爾蘭。」

「不是我，」貝爾倒抽氣，開始流鼻血。「別傷我——」

「不只是你，貝爾先生，而是你那幫人。」

「妳這反常分子，」他咬牙切齒。「離我遠一點。」我消失於人群，讓他忙著止血。

感覺自己在顫抖，我抓起一杯梅克酒一口吞下。我一直認為芬恩已經喪命，但我總是緊抓他的回憶不放、認為他或許還活著。或許他確實還活著，可我無法從卡瑟．貝爾身上查出答案。

我瞥見奈希拉，她站在講臺底部，衛士在她身旁、正在和一名希臘大使說話。被切斷補給幾個月，他終於再次領到不凋花，幾滴藥油就讓他恢復元氣。他身穿黑金雙色的服裝，頸部纏上橘紅領巾，雙眼明亮如燈。我認出最靠近奈希拉的那些人，是她的精英侍衛，其中一人注意到我——艾美莉雅的遞補者——從那女子的脣形判斷，她八成讓首領知道我的存在。

奈希拉的視線越過那名女子看向我，隨即輕笑幾聲。衛士因此轉頭過來，眼神立刻變得火燙。

奈希拉朝我招手。我走上前，把空酒杯遞給一名靈盲者。

「各位先生女士，」她朝周遭的人說：「容我介紹 XX-59-40，她是我們最優秀的靈視者之一。」

代表們因好奇和反感而竊竊私語。

「這位是亞洛斯．邁納特，法國的官方發言人。還有貝吉妲．潔德，斯德哥爾摩城塞的警戒部部長。」

邁納特點頭，這人個子矮小，身子僵硬，五官平凡無奇。

潔德只是瞪著我。她三十多歲，一頭豐厚金髮，虹膜色澤宛如橄欖油。尼克總是把這女人稱作「廢話精」，大家都知道她以殘酷手段統治斯德哥爾摩。我看得出她一點也不想靠近我，她的蒼白嘴唇緊抿，彷彿打算咬人，我也不想靠近她。

「叫她離我遠一點。」潔德開口，證實我的懷疑。

「他們在我們這裡，總好過在妳的街上吧？」奈希拉說：「他們在這裡不具任何威脅，貝吉妲，我們不允許他們鬧事。等第三冥府建立，妳就永遠不用再看到靈視者。」

第三座殖民地？他們對斯德哥爾摩也有計畫？我不願想像由廢話精擔任補貨員的第三冥府。

潔德一直盯著我，她雖然沒有氣場，但臉上每一吋肌肉都對我表現出藐視。

「我等不及了。」她說。

鋼琴師停止彈奏，群眾鼓掌，跳舞的雙人組一一分開。奈希拉抬頭瞥向一面大鐘，「時候快到了。」

「失陪了。」潔德的語調極輕，轉身走回瑞典人群，在我和衛士之間留下一小塊空地，我不敢看他的眼睛。

「我必須向特使們致詞。」奈希拉瞥向講臺。「奧古雷斯，盯著四十號，我將在適當時機需要她。」

她果然打算公開宰了我。我的視線移向他們兩人之間，衛士點頭。「是的，領主。」他粗暴地揪住我的胳臂。「來吧，四十號。」

他還沒來得及帶我走，奈希拉轉頭看我，抓住我的手腕，把我拉向她。

「妳受傷了，四十號？」

我臉上的美容膠帶早已脫落，仍留下碎玻璃造成的細微疤痕。「我打了她。」衛士依然緊抓我不放。「她不聽話，所以我懲罰她。」

我如布娃娃般被各抓一手，他們的視線在我頭上交會。「很好，」奈希拉說：「經過這麼多年，你終於開始表現得像我的配偶。」

她轉身背對他，走進人群，特使們立刻讓路。

那名樂師，不管那人是誰，開始彈奏一些精選鋼琴曲，伴以鬼魅般的歌聲。我確信自己認得那個歌聲，但就是無法確認對方的身分。衛士帶我進入大廳側面，來到長廊下方的狹長空間，彎腰看我。「一切都準備好了嗎？」

我點頭。

樂師的輕盈假聲實在美妙，我總覺得在哪聽過。「我和同伴們昨晚進行了一場降靈會，」衛士壓低嗓門。「到時會有魂魄任我們使喚，是死於第十八屆骸骨季節的人類亡魂。妳在面對利菲特人的時候，那些魂魄會幫助妳。」

「守夜者呢？他們在這嗎？」

「除非被召集，否則他們不許進入會館，他們正在橋邊站崗。」

「多少人？」

「三十。」

我又點個頭。每一名特使至少有一名保鑣，但那些是守日者，因為官員不願受反常分子保護。這對我們來說很幸運，因為守日者沒有魂鬥本領。

衛士仰望上方，莉絲正在沿緞帶往上爬。「莉絲似乎已經復原。」

「是的。」

「妳我就此扯平，恩恩怨怨已了。」

「債務一筆勾消。」我接話，這是超度咒語的其中兩句，讓我想到接下來會發生的事。如果奈希拉真的成功殺了我？

「一切都會按計畫進行，佩姬，別放棄希望。」他看著講臺。「只有『希望』能拯救我們大家。」

我順著他的視線看去，以玻璃罩覆蓋的枯花放在鋪布的基座上。「希望什麼？」

「希望能發生改變。」

樂聲漸漸停止，舞池邊緣傳來掌聲。我想看是誰在演奏，但一堆特使站在那，擋住我的視線。

一名紅衣人站上講臺，步伐搖晃，看來他喝下不少杜凱特調。「各位先生女士，」他開口：「偉——偉大的領主，奈希拉·薩加斯，那個……利菲特族的嫡系族長。」

他蹣跚走下。我強忍笑意，又少了一個紅衣人找我們麻煩。

奈希拉走上講臺，面對來賓仍未停止的掌聲。她看著我們，衛士回視她。

「各位來賓，」她開口，一直盯著他，「歡迎來到賽昂首都的第一冥府，感謝大家參加今晚的慶祝會。

「一八五九年，我們來到英國，一路走來已經過了兩百年。如各位所見，我們盡全力讓第一座利菲特人之城優美高尚，更重要的是充滿慈悲。我們的復健計畫讓年輕靈視者可以來這座城市、享受最高品質的生活。」宛如籠中動物。「我們知道靈視者只是受害者，他們擁有靈視能力並不是因為自己做錯什麼。靈視能力就像疾病，殘害無辜者、讓他們感染反常能力。

「今天，第一冥府慶祝兩百年來的努力成果。如各位所見，這項大膽計畫非常成功，這也是我們打算進行的眾多計畫之一。為了報答各位的支持，我們不但提供人道手段、讓靈視者遠離社會，也避免城塞免於厄冥族的大舉入侵。它們深受我們形成的信標吸引——就像你們人類常用的成語『飛蛾撲火』。」在低光下，她的雙眼也彷彿信標。

「但厄冥族的數量持續增加，單憑這座殖民地已無法再提供足夠保護。法國、愛爾蘭，最近還有瑞典，都曾目擊厄冥族。」

愛爾蘭。難怪卡瑟．貝爾在這，難怪他緊張又害怕。

「我們必須盡快建立第二冥府，燃起第二道烈焰，」奈希拉說：「我們的方法經過考驗、確實有效。憑藉各位的幫助，希望兩族的聯盟關係將持續興盛。」

掌聲響起。衛士咬牙，一臉殺氣騰騰，猙獰、憤怒又殘酷。

我從沒見過他這種表情。

「由我們的人類監督編寫的音樂劇將在幾分鐘後開始。在這段時間內，我想向大家介紹我的夥伴，第二位嫡系族長，他想說幾句話。各位來賓——戈魅札．薩加斯。」

她伸出一手。我還來不及反應，講臺已經由一名更龐大的身影占據。

我屏住呼吸。

他身穿黑袍，高領遮住耳尖，他的身形高躰結實，一頭金髮，臉龐憔悴，嘴角下垂，彷彿被頸部一串串眼球大小的寶石往下拉。他看來比其他利菲特人年長，舉止有些特別，而且夢境格外龐大。我感覺那道夢境彷彿一面巨牆、貼上我的顱骨，這是我在乙太中所感覺到最古老而恐怖的心靈。

「大家好。」

戈魅札看著我們，標準的利菲特人表情：冷漠的觀察者，他的氣場彷彿遮天之手。難怪莉絲這麼怕他，她以緞帶裹身，安靜不動，幾秒後回到長廊地面。

「我要向第一冥府的人類居民表示歉意，因為我長期不在此地。我是利菲特人的第一大使，專門負責與西敏市執政廳接洽，因此我平時都在倫敦主城、和大法官討論如何提升這座殖民地的效能。

「如奈希拉所說，我們今天慶祝一個新時代的開始，人類和利菲特人這兩個疏遠已久的種族將合作無間。我們慶祝無知而黑暗的舊世界終將結束，我們發誓將自身智慧與人類分享，正如各位將此世界與我們共享。我們發誓保護你們，正如你們接納我們。我也向各位朋友保證：我們絕不允許我們的協議出現任何動搖。此地以嚴明紀律統管，罪行之花將永遠枯萎。」

我瞥向玻璃罩裡的枯花，他的眼神彷彿把花當成罪犯。

「現在，」他說：「關於道德的話題就此打住，該讓好戲登場。」

第二十八章　禁令

監督登場，一身令人眼花撩亂的華麗打扮，頸部以下用紅披風覆蓋全身。他鞠躬行禮。

「晚安，各位先生女士，歡迎來到第一冥府！我是貝爾特朗，此地的監督，負責看管城中人類。如果有哪位貴賓是來自歐洲大陸某個尚未納入賽昂政體的區域，我特別向您表示誠摯歡迎。請不用擔心，在表演結束後，您將有機會讓貴城加入賽昂城塞的行列。只要透過我們的技術支援，貴國政府就能趁靈視者仍年幼時將其搜出與隔離，無需昂貴的大規模處決。」

我只想封起耳朵。不是所有國家都用氮安樂處決靈視者，許多地方仍採用毒藥注射、由行刑隊執行槍決，或是更殘酷的手段。

「我們計畫與賽昂巴黎和馬賽合作建立第二冥府，而這兩座城塞將是第一批法國衛星城塞。」掌聲響起，邁納特微笑。「今晚，我們希望能另外擬定最少兩座歐洲新城的興建計畫，但在那之前，我們安排了一齣舞臺劇、讓各位知道我們的靈視者其實可以把能力用在好的方面。這齣戲將讓我們記得利菲特人到來之前的黑暗歲月、血腥國王掌權的日子——將王權建立於屍堆的那位國王。」

時鐘敲擊，我看著二十名表演者排隊走上舞臺，他們將演出愛德華七世的生平，故事從他買下一張通靈桌開始，他在房裡拿刀殺害五人，以及他帶全家逃離英國，之後是所謂的傳染病爆發，再來是見證賽昂的必要性。莉絲站在舞臺背景處，她兩側分別是奈兒（在莉絲陷於靈魂休克那段日子代為上場表演）及我記得應該名叫蘿特的預言占卜者，她們三人都打扮成血腥國王的受害者。

舞臺中央的監督甩掉披風，露出一身君王裝扮，觀眾嘲笑聲四起。監督扮演的是當年身為維多利亞女王繼承人的愛德華，身披層層皮草與珠寶。

第一幕的場景似乎是他的臥室，一支閃亮的汽笛風琴吹出〈雛菊鈴之歌〉，最靠近觀眾的一名戲子自我介紹，他扮演的是弗雷德里克・龐森比，又稱希森比男爵一世——愛德華的私人祕書，由他擔任全劇的敘事者。「殿下，」他對監督說：「我們是否該出發了？」

「你有帶你那件短身外套嗎，龐森比？」

「小人只有帶燕尾服，殿下。」

「我還以為每個人都知道，」監督咆哮，裝出的英國貴族腔調令人發笑，「如果是在早上參加私人聚會，就必須穿短身外套搭配大禮帽。而且你那條長褲是我這輩子見過最醜陋的垃圾！」

觀眾哈哈大笑，那放蕩的野獸居然自稱是維多利亞的繼承人。龐森比轉身面對觀眾：「經過漫長折磨——例如不斷批評我的燕尾服和破褲子——」觀眾哈哈大笑，「王儲的挑剔終於告一段落。當天下午，他叫我陪他出一趟遠門。噢，吾友啊！當女王看著兒子一步步走向邪道時，沒有任何人比她承受更多痛苦。」我回頭看衛士有何反應，但他不在場。

愛德華和龐森比的拌嘴吐槽持續一段時間，每個場面都把愛德華演成冷酷又好色的蠢蛋、令母后失望的敗家子。我發現自己看戲看得入迷，劇本居然把阿爾伯特王子之死算在愛德華頭上，甚至安排一場決鬥。（註42）喪夫的維多利亞女王也登場，頭戴小小的鑽石皇冠，以薄紗遮面。「每次看到他，朕總是不禁打冷顫，」她向觀眾坦承：「看在朕的眼裡，他就跟變形妖精一樣反常。」觀眾歡呼。她是良善的化身、在瘟疫爆發前的最後一位正直君主。特使們被那位女演員深深吸引的同時，我一直盯著時鐘，已經過了約半小時，我還是不知道列車到底幾點啟程。

接下來是全劇高潮：降靈會，演員們把紅燈籠搬上舞臺。回頭瞥向舞臺時，我差點發笑——監督實在很融入這個角色。「人間的力量並不讓我滿足，」他為了表現出角

註42　阿爾伯特王子（Prince Albert）是維多利亞女王的丈夫，史實中死於長年疾病，死因與愛德華無關。

色的邪惡氣質而氣喘吁吁。通靈桌登場，他用雙臂在桌面上方游移畫圈。「世人只知維多利亞時代，那愛德華時代呢？人的壽命短暫有限，又有哪個國王能真正崛起？」他的雙手撐在桌上，晃動桌子。「沒錯，崛起、脫離黑淵。亡魂啊，穿越陰陽雙界，進入吾身，進入我的追隨者體內！在英國之血中繁衍孕育！」

他說話的同時，黑衣演員們把象徵反常靈魂的紅燈籠搬下舞臺，進入觀眾席，朝來賓揮舞，把他們嚇得驚呼連連。這一幕要表達的是：反常靈魂就是散播反常能力的瘟疫。

音樂聲和演員們的刺耳笑聲令我覺得頭暈，監督吼出咒語。在黑暗和混亂中，衛士揪住我的胳臂。「快，」他在我耳邊催促。「跟我來。」

他帶我來到舞臺底下的機關室，這裡相當昏暗，堆滿儲物箱，唯一的光源是從舞臺的木頭地板縫隙滲入的紅光——燈籠的光芒。密實的天鵝絨簾布垂於室內一側，讓我們免於被上方宴會廳的群眾發現。在如此陰暗的空間裡，想到自己幾分鐘後可能要在舞臺上面對死刑，實在令我難受。

這裡還算安靜，演員們在上頭跳舞，聲響因木板相隔而減弱。衛士轉頭看我。

「妳將在這場戲的最後一幕登場。」他的眼神火熱。「我聽到她和戈魅札的談話內容。」

我渾身起雞皮疙瘩。「該來的總是會來。」

「的確。」

我打從一開始就知道奈希拉想殺了我，但聽到他親口說出，讓我更有真實感。我原本有一點點希望她可能會多等幾天，讓我有機會帶同伴搭列車逃走，不過奈希拉向來心狠手辣，她當然打算在賽昂面前公然下手，絕不可能饒我一命。

衛士的眸光讓周圍陰影加深。他的眼睛和平常有些不同，夾雜某種原始而帶威脅性的情緒。

兩腿和腹部感到寒意，我癱坐在一口木箱上。「我打不贏她，」我說：「她那些天使——」

「不，佩姬，妳想想，她按兵不動幾個月，就是為了等到妳能成功占據他人軀體。如果妳發展完全前就被殺，她可能得不到那項能力。她把妳降級為黃衣人，就是為了確保妳絕不會因為碰上厄冥族而喪命，而且她從一開始就派自己的配偶看守妳。如果妳沒有她渴望又懼怕的能力，又何必如此大費周章地保護妳？」

「是你教我如何運用我的天賦，我們在草原進行那些特訓、我用蝴蝶和鹿練習附身。換句話說，是你讓我走上這條死路。」

「她命令我把妳準備好，這就是她讓我帶妳去莫德林的原因，」他說：「但我沒打算讓她擁有妳。沒錯，我盡量協助妳發展妳的天賦，但那是為了妳，佩姬，不是為了她。」

我沒答話，也不知道該說什麼好。

衛士扯下一塊簾布，輕輕擦掉我的臉妝，我任由他這麼做。我的嘴脣麻痺，肌膚冰涼，我很可能在幾分鐘後喪命、成為在奈希拉身邊打轉的無腦魂僕。卸妝後，衛士把我面前的頭髮往後撥。我沒反抗，也無法集中精神。

「千萬，」他說：「千萬別讓她看見妳的恐懼。妳遠比自己想像的更強大，妳絕不會讓她得逞。」

「我不怕。」

他的視線掃過我的臉龐。「害怕也很正常，」他說：「但無論如何，別表現出來。」

「不管讓她看到什麼情緒，那都是我的自由，你沒資格命令我。」我的頭往後仰，離開他的雙手。「你當初應該放我走，讓尼克帶我回七晷區，只要那麼做就沒事了，我現在就會安全地待在家裡。」

他俯身過來，臉湊到我面前。「我帶妳回來，」他說：「是因為如果沒有妳，我沒有勇氣對付她。但也因此，我會盡全力確保妳安然回到城塞。」

彼此一陣沉默，我沒避開他的視線。

「妳的頭髮得綁好。」他放輕嗓門，把一支精美的梳子塞在我手裡。

梳子冰涼，我的指頭顫抖。「我恐怕沒辦法自己來。」我緩緩深呼吸。「你能不能幫我？」

他不發一語，但拿回梳子，把我的髮絲撥到一邊頸後，打成結，動作輕柔得彷彿在處理最細緻的薄紗。這不是我平常打的那種髻，而是高雅的髮辮，交織於頸背。布滿老繭的手指擦過我的頭皮，我感覺一陣微弱電流爬過脊椎。衛士鬆手，髮型完成。

他的觸感很怪，比平常更溫暖。看到他的雙手，我才意識到怎麼回事。他沒戴手套。

我摸摸錯綜複雜的髮型，他的大手居然如此精巧。「列車將在凌晨一點準時啟程，」他在我耳邊說：「入口在訓練場的地下層，就在那片水泥地正下方。」

我終於等到他這句話。

「如果她殺了我，你得讓其他人知道如何逃脫。」我有些哽咽。「你得領導他們。」

他的指頭擦過我的手臂。「我不會需要領導他們。」

我渾身打顫，但這是出於另一種原因。我回頭看他時，他把我的一綹亂髮撥到我耳後，另一手攔住我的腹部，把我的背脊貼上他的胸膛，他的暖意令我安心，我也能感覺到他的渴望，不是想要我的氣場，而是想要我。

他的頭貼上我的臉頰，指腹滑過我的鎖骨，他的夢境與我緊鄰，彼此的氣場交錯。我觀察他，第六感變得敏銳。「妳的肌膚冰涼，」他的聲音低沉。「我從不——」他住口。我撫摸他裸露的指關節，我沒閉眼。

他的嘴脣移向我的下顎，我把他的手放在我的腰際，他的接觸令我難耐。我一動不動，我無法拒絕他，我想要他這麼做——在我死前，我想被接觸、被欣賞——在這片昏暗的紅光寂靜中。我抬起下巴，他的脣靠向我的脣。

我早就知道所謂的天堂並不存在，傑克森跟我說過不知道多少次，就連衛士也這麼說過。沒有天堂，只有最後那道白光：意識停止、萬物結束之處。在那之後有什麼？沒人知道。若天堂確實存在，應該就是現在這種感覺——用我的赤裸雙手接觸乙太。我沒想到是這種感覺，沒想到他會給我這種感覺，沒想到居然有人能給我這種感覺。我抓住他的背脊，把他抱向我，他一手貼住我的頸背，我能感覺他的手掌每一塊老繭。

他的鼻息灼熱，這個吻極為緩慢。**別停，別停**。我滿腦子只有這兩個字：**別停**。他的雙手沿我的腰側往上滑，撫過背脊，緊緊擁住我。他把我抱起，放在一口木箱上，我勾住他的脖子，我能感覺到他的強力脈搏。他的節奏，我的節奏。

我渾身發燙，我無法停止，我這輩子未曾有過這種感受——從我體內湧出，渴望被接觸。他的脣輕輕頂開我的脣，我睜眼。**停下來，快住手，佩姬**。我開始後退，我吐出一個詞，好像是「不」，也似乎是「好」，又或許是他的名字。他用雙手捧住我的臉，撫摸我的脣，用拇指撫摸我的臉頰，我們的額頭互觸。我的夢境灼熱，他在罌粟田點燃燎原之火。**別停，別停**。

這一切其實只是短暫片刻。我看著他，他看著我片刻，選擇，我的選擇，他的選擇。他又吻我，這次更為狂熱，我沒反抗。他以雙臂抱起我，我打從內心渴望這種接觸，我抓亂他的頭髮，勾住他的脖子。**別停**。他吻我的脣、眼、肩和喉頸。**別停**。他撫摸我的大腿，有力、大膽、充滿自信。某種慾望在我體內覺醒。

我解開他的襯衫，我的指尖滑過他的胸膛，我吻他的頸肌，他揪住我的一把頭髮。**別停**。這是我第一次接觸他的肌膚，火熱又光滑，讓我想要他的全部。我的雙手伸進他的襯衫底下，來到他的背部，感覺到疤痕，狹長而殘酷的痕跡。我早就知道他有這些疤痕、叛徒的疤痕。在我的接觸下，他繃緊身子。「佩姬。」他輕聲呼喚，但我沒停止。他從喉間發出低沉呻吟，嘴脣又回到我的脣上。

我不會背叛他。第十八屆骸骨季節已是過往雲煙，也不會重演。

兩百年非常漫長，足以讓任何事情化為過往雲煙。

我的第六感將我從這陣朦朧氣氛喚醒。我移開上半身，但他的雙手仍在我的腰間，緊抓我不放。

奈希拉就在一旁，半隱於陰影。我的心臟用力收縮，令我暈眩。

快逃，麻痺的大腦發出警告，但我無法行動。她目睹一切，她剛剛看到一切，看到我滿身是汗、嘴脣紅腫、頭髮凌亂、他的手仍緊摟我的腰、他衣衫不整、我的指頭仍在他身上。

我無法抽手，我甚至無法移開視線。

衛士用身子擋住我。「是我逼她。」他的聲音粗啞。

奈希拉不發一語。

她走入這個因為簾布遮光而昏暗的空間，她手中有個東西——玻璃罩。我凝視那東西，耳朵嗡嗡作響，玻璃罩中是朵花，盛開綻放，美得詭異，八片嬌嫩欲滴的花瓣沾染花蜜——那是原本枯死的那朵花。「你們做出這種事，」她說：「我絕不饒恕。」

衛士凝視花朵，眼睛發光，接著將視線移向她的雙眸。

奈希拉鬆手，玻璃罩摔碎在地上，把我從麻痺狀態驚醒。

我毀了一切。

「奧古雷斯・莫薩提姆，雖然你是我的配偶、莫薩提姆家族的衛士，但我不會原諒你第二次。」奈希拉走來。「只有一個方法能避免叛亂重演，那就是殺一儆百，我會把你的皮肉吊在城牆上。」

衛士沒動。「總好過任妳使喚。」

「你總是如此無懼，或者該說愚蠢。」她以指尖接觸他的臉龐。「我會確保你那些老友全被處決。」

「不，」我從他身後走出。「妳不能——」

我還來不及閃開已被她打倒在地，頭部被木箱一角劃過，眼睛上方被割傷，我的雙手直接撐在碎玻璃上。我聽到衛士呼喚我的名字，他的聲音滿是怒氣——但蘇班和席圖菈出現，她的忠僕、他的敵人。蘇班拔出小刀，用柄底重擊衛士的腦袋，他沒有倒下，他這次不會在薩加斯家族面前屈服。

「我晚點再處理你的罪行，奧古雷斯。我剝奪你的族長配偶地位。」奈希拉從他身旁走離。「蘇班，席圖菈——帶他去長廊。」

「遵命，領主。」蘇班回答，掐住衛士的咽喉。「你這肉身叛徒，現在該付出代價。」

席圖菈的指頭陷進他的肩膀，因為這位堂親成了叛徒而感到羞愧。他默不作聲。

不，不。不能就這麼結束，不能像第十八屆骸骨季節那種結局。他不再是族長配偶，他的末日到來，是我毀了最後一絲希望。我凝視衛士的眼睛，想得到某種希望和寄託，但他的眼睛黯淡無神，我只能感覺到他的寂靜。蘇班和席圖菈把他拖走。

奈希拉踩過碎玻璃。我站在原地，眼眶泛淚。我這個傻子，我在想什麼？我在做什麼？

「妳的時候到了，夢行者。」

「終於。」我的傷口滲血。「想必妳已經等得不耐煩。」

「妳該感到慶幸，就我所知，夢行者渴望乙太，今晚妳就能和乙太合而為一。」

「妳永遠不會得到這個世界。」我抬起頭，渾身顫抖，並非出自恐懼，而是因為狂怒。「妳可以殺了我，奪取我的靈魂，但妳無法征服其他人，七封印正在等妳，傑克森・霍爾正在等妳，整個集團都在等妳。」我抬起下巴，瞪著她。「祝妳好運。」

奈希拉揪起我的頭髮，臉湊到我面前。「妳原本能有更好的發展，」她說：「妳的潛力無窮。但現在看來，妳很快就會回歸虛無，妳擁有的一切即將屬於我。」她把我推向另一名利菲特人的鐵腕中。「阿薩菲，把這個臭皮囊送上舞臺，她獻出靈魂的時候到了。」

阿薩菲帶我走上矮梯時，我腦中一片空白。我的頭被套上袋子，我的嘴脣痠痛，臉頰滾燙，無法正常呼吸或思考。

衛士被帶走，我失去他。他是我唯一的利菲特盟友，我卻沒保住他。他以赤裸雙手接觸人類，奈希拉不會只是殺了他，這不只是背叛而已。吻我、抱我，族長配偶讓莫薩提姆家族蒙羞。他不再是有價值的人選，他不再有任何價值。

阿薩菲緊抓我的手臂。我快死了，不到十分鐘後，我將如其他亡魂般回歸乙太。我的銀繩將徹底斷裂，我將永遠無法返回軀體、我居住十九年的軀體。我將在死後服侍奈希拉。

頭套被拿掉，我看到自己站在舞臺側端，戲劇進入結尾。阿薩菲和蒂拉貝爾站在我的兩側，蒂拉貝爾彎腰，臉湊到我面前。「奧古雷斯呢？」

「他被蘇班和席圖菈帶去長廊。」

「我們會處理他們。」阿薩菲放開我的手臂。「妳必須拖住族長，夢行者。」

我知道蒂拉貝爾是衛士的同夥之一，沒想到阿薩菲也是。從平日舉止看來，他不像同情人類的利菲特人，其實衛士也偽裝得一樣冷漠。

監督跳下舞臺，渾身沾滿假血，小刀留在臺上，他的求饒尖叫聲在整間會館迴響。一群穿賽昂制服的演員追他到街上，特使們歡呼、掌聲如雷。奈希拉走上舞臺時，掌聲仍未平息。

「感謝各位來賓的厚愛，很高興大家喜歡這齣戲。」她一臉不悅。「我也很高興接下來有機會示範第一冥府的司法系統做為今晚的尾聲。我們的一名靈視者嚴重違反戒律，將被處以死刑。她將遭到和血腥國王同樣的下場——與靈盲者社會永久隔離，以絕後患。

「XX-59-40一生都是個叛徒，她來自南愛爾蘭的蒂珀雷里農村，當地人向來是唯恐天下不亂的暴徒。」卡瑟．貝爾不自在地挪挪身子，幾名特使竊竊私語。「來到英國後，她立刻加入倫敦的犯罪集團。三月七日晚上，她殺害兩名靈視者，那兩人是替賽昂效命的地鐵警衛。那實在是冷血殘酷的殺人事件，那兩名受害者都是受盡折磨之後才斷氣。同一晚，她就被帶來第一冥府。」奈希拉來回踱步。「我們試圖教育她、協助她控制自身力量，我們極不願失去年輕靈視者。但我也必須痛心地承認，四十號的改造失敗。我們憐憫以對，她卻回以傲慢與暴力。我們別無選擇，只能讓她面對大法官的裁決。」

我瞥向她身後，臺上沒有絞刑架、病床或斷頭臺，但有一把劍。

我的血流停止。那不是普通的劍——金刃黑柄，那是「大法官之怒」，專砍政治犯的腦袋，只有在西敏市執政廳抓到靈視者內奸時才用這把劍。我是一名傑出賽昂科學家的女兒、正常老百姓生下來的叛徒。

阿薩菲和蒂拉貝爾走下舞臺，留我獨自面對奈希拉。她轉頭看我。

「過來，四十號。」

我沒猶豫。

我從布幔後方現身，觀眾一陣沉默。「叛徒。」卡瑟·貝爾呼喊，一些特使也朝我發出噓聲，我還是沒看他們。貝爾這叛徒罵我是叛徒，真有意思。

我抬頭挺胸，逼自己把注意力集中在奈希拉身上。我沒看那些特使，沒看衛士所在的長廊。我在幾呎外停步，奈希拉緩緩在我身邊打轉。她走到我後方時，我依然凝視前方。

「各位或許想知道我們在這裡如何行刑。或許以繩索套頸？或如古代那般施以火刑？各位，這是大法官所用之劍，由城塞提供。」她指向大法官之怒。「但在我揮劍之前，我想先展示我族的強大力量。」

觀眾交頭接耳。

「愛德華七世深具好奇心。我們都知道他接觸了不該接觸之物，他試圖掌握超越人類理解範圍的力量、我族非常熟悉的力量。」

貝吉妲．潔德瞪著舞臺，眉頭緊鎖。貝爾和一些特使瞥向自己的守日者保鑣。

「想想地球上最強大的能量，」奈希拉指向附近一盞燈籠。「電力，它驅動你們的現代生活，為城市和家庭提供照明，讓你們能通訊交流。乙太，亡魂之淵、萬物之源——利菲特族的生命動力——與電力有相似之處，它能讓光明進入黑暗，讓無知者獲得啟蒙。」燈籠突然綻放閃光。「如遭濫用，乙太就能毀物奪命。」燈籠熄滅。

「我有一項能力，其價值在這兩世紀來一再獲得證明。有些人類靈視者的能力格外難以捉摸，他們引導乙太的方式能使人變得瘋狂而殘暴。血腥國王有這種能力，因此殺人無數，但我能消除這種人的惡行。」她指向我。「靈視能力就跟能量一樣，永恆不滅——只能轉移。等四十號死後，其能力遲早會在另一名靈視者身上出現，但我能將她的能力鎖於我體內，確保這種力量被永遠封印。」

「妳很喜歡胡說八道哦，奈希拉？」

還來不及阻止自己，我衝口說出。她轉頭看我，雙眼噴出怒火。

「給我閉嘴。」她輕聲道。

我偷偷瞥向長廊，那裡空蕩無人。舞臺下，麥可把手伸進外套口袋，他有帶槍。

會館後方的一道門開啟，是蒂拉貝爾、阿薩菲和衛士。我的視線越過觀眾，和他四目交會。金繩震動，我在腦海中看到一幅景象：一把小刀躺在地板上，是監督丟下的那把刀子，離奈希拉只有幾呎。她轉身背對觀眾的瞬間，我的靈魂出擊，朝她撲去，我動用所有力量，強行闖入她的超深淵地帶，她沒料到我敢出手。我把自己的夢型態想像成一頭龐然巨獸，足以踏平所有屏障。

乙太反彈迴響，魂眾從四面八方而來、飛向奈希拉，在她的夢境邊緣與我的靈魂會合，試圖瓦解她的上古盔甲。她的五名天使試圖保護她，但現在二十……五十……兩百縷魂魄侵入她的心靈，城牆終於失守。我把握機會，穿過黑暗，衝進她的夢境核心。

我能透過她的雙眼視物，會場是一團模糊的色彩和陰影、光與火，還有我從沒見過的各種景象。利菲特人眼中的景象是這副模樣？到處都是氣場。我能看見靈體——但我突然盲目，她的眼睛拒絕運作、不想讓我繼續看下去，畢竟這不是我的眼睛。我逼眼皮張開，我低頭看手，巨大、以手套覆蓋。我的視線搖晃，她正在對抗我。**快**

啊，佩姬。

小刀。小刀就在一旁。**快動手**。我向刀子伸手，但這麼做感覺像在試圖舉起槓鈴。**殺了她**。我的耳內滿是尖叫和詭異的聲音——說話聲，成千上百的說話聲。**殺了她**。我用她的指頭握起刀柄。

小刀就在我手上，我把刀子舉到身前，然後刺進胸口，特使們嚇得倒抽氣。我的視線又開始縮小，景象閃爍。我扭轉刀子，在奈希拉體內挖鑿，卻沒感到痛楚。她對靈盲者的刃器毫無反應。我再次戳刺，這次向左，瞄準人類心臟所在位置，還是不痛。第三次舉刀時，我被拋出她的身軀，回到倒在地上的自身軀殼。

魂魄四散，熄滅每一支蠟燭，會館陷入混亂。視線恢復時，我什麼都看不見，只聽見一片尖叫。

燭火復燃，奈希拉躺在地板上，毫無動靜，利刃插胸，只剩刀柄在外。「族長。」一名利菲特人喊道。

特使們鴉雀無聲。我以顫抖的雙手爬過地板、爬向奈希拉。我看著她的臉，那雙眼睛無光。第十八屆骸骨季節的眾多亡魂仍在她周遭打轉，彷彿等她一起回歸乙太。

她的眼睛開始微微透光，她慢慢轉頭，接著起身，昂首挺拔，我不禁渾身打顫。

「真聰明，」她說：「非常、非常聰明。」

我繼續爬行，指尖刮過木板。

就在我眼前，她從胸口拔出小刀，觀眾驚呼連連。「再讓我看看妳有何本領，」她挑釁，光珠如淚水般從傷口滴下。「歡迎妳放馬過來。」

她的手一甩，小刀彷彿以隱形細線垂於空中半秒，然後朝我飛來，劃過我的臉頰，留下一道偏斜傷口，周遭燭火閃爍。

她的其中一名守護天使是騷靈，很少有騷靈能舉起物質，但我曾經目睹。傑克森說這種現象叫做「隔空取物」——由靈魂移動物體。我渾身冒冷汗，我不應該害怕。我面對過騷靈，我的靈魂已經成熟，我能保護自己。

「既然妳堅持。」我說。

我已經無法再偷襲她，她在夢境中豎起層層防禦。彷彿在我面前闔上的巨大城門，我又被拋回軀殼。我的心臟狂跳，頭部感到的壓力持續增強。我聽到某個熟悉的說話聲，但被耳中的一陣尖銳噪音淹沒。

快動啊，我必須移動，她不會住手，她永遠不會停止獵捕我的靈魂。我用手肘撐起身，試圖找回小刀，但她的輪廓在我眼中成形，她正在走向我。

「妳看來很累啊，佩姬。快放棄吧，乙太正在呼喚妳。」

「我沒聽見它的呼喚。」我勉強開口。

我沒為接下來的事做好準備：她的五名天使化為魂眾朝我飛來，如黑浪般突破我的防禦。夢境之外，我的腦袋砸在地板上；夢境之內，魂眾長驅直入，罌粟花瓣撕裂飛撒，一幅幅景象在我眼前閃過，每道思緒和回憶都被粉碎，處處都是鮮血和烈火，我的夢境即將滅亡。一隻巨手似乎壓迫我的胸腔，把我壓制在地、壓在棺材裡。我無法移動、呼吸或思考，五名天使利劍般劈砍我的夢境，奪取我的心靈與靈魂碎片，我像被踩扁的昆蟲扭轉抽搐。

我的四肢抽筋。我睜眼，看到自身燃燒於光中。我看到奈希拉伸出手，刀子就在蠟燭底下，然後她不見蹤影。

我拚命掙扎，把頭抬離地板，因痛楚而眼眶泛淚。麥可衝來，撞上她的背脊，轉移她的注意力。他以手中小刀刺向她的脖子，可惜偏差幾吋；奈希拉的手臂一揮，把他掃到臺下，他撞上一名戲子，兩人同時倒地。

她旋即轉身面對我，這次她會結束我的性命。她俯視我，眼眸化為赤紅。在我眼中，她的五官模糊不清，她正在讓我持續弱化、確保我無法以靈魂出擊，她在干擾我和乙太之間的聯繫。我死定了。她跪在我身旁，把我的頭枕在她的臂彎。

「謝謝妳，佩姬．馬亨尼。」她把刀尖對準我的咽喉。「我不會浪費妳的天賦。」

結束了，我連遺言都來不及留下，我以最後一絲力氣盯著她的眼睛。

就在這時，衛士登場，大批魂眾在他周身旋轉，化為層層靈氣護盾，如藝人吞火般將她逼退。我模糊地想：如果我有視靈眼，想必會看到十分壯觀的景色。蒂拉貝爾和阿薩菲在他身旁，還有其他人——普萊歐妮似乎也在？他們的輪廓糊成一片。我的夢境將一道道詭異幻象送到我眼前。接著，某人用雙手抱起我，把我帶下舞臺。

世界如浮光掠影閃過，一場風暴在我的夢境中肆虐：一道道回憶滲入形如閃電的分叉裂縫，花朵被狂風撕裂，我的心靈被掠奪一空。

我只有大略注意到外面的世界。衛士在場，我認得他的夢境，跟我的有些相似。他正在把我抱上長廊，遠離我昏厥的幾分鐘內發生的那些事。他把我放在地上的同時，我能感覺到臉上血跡正在凝結。我幾乎不記得這是什麼地方。

「佩姬，振作起來，妳必須撐下去。」

他撫摸我的頭髮。我看著他的臉，試圖讓視線恢復清晰。又一雙眼睛出現，我以為那是蒂拉貝爾。我觀察片刻，卻被耳中咆哮喚醒，那個聲響壓迫我的太陽穴。痛楚逼我返回肉身時，衛士正在低頭看我，我們在喧囂大廳上方的長廊。「佩姬，」他開口：「妳聽得見我嗎？」

這聽來像疑問，我點頭。

「奈希拉。」我的聲音有氣無力。

「她還活著，但妳也還活著。」

還活著，奈希拉還在這。我微微感到驚慌，身體虛弱得無法反應。事情還沒結束。

槍聲從下方傳來。除了他的雙眼綻放的光芒外，周遭一片黑暗。「剛剛——」我開口，衛士把耳朵湊到我脣邊。「是騷靈，她有……騷靈。」

「是的，但妳有做好準備。」他撫摸我的頸項。「我不是說這東西或許能救妳一命？」

項鍊墜飾反映他的眸光，這經過昇華之物就是用來抵禦騷靈，這是他給我的東西，我原本拒收、差點沒戴上的東西。衛士把我抱在他的胸前，一手支撐我的後腦。「救兵正在路上，」他的聲音極輕。「他們來救妳，佩姬，七封印來救妳。」

視線範圍外的吵雜聲加劇，我的夢境拚命試圖自我修復，但損害太嚴重，必須過幾天才會開始復原，也可能根本不會復原。總之，我動彈不得，但是時間所剩無幾——我得趕去草原、找到祕密入口。我要回家，我必須回家。

我再次睜眼時，一道強光令我盲目，那不是燭光。我試著遮住光源，胸口不斷起伏。「佩姬。」某人抓住我伸出的手，對方不是衛士。「佩姬，親愛的。」

我認得這個聲音。

不可能是他，這一定是幻覺，因為夢境受損而引起。但當他抓住我的手，我知道他確實存在。我的頭仍躺在衛士的大腿上。「尼克，」我勉強開口。他穿著他那套黑西裝，打紅領帶。

「是的，小可愛，是我。」

我看著自己的手，指頭正在發黑，指甲滿是青紫瘀傷。

「佩姬，」尼克的聲音低沉而急切，「別閉眼，千萬別離開我們，親愛的。」

「你……你必須離開這裡。」我的嗓門粗啞。

「我會離開，我也會帶妳走。」

「動作快點，幻象師，我們不能浪費時間。」另一個聲音。「等回到城塞後，我們再治療這位失而復得的小小夢行者。」

傑克森。

不，不。他們怎麼在這？他們會被奈希拉發現。「那就來不及了。」那道刺眼光芒又往我的眼睛射來。「瞳孔沒有反應，是腦缺氧。如果我們不當場處理，她會有生命危險。」有人把我的頭髮從汗溼臉龐撥開。「丹妮薩死哪去了？」

我不知道衛士為何不說話，我能感覺到他在場。

我又昏了過去。視線恢復時，我發現口鼻被某個東西蓋住，我認出這種塑膠味，這是丹妮設計的攜帶型生命維持系統。我身旁還有其他夢境。尼克讓我躺在他的臂窩裡，把氧氣罩固定在我的嘴上。我吸入大量氧氣，腦子昏沉，我這輩子未曾如此虛脫。

「沒用，她的夢境已經破碎。」

「列車不會等我們，幻象師。」傑克森的口氣有些尖銳。「把她抱起來，我們得走了。」

這些話語慢慢爬進我的腦子，我終於聽到衛士開口：「我能救她。」

「別靠近她。」尼克警告。

「我們不能浪費時間，橋上那些守夜者很快就會趕來，他們會發現你的氣場，尼加德醫師，你的賽昂地位將被剝奪。」衛士看著他們。「如果你什麼都不做，佩姬就會死。她的受損夢境可以修復，但我們動作要快。難道你想失去你的夢行者，白縛靈師？」

「你怎麼知道我是誰？」傑克森一愣。周遭昏暗，我看不見他，但我能感覺到他的夢境突然提高警覺。

「我們自有辦法。」

他們的話語彷彿一團團複雜紋路，我無法聽懂。尼克俯身，溫暖鼻息拂過我的臉頰。「佩姬，」他在我耳邊開口：「這人說他能醫好妳，我能相信他嗎？」

相信。我認得這兩個字。我依稀看見陽光下的一朵花呼喚我進入另一個世界、罌粟田事件發生前的人生。

「能。」

我一說出口，衛士便移向我，我看到他身後是普萊歐妮。「佩姬，我需要妳盡量放下那些精神防禦，」他說：「可以嗎？」

說得好像我還剩下任何防禦。

衛士從普萊歐妮手中接過一支藥瓶，是不凋花，幾乎已空。**負疤者**。想必他們一直在儲備不凋花，盡可能存下每一滴。他把幾滴藥油抹在我的鼻孔下方，然後在我的唇間沾上少許。暖意滲過我的肌膚，彷彿乙太正在呼喚我、要我敞開心靈。一陣暖流進入，將夢境裂痕縫合。衛士用拇指撫摸我的臉頰。

「佩姬？」

我眨眨眼。

「妳還好嗎？」

「嗯，」我說：「似乎。」

我坐起身，然後試圖站起，尼克扶住我。我沒感到痛楚。我揉揉眼，再眨眨眼，試著適應低光環境。「你們怎麼會跑來這裡？」我問，緊抓他的雙臂。我無法把視線從他身上移開，他確實在這。

「我們混進賽昂觀光團，我晚點再解釋。」他以雙臂環抱我，把我緊貼在他的胸前。「走吧，我們離開這裡。」

傑克森站在幾呎外，雙手緊握枴杖，丹妮薩和西結在他兩側，都是一身賽昂色系。長廊的另一端，娜汀正在拿手槍朝特使們亂射，兩名利菲特人看著我。

「衛士，還有多少——」我深呼吸，「我們還剩多少時間？」

「五十分鐘，你們必須立刻出發。」

剩不到一小時。越早抵達車站，我就能越早向其他人類發射照明彈。

「我相信妳仍然知道自己向誰效忠，佩姬，」傑克森開口，上下打量我。「妳在倫敦搞的那一套差點讓我懷疑妳的忠誠度，我的小門徒。」

「傑克森，這裡有很多人快熬不下去，很多靈視者。能不能把那件事放到一邊，我們先逃出這裡再說？」

他根本沒機會回答。一群利菲特人衝進長廊，操控大批魂眾。衛士和普萊歐妮擋在我們面前。

「快走。」衛士說。

我想走，但也想留下。傑克森已經衝下階梯，其他人緊跟在後。「佩姬，快點。」尼克催促。

普萊歐妮擋住一批魂眾。衛士轉頭看我。

我別無選擇，我不能逼他現在就跟我走，只能照他說的做，也希望這個做法正確。尼克揪住我的手臂，我們衝下樓，來到會館的玄關處。時間緊迫，我們不能停步。

「快去波特草原，」他說：「我在那裡跟妳會合。」

戲子和利菲特人湧到街上，驚慌的特使及其守夜者保鑣跑過玄關，尼克緊跟在後。感覺到乙太傳來某種震動，我停步。

我轉身面對大廳。有事情不對勁，我很確定。還不確定自己在做什麼，我已經跑回石階。傑克森在我身後呼喊：「妳去哪？」

「你先上車，傑克森。」

我聽不見他的回應。尼克追來，揪住我的胳臂。「怎麼回事？」

「你先跟傑克森上車吧。」

「我們得離開這裡。如果哪個守夜者發現我的氣場——」

我們來到無人大廳時，他閉上嘴。

這裡幾乎徹底被黑暗占據，蠟燭大多熄滅，但有三盞掉在地上的紅燈籠依然綻放光芒。莉絲表演時所用的緞帶掉在舞臺上，化為兩團布料。我走上前，感覺到某個夢境發出微弱光芒，我連忙跑過大理石地板，在她身旁屈膝。

「莉絲。」我抓起她的手。「莉絲，快醒醒。」

她怎麼會回到舞臺上？她的髮絲沾染的血跡已經凝固。我們好不容易才救活她，我們一起努力了那麼久，她不能死。賽柏已死，莉絲豈能隨他而去？

莉絲微微睜眼，身上仍是受害者的戲服。看到我，她微微一笑。

「嘿。」她的呼吸混亂。「抱歉，我——遲到了。」

「不，我不准妳死，莉絲，給我撐下去。」我緊捏她的手。「拜託。我們之前以為妳沒救了，別再讓我們擔心會不會失去妳。」

「很高興有人在乎我。」冰涼的淚水在我眼中打轉，但我不准自己掉淚。她的嘴角滲血，我看不出哪些是舞臺的假血，哪些來自她體內。「快——快走，」她的聲音微弱。「去做我辦不到的事——我無能為力。我只是想——想回家。」

她的頭無力下垂，指頭鬆開我的手，魂魄飄入乙太。

我呆坐原地片刻，凝視她的遺體。尼克低下頭，拿布蓋住她的臉。**莉絲死了**。我逼自己思索。**莉絲死了，就跟賽柏一樣。妳沒救他們，他們死了**。

「應該由妳朗誦超度咒語，」尼克低語：「畢竟我不知道她叫什麼名字。」

他說得沒錯，莉絲不會想留在這——這座監獄。

「莉絲・萊莫爾——」希望這是她的全名，「回歸乙太。恩恩怨怨已了，債務一筆勾消，汝已無需逗留人間。」

她的魂魄消失。

我無法繼續看著她的遺體。那不是莉絲，而是一具肉體、軀殼、在她所拋下的這個世界留下的一抹陰影。

信號槍握在她的冰涼手中，原本由她負責發射。我從她手中輕輕取出。「她不會希望妳放棄。」尼克看著我檢查槍內照明彈。「她不會希望妳為她而死。」

「噢，我不這麼認為。」某人的聲音傳來。

我認得這個聲音。雖然看不到戈魅札・薩加斯，但他的話語在廳內迴響。「是你殺了她，戈魅札？」我站起身。「現在她死了，你滿意了？」

一片死寂。

某個低沉嗓音從我身後傳來。「你不該躲在暗處，戈魅札。」

我回頭。衛士進入大廳，正在凝視長廊。「除非你害怕佩姬，」他繼續說道：「城市陷入火海，你自以為擁有的權力已經瓦解。」

戈魅札狂笑，我繃緊身子。

「我不怕賽昂。既然他們把這個世界雙手奉上，那我們會好好享用。」

「下地獄吧。」我罵道。

「我也不怕妳，四十號。我們就是死的化身，又豈會怕死？更何況，能離開這腐敗的世界——你們以花朵和血肉組成的小小世界——呵，這簡直是種祝福。可惜這個世界還有許多地方要處理，我們不能一走了之。」我聽見腳步聲。「你們無法殺掉死亡。太陽豈會被烈火灼傷？汪洋怎可能被溺斃？」

「我相當確定我們能想出辦法。」我回嘴。

我的口氣沉穩，但我渾身發抖，我已經不知道這是出於憤怒或恐懼。一名男利菲特人在衛士身後出現，身旁是蒂拉貝爾。

「我希望你們想像一下。尤其是你，奧古雷斯，畢竟你要付出的代價不小。」

衛士不發一語。我試圖弄清楚戈魅札到底藏身何處，我感覺是在上方某處。長廊。

「你想像一下蝴蝶，想像牠的虹彩翅膀，牠又美又討喜。再想像一下飛蛾，牠的似乎很像蝴蝶——但其實天差地別！飛蛾灰白、軟弱又醜陋，只是個喜歡自我毀滅的可憐蟲。牠無法控制自己，看到火就想撲上前，下場就是自焚。」他的聲音迴響四周，在我的耳朵和腦中打轉。「我們就是這樣看待妳的世界，佩姬・馬亨尼。一堆飛蛾，等著被燒成灰。」

他的夢境非常接近，我準備好自己的靈魂，我不在乎自己會造成多大損害。他殺了莉絲，現在換我宰了他。衛士揪住我的手腕。「妳別出手，」他說：「我們會處理他。」

「我要親手殺了他。」

「妳沒能力替她報仇，夢行者。」普萊歐妮沒把視線從敵人身上移開。「快去草原，時間緊迫。」

「是啊，快去草原吧，四十號，搭我們的列車回我們的城塞。」戈魅札從柱子後方現身，因為氣場豐沛而眼睛放光——他從莉絲・萊莫爾身上最後一次吸取的氣場。「這裡有那麼糟嗎，四十號？我們教導你們、讓你們有這個庇護所——這個新家。在這裡，你們並不『反常』——沒錯，你們是次等居民，但好歹是居民。在賽昂眼中，你們只是瘟疫造成的症狀，就像皮膚起疹子。」他伸出以皮革覆蓋的手。「城塞不是妳的家，夢行者。留在我們身邊吧，妳還有很多東西要學。」

我的肌肉已經緊繃到臨界點。戈魅札瞪著我——直視我的眼睛、夢境、心靈中最黑暗處。他知道他說得有理，把歪理說成真理。這兩世紀來，他就是靠這個方法引誘弱者。我還沒做出答覆，衛士突然用手臂把我掃向後方，我整個人摔倒在地，一把彎刀從我腦袋原本的位置劈過——周遭太昏暗，所以我沒看到那把刀。我倒地的同時，衛士衝向戈魅札。蒂拉貝爾和男利菲特人跟上，召喚魂眾、陰風呼嘯。尼克扶我站起，但我感覺不到他的手，只能感覺到乙太，利菲特人交戰之處。

周遭空氣越來越稀薄，我看不見那四名利菲特人，但能感覺到他們的動靜和肌肉伸縮，他們的每個轉動和步伐都在乙太造成震波。他們在生命的邊緣舞動，利菲特人之舞，**死亡之舞**。

骸骨季節的眾多亡魂仍徘徊於大廳。蒂拉貝爾的魂眾穿柱而出，三十縷魂魄交錯起伏，衝向戈魅札的夢境。被這麼多魂魄同時擊中，沒有任何靈視者能活下來。我等這道靈擊命中目標。

戈魅札的笑聲飄至天花板。只見他一揮手，魂眾被瞬間打散，魂魄如破鏡碎片般散於大廳各處。蒂拉貝爾的癱軟身軀被甩到一根柱子上，骨頭撞擊大理石的聲音貫穿冰涼空氣。男利菲特人衝上前，戈魅札只是把手向上一揮，便隔空將他砸在舞臺上，木板裂開，他因此跌進機關室。

我撐起身子，因為踩到血而打滑。戈魅札是某種騷靈？他有隔空取物的本領——無需親手接觸便能移動某物。這項發現令我的心臟跳得沉重又急促，他可以輕易把我丟在天花板上。

現在只剩衛士還沒倒下，他轉身面對在低光中更顯恐怖的敵手。「來吧，奧古雷斯，」戈魅札張開雙臂。「不入虎穴，焉得虎子。」

就在這時，舞臺爆炸。

第二十九章　生離

高溫衝擊波把我炸飛到會場後方，我瞬間失去聽覺。我以身體右側重重倒地，髖部承受強烈撞擊。我感覺尼克抓起我的手腕，把我拖起、拉進玄關。才剛來到門邊，火焰已經蔓延至此，我立刻撲倒在地，用雙臂保護頭部。火焰竄出會館，窗戶破碎。我壓低身子盡力快速移動，信號槍仍在我手中。

戲子絕不可能擁有如此強力火藥，想必朱利安對我隱瞞了一些事情。他去哪裡弄到地雷？又是何時埋設？他是去無人地帶弄來的？而且哪種地雷會噴出這種足以震碎窗戶的烈火？

在濃煙中，尼克抓住我的手肘把我拖起身。碎玻璃從我髮中落下。我打從肺底猛咳，雙眼灼痛。

「等等，」我掙脫尼克的手，「衛士──」

衛士一定還活著。尼克似乎對我喊些什麼，但在我耳中顯得模糊不清。我試著透過金繩觀看、感覺或聆聽，但一無所獲。

外頭警笛大作，一條街外燃起大火濃煙。大廳堂吐出火焰和黑雲。一棟……不，兩棟宅邸正在燃燒，其中一棟是貝利奧爾，唯一擁有電力的建築。既然電力中斷，眾多特使此時應該無法聯絡城塞。**謝謝你，朱利安**，我心想。**無論你在哪，謝謝你**。

尼克一把將我抱起。「我們必須離開這裡。」他粗聲喊道。他看著這座陌生城市，一臉焦慮。「佩姬，我不熟悉這個地方，列車在哪？」

「往北走就對了。」我試圖掙脫，但被他緊緊抱住。「我自己能走，放我下來！」

「妳從爆炸和騷靈襲擊僥倖活下來，」尼克朝我咆哮，因憤怒而臉龐漲紅。「我大老遠跑來救妳，不想看到妳因為亂跑而害死自己，佩姬。就算這輩子破例一次，請妳乖乖讓別人扛著妳離開這裡。」

第一冥府成為戰場。會館炸毀，反抗分子四散各處、拚命對抗利菲特人。賽昂特使們四處逃竄，身邊的保鑣朝靈視者開槍。朱利安的小隊負責縱火，他們已經在貧民窟大部分的地方放火，現在更以強烈殺意迎接挑戰。我想留下、想戰鬥，但我得發射照明彈，這麼做才能救更多人。

尼克選擇最安全的路線，拉著我穿越一條窄街，遠離戰鬥。這時我注意到另一場紛爭——戲子、靈盲者和靈視者聯手將利菲特人個個擊破，就連席羅都加入戰鬥。

聽到一道刺耳尖叫，我瞥向尼克身後，發現奈兒被兩名利菲特人分別抓住兩手。「妳哪裡都別想去，九號，我們不想餓肚子。」其中一人用力拉扯她的頭髮。

「不！放開我！別想再吃我，你們這些寄生蟲！」

她的監護者用手摀住她的嘴，中斷她的尖叫。「尼克！」我吶喊。

聽到我的驚慌口氣，他放開我，我一落地就拔腿狂奔，衝向奈兒。我沒有武器，卻擁有特殊能力，這不再是我的詛咒。今晚，我的力量將用來救人，而不是殺人。

我把自身靈魂拋向體形較大的利菲特人，我推動他的夢境，闖入他的超深淵地帶，隨即又彈回自己的軀體。我及時用雙手撐住身子，沒讓下巴撞到地面。奈兒並不知道利菲特人為何倒下，只是從對方手中抽手，旋即用刀子深深刺進她右手邊的利菲特人側身。同時，她從某處召來一縷魂魄拋向他的臉，他因此發出駭人咆哮。他的同伴仍因我的攻擊而暈眩。奈兒抓起掉在地上的物品，匆忙逃跑。

兩名利菲特人雖然受傷，但仍具威脅。被我攻擊的那人抬頭看我，他的橘眼恢復焦距。他從綁在臂上的刀鞘拔出刀子。「回歸乙太吧，夢行者。」

刀子朝我迎面而來，我彎腰得不夠快，手臂已被劃傷。尼克開槍，子彈擊中利菲特人的胸膛卻毫無效果。我再次把靈魂拋向他的夢境，這次的攻擊讓他更加虛弱。我抓起他丟下的刀子，刺進他的咽喉。

我太大意，忘了他還有同伴。另一名利菲特人以砂鍋大的拳頭痛毆我的胸口，把我壓制在地，我被打得肺中無氣。他的巨拳向下揮，離我的頭部只有一吋。

他舉拳準備再次揮來，尼克立刻丟掉槍，捕捉附近三縷魂魄，以連擊的方式拋向他，同時將一道刺眼幻象傳進對方的夢境使其盲目，我能感覺乙太因此出現波動。趁他從我身旁滾離、試圖對抗魂魄及擺脫盲目狀態的瞬間，我連忙站起，跑向尼克。

我們沒跑幾步，我的第六感突然一陣刺痛。我轉頭面對威脅的來源。

「尼克！」

尼克明白我的意思，他一氣呵成地丟下背包，再次召喚魂眾。目標是我認識的某人：亞露卓．柯爾丹。

「夢行者。」她根本沒瞥尼克一眼。「我還沒回報妳那天在禮拜堂讓我蒙受的恥辱。」

「別過來。」尼克警告她。

她的眼眸變色。

「恕難從命，你實在讓我垂涎三尺。」

尼克的臉龐扭曲，淚管滲血，頸部血管浮起。「你幾乎跟夢行者一樣美味，」亞露卓走向我們。「我可能會把你留在身旁，神諭者。」

尼克的雙手撐在膝上，試圖穩住身子。「我殺了你們的繼承人，」我開口：「別以為我不敢殺妳，快給我滾回妳那個腐敗地獄。」

「克雷茲驕傲自大，我可不同，我知道哪個敵人值得讓我付出寶貴時間。」

「看來我是其中之一。」

「噢，那當然。」

我靜止不動。她身後有某個東西，是一道黑影，龐然又巨大。她因為貪婪而不知大難臨頭。墮落巨人。我認出乙太之中那一團汙漬。「幾分鐘？」

「只需一分鐘，」她舉起手。「我可以讓妳在一分鐘內死好幾次。」

接著，她的表情突然變得震驚，她察覺到威脅卻轉得不夠快，還來不及閃開就已被那怪物牢牢抓住。白眼——死魚眼。我只能瞥見牠幾秒，牠出現時，周遭的數盞煤氣街燈熄滅，但牠的身影已深烙於我的記憶、深入腦部組織、擦過我的細緻夢境。亞露卓毫無勝算，她的尖叫聲才剛出口就被立刻打斷。

「的確，」我說：「不需一分鐘。」

尼克渾身僵硬，目瞪口呆。我揪住他的胳臂，拔腿逃跑。

我們拚命狂奔。厄冥族侵入城內，就跟第十八屆骸骨季節一樣。「還剩多少時間？」我朝尼克呼喊。

「沒多少。」他緊抓我的手，加快腳步。「剛才那東西到底是什麼？賽昂到底在這裡做過什麼事情？」

「你不會想知道。」

我們拐進一條小巷，這是通往鬼鎮的其中一條路線。某個身影氣喘吁吁地從對面跑來，我和尼克同時做出反應，尼克抓住男孩，把他甩到地上，再用我的手壓住他的喉結。

「想去哪啊，卡爾？」

「放開我！」卡爾滿身是汗。「牠們來了，牠們被放進城裡。」

「誰？」

「巴吱怪，巴吱怪！」他朝我的胸口猛推，幾乎掉淚。「妳非得毀掉一切，是不是？妳就是想改變現狀！這裡是我唯一的家，我不准妳破壞——」

「你明明能擁有外面的全世界，你忘了？」

「全世界？我是怪胎！我們都是怪胎，四十號！能跟死人說話的怪胎。這就是我們需要他們的理由，」他指向市中心。「妳還不懂？這裡是我們唯一的避風港。他們很快就會開始殺掉我們——襲擊我們——」

「誰？」

「靈盲者！等他們意識到這是怎麼回事、意識到利菲特人想要什麼，他們就會對我們出手。我絕不會離開這裡。妳慢慢去享受妳的寶貴世界吧，歡迎妳滾回去！」

我鬆開他的咽喉。他連忙起身，拔腿就跑。尼克看著他離開。

「等我們回到家，妳有很多事情要說明。」

我看著卡爾消失於轉角。

這裡離波特草原不到一哩，但我不認為路上會一帆風順。奈希拉仍在某處，而且很可能有些啃骨族沒喝下杜凱特調。我們沿路邊而行，穿過鬼鎮。

遠處發生爆炸，建築物的窗戶匡啷作響，尼克雖然沒停步，但我的思緒混亂。人們試圖從地雷區逃離？他們一定很驚慌，他們想知道照明彈的位置，跑過樹林想離開這裡，我得讓他們知道安全地帶在哪。我們沿著被炸損的街道前進，來到盡頭，拐進通往波特草原的小徑。我看到柵欄和告示牌，幾名靈視者和靈盲者聚在入口處，想必他們認為可以從這裡逃走。

衛士也在，雖然渾身覆以炭渣煤屑，但看來平安無恙。我投入他的懷抱。「你到底跑哪去了？」我喘道。

「抱歉，我被一些事情耽擱。」他的視線移向城市。「不是妳把那個燃燒彈放在舞臺下吧？」

「不是。」我的手撐在膝上，試圖恢復正常呼吸。「除非——」

「除非？」

「十二號。那名紅衣神諭者，他曾提過備用計畫。」

「我們先離開這裡再說。」尼克瞥向衛士，然後看我。「地鐵入口在哪？我們抵達的時候是白天。」波特草原現在一片漆黑，我們無法辨識方向。

「不遠。」衛士回答。

「瞭解。」尼克一瞥腕上的老舊真空管手錶，用顫抖的手擦擦上唇。「那位縛靈師逃出來了嗎？」

「你可以叫他的本名，尼克。」我能感覺到汗水沿脖子流下。「這位利菲特人知道他是誰。」

「霍爾先生和妳的三名夥伴正在波特草原等妳，」衛士開口，依然凝視城市。「佩姬，我建議妳發射一枚照明彈，妳還有時間。」

尼克走去隘口，傑克森就在那裡，似乎正在研究乙太柵欄。我走到衛士身旁。

「我為莉絲的事情深感遺憾。」他說。

「我也是。」

「我會確保戈魅札為她的死負責。」

「你沒殺他？」

「那場戰鬥被舞臺的爆炸中斷。戈魅札吸足氣場，遠比我們強大，但我們確實對他造成傷害，會館那場大火或許結束了他的命。」

他仍戴著手套，就算此刻。我的心有些刺痛，或許是感到受傷。我原本是否知道他會變得這麼快？

衛士的視線沒從我身上移開。金繩微微搖晃。我不知道他試圖傳達什麼訊息，但我的精神突然更加清晰而集中。我抓住信號槍的握柄，衛士後退一步，我瞄準上空，扳動信號槍的擊錘，把頭撇向一旁，扣下扳機。

照明彈破空而出，垂於波特草原上空，散出一條條信號。我站在衛士身旁，看著照明彈發出火痕和煙霧。他的眼中閃爍紅光，天空的紅光也映在我們腳邊。

我的視線移向照明彈後方的星空。這或許是我最後一次在這座毫無光害的城市看到如此繁星。又或許有一天，全世界都會像這樣，由奈希拉統治，化為一座巨大的黑暗獄城。

衛士將一手貼在我的背上。「我們得走了。」

我跟他走向隘口。他打開柵門，一共八名靈視者和靈盲者走過波特草原。我們通過柵門後，他拿出一支藥瓶，他的藥瓶存量比藥頭還豐富。

瓶內是白色結晶物——鹽巴，他在柵門處撒下細細一條鹽線。我正想問起厄冥族的事，這時傑克森揪住我的胳臂，把我撞上一根柱子。我感覺到柵欄的能量，近得令我的頭髮劈啪作響。

「蠢蛋。」傑克森揪起我的領口。「妳發射照明彈，等於讓他們清楚知道我們在哪，妳這渾蛋。」

「我就是要讓大家知道我們在哪。我不打算讓那麼多人留在這裡等死，傑克森，」我說：「他們是靈視者。」

他的臉部肌肉抽搐，因憤怒而扭曲。這就是我畏懼的傑克森——他掌管我的人生。

「我來這裡是為了救我的夢行者，」他低聲道：「不是為了救一群占卜者和占兆者。」

「這不是我的問題。」

「這當然是妳的問題。如果妳做了什麼蠢事破壞這次行動——我得提醒妳這不懂感激的小渾蛋，這是救援妳的行動——我會確保妳剩下的人生都做最爛的工作，我會送妳去雅各島，讓妳去和那些獸臟師、人臟師，還有那堆被送去世界邊緣的垃圾一起賣藝，看看他們會如何對待妳。」他的冰手停在我的咽喉上。「這些人可以死，但我們不能死。妳或許得到一點點獨立，親愛的，但妳得照我說的做，我們會繼續以往的生活。」

「不，」我說：「我辭職。」

他的話語剝奪我的夢境外層。我回到十六歲的我，當時的我害怕這個世界，害怕我體內的一切。此刻，我在周身豎起盔甲，我變成另一個人。

他的表情改變。

「妳不能退出七封印。」他說。

「我已經退出。」

「妳的命是我的財產，我們達成協議，妳也簽了契約。」

「我不在乎其他幫主怎麼說。如果我是你的財產，傑克森，那我這份工作根本只是奴役。」我逼他退後。「我受夠了。」

這番話似乎並非出自我的腦袋。我渾身麻木。「如果我不能擁有妳，那其他人也不行。」他更用力掐住我的咽喉。「我不會向夢行者投降。」

他是認真的。在特拉法加廣場事件後，我明白他的嗜血慾。無論他如何隱藏，氣場已經清楚表達。如果我離開他，他會殺了我。

尼克看到我們。「傑克森，你做什麼？」

「我退出。」我說，然後又一次：「我退出。」我必須聽見自己說出口。「回到倫敦後，我不會回去一之四區。」

他的視線移向傑克森。「我們晚點再討論，」他說：「現在沒時間了，只剩十五分鐘。」

這個提醒令我內臟感到寒意。「我們要讓所有人上車，不能再拖延。」

娜汀回到我們身邊。「入口在哪？」她滿身是汗。「我們從一條通道來到這片草原。入口在哪？」

「我們會找出來。」我瞥向她身後，只看到西結。「丹妮呢？」

「她在對講機上沒有回應，她可能在任何地方。」

「畢竟她是賽昂的人，」尼克說：「她可能說自己是大使，其他人也會相信她，雖然這方法有些危險。」

「伊萊莎有來嗎？」

「不，我們讓她留在七晷區，我們需要在城塞留下一名封印。」

傑克森振作起來，拍掉身上的灰塵。「我們先和好吧，回去以後再解決我們的紛爭。」他朝我揮個手。「黑鑽石、靜鐘——麻煩掩護我們，我們得去趕列車。」

「丹妮怎麼辦？」西結一臉緊張。

「她不會有事的，好孩子，就算是地雷區也難不倒那女孩。」

傑克森從我身旁走過，點燃一支雪茄。他居然在這種緊要關頭抽菸？我很確定他是故意表現得事不關己，他不想失去我，我也不確定自己想失去他。我為什麼要說那些話？傑克森不是神諭者，也不是占卜者，但他的話語彷彿能預知未來。我一點也不想在雅各島那種靈視者貧民窟賣藝——更糟糕的下場是當妓女。相比之下，在安全的一之四區替傑克森工作，實在算是最好的選項。

我想道歉，我必須道歉。我是門徒，他是我的幫主。但自尊不允許我道歉。

我再次發射照明彈，這是最後一枚，給最後一批生還者的最後一個機會，接著我開始奔跑，跟在傑克森身後，衛士則是緊跟在我身後。

照明彈照亮路線，又有幾名人類來到隘口，他們也進入波特草原——有些是集體行動，有些則是獨自一人，大多是靈視者。麥可來到這裡，他抓住我的手，他從眉毛到下顎有一道嚴重割傷，但他還能說話。他把我的背包塞進我的懷中。

「謝了，麥可——你其實不用這麼做——」他搖搖頭，他的瘦弱胸膛起伏。我把背包甩上一肩。「還有其他人會來嗎？」

他迅速做出三個手勢。「**特使**，」衛士翻譯。「他們會跟保鑣一同到來。多久？」麥可伸出兩指。「兩分鐘，等他們來到這裡，也不可能追上我們。」

這真是一場惡夢。我瞥向身後。「他們就不能放我們走？」

「想必他們打算逮捕這次事件的所有目擊證人，我們可能有場硬仗要打。」

「那我們奉陪到底。」

我的腰側傷口有些刺痛。在前進的路上，一名受傷男子躺在草地上，他的胸膛隨著微弱呼吸而起伏。我得盡快扶他起身，否則他會被丟下。「你先走，」我告訴衛士。「讓他們知道我立刻趕到。你能打開地鐵入口嗎？」

「除非有妳在身旁。」衛士低頭凝視男子，我看不出衛士在想什麼。「動作快，佩姬。」

他跟麥可繼續前進，而我在男子身旁屈膝。他仰躺在地，闔閉雙眼，雙手交疊於胸，整個人看起來簡直像個雕像，只有身上的賽昂制服讓他還像個人類——紅領帶、黑西裝，全都浸滿血。我檢查他的脈搏時，他睜開一眼，突然以戴滿戒指的手抓住我的手。

「妳就是那女孩。」

我保持不動。「你是誰？」

「皮夾，自己看。」

幾秒後，我從他的外套內側口袋掏出皮夾，裡面有張身分證——他是執政廳的人。「你替威弗工作，」我輕聲說：「你這王八蛋，這一切都是你的錯，他派你來看我死了沒？來看看他把我們丟來的這個地獄？」

他只是個小角色，我沒聽過他的名字。「他們會毀……毀滅……一切。」血從嘴角湧出。

「誰？」

「那些怪……怪物。」他用力吸口氣，咽喉顫抖。「去找——雷克漢，去找他。」說完這些話，他斷氣。我拿著他的皮夾，因突來的寒意而打顫。

「佩姬？」

尼克回來找我。「他來自賽昂，」我搖搖頭，感覺疲憊虛脫。「我已經什麼都搞不懂了。」

「我也是，我們被耍得很慘，小可愛，我們只是不知道對手是誰。」他捏起我的手。「走吧。」

我讓他把我拉起身。我一站起，遠方傳來的槍聲令我的背脊僵硬，是那些特使，他們來到隘口。就在這時，乙太傳來詭異動靜，四名黃眼形體正在朝我們而來。「利菲特人，」我開口，我的腳已經開始移動。「快逃，尼克，快逃！」

他沒反對。我們的靴子重踏冰冷大地，但那幾名利菲特人急起直追，速度遠勝我們。我從背包抽出一把小刀，轉身向後，打算戳瞎對方的眼睛，但蒂拉貝爾・夏洛丹抓住我的手。「蒂拉貝爾，」我氣喘連連。「妳想怎樣？」

蒂拉貝爾凝視我的眼睛，她的身旁是普萊歐妮、阿薩菲，還有一名我不認識的年輕女人。丹妮在他們身後，衣服撕裂沾血。看到她，我感覺彷彿卸下千斤重擔。

「我們把妳的朋友帶來，」蒂拉貝爾開口，眼神十分黯淡。「如果再不離開這裡，她會撐不了多久。」

丹妮無視任何人，蹣跚經過我身旁，走向其他群眾，她看來奄奄一息。「妳想要什麼回報？」我提高警覺。「該不會也想上車？」

「如果我們想上車，妳根本攔不住。我們救了人類，救了妳的朋友，也拖住那幫夜間警戒部的傢伙，妳欠我們一份情。」阿薩菲瞪我。「但妳很幸運，夢行者，我們沒打算去城塞，我們是來找奧古雷斯。」

「他準備好的時候就會過來。」我仍然需要衛士幫忙。

「那幫我轉告他：等你們一走，他必須立刻去那片空地跟我們會合。我們會等他。」

他們迅速離開，朝柵欄而去，如塵落黑影般消失於黑夜中，逃離薩加斯家族必然的報復。我轉身繼續前進，來到一片水泥場地，這裡有兩盞彩繪玻璃燈籠綻放光芒。來到這裡，接下來的工作就比較簡單：現在我得讓這些群眾進入隧道、一一上車。

人群聚在一片水泥場地邊緣，但這裡不是正確位置，這片水泥地是長方形。尼克正在檢查丹妮的臉傷，她的眼睛上方有一條很深的割裂傷，但她不以為意。在長方形水泥地的後方，傑克森正在冷眼瞪著這座城市。我沒看到朱利安，他恐怕已被火吞噬，就跟芬恩一樣，我只能希望他死時沒承受太久痛苦。

「我們必須離開，」我說：「不能再等了。」

「逃走也沒用，」一名靈盲男孩用蒼白的手抓抓頭髮。「守夜者很快就會追上。」

「但我們比他們快一步。」

少數幾人的精神似乎為之一振。我從背包取出手電筒，轉動開關。「跟我來，」我說：「盡量走快點。如果可以的話，幫忙攙扶傷患。我們得去另一個地標——橢圓形水泥地，時間已經剩下不多。」

「妳跟那幫利菲特人是一夥的，」有人悶聲指控：「我不跟叛徒一起走。」

我轉身面對說話的男子，指向城市。「那你想回去？」

他默不作聲。我從他身旁走過，無視腰側的痛楚，又開始奔跑。

經過占卜池，我就比較能認得周遭。衛士站在我們特訓的場地。「入口在這，」我接近時，他開口，指向橢圓水泥地。「奈希拉就是喜歡把列車藏在訓練場底下。」

「你認為她死了嗎？」

「我們應該沒這麼好運。」

我把這個思緒推到一旁，現在不是考慮奈希拉的時候。「他們在等你，」我說：「在那片空地。」

「我還沒打算跟他們走。」

這番話讓我安心。我低頭看水泥地。「這裡沒有衛兵，」我說：「怎麼可能無人看守？」

「他們沒那麼愚蠢。」衛士推開一團苔蘚，揭露出一塊銀色掛鎖，鎖的中間是細細一條白光，彷彿內部有個燈泡被啟動。「掛鎖內部裝有乙太電池，而電池內部就是騷靈。他們原本的程序是派一名利菲特衛兵陪同特使們來到這裡，解開掛鎖，乙太能量就會離開鎖頭。但如果妳能說服騷靈離去，能量就會消失，鎖就會解開。」

我感覺左掌心的疤痕刺痛。

「它無法傷害妳的夢型態，佩姬。」他知道我小時候曾被騷靈襲擊。「妳的能力最適合應付破壞靈。」

「傑克森是縛靈師。」

「那無法解決問題。騷靈必須被說服、或相信自己必須離開某個物體，而不是被束縛。除非它脫離其物理拘束，否則妳的朋友就無法束縛它。」

「你要我怎麼做？」

「妳能飄過乙太，妳不用接觸鎖頭就能和騷靈溝通，這和我們不同。」

「沒有所謂的『我們』，利菲特人。」一名稍微比我年長的占兆者開口。「給我離開那塊鎖頭。」

衛士站在原地，沒有回嘴卻盯著占兆者。占兆者握著一根鐵管，從城市取得的臨時武器。「你做什麼？」我說。

「沒有所謂的乙太電池。」他咬牙。「我來處理，我要離開這裡。」

他揮動鐵管，砸上掛鎖。

一道電流貫穿乙太。占兆者被震飛二十呎，不住尖叫。「不要，拜託，饒我一命，我不想死。求求妳！我——我不想當奴隸！不要！」他拱起背，渾身打顫，然後靜止不動。

我認得他這番話。

「我改變心意，」我開口，衛士立刻瞥向我。「我能應付這位騷靈。」

衛士點頭，或許他會明白。

「他們來了！」

我抬頭。

在月光下，守夜者迅速穿越波特草原，手持防暴盾和警棍，護送一群特使，貝吉妲・潔德和卡瑟・貝爾也在其中。潔德先注意到我們，立刻發出憤怒咆哮。尼克舉槍，瞄準她的腦袋。靈盲者並不受魂眾影響。

我轉身面對隨行群眾，他們現在得受到激勵，他們需要聽到有人說他們做得到、他們有價值。

而這番話應該由我告訴他們。

「看到那些警戒者了嗎？」我提高嗓門，指向追兵。「他們將試圖阻止我們逃離此地，他們想殺了我們，因為他們到現在仍不想讓我們返回他們的主城，他們不想讓我們把這裡的所見所聞告知其他民眾，他們要讓我們死——死在此時此地。」我的喉嚨痠痛，但我不打算停止，我也不能停止。「我會打開這面地道入口，我們會及時離開這座城市。我向各位保證，我們會在天亮前回到倫敦，到時將不再有晨鐘催促我們返回各自的牢籠！」群眾竊竊私語，出於贊同與憤怒，麥可鼓掌。「但我需要你們守住這片草原，唯有這麼做，我們才能永遠離開這裡。給我兩分鐘，我會給各位自由。」

眾人不發一語，沒有戰吼咆哮，卻都拿出隨身武器、召喚周遭每一縷魂魄，然後衝向守夜者。娜汀和西結也快步跟上，加入這場戰鬥。波特草原的魂魄呼應我們的要求，以強於子彈兩倍的力量衝向守夜者。傑克森站在原地看著我。

「完美演說，」他說：「就外行人來說。」

這是讚美。幫主稱讚門徒。但我知道他的讚美並非完全出自欽佩。

我有兩分鐘，這是我的保證。

「丹妮，」我說：「我需要氧氣面罩。」

她把手伸進大衣口袋，額頭滿是汗水。「拿去，」她把東西丟給我。「氧氣剩不多，小心用。」

我盡量讓身子靠近掛鎖後在草地躺下。尼克看著衛士：「我不知道你是誰，但我希望你知道自己在做什麼，她可不是玩具。」

「我不能讓你帶這些人穿越無人地帶。」衛士瞥向樹林。「除非你能想出其他辦法，尼加德醫師，否則這裡是唯一的出路。」

我把攜帶型氧氣罩套住口鼻，氧氣罩完全貼合臉部，發出光芒，表示正在輸送氧氣。「妳沒剩多少時間，」丹妮說：「妳必須回來的時候，我會搖晃妳的身子。」

我點頭。

「衛士，」我說：「賽柏的中間名是什麼？」

「亞伯特。」

我閉上眼。

「兩分鐘，開始倒數計時，」尼克說，這是我聽到的最後一句話，至少在肉身空間如此。

我能看到乙太之中的小小貯藏所，它如其他夢境般吸收我，如水滴彼此相容。然後我轉身面對一名失落的男孩。

我沒移向他，我只是站在原地。他在那：賽柏斯欽．亞伯特．皮爾斯，我沒挽救的男孩。他正在捶牆，試圖搖晃鐵條，鐵條外頭是無盡的黑暗乙太。他的臉龐沾血，因憤怒而扭曲，頭髮因沾染塵埃而黯淡。

上一次遭遇騷靈時，我是在肉身型態，但賽柏仍可能對我的靈魂造成一些傷害。我必須阻止他。

「賽柏。」我盡可能讓語氣輕柔。

他立刻發現我這名入侵者，朝我衝來，我揪住他的雙腕。

「賽柏，是我！」

「妳沒救我。」他狂怒咆哮。「妳沒救我，結果我死了，我死了，佩姬！而且我無法——」他拚命敲牆，「離開——」再次敲擊，「這個房間！」

他的細瘦身軀在我懷中顫抖，瘦骨嶙峋的模樣與生前相同。我強忍恐懼，用雙手捧起他的髑臉。看到他的斷頸，我渾身一震。

但我不能退縮，他死後化作厲鬼，我必須讓他獲得平靜，否則他將永世不得安眠。這不是賽柏，而是他的怨恨與痛楚的化身。「賽柏，聽我說，我真的非常、非常抱歉，你不該有這種下場。」他的雙眸漆黑。「我能幫你。你想不想再見到你母親？」

「她恨我。」

「不。聽著，賽柏，認真聽我說，我當時沒能救你，我──我真的很對不起你。」我語帶哽咽。「但我們現在能解放彼此。如果你離開這間牢房，我就能離開這座獄城。」

「沒人能走。她說過『別讓任何人離開』。」他揪住我的胳臂，腦袋因為劇烈搖晃而變得模糊。「包括妳，包括我。」

「我能讓你離開。」

「我不想走，我幹麼走？她殺了我，我的人生不應該這麼短暫！」

「你說得沒錯，你應該擁有更長的人生，但難道你真想永遠待在這間牢房？」

賽柏又開始顫抖。

「永遠？」

「沒錯，永遠。你不會想永遠待在這。」

他的斷頸復原。

「佩姬，」他低語：「我是否必須永遠離開？我不能回來？」

我渾身打顫。我當初為何沒能救他？我為何沒能阻止那女人？

「目前如此。」我緩慢而謹慎地把雙手放在他的肩膀上。「我沒辦法把你送去『最終之光』，你知道，人們說在臨終時看到的那道白光。我沒辦法把你送去那麼遠的地方，但能讓你遠離這裡、進入外頭的黑暗，你將永遠不會被任何人束縛。然後，如果你真想回來，也可以那麼做。」

「如果我想。」

「沒錯。」

我們佇立片刻，賽柏在我懷中。他沒有脈搏，但我知道他一定很害怕。我的銀繩震動。

「別去找她報仇，」賽柏緊擁我的夢型態。「別去找奈希拉。他們只是想吸乾我們。而且，還有個祕密。」

「什麼祕密？」

「我不能說，抱歉。」他牽起我的雙手。「對我來說，一切已經太遲，但妳仍有機會，妳能阻止。我們會幫妳，我們都會幫妳。」

賽柏用雙臂勾住我的脖子，他就像生前的他、我記憶中的他。我輕聲朗誦超度咒語：「賽柏斯欽．亞伯特．皮爾斯，回歸乙太，恩恩怨怨已了，債務一筆勾消，汝已無需逗留人間。」我閉上眼。「永別了。」

他微笑。

然後消失。

藏於掛鎖法器之中的乙太空間開始崩塌。銀繩再次震動，這次更為劇烈。我助跑跳躍，返回自己的夢境主場。

「佩姬，**佩姬**。」

突來的光芒令我感到刺眼。「她沒事，」尼克說：「我們立刻離開這裡。娜汀，去集合他們。」

「衛士。」我喃喃自語。

一隻以皮革覆蓋的手抓住我的手，讓我知道他在這。我睜眼，我能聽見槍聲，還有他的心跳。

無魂掛鎖落在一旁，衛士拉起通道入口，這扇沉重的門以水泥覆蓋，門內是一條狹窄階梯。衛士背起我，我以雙臂勾住他的脖子。群眾繼續朝守夜者開槍的同時一一撤入通道。潔德抓起一名陣亡警戒者的槍扣下扳機，子彈擊中席羅的頸部將他當場擊斃。我瞥見城市景色——火光映於天幕，黑夜中的烽火臺；衛士跟著進入，他溫暖而結實的身軀是唯一能讓我集中注意力的物體，我的感官回歸，傳來痛楚。

隧道冰冷，這裡散發某種氣味，聞起來像很少使用的房間的那種乾燥霉味。上頭的吶喊聲糊成一團，彷彿狗吠。我的指頭緊抓衛士的肩膀，我需要東西恢復體力，不管是腎上腺素或是不凋花。

隧道不算寬敞，完全比不上倫敦地鐵的規模，但月臺又長又寬，足以容納至少一百名乘客，我看到一張張擔架堆在遠處。我能聞到消毒藥水，想必被注射混亂劑的靈視者是從這裡搬去拘留所，或至少搬去街上。我確定自己聽見黑暗處有某個東西：電流的嗡嗡低鳴。

衛士把手電筒對準列車。幾秒後，燈光出現，我瞇起眼。

電力。

這種列車是輕軌地鐵，無法容納太多乘客。「賽昂自動運輸系統」的字樣印在列車後方，車廂是白色，門上有賽昂徽章。在我的注視下，車門開啟，內部燈光隨之綻放。「**歡迎各位乘客搭乘，**」絲嘉蕾．班尼許的聲音從擴音機傳來。「**本班列車將在三分鐘後啟程。目的地：賽昂倫敦城塞。**」

群眾安心地嘆氣，進入車廂，把粗製武器留在月臺上。衛士站在原地。

「他們會發現事情不對勁，」我的語氣疲憊。「他們會知道車上不是原先那些人，他們會在車站等我們自投羅網。」

「妳也會面對他們，正如妳一向面對所有挑戰。」

他把我放下，但沒放開我，他的雙手停在我的腰際。我抬頭看他。「謝謝你。」我說。

「妳不需要因重獲自由而謝我，自由本來就是妳的權利。」

「也是你的權利。」

「是妳讓我重獲自由，佩姬。我花了二十年才恢復爭取自由的力量。我必須為此感謝妳，也只能感謝妳。」

我的回應卡在咽喉。又有幾人進入車廂，包括奈兒和查爾斯。「我們應該上車了。」我說。

衛士沒反應。我不確定這六個月來發生什麼事——這一切彷彿一場夢——但我心滿意足、渾身變暖，而且毫無畏懼。現在沒有恐懼，我也不怕他。

遠處傳來巨響，宛如雷霆，又是地雷爆炸，又是白白犧牲。西結、娜汀和傑克森蹣跚進入隧道，扶著半昏迷的丹妮。「佩姬，妳要來嗎？」西結問道。

「你們先上車，我隨後就到。」

他們進入尾段的一輛車廂。傑克森從車門看我。

「我們會好好談談，我的夢行者，」他說：「等回去以後，我們一定會好好談談。」

他按下車廂內的按鈕，車門滑動關閉。一名靈盲者和一名占卜者蹣跚進入隔壁車廂，其中一人的上衣沾滿血。擴音機宣布：「**一分鐘後出發，請各位好好享受這趟旅程。**」衛士更用力抱我。

「真怪，」他說：「原來分離這麼難受。」

我凝視他的臉。他的眼眸黯淡。

「你不上車，」我說：「是不是？」

「嗯。」

我慢慢聽懂這個答案，彷彿暮色緩緩侵蝕星光。我意識到自己過去幾小時中從不認為他會跟來——只是希望他會跟來。而現在他要離開我，或者該說他要留下。從此之後，我將獨自一人。而在那種獨來獨往中，我是自由之身。

他的鼻尖輕觸我的鼻尖，一種甜蜜的痛楚在我心中慢慢浮現，我不知道該怎麼辦。衛士一直凝視我的臉，我低頭看我們的手，他的大手——以皮革包裹，遮蔽粗糙皮膚——包住我浮現青筋的蒼白小手，我的指甲仍帶有瘀傷。

「跟我們走，」我開口，咽喉酸痛，嘴脣灼熱。「跟——我走，去倫敦。」

他曾經吻過我，他想要我，或許他依然想要我。

但我們之間沒有未來。從他的眼中，我知道光是「想要我」這並不足夠。

「我不能去城塞。」他的拇指滑過我的嘴脣。「但妳能。妳可以回去妳的人生，佩姬，我一直希望妳能重獲那個機會。」

「那不是我想要的。」

「妳想要什麼？」

「我不知道，我只想要你跟我在一起。」

我以前從沒說出這種話。現在，我能嘗到自由，我想要他跟我一起分享。

但他無法為了我而改變自己的生活，我也不能為了跟他在一起而犧牲自己的生活。

「從現在開始，我要暗中追殺奈希拉。」他的額頭貼在我的額頭。「如果我能引她離開這裡，其他人就會一起離開，他們或許就會放棄追捕你們。」他睜開眼睛，話語烙在我心中。「如果我再也沒回來——如果妳再也見不到我——這表示一切都很順利，表示我殺了她。但如果我回來，這就表示我失敗了，表示危險依然存在。我會找到妳。」

我凝視他的眼睛，我會記得這個承諾。

「妳現在相信我嗎？」他問。

「我應該相信你嗎？」

「我不能替妳回答，佩姬，『不知道』自己是否應該相信對方但仍然決定相信對方，這才是信任。」

「那我相信你。」

彷彿來自幾哩外，我聽見撞擊聲，拳頭敲擊金屬，還有模糊吶喊。尼克沿隧道跑來，身旁是剩下的生還者，在車門關閉之前衝進。「佩姬，快上車。」他吶喊。倒數計時結束，時間結束。衛士退後，因惆悵而眼神灼熱。

「快，」他說：「快去，小小夢行者。」

列車開始移動。尼克翻越欄杆來到車尾，朝我伸手。

「佩姬！」

我回過神，我的心臟狂跳，所有感官如銅牆鐵壁般撞擊我，我轉身沿月臺奔跑。列車持續加速，幾乎超越我的腳程。我抓住尼克的手，越過欄杆，我安全上了車。輪軌擦出火星，腳下金屬結構搖動。

我沒閉眼。衛士消失於黑影中，如風熄滅蠟燭。

我再也不會見到他。

看著隧道從旁一閃而過時，我確定一件事：我的確相信他。

現在我唯一要做的，就是相信自己。

作者銘謝

我欠戈德溫一家極大人情，尤其是大衛，是你以熱情歡迎我進入出版界。感謝柯絲蒂・麥克勞蘭、凱特琳・英厄姆，以及安娜・霍金努力接洽電影和國外版權的相關事項，DGA經紀公司果然名不虛傳。

致布魯姆斯伯里團隊：認識你們之前，我完全不知道做一本書需要多少熱情和合作。我要感謝無與倫比的亞歷山德拉・普林格對這本小說懷抱極大熱情。感謝我的編輯，亞歷克薩・馮・赫希堡，提供大量協助、有求必應。感謝瑞裘・曼海姆、賈斯汀・泰勒，以及莎菈・巴洛爾的大力相助，讓本書能以最完美的姿態問世。由衷感謝位於英國的凱蒂・龐德、裘德・德雷克、艾曼達・席普、艾安西・考克斯威爾摩特、艾莉諾・威爾，以及奧利弗・霍登瑞亞，還有在美國的喬治・吉普森、克莉絲提娜・吉伯特、南西・米勒、瑪莉・庫爾曼，以及莎菈・莫克利歐，你們每個人都棒透了。

安迪・塞奇斯、強納森・卡文迪斯、克洛伊・賽澤、威爾・譚能，以及Imaginarium的其他隊伍，能與你們共事，實屬榮幸，謝謝你們為這本書的每個層面做出的付出。我要特別感謝安德拉斯・貝瑞茲奈設計地圖，大衛・曼恩設計的精美封面（你太強了，老兄），以及雷安娜．利亞圖夫的大力相助。

若說這本書在過去兩年就是我的生命，實在太過保守。篇幅有限，我無法一一列出，但我仍要感謝這些年來一直支持我的好友們，特別感謝尼爾．戴蒙和法蘭．崔西，感謝我的英文老師艾瑪．弗瓦的啟蒙，也感謝萊恩、潔西卡和里察邀請我一同前往愛爾蘭，多虧你們，我才能親眼見到茉莉．馬隆。

謝謝世界各地幫我翻譯此書的譯者們，是你們讓這本書能以我不可能全部學會的各種語言接近讀者。非常感謝弗洛和艾利提供法文和塞爾維亞的姓名，也感謝 Agam Books 的黛弗拉提供希伯來文的相關知識。

感謝曾在我的部落格和推特上追蹤出版過程的人們，尤其蘇珊．希爾，妳的支持讓我充滿自信。特別感謝牛津大學聖安妮學院師生在過去的混亂一年中的親切和支持，聖安妮之愛萬歲。

當然了，感謝我的家人，尤其感謝我的母親給我持續的力量和支持，還有麥可，我的超棒繼父、茶占術之王，你們倆在我低潮時依然耐心以對，所以看在瑪麗蓮．夢露之魂的份上，你們絕對應該看到我最好的一面。

JD，謝謝您在此書的寫作過程中擔任我的繆思，您是我最喜愛的作古詩人。最後更要感謝艾莉．史密斯讓我有勇氣創作《骸骨季節》。

謝謝大家給我這個DREAMER（夢行者、夢想家）一個機會。

國家圖書館出版品預行編目資料

靈魂收割（骸骨季節系列一）/ 莎曼珊．夏儂
(Samantha Shannon) 作；甘鎮隴譯. -- 1版.
-- 臺北市：尖端出版, 2018. 03
冊；　公分
譯自：THE BONE SEASON

ISBN 978-957-10-7920-2（第1冊：平裝）

874.57　　106020880

奇炫館
靈魂收割（骸骨季節系列一）
（原名：The Bone Season）

著　者／莎曼珊・夏儂（Samantha Shannon）
譯　者／甘鎮隴
發 行 人／黃鎮隆
副總經理／陳君平
總 編 輯／洪琇菁
執行編輯／許晶翎
美術編輯／李政儀
企劃宣傳／邱小祐、劉宜蓉
國際版權／黃令歡
文字校對／施亞蒨
內文排版／謝青秀

出　版／城邦文化事業股份有限公司 尖端出版
台北市中山區民生東路二段一四一號十樓
電話：（〇二）二五〇〇－七六〇〇
傳真：（〇二）二五〇〇－二六八三
E-mail：7novels@mail2.spp.com.tw
發　行／英屬蓋曼群島商家庭傳媒股份有限公司城邦分公司 尖端出版
台北市中山區民生東路二段一四一號十樓
電話：（〇二）二五〇〇－七六〇〇（代表號）
傳真：（〇二）二五〇〇－一九七九
中彰投以北經銷／楨彥有限公司
（含宜花東）電話：（〇二）八九一九－三三六九
傳真：（〇二）八九一四－五五二四
雲嘉經銷／威信圖書有限公司 嘉義公司
電話：（〇五）二三三－三八五二
傳真：（〇五）二三三－三八六三
客服專線：〇八〇〇－〇二八－〇二八
南部經銷／威信圖書有限公司 高雄公司
電話：（〇七）三七三－〇〇七九
傳真：（〇七）三七三－〇〇八七
香港經銷／城邦（香港）出版集團有限公司
香港灣仔駱克道一九三號東超商業中心1樓
電話：（八五二）二五〇八－六二三一
傳真：（八五二）二五七八－九三三七
E-mail：hkcite@biznetvigator.com
新馬經銷／城邦（馬新）出版集團Cite（M）Sdn. Bhd.
E-mail：cite@cite.com.my
法律顧問／王子文律師 元禾法律事務所
台北市羅斯福路三段三十七號十五樓
二〇一八年三月一版一刷

■中文版■

郵購注意事項：
1. 填妥劃撥單資料：帳號：50003021戶名：英屬蓋曼群島商家庭傳媒（股）公司城邦分公司。2. 通信欄內註明訂購書名與冊數。3. 劃撥金額低於500元，請加附掛號郵資50元。如劃撥日起 10～14日，仍未收到書時，請洽劃撥組。劃撥專線TEL：(03) 312-4212 ・ FAX：(03) 322-4621。E-mail：marketing@spp.com.tw